MEREDITH DURAN

Die Wahrheit deiner Berührung

MEREDITH DURAN

Die Wahrheit deiner Berührung

Roman

Ins Deutsche übertragen von
Nicole Friedrich

LYX
EGMONT

Die Originalausgabe erschien 2009 unter dem Titel *Written on your skin* bei Pocket Books, a division of Simon & Schuster Inc., New York, USA.

Deutschsprachige Erstausgabe Februar 2013 bei LYX
verlegt durch EGMONT Verlagsgesellschaften mbH,
Gertrudenstraße 30–36, 50667 Köln

This edition published by arrangement with the original publisher,
Pocket Books, a division of Simon & Schuster, Inc., New York.

1. Auflage
Redaktion: Susanne Kregeloh
Satz: Greiner & Reichel, Köln
Printed in Germany (670421)
ISBN 978-3-8025-8780-1

www.egmont-lyx.de

Für Lebensmittel frei Haus und die Hilfe beim Brainstorming. Für Road Runner und Hühnersuppe und die aufmunternden Gespräche auf Parkplätzen. Für Reiseberichte: Moldarama, Phase III; die Anden und den Zoo. Für den Heizlüfter, als meine Hände schon fast blau waren. Für das Kidnapping meines Modems, für Yacht Rock und *joie de vivre*.

Dieses Objekt der näheren Zukunft ist Steve gewidmet.

1

Hongkong, 1880

Es war spät am Abend, als er sein Problem auf sich zukommen sah. *Es* schwankte von zu viel Champagner und hatte einen Mann an jedem Arm. Phin stand gegen die Wand gelehnt und widmete sich dem Glas Brandy in seiner Hand, mit dem er den sich ankündigenden Kopfschmerz bekämpfen wollte. Er beobachtete, wie die Blondine den Blick über die Menge gleiten ließ. Die Papierlaternen, die über der Tür hingen, warfen einen rötlichen Schein auf ihr weißblondes Haar. Sobald sie ihn entdeckte, lächelte sie.

Noch so etwas Unerledigtes, dachte Phin düster. Unerledigtes, über das er leicht stolpern und sich dabei das Genick brechen konnte.

Er stellte sein Glas auf das Tablett einer Angestellten, die vorbeiging. Sie war eine junge Chinesin mit einem Gesicht so rund wie der Mond. Sie balancierte das Tablett auf den Fingerspitzen und hielt es dabei über den Kopf erhoben. Fast ein wenig neidisch folgte Phins Blick dem Glas, das über den Köpfen der Menschen in Richtung Ausgang hinwegzuschweben schien. Ein wahrlich traumhafter Fluchtweg. Beim Allmächtigen, er wollte endlich weg aus Hongkong.

Jeder, der etwas auf sich hielt, war heute Abend anwesend – mit Ausnahme des Gouverneurs und des amerikanischen Konsuls. Und das konnte nur bedeuten, dass deren Verhaftung unmittelbar bevorstand. Sein Auftrag war somit erledigt. Es gab keinen Grund, noch länger hierzubleiben. Doch Ridland hatte ihm untersagt, vor morgen Abend abzureisen. Der Mann war darauf aus, ihm etwas zu beweisen. *Was zählt, Granville, sind die Ergebnisse. Sie sollten stolz sein auf Ihre Arbeit. Sie sind ein Naturtalent.*

Stolz, sinnierte Phin und fragte sich, ob ein Hund Stolz empfand, wenn er seinem Herrn aufs Wort gehorchte. Allerdings bestand letztlich keine Notwendigkeit, sich diese Frage zu beantworten, denn ihm saß die Kette, an die man ihn gelegt hatte, mehr als eng um den Hals. Je nach Ridlands Anweisung wurde sie gelockert oder noch fester zusammengezogen, je nachdem, ob Phin bereit war, dem Mann die Hand zu lecken oder nicht. Falls tatsächlich nur die Ergebnisse zählten, hätte er schon längst von hier verschwunden sein sollen. Immerhin gab es hier noch andere Agenten, die ihn nicht kannten und die er nicht kannte, die sich mit den Folgen der Ereignisse beschäftigen konnten. Sich um die Konsequenzen zu kümmern war schließlich nicht seine Aufgabe.

Als Phin den Blick durch den Raum schweifen ließ, blieb der an Miss Masters, besagter Blondine, hängen. Sie kam direkt auf ihn zu, wobei sie sich entschlossen ihren Weg zwischen den Paaren hindurchbahnte, die sich wie Marionetten in dem Takt bewegten, den die Musiker ihnen vorgaben. Sein kurzer Flirt mit Mina Masters hatte sich als folgenschwerer Fehler erwiesen. Am Ende hatte er keinerlei Verwendung für sie gehabt. So wenige Komplikationen wie möglich – so lautete sein Grundsatz. Leider war ihm in diesem speziellen Fall klar geworden, dass ebendieser Grundsatz das eigentliche Problem war. Dem Anschein nach war Miss Masters es auch nicht gewohnt, einen Korb zu bekommen; ein Umstand, der unmissverständlich ihre Neugierde auf den Plan gerufen zu haben schien.

Phin beobachtete, wie Mina Masters auf dem Weg zu ihm ihre Begleiter verlor. Erst den einen, weil er über seine eigenen Füße stolperte, dann den anderen, der mit einem Walzer tanzenden Paar zusammenstieß. Von alledem schien Mina nichts mitzubekommen. Vermutlich erleichterte diese besondere Art der Ignoranz ihr Leben. Bis jetzt. Mit Gerard Collins als Stiefvater würde ihr zu viel Durchblick vermutlich auch nicht gut bekommen. Die Dinge, die ihr zu Ohren kommen könnten, würden ihrem Schönheitsschlaf nicht unbedingt förderlich sein.

Noch hatte das blonde Spatzenhirn keine Ahnung, dass es sich bald in einer ganz fremden Welt wiederfinden würde. Sobald Collins in Gewahrsam war, würden ihre Verehrer sie verlassen – wie die sprichwörtlichen Ratten das sinkende Schiff. Minas Mutter würde wahrscheinlich versuchen, aus dem Fenster zu springen. Die beiden Frauen würden sehr schnell lernen, wie es sich anfühlte, ein Leben voller Entbehrungen zu führen. Phin sah jedenfalls schwarz für sie. Minas Mutter hatte sich mit ihrer Familie überworfen, und keine von beiden verfügte über das Talent, sich den Lebensunterhalt selbst zu verdienen. Natürlich würde ihre Schönheit ihnen von Nutzen sein, aber die würde vergehen, waren sie erst einige Male etwas rauer angepackt worden waren.

Diese Gedanken verdarben Phin gehörig die Laune. Ein Ochse im Joch, der sich Sorgen um zwei Lämmer auf dem Weg zur Schlachtbank machte: ein eher schlechter Scherz. Die beiden Frauen gingen ihn nichts an, und sich für etwas zu geißeln, das er ohnehin nicht verhindern konnte, half weder ihnen noch ihm. Er wandte sich ab und verließ den Raum.

Im Foyer herrschte eine ausgelassene Stimmung. Phin drängte sich zwischen den formell gekleideten Gästen hindurch und bog in einen spärlich beleuchteten Flur ein. In den geöffneten Fenstern, die einer schwülen Brise Einlass gewährten, standen Lampen, die ein flackerndes Licht spendeten. Nach dem Sturm, der Hongkong am Abend heimgesucht hatte, präsentierte es sich jetzt strahlend und grün, und Blütenduft schwängerte die Luft. Die ganze verdammte Stadt roch wie eine zu stark parfümierte Debütantin.

»Mr Monroe!«

War sie ihm gefolgt? Phin drehte sich um. Sie war einige Schritte von ihm entfernt unter einem Türbogen aus roten und schwarzen Kacheln stehen geblieben. Ihm war schleierhaft, wie sie sich in ihrem engen Kleid so schnell hatte bewegen können. Es war aus himmelblauer Seide und sollte vermutlich ihre Augenfarbe betonen. Ein Fehler, wie er fand. Ihre Augen hatten eine so ungewöhnliche Farbe, dass es nicht nötig war, sie hervorzuheben. Durch das Himmelblau des Kleides wirkten sie fast schon übertrieben strahlend.

Er konnte gut nachvollziehen, warum sich in der Gesellschaft Hongkongs die Geister an ihrer Schönheit schieden. Ihr Farbgeschmack mutete höchst sonderbar an. »Guten Abend«, sagte er.

»Mr Monroe.« Sie machte einen Schritt auf ihn zu. Ihre Stimme klang atemlos und leicht triumphierend, so als wäre sein Name die Antwort auf ein Rätsel, das sie schon seit Langem beschäftigte. Ein kleiner Schweißtropfen lief an ihrem Hals herunter und benetzte ihre schmale Schulter. Gebannt folgte sein Blick dem Tropfen. Es war ihm unerklärlich, warum sein Körper die schlechte Angewohnheit entwickelt hatte, derart fasziniert auf diese Frau zu reagieren. Zumal sie so zerbrechlich wie ein Püppchen aussah.

»Wie gefällt Ihnen der Abend?«, fragte sie. »Sie wollen sich doch wohl noch nicht zurückzuziehen, oder?«

Phin rang sich ein Lächeln ab. »Ich kann nicht klagen«, erwiderte er. »Und nein, ich wollte lediglich etwas aus meinem Zimmer holen.« Er schwieg und hoffte, sie würde den Wink verstehen und sich empfehlen. Doch wie befürchtet ließ sie die

Gelegenheit verstreichen. »Und Sie, Miss Masters? Ich hatte den Eindruck, dass Sie sich gut amüsieren.«

»O ja! Ich habe mich prächtig amüsiert. Aber wie ich schon zu meinen englischen Freunden sagte …« Sie blickte hinter sich, als würde ihr erst jetzt bewusst, dass sie ihre beiden Begleiter im Ballsaal zurückgelassen hatte. Als sie sich wieder Phin zuwandte, schaffte sie es irgendwie, zu stolpern und gegen seine Brust zu prallen.

Geistesgegenwärtig hielt er sie an den Unterarmen fest. Die Kleine roch wie eine Schnapsbrennerei. Als sie ihn mit weit aufgerissenen Augen anstarrte, traf ihn dieser Blick wie ein Schlag in die Magengrube. Welch ungewöhnliche Farbe. Es war nicht so, dass Phin ihre Schönheit verkannte, doch er zog es vor, wenn eine Frau wie eine Frau aussah. Mit dem weißblonden Haar, den riesigen Augen und dem zierlichen Körper erinnerte Miss Masters eher an eine Porzellanpuppe als an einen erwachsenen Menschen. Schade nur, dass sie sich nicht wie eine Puppe benahm. Puppen waren stumm, sie hingegen plapperte ununterbrochen. Doch er wusste schon, wie er sie zum Schweigen bringen konnte.

Herrje! Dieses Mädchen brachte ihn dazu, anders zu reagieren, als er eigentlich wollte. Energischer als die Situation es gebot, packte er sie fester. »Sie müssen aufpassen«, sagte er.

Mina hob eine helle Braue. »Worauf denn?«

Darauf, Männer nicht in schummerigen Fluren zu überfallen. Und darauf, Ihre Hoffnungen nicht in einen Fremden zu setzen. »Darauf, nicht die Balance zu verlieren. Wenn Ihnen so etwas in Gesellschaft passiert, könnte so mancher vermuten, Sie seien betrunken.«

»Oje!« Sie klimperte mit den Wimpern. »Ist das verboten?«

Er seufzte. Sie würde eines Tages Gefahr laufen, sich um Kopf und Kragen zu reden. In der kleinen Welt, in der sie sich bewegte, ging es leicht und unbeschwert zu, aber nichtsdestotrotz galten gewisse Regeln. Regeln, die Mina Masters immer unbesonnener brach. »Ich glaube nicht, dass es ein Gesetz dagegen gibt.« Sein Mund fühlte sich trocken an, und Phin musste sich räuspern. Gütiger Gott, aber diese Kopfschmerzen waren das Letzte, was er jetzt brauchte. Erst als sie ihn anstarrte, wurde ihm bewusst, dass er sich die Schläfen rieb. Irgendwie hatten diese Schmerzen etwas mit ihr gemein: Beide wurden mit jedem Augenblick unerträglicher. Was hatte er sagen wollen? Ach ja. »Aber Sie können unmöglich wollen, dass man Sie für von Natur aus trunksüchtig hält.«

Unvermittelt fiel ihm seine Gesprächigkeit auf, und er ärgerte sich darüber. Es war fast, als verfügte Miss Masters über das Talent, ihm törichte Bemerkungen zu entlocken. Wie kleine Kinder oder junge Hunde hatte sie etwas Argloses an sich. Wann immer er sie ansah, machte er sich auf etwas Schlimmes gefasst. Welpen wurden getreten, Kinder fielen von der Fensterbank. Miss Masters tanzte am Rande einer Klippe, und niemand – weder ihre introvertierte Mutter noch ihr tyrannischer Bastard von Stiefvater – machte sich die Mühe, sie an die Leine zu legen.

»Das ist unfair, Mr Monroe!«, protestierte Mina. »Ich trinke nichts außer Champagner, einem durchaus achtbaren Getränk. Und wenn ich ein wenig zu viel davon hatte, dann nur, weil hier alle so langweilig sind.«

Er lachte unwillkürlich. Wie schon so manches Mal zuvor beschlich ihn auch jetzt wieder der Verdacht, Mina Masters könnte sich einen Spaß daraus machen, ihre Umwelt mit ihrer dümmlich-naiven Art an der Nase herumzuführen. Es stand außer Frage, dass dieselbe Bemerkung, aus dem Munde einer anderen Frau, seiner Selbstgefälligkeit einen heftigen Dämpfer verpasst hätte.

Doch nein, sie lächelte ihn derart unbedarft an, dass sie unmöglich zu denen gehören konnte, die geistreiche Bonmots zum

Besten gaben. »Es sei denn, Sie erklären sich bereit, mich ein wenig zu unterhalten.« Als ihr Blick zu seinem Mund glitt, erstarb sein Lachen. Sie täte besser daran, Vorsicht walten zu lassen. »Oh«, sagte sie leise. »Mr Monroe, was für wundervolle Lippen Sie haben.«

Und wie aus heiterem Himmel stürzte sie sich auf ihn.

Zuerst war er zu überrascht, um sie abzuwehren. Sie war immer sehr direkt, aber dass sie ihn verführte, damit hatte er nun wahrlich nicht gerechnet. Auch wenn dieser Überfall streng genommen *nichts* mit Verführung zu tun hatte, denn sie packte sein Haar mit dem Feingefühl eines Schraubstocks und zerrte seinen Kopf zu sich herunter. Als ihre Lippen sich vehement auf seinen Mund pressten, befürchtete er, im nächsten Augenblick Blut zu schmecken. Getrieben von purer Selbsterhaltung wich er zurück, doch sie ließ nicht locker und schmiegte sich warm und weich an seine Brust. Das leise Keuchen, das sich ihren Lippen entriss, mogelte sich an seinem Verstand vorbei und fuhr ihm direkt ins Gemächt.

Nein. Er würde diesen Kuss nicht erwidern. Sie war wie ein unbekümmertes, aufgedrehtes Kind, und sollte er von ihr geträumt haben, dann lediglich aus Langeweile.

Sie öffnete den Mund, und er spürte das Streicheln ihrer Zunge. Phin packte Mina bei den Ellbogen und wollte sie wegschieben. Doch ihre samtige Haut zu fühlen machte sein Vorhaben zunichte, und er ertappte sich dabei, wie er stattdessen mit dem Daumen über ihren Arm strich, wenn auch nur, um sich davon zu überzeugen, dass sie tatsächlich so weich war wie er glaubte. Ihr leises Stöhnen ermunterte ihn. Mochte Gott ihm beistehen, aber auf der ganzen Welt gab es gewiss keine Puppe, die je ein solches Geräusch von sich gegeben hatte. Zudem zählte Mina Masters bereits zwanzig Lenze und war beileibe kein Mädchen mehr.

Zur Hölle damit! Ehe er es sich versah, erwiderte er den Kuss. Sie schmeckte nach Champagner und Erdbeeren, und ihr schlanker, aber nichtsdestotrotz mit wundervollen Kurven gesegneter Körper drängte sich ihm entgegen. Ihm war, als könnte er keinen klaren Gedanken mehr fassen. Bezaubernd, viel bezaubernder, als er erwartet hatte. Sie war geschmeidig wie eine Flamme, die an ihm züngelte. Ihre Hände gruben sich in seine Schultern und drückten ihn gegen die Wand. Sie brauchte dringend eine Lektion in Sachen Raffinesse, und es hätte ihr gutgetan, einige Wahrheiten über die Welt zu erfahren, und das schnell. Am besten, noch ehe der Morgen graute. Nur zu gern würde er sie ihr näherbringen; ihr gewissermaßen einen Liebesdienst erweisen …

Was zum Teufel mache ich hier eigentlich?

Er stieß sie von sich und atmete tief durch. Als sie stolperte, wollten seine Arme instinktiv vorschnellen und sie auffangen, doch er ballte die Hände zu Fäusten und blieb stehen.

Sie stieß mit dem Rücken gegen die Wand und fand das Gleichgewicht wieder. Ihre Brüste hoben und senkten sich heftig, während sie ihn aus weit aufgerissenen Augen ansah. »Tanzen Sie etwa mit mir, Mr Monroe?«

Gütiger Gott! Er fuhr sich mit der Hand durchs Haar. Diese Frau war nicht ganz bei Trost. Oder sie begriff nicht, dass er ihr soeben eine Abfuhr erteilt hatte. Phin suchte nach den richtigen Worten, um an ihr Gefühl für Anstand zu appellieren, vorausgesetzt, ihr war die Bedeutung des Wortes überhaupt geläufig. Doch sein Körper verhöhnte ihn, und in seinem Kopf herrschte erschreckende Leere. »Wie bitte?«, war schließlich alles, was er herausbrachte.

»Meine Freunde aus England haben sich darüber beschwert, dass Amerikaner nicht tanzen können«, sagte sie und nestelte an einem ihrer Perlenohrringe. Sie hatte sich wieder gefangen und gab sich zwanglos. Nichts ließ ahnen, dass sie ihn eben so intim geküsst hatte. »Aber das sehe ich anders. *Ich* tanze sehr gut, und ich bin sicher, dass Sie ebenfalls ein ausgezeichneter Tänzer sind. Wollen wir es unter Beweis stellen? Für Amerika, Sir!«

Vielleicht *war* es falsch von ihm, sie zu unterschätzen. Aber ganz gewiss wäre er ein verdammter Idiot, wenn er sich selbst überschätzte. »Ich glaube kaum, dass das angemessen wäre.«

Sie runzelte die Stirn. »Warum denn nicht? Weil ich Sie geküsst habe?«

Er blickte den Flur entlang. »Ganz genau, Miss Masters.« Es war nur eine Frage der Zeit, bis jemand sie zusammen sah. Und das war das Allerletzte, was er gebrauchen konnte. Vielleicht halfen einige deutliche Worte dort, wo die Manieren versagt hatten. »Es sei denn, Sie verspüren das brennende Verlangen, von mir an dieser Wand gevögelt zu werden.«

Das Bild, das seine Worte heraufbeschworen, verlieh seiner Stimme etwas Heiseres, schien aber auf Miss Masters keine Wirkung zu haben. »Nun, in einem *Ballsaal* würde ich so etwas auch nicht tun wollen«, entgegnete sie, ging auf ihn zu und nahm seinen Arm.

Vielleicht hätte er sich für eine elegantere Formulierung entscheiden sollen. Allem Anschein nach hatte sie ihn nicht verstanden. Oder sie hatte ihn nur allzu gut verstanden, denn sie klammerte sich an ihn, als wäre auch noch der letzte Fetzen jungfräulichen Anstands aus ihr gewichen. Aber wie auch immer – sie war das Chaos in Person, und ihre Verrücktheit war vermutlich ansteckend. Denn Phin, der sich ein wenig benommen fühlte, ließ sich von ihr zum Ballsaal führen.

Einen Tanz also. Nicht weiter schwierig. Für die Dauer eines Tanzes würde es ihm gelingen, die Finger bei sich zu lassen, selbst wenn er sich dafür auf die Zunge beißen musste, um sich abzulenken. Dass er etwas aus seinem Zimmer hatte holen wollen, war gelogen gewesen. Gott war sein Zeuge, dass Miss

Masters ihm vermutlich bis ins Bett gefolgt wäre, wäre er bei seiner kleinen Schwindelei geblieben.

Wie zur Begrüßung schallte ihnen Musik aus dem Ballsaal entgegen. Phin empfand sie als sehr laut, fast als aggressiv. Er merkte, wie sehr ihm die Lautstärke und das Stimmengewirr zusetzten, als Miss Masters ihn in den Saal zog. Sie sagte etwas, das er jedoch nicht verstand. Weshalb ließ er überhaupt zu, dass sie ihren Willen bekam? Sein Kopf schmerzte entsetzlich. Ja, sie war zwar hübsch anzusehen und hatte einen attraktiven Körper, zu dem aber leider auch ein Kopf gehörte, in dem nichts als gähnende Leere herrschte. Für ihn bedeutete sie nur eine Menge Ärger.

Als die letzten Takte verklangen, trennten sich die meisten Tanzpaare. In wenigen Augenblicken würde eine neue Melodie ertönen. Erwartungsvoll sah Mina zu ihm auf. Als er ihr nicht sogleich die Hand entgegenstreckte, griff sie einfach danach. In dem Moment, in dem Phin bewusst wurde, dass er ihre Finger nicht spürten begriff er, dass etwas nicht stimmte.

Er wollte tief durchatmen – mit dem Ergebnis, dass der Boden unter seinen Füßen heftig ins Schwanken geriet.

Wie volltrunken taumelte er einige Schritte zurück und stieß mit jemandem zusammen. Ein Schrei. Die Welt zerfiel und fügte sich wieder zusammen. Miss Masters Lippen bewegten sich. Ihm war, als würden ihm zwei winzige Schrauben in die Schläfen gedreht. Gott im Himmel. Litt er womöglich an einer unbekannten Form der Malaria?

Das Antlitz seiner Tanzpartnerin wurde riesig und rückte immer näher. Es bereitete Phin größte Mühe, klar zu sehen. Seine Sicht wechselte zwischen scharf und verschwommen. Beim Allmächtigen, war ihm kalt. »Geht es Ihnen gut?« Das war es also, was sie gefragt hatte.

Als die Dunkelheit ein weiteres Mal über ihn hinwegschwappte, erinnerte er sich, dass die Malaria keinen derart rasanten

Verlauf nahm. Das Bild des Brandyglases schoss ihm durch den Sinn. Es war ihm entglitten, und er hatte die Hälfte des Inhalts verschüttet. Halb voll. Nur halb voll. »Nein«, stammelte er. Es ging ihm nicht gut.

Jemand hatte ihn vergiftet.

Er kippte vornüber und direkt in Minas Arme. Sein Kinn prallte gegen ihre Nase. Beim Allmächtigen, was für unsägliche Schmerzen! Sie sah Sterne vor ihren Augen tanzen, ehe sein Kopf ihre Schulter traf. Wegen des Schocks dauerte es einen Augenblick, bis sie begriff, was vor sich ging: Sie hatte ihn unter den Armen packen wollen, um ihn zu stützen. Aber er war zu groß und zu schwer, und seine Knie gaben nach. Er würde sie mit zu Boden reißen.

Mina sprang zur Seite und sah, wie er mit dem Gesicht voran fiel. Mit einem entsetzlichen Knacken, das mit Sicherheit Blut bedeutete, schlug sein Kopf auf dem Boden auf. Fassungslos starrte Mina auf ihn herunter. In unmittelbarer Nähe ertönte ein spitzer Schrei. Seidene Schleppen raschelten über die Tanzfläche, als sich die weiblichen Gäste umdrehten, um zu sehen, was passiert war. Drei lange Wochen hatte Mina darauf gewartet, dass Phineas Monroe ihr zu Füßen lag. Doch er war sehr zurückhaltend gewesen und hatte sich sowohl ihren weiblichen Reizen als auch jeglichen Avancen gegenüber als immun erwiesen. Aber zu guter Letzt hatte er sich ihr nun doch noch ergeben, wenn auch auf eine höchst ärgerliche Manier. Trotz all seines Charmes war er eben auch nur ein Mann.

Wie durch Watte registrierte sie, dass das Orchester zu spielen aufgehört hatte, was ihr sehr entgegenkam. Die Interpretation des Beethoven-Werkes hatte ohnehin ein wenig bizarr geklungen. Einzig der Cellist, der seinen Bogen gefühlvoll über die Saiten zu streichen wusste, verstand sein Handwerk. Während sich immer mehr Gäste um sie versammelten, kniete sich Mina auf den Boden. »Betrunken«, mutmaßte jemand, aber sie hatte eher den Eindruck gehabt, Monroe sei nüchtern gewesen. Auch wenn dagegen sprach, dass er jetzt bewusstlos vor ihr lag. Selbst eine sanfte Ohrfeige holte ihn nicht zurück.

Ihre Hand verweilte länger an seinem Kinn, als eigentlich nötig. Nur zu gern hätte sie das Grübchen berührt. Seine Wimpern waren ungewöhnlich lang. Sie waren ein faszinierender Anblick in einem Antlitz, das kaum männlicher hätte sein können. Dass sie sich zu ihm hingezogen fühlte, hatte sie immerhin nicht vorgetäuscht. Aber sie mochte ihn sehr viel lieber, wenn er die Augen offen hatte. Er sah sie an, wenn sie mit ihm sprach, und das war für sie etwas eher Ungewohntes.

Mina erhob sich und trat einen Schritt zurück. Dass ihre Sorge um ihn echt war, beunruhigte sie ein wenig. Ihre Gedanken kreisten ohnehin schon viel zu sehr um ihn. Ihr imponierte, dass er nicht barsch mit Untergebenen sprach, und er hatte sie aus einem höchst unangenehmen Intermezzo mit Bonham gerettet. Aber womöglich hatte das nicht viel zu bedeuten. Bei genauer Betrachtung war sie sich nicht einmal sicher, ob sein rechtzeitiges Auftauchen purer Zufall oder geschickte Planung gewesen war. Und seit der vergangenen Woche verhielt er sich ihr gegenüber zunehmend kühl und abweisend.

Sie sollte sich nicht allzu sehr um ihn zu sorgen. Ansonsten stünden ihr mit Sicherheit unzählige Probleme ins Haus.

»Ach du meine Güte!« Eine Hand legte sich um ihren Ellbogen. »Ist mit dir alles in Ordnung?« Jane sah sie erschrocken an. Ihr Gesicht war kreidebleich.

»Ja, mir geht es gut.«

»Du siehst aber nicht so aus.«

Mina seufzte. Collins hatte Jane engagiert, als Mina sechzehn geworden war. *Eine junge Dame braucht eine Reisebegleiterin,* hatte er gesagt. Die Freundschaft mit Jane war in den letzten vier Jahren stetig inniger geworden, und sie war für Mina das Kostbarste auf der Welt. Doch manchmal war es auch ein Fluch, dass Jane sie so gut kannte. Es schien, als könnte sie in Mina hineinsehen, und sie hatte Mina mehr als einmal davor gewarnt, Monroes Charme zu verfallen. *Du kennst denn Mann doch gar nicht; sei lieber vorsichtig,* hatte sie ihr geraten. »Er ist mir auf die Nase gefallen«, sagte Mina. »Und jetzt tut sie mir weh.«

Janes haselnussbraune Augen wurden schmal. »Lass mich mal sehen.« Sie fasste Mina beim Kinn und drehte ihr Gesicht zu sich, während immer mehr Menschen sich um sie drängten. Ellbogen stießen Mina in die Seite, und man trat ihr auf den Saum. Es war ungewohnt für sie, dass Menschen an ihr vorbeigingen, ohne sie eines zweiten Blickes zu würdigen. Sie ließ sich von der Menge tragen, und es wurde zu einem Spiel, die Balance zu halten. »Es sieht aus, als sei alles in Ordnung«, entschied Jane. »Die Nase ist leicht gerötet. Was ist mit ihm? Ist er tot?«

Mina schüttelte den Kopf. Sie erinnerte sich an seinen heißen Atem an ihrem Hals, als sie sich ihm in die Arme geworfen hatte. Er hatte ihr ein Prickeln den Rücken herunterlaufen lassen – vielleicht war das der Grund, dass sie nicht sofort reagiert hatte. Er küsste fantastisch, besser, als sie zu hoffen gewagt hatte. Aber seine Ausdrucksweise war ordinär. Warum hatte er so derb mit ihr gesprochen? Was hatte sie getan, dass er sich so anders benahm? Es wurmte sie, dass er die Macht über sie hatte, sich über derartige Fragen den Kopf zu zerbrechen. Er war schließlich nichts weiter als ein Freund ihres Stiefvaters.

Dr. Sullivans Sohn drängte sich an Mina und Jane vorbei, und die beiden Freundinnen sahen zu, wie er sich neben Monroe kniete und ihm den Puls fühlte.

»Ich sollte mich auf die Suche nach Mr Collins machen«, murmelte Jane.

»Versuch's mal im Kartenzimmer.« Nachdem er Minas Mutter gezwungen hatte, sich in ihr Zimmer zurückzuziehen, hatte er am Pokertisch Stellung bezogen. Auch seine Bewunderer hatten sich dort eingefunden, um ihm, ähnlich wie Tagelöhner ihrem König, zu huldigen. Jedes Mal, wenn Mina am Kartenzimmer vorbeigegangen war, hatte er ihr durch die geöffnete Tür zugewunken und einen Rauchkringel in die Luft geblasen, als hatte er sie auffordern wollen, ihm zu seiner Beliebtheit zu gratulieren. Sie wünschte sich, über seine Überheblichkeit lachen zu können, doch sie konnte es nicht.

»Ich bin gleich wieder da.« Jane raffte ihren Rock und entfernte sich.

Mina war der einzige Farbtupfen in einem Meer aus breiten dunklen Rücken. Die Gentlemen hatten sich um Monroe geschart, und das Stimmengewirr wurde beständig lauter. Jeder versuchte, den anderen mit autoritärer, *noch* männlicherer Stimme zu übertönen.

»Treten Sie doch zur Seite …«

»Lockert ihm die Krawatte …«

»Atmet er noch?«

»Er ist Collins' Gast, nicht wahr?«

»Er scheint Fieber zu haben …«

Mr Bonham drängte sich durch die Menge. Als sein Blick auf Mina fiel, bedachte er sie, wie so oft, mit seinem höchst sonderbaren Lächeln. Noch nie hatte sie gesehen, dass er andere auf diese Weise anlächelte. Hielt er es für attraktiv? Dabei sah es eher aus, als versuchte er, seine Lippen in den Mund zu saugen. Mina sah sich außerstande, dieses Lächeln zu erwidern. Sollte Mr Monroe ernstlich krank sein, wäre alles ruiniert.

Dr. Sullivans Sohn hatte sich wieder aufgerichtet. »Er atmet«, verkündete er, woraufhin ein Raunen einsetzte.

Um besser sehen zu können, stellte sich Mina auf die Zehenspitzen. Sie würde zehn Jahre ihres Lebens dafür opfern, zwei Fingerbreit größer zu sein. Im Alter von dreizehn hatte sie Gott genau diesen Vorschlag gemacht, jedoch ohne Erfolg. Er hatte ihn schlichtweg ignoriert.

Durch das Meer an Schultern sah sie, wie Mr Bonham sich herunterbeugte, Monroe an den Haaren packte, dessen Kopf zu sich hochzog und an ihm roch. »Zu tief ins Glas geschaut«, urteilte er. »Oder …« Er blickte auf und suchte nach Mina. Allmählich wurde sein anzügliches Grinsen lästig. »Womöglich hat ihn Miss Masters' Schönheit überwältigt.«

Ein Lachen ging durch die Menge. Sämtliche Blicke ruhten jetzt auf ihr, bis einige der Umstehenden fanden, dass sie sich unhöflich verhielten und ihr Platz machten, sodass Mina sich mit einem Mal im Zentrum eines Kreises befand und wie ein preisgekröntes Schwein auf einem Jahrmarkt begafft wurde. Am liebsten hätte sie angefangen zu schielen und das Gesicht zu einer Fratze zu verziehen.

Da sie jedoch im Mittelpunkt der allgemeinen Aufmerksamkeit stand, blieb ihr nichts anderes übrig, als ein Lächeln aufzusetzen. Mr Bonham wertete dies als gutes Zeichen zu seinen Gunsten. Sein Grinsen wurde breiter, bis es seine Zähne entblößte. Bonham war gut betucht und ehrgeizig – ein Emporkömmling eben, der sein Geld in den Kolonien gemacht hatte, was nicht zwangsläufig gegen ihn sprechen musste. Es wurde erwartet, dass ihm die Herzen der Ballschönheiten nur so zuflogen. Hätte Mina nichts über ihn gewusst, hätte sie ihm womöglich ihr Herz geschenkt. Schließlich war er von schlanker Statur, hatte elegante, schlanke Künstlerhände und rabenschwarzes Haar. *Das Talent eines Bankiers und das Antlitz eines Poeten*; seine meergrünen Augen waren schuld daran, dass Damen einander Derartiges zuraunten, wenn er an ihnen vorbeischritt.

Doch Mina hatte noch manch anderes, eher pikantes Detail

über sein Wesen in Erfahrung gebracht: Wie es schien, hatte er seine Finger schlechter unter Kontrolle als eine Krake ihre Fangarme, und seine Lippen schmeckten nach Brackwasser. Es mochte sein, dass er ein Herz für die Straßenhunde hatte, die sich jeden Abend vor den Toren der Stadt versammelten, doch auf seine Bediensteten drosch er mit dem gleichen Lächeln ein, mit dem er die Streuner fütterte. Bonham hatte sich mit Minas Stiefvater zusammengetan, um eine Kokaplantage in Ceylon zu finanzieren. Als Bonbon verlangte er jedoch Minas Hand. Während Mina Ersteres egal war, raubte ihr Letzteres vor lauter Panik den Verstand.

Mina gab sich einen Ruck und verbot sich, noch länger darüber nachzudenken. Schließlich war sie nicht wie ihre Mutter, die stundenlang weinend dasaß und die Hände rang. Handeln, lautete die Devise. Und der Mann, der bewusstlos auf dem Boden lag, sollte ihr eigentlich helfen, einen Ausweg aus dem Dilemma zu finden. Mr Monroe beabsichtigte ebenfalls, mit ihrem Stiefvater ins Geschäft zu kommen. Er war gebürtiger Amerikaner, aber in seinen Adern floss pures irisches Blut – ein Vorteil, dem Bonham nichts entgegenzusetzen hatte, der in Singapur das Licht der Welt erblickt und lediglich einen englischen Vater vorzuweisen hatte. Würde Monroe also ihren Stiefvater für sich einnehmen können, oder würden sie dabei ertappt werden, wie sie sich im Korridor küssten, dann verlöre Bonham vielleicht das Interesse an ihr. Zumindest hoffte Mina, dass sein Stolz das von ihm verlangen würde.

Geistesgegenwärtig schlug Mina einen Nutzen aus dem Umstand, dass alle sie anstarrten. »Es könnte Typhus sein. Oder die Cholera. Was denken Sie?«

Allein der Hinweis auf eine ansteckende Krankheit reichte aus, die Gentlemen zurückweichen zu lassen. Mit Ausnahme von Bonham, der genau wie Collins ein gutes Gespür für die subtileren Formen der Aufmüpfigkeit hatte und deshalb lediglich die Augen zusammenkniff.

Eine Hand legte sich um ihren Arm. Collins zog Mina mit derselben Achtlosigkeit herum, wie er einen jungen Hund am Genick packen würde. »Was ist passiert?«, brummte er, während er aus blutunterlaufenen Augen auf den am Boden liegenden Monroe stierte.

Mina fand, dass der Anblick eigentlich für sich selbst sprach, aber Collins stellte oft Fragen, auf die er eine Antwort verlangte. »Er ist zusammengebrochen, Sir«, sagte sie.

»Zusammengebrochen? Ohne Vorwarnung?«

Es kam nur selten vor, dass er ins Irische verfiel. Vermutlich hatte er im Kartenzimmer reichlich dem Alkohol zugesprochen. Meist sprach er ein breiteres Amerikanisch als sie selbst. Wegen der ausgedehnten Reisen um den Globus in Minas Kindheit und der vielen, von ihrer Mutter handverlesenen britischen Kindermädchen war ihre Aussprache eher verwischt.

Mina überlegte genau, ehe sie antwortete: »Sein Gesicht war leicht gerötet.« Aus den Augenwinkeln sah sie, dass Jane zu ihnen kam und dass zwei stämmige Diener ihr folgten. »Wenn Sie wollen, sorge ich dafür, dass er in sein Zimmer gebracht wird.«

Bonham erhob sich. »Vielleicht wäre es klüger, ihn nach Aberdeen ins Krankenhaus zu bringen. Miss Masters hat recht, womöglich ist er ansteckend.«

Mina blickte zu Jane, die so leicht den Kopf schüttelte, dass nur sie es sah. Es war nicht schwer zu erraten, was mit Monroe im Krankenhaus geschehen würde. Bonham passte es schließlich nicht, dass er um die Gunst Collins' buhlen musste, und würde mit Sicherheit dafür sorgen, dass eine der Krankenschwestern ihm »aus Versehen« ein falsches Medikament verabreichte.

Mit einer sachten Berührung am Arm sagte sie: »Ich würde mich freuen, wenn ich mich um ihn kümmern dürfte, Vater.«

Für gewöhnlich mochte ihr Stiefvater es, wenn sie ihn so nannte, doch heute Abend, nach dem Streit mit ihrer Mutter, schien er nicht sonderlich erfreut über die Anrede. Unwirsch schüttelte er ihre Hand ab. »Ich verstehe nicht, was ihm zugestoßen sein könnte«, brummte er. »Vorhin schien es ihm doch noch gut zu gehen, oder?«

»Bringt ihn in sein Zimmer«, wies Jane die Diener an.

»Einen Moment noch«, meldete Bonham sich abermals zu Wort und warf Jane einen stechenden Blick zu. »Mit solch einem plötzlichen Anfall ist nicht zu spaßen. Im Krankenhaus wäre er besser aufgehoben. Gesetzt den Fall, er hat etwas Ansteckendes, dann …«

Mina unterbrach ihn mit lauter Stimme. »Mr Bonham, ich muss schon sagen, ich bin schockiert. Mr Monroe ist unser Gast. Sie werden mir sicherlich recht geben, dass es unsere christliche Pflicht ist, uns nach bestem Wissen und Gewissen um ihn zu kümmern.«

Minas Strategie ging auf: Wie ein Hahn in Kampflaune plusterte Collins sich auf. Erzürnt ließ er den Blick über die Menge schweifen, falls noch jemand es wagte, seine Gastfreundschaft infrage zu stellen. »Mina hat recht«, donnerte er. »In meinem Haushalt wird kein hilfebedürftiger Gast der Tür verwiesen. Wenn Sie sich nützlich machen wollen, Bonham, dann verständigen Sie Dr. Sullivan.«

»Aber gern doch«, murmelte Bonham und deutete eine Verbeugung an.

»Er hält sich in Little Hongkong auf«, sagte Dr. Sullivans Sohn. »Er wurde an das Wochenbett von Mrs Harlock gerufen.«

»Dann schicken Sie eben einen Boten. Und sorgen Sie dafür, dass die Musiker weiterspielen.« Mit diesen Worten drehte Collins sich um. Für ihn war die Angelegenheit um Monroe beendet. Solange es noch irgendwo Alkohol und ein Kartenspiel gab, würde sein Mitleid warten müssen.

Als die Diener Mr Monroes schlaffen Körper davontrugen, nahm Jane Mina beim Ellbogen. »Mr Bonham dürfte nicht sonderlich erfreut sein«, murmelte sie. »Bist du sicher, dass du das Risiko eingehen willst, ihn zu kränken?«

Mina nickte, wenngleich die Frage so nicht ganz richtig gestellt war. Das Ganze hatte nichts mit einem Risiko zu tun – schon gar nicht, wenn man keine andere Wahl hatte.

2

Nur ein schmaler Lichtschimmer drang unter der Tür zum Zimmer ihrer Mutter hervor. Ohne anzuklopfen drückte Mina leise den Griff herunter, der sofort nachgab. Harriet Collins saß in der Fensternische, die Beine untergeschlagen, das Gesicht gen Nachthimmel gerichtet. Das helle blonde Haar fiel ihr bis über die Schultern und ließ dabei ihren schlanken Hals und die weichen Konturen ihres Kinns frei. So, wie sie dasaß, nur mit Nachthemd und Morgenrock bekleidet, wirkte sie ungemein jung. Fast so jung wie das Konterfei, das Mina allmorgendlich im Spiegel erblickte.

Reflexartig verkreuzte Mina die Finger. *Niemals*. Sie würde nie und nimmer derart gebrochen aussehen, und das nur, um einem Mann zu gefallen. An einer derartigen Liebe hatte sie kein Interesse.

Ein kaum hörbares Geräusch musste sie beim Betreten des Raums verraten haben, denn ihre Mutter wandte das Wort an Mina, ohne den Kopf zu drehen: »Sind die Gäste gegangen?«

Die Frage machte Mina stutzig. Es war noch nicht einmal Mitternacht. Sie schaute zum Kaminsims und entdeckte sofort die Lücke an der Stelle, an der für gewöhnlich eine Uhr stand. Sie ließ den Blick durch das Zimmer schweifen. Dort drüben, vor dem Kleiderschrank, lag die Uhr in einem Meer von Scherben, das Ziffernblatt zum Boden gewandt.

Sie sah ihre Mutter an, deren Gesicht keine Regung zeigte. »Nein, noch nicht.« Behutsam zog Mina die Tür ins Schloss. Der Riegel war gut geölt und rastete lautlos ein … Nicht nur die Türriegel, sondern alles in diesem Hause befand sich in vorzüglichem Zustand, war teuer und reich verziert und diente dazu, Collins' gesellschaftlichen Rang hervorzuheben. In dieser Hinsicht unterschieden Mina und ihre Mutter sich kein bisschen von dem Seidenteppich unter ihren Füßen. »Das kann auch noch einige Stunden dauern.«

»Wie bitte?« Ihre Mutter wandte sich um, die Augen waren vom vielen Weinen gerötet. »Was hast du dann hier verloren? Kümmere dich wieder um die Gäste. Solange ich abwesend bin, fällt dir die Rolle der Gastgeberin zu. Beim Allmächtigen, dein Haar! Trag Jane auf, es sofort wieder zu richten.«

Bestürzt hob Mina die Hand, um ihre Frisur zu überprüfen. Sogleich löste sich eine mit Edelsteinen besetzte Haarnadel und landete in ihrer Hand. Doch sie ließ sie zu Boden fallen – als Belohnung für denjenigen, der die Glasscherben zusammenfegen würde. »Nein, ich habe mich bereits zurückgezogen. Mr Monroe ist erkrankt, und Mr Collins hat mich gebeten, mich um ihn zu kümmern.«

Harriet Collins runzelte die Stirn. Zweifelsohne missbilligte sie diese Anweisung, würde sich jedoch hüten, dagegen aufzubegehren. »Nun gut.«

Sie nestelte an dem Medaillon, das sie um den Hals trug. Ihre Stimme war dünn vom Weinen und klang resigniert. »Was stimmt denn nicht mit ihm? Hast du einen Arzt rufen lassen?«

»Ja, aber es dürfte eine Weile dauern, ehe der eintrifft. Es scheint, als sträubte sich Mrs Harlocks Baby dagegen, endlich das Licht der Welt zu erblicken.« Als ihre Mutter den Morgenrock raffte, um sich zu erheben, schob sie hastig nach: »Jane ist gerade bei ihm. Es gibt also keinen Grund, dass du dich seiner annimmst.« Ihre Mutter war von nicht allzu robuster Natur, und gesetzt den Fall, Monroe hatte eine ansteckende Krankheit, sollte man sie nicht in seine Nähe lassen.

Ihre Mutter lehnte sich wieder zurück. »Sehr gut. Es hätte mir auch nicht behagt, einem der hier herumwandernden Gäste zu begegnen.« Sie zögerte, bevor sie den Arm ausstreckte. »Komm her und erzähl mir geschwind alles, ehe du wieder gehst.«

Ihr Interesse war ermutigend. In letzter Zeit schien ihre Mutter immer häufiger in einen Zustand der Benommenheit abzudriften, so als hätte sich ihr Geist vom Körper gelöst. Mina ließ sich auf einem Kissen aus Chintz nieder und lächelte ihre Mutter an. »Ich war gerade in ein Gespräch mit Mr Monroe verwickelt, als …«

»Nein, bitte von Anfang an. Warst du das schönste Mädchen auf dem Ball?«

Mina verdrehte die Augen. »Wieso ist das immer die erste Frage, die du mir stellst?«

»Ich mag es eben, mit den guten Nachrichten anzufangen, Darling.«

»Also …« Mina dachte ein wenig über die Frage nach, da Schönheit nach Dafürhalten ihrer Mutter nicht über das äußere Erscheinungsbild hinausging. Ihr Kleid war kostspieliger als alle anderen, die sie gesehen hatte, und für die Perlen, die sie um den Hals trug, hätte man fünf Kopien der Kette Mrs Morgans erwerben können. Ganz zu schweigen davon, dass die Männer sich um sie geschart und geradezu bedrängt hatten, einen Tanz auszulassen. »Ja, ich glaube schon.«

»Heißt das, dass Miss Kinnersley nicht anwesend ist?«

Mina verzog schockiert das Gesicht. Die Kinnersleys waren vor Kurzem von Rangoon hierher versetzt worden, wo deren Tochter die unumstrittene Königin aller Schönen gewesen war. »Warum fragst du? Du findest sie doch nicht etwa hübscher als mich?« Sie beugte sich vor und blickte ihre Mutter mit gespielter Besorgnis und einem Zwinkern an. Die Falten um die Augen ihrer Mutter schienen tiefer geworden zu sein. Sämtliche Cremes und Tinkturen waren vergebens, solange Collins sie ständig zum Weinen brachte. »So jung und schon so schlechte Augen?«

»Sei nicht albern.«

»Ich kann nicht anders. Ich bin nun mal ein höchst albernes Mädchen.«

»Ist sie jetzt da oder nicht?«

»Ja, ist sie.«

»Und was trägt sie? Mit wem hat sie getanzt?«

Mina zuckte die Achseln. »Was für eine Rolle spielt das? Stehen wir im Wettstreit?«

»Es ist *immer* ein Wettstreit.« Harriet legte die Hand um Minas Kinn, damit diese sie ansah. »Es gibt genau drei Pluspunkte, die eine Frau in die Waagschale werfen kann. Ihre Schönheit, ihre Erziehung und, vorausgesetzt, das Glück ist ihr hold …«

»Ihr Vermögen, ja, ich weiß.« Mina löste sich aus dem Griff ihrer Mutter, und ihr Blick fiel auf die Glasscherben, die im gedämpften Schein der Lampe so anmutig funkelten wie Brillanten. Kein Wunder, dass sich so viele Menschen von Strass blenden ließen. »Das hast du mir schon tausendmal gesagt.«

»Wie dem auch sei.« Ihre Mutter zuckte die Schultern. »Was Letzteres betrifft, kann keine dir das Wasser reichen, vergiss das nie. Mehr wollte ich gar nicht sagen.«

Hätte sie bei jeder Erinnerung daran einen Penny bekommen, wäre Mina inzwischen steinreich und könnte tun und lassen, was sie wollte, statt sich aufzutakeln, als stünde sie zur Versteigerung an. »Schade nur, dass Mr Bonham gänzlich anderer Meinung ist.«

Harriet Collins seufzte. »Ich weiß, dass ihr beide einen schlechten Start hattet, aber er ist ein äußerst liebenswerter Gentleman, Mina. Und er hegt ein starkes Interesse an dir.«

Nicht an *mir*, lag ihr auf der Zunge. An ihrem Gesicht und ihrer Figur? Natürlich. Doch sie hütete sich, dies laut auszusprechen. Für ihre Mutter hätte es sowieso keinen Unterschied gemacht. Sie fand amerikanische Mädchen entsetzlich nassforsch. *Für eine junge Dame ziemt es sich nicht, ihre Meinung kundzutun.* Die Zügellosigkeit, die die New Yorker Gesellschaft ihren Töchtern zugestand, konnte sie beim besten Willen nicht verstehen. *In England schickt es sich nicht für ein Mädchen, sich ohne Anstandsdame mit einem Gentleman zu unterhalten oder gar zu treffen.* Es hatte den Anschein, als träfen in England die Mütter sämtliche Entscheidungen. Entscheidungen, die einzig darauf ausgerichtet waren, dem Leben sämtlichen Spaß zu rauben. *Wärest du in England aufgewachsen, würdest du Limonade statt Champagner trinken.* England – das klang unendlich trist, und die Mädchen dort waren vermutlich so langweilig wie Sonntagspredigten.

Die kurze Stille hatte dazu geführt, dass ihre Mutter sich ihrer Probleme abermals bewusst geworden war. Sie presste die Lippen zusammen, während sie nach einem Taschentuch tastete.

»Hat er die Uhr nach dir geworfen?«, fragte Mina sanft.

Harriet drückte das Seidentuch auf die Augen und holte keuchend Luft. »Natürlich nicht.«

»Aber er hat sie geworfen, oder?«

Keine Antwort. Was für eine Rolle spielten noch die Details? Selbst wenn er heute keine Gegenstände nach ihr geworfen hatte, gab es keine Garantie dafür, dass er sein Ziel morgen nicht treffen würde.

Die Schultern ihrer Mutter bebten. Das Tuch dämpfte ihr Schluchzen.

Nimm sie in den Arm. Doch Minas Muskeln gehorchten ihr nicht, sträubten sich und zogen sich zusammen wie erhärtender Ton. »Ich habe Angst um dich«, brachte sie hervor.

»Oh …« Harriet legte das Taschentuch beiseite und sank in die Arme ihrer Tochter. Mina hielt sie fest und spürte, wie ihr Tränen über die Brust und unter das Mieder kullerten. Der

Körper ihrer Mutter erbebte vor einem Gram, der mächtiger als ihre körperlichen Ressourcen zu sein schien. Die Baumwolle ihres Nachthemdes kaschierte nichts; keine Wölbung, keine Unebenheit ihres Rückens blieb Minas Fingern verborgen. Sie waren beide von gleicher Größe und hätten dieselben Kleider tragen können, doch Mina fühlte sich robuster und kräftiger an. Es bereitete ihr unendlichen Kummer, dass ihre Mutter so zerbrechlich war.

Sie schlang die Arme fester um sie. Ihre Mutter vermochte ausgiebiger zu weinen als die Marmorengel im Garten der Rockefellers – jene, aus denen Wasserfontänen heraussprudelten.

Ihre Ungeduld beschämte Mina. Sie richtete sich ein wenig auf und atmete tief durch, um mit ihrem in solchen Situationen üblichen Ritual zu beginnen. Es bestand zum größten Teil aus Beteuerungen (*er hat es nicht so gemeint*), Beruhigungen (*er wird dich nicht verlassen*) und Versprechungen (*er wird dich niemals verlassen*). Doch dieses Mal empfand Mina vor allem eine tiefe Erschöpfung. Ihr fehlte die Kraft, die üblichen Lügen herunterzuleiern, denn – beim Allmächtigen – etwas anderes war es nicht. *Du solltest nicht in meinen Armen liegen und so bitterlich weinen*, dachte sie. *Du bist meine Mutter. Ich sollte diejenige sein, die sich bei dir ausweint.*

Sie gab sich einen Ruck. »Schon gut«, murmelte sie und staunte, wie gütig ihre Stimme klang. Sie konnte es also doch noch. »Schon gut.« Mina stützte das Kinn auf den Scheitel ihrer Mutter und schaute aus dem Fenster. Wie Schneeflocken wirbelten weiße Kamelienblätter im Mondlicht umher. Den Berg hinab, entlang des Weges, den sich der warme Wind bahnte, versank der Hafen von Hongkong allmählich im Schlaf. Sanft schwankten die Segel in der Bucht, fast wie ein Strauch voll weißer Blüten, in denen sich der Wind verfangen hatte.

Der traumhafte Anblick ließ etwas von Mina weichen, das

einer kalten und rauen Kette aus Eis glich. Womöglich war es Einsamkeit. Der Champagner hatte ein trockenes Gefühl in ihrem Mund hinterlassen. Stets hatte sie gehofft, derartige Nächte würden einen anderen Verlauf nehmen. »Hör auf zu weinen«, flüsterte sie. »Alles wird gut.«

»Nein. Es war ein *entsetzlicher* Streit. Er war so ungemein wütend auf mich! Manchmal denke ich, er *hasst* mich.«

»Sei nicht albern. Warum sollte er dich hassen?« Sie brachte es nicht fertig, den Gedanken weiter auszuführen oder die Worte laut auszusprechen: *Er liebt dich*. Etwas in ihr sträubte sich, wohlwollend von ihrem Stiefvater zu reden. »Schon bald wird er dir sagen, dass es ihm leidtut.«

»Nein, dieses Mal nicht. Es war sein voller Ernst.«

Mina schloss die Augen. Wie oft hatte ihre Mutter ihr mit dieser Art von Gesprächen Angst eingejagt. Danach hatte Mina unruhig wach gelegen und sich um ihrer beider Sicherheit gesorgt, hatte sich alle möglichen Horrorszenarien für den kommenden Morgen ausgemalt: ihre Mutter mit einem blauen Auge oder mit gebrochenem Arm, Collins' Wächter, die auf sie warteten, um sie auf die Straße zu setzen. *Wenn wir doch nur etwas Geld besäßen, müssten wir uns nicht so große Sorgen machen*. Wie entsetzlich es war, hilflos zu sein. In solchen Nächten gab Jane ihr Bestes, sie zu beruhigen, doch es half nichts. Jane hatte ihre Familie in New York, die sich um sie kümmern würde, und konnte zudem einen Beruf samt Empfehlungsschreiben vorweisen, während sie und ihre Mutter so nutzlos waren wie diese dämlichen Ming-Tassen, die Harriet sammelte.

»Er wird sich schon noch entschuldigen«, sagte Mina. Bestimmt würde er das tun. Im Moment sah alles düster aus, aber die Erfahrung hatte sie anderes gelehrt. Morgen würde sie zum Frühstück nach unten gehen, und ihre Mutter und Collins würden sich am Tisch gegenübersitzen und sich anlächeln. Und später, auf dem Korridor, würde ihre Mutter sie beiseitenehmen und flüstern: *Er hat sich entschuldigt, Darling. Ihm ist bewusst geworden, wie schlecht er sich benommen hat. Er kann es selbst kaum glauben. Wir vergessen einfach, was sich abgespielt hat.* Entschuldigungen kosteten nichts, und Collins kamen sie stets leicht über die Lippen.

Vielleicht war nicht er es, dem sie Vorwürfe machen sollte. Wenn das verloren gegangene Vertrauen einer Frau mit einigen wenigen Worten wiederhergestellt werden konnte, hatte er womöglich recht, wenn er dachte, dass es nichts wert war.

Mina schluckte ihre Wut herunter. Es fühlte sich an, als würde sie sich gegen ihre Mutter richten, was schlichtweg keinen Sinn ergab; es war, als verspürte man den Drang, einen Welpen zu treten.

Ihre Mutter sprach abgehackt, und immer wieder unterbrach sie sich und schluchzte. »Ich weiß noch nicht einmal, was ich getan habe.«

»Du hast nichts getan.« Collins kritisierte sie für die eigentümlichsten Dinge. *Dein langes Gesicht bedrückt mich.* Oder: *Beim Allmächtigen, bringst du nicht einmal zehn Worte intelligenter Konversation über die Lippen*? Es begann meist mit etwas Trivialem. Doch diese in sich unlogischen Vorwürfe schienen einen Hebel in ihm umzulegen. Im Nu war sein Zorn entfacht und brannte lichterloh. Und ihre Mutter, einst eine junge Witwe, der in den prächtigsten Ballsälen New Yorks die Bewunderer reihenweise am Rockzipfel gehangen hatten, blieb nichts anderes übrig, als vor ihm zu kuschen und sich in endlosen Entschuldigungen zu ergehen. *Es tut mir leid; das habe ich nicht gewollt; mir war nicht bewusst, wie entsetzlich mein Verhalten ist; ich wollte nie, dass …*

»Es sei denn …« Harriet atmete zitternd ein. »Es sei denn, es hat mit Mr Monroe zu tun. Aber das ist nun wahrlich nicht *mein* Fehler. Wie auch?«

»Mr Monroe?« Mina rückte ein wenig von ihr ab, blieb aber nahe genug, um ihrer Mutter eine nasse Haarsträhne aus den Augen zu streichen. »Meinst du seine Erkrankung?« Nein, das konnte nicht sein. Bis zum heutigen Abend hatte es dafür keinerlei Anzeichen gegeben.

Ihre Mutter schüttelte den Kopf. »Nein, Gerard ist heute Nachmittag jemandem im Club begegnet. Einem Amerikaner, der unlängst aus Chicago eingetroffen ist und der behauptet, keinen Mr Monroe zu kennen. Ich habe ihm lediglich zu bedenken gegeben, dass er womöglich viel auf Reisen ist. Ich wollte nur ein wenig das Unbehagen mildern. Vermutlich habe ich mich dabei ungeschickt angestellt und es aussehen lassen, als würde ich einem Gentleman widersprechen.« Sie griff abermals zum Taschentuch und tupfte sich die Augen trocken. »Es war mitnichten meine Absicht, ihn bloßzustellen. Ich war doch früher nicht so unbeholfen.«

»Du bist nicht unbeholfen.«

»Ich kann es ihm nicht recht machen.«

»Dann verlass ihn.«

Ihre Mutter erstarrte.

Genau wie sie. Sie hatte nicht beabsichtigt, es genau in diesem Moment vorzuschlagen. Doch die Worte fühlten sich richtig an. Ihre Lippen hatten sich stark genug gefühlt, die Worte zu formen. Genau genommen hätte sie nichts lieber getan, als sie gleich noch einmal zu wiederholen. *Verlass dieses Scheusal*. »In Connecticut besteht die Möglichkeit, eine Ehe wegen stetiger Grausamkeit annullieren zu lassen.«

»Nicht …« Ihre Mutter verkroch sich in das hintere Eck des Fenstersitzes. »Sei nicht albern.« Sie sprach so leise, dass Mina sie kaum verstehen konnte. »Wir würden auf der Straße den Hungertod sterben.«

»Wir könnten Onkel Edward um Hilfe bitten.«

»Meinen Bruder?« Ihre Mutter lachte verbittert. »Er würde sich daran weiden, mich in der Gosse zu sehen. Er denkt ohnehin, dass ich längst dort gelandet bin.«

»Ich könnte mir eine Arbeit suchen.«

»Du? *Arbeit?*« Das Lachen ihrer Mutter klang bitter, erstarb jedoch in einem Seufzer. »Wie dem auch sei, Gerard würde niemals einwilligen.«

Mina spürte, wie sich ihr Herzschlag beschleunigte. Ja, den Kern der Sache, den konnte sie in Worte kleiden. »Du hast recht, vermutlich würde er das nicht.« Sie zögerte, ehe sie nach der kalten Hand ihrer Mutter griff, die sich um einen kleinen Knopf auf dem Sitzkissen krallte. Wenn ihre Mutter alles lassen wollte, wie es war, hieß das nicht, dass sie ebenso handeln musste. Sie konnten fliehen – noch heute Nacht. Sie hatte einen Teil ihres Taschengeldes für genau diese Möglichkeit gespart. Es war nicht viel, aber es reichte für die Überfahrt nach San Francisco. Außerdem gab es da noch das kleine Erbe ihres verstorbenen Großvaters, das ihr an ihrem nächsten Geburtstag zufiel. »Dann gehen wir eben nach Kalifornien. Collins käme nie auf die Idee, dort nach uns zu suchen. Ich habe alles genau recherchiert.« Mina verstärkte den Druck ihrer Hand und sprach über das Seufzen ihrer Mutter hinweg weiter. »Du musst nichts weiter tun, als eine Erklärung in der Lokalzeitung abzugeben. Du musst ihm noch nicht einmal von deinem Vorhaben erzählen. Irgendeine unbedeutende Zeitung in irgendeiner kalifornischen Kleinstadt, in die er nie einen Fuß setzen wird.«

Harriet riss ihre Hand zurück und kam schwankend auf die Beine. »Hör auf damit! Hörst du dir eigentlich selbst zu?«

Mina hätte wohl besser daran getan, die Sache mit der Recherche nicht zu erwähnen. Dadurch hatte sie preisgegeben, wie weit die Sache in ihrem Kopf bereits gediehen war. Wütend über sich selbst krallte sie die Finger ins Sitzkissen. Ihre

Mutter starrte sie aus entsetzten Augen an, als hätte Mina gerade vorgeschlagen, gemeinsam eine Kerze für den Teufel anzuzünden. Ein eigenartiges Gefühl der Verlegenheit kroch in Mina hoch. Doch es gab keinen Grund, sich zu schämen. So gingen moderne Menschen nun einmal derartige Probleme an. »Mutter, er …«

»Scheidung.« Ihre Mutter wickelte den Morgenrock eng um sich. Sie wirkte so kränklich, als reichte schon das Wort aus, um ihr Übelkeit zu verursachen. »Bist du von Sinnen? Davon sprichst du doch die ganze Zeit.« Sie stieß ein kurzes Lachen aus. »Du schlägst nach deinem Vater, daran besteht kein Zweifel. Durch und durch Amerikanerin. Doch die Peppins wissen ihren Eheschwur zu schätzen. Hast du auch nur den Hauch einer *Ahnung*, was die Menschen über uns denken würden? Gar nicht auszudenken, was geschähe, wenn Robbie davon erführe. Gott bewahre.«

Mina verspürte den plötzlichen Drang, den Knopf des Kissens abzureißen. Es war unglaublich. Robbie, ein nichtsnutziger Engländer, dem ihre Mutter vor zwanzig Jahren einen Korb gegeben hatte, beeinflusste noch heute ihre Entscheidungen? »Was geht ihn das an? Er hat dich vor über zwei Jahrzehnten aus seinem Gedächtnis gestrichen. Wir sollten nichts darauf geben, was irgendwer in England denkt. Du hast es selbst gesagt – dass sie froh wären, wenn du tot in der Gosse landen würdest.«

»Hör auf damit.« Mit schwankenden Schritten ging Harriet zur Kommode und nahm sich einen Kamm, ehe sie sich mit wütender Hand das Haar glättete, es aufdrehte und den Kamm hineinrammte, damit es hielt. »Dein Verhalten schockiert mich zutiefst.« Als sie sich umdrehte und durchatmete, hob und senkte sich ihre Brust sichtbar. »Wie kannst du es *wagen*, über derlei mit mir zu sprechen? Es gibt keinen Zweifel daran, dass ich bei dir etwas falsch gemacht habe. Er ist mein Mann, dem ich vor Gott gelobt habe, ihn zu lieben und ihm zu gehorchen. Und als seine Tochter ist es deine Pflicht, …«

»Ich bin nicht seine Tochter«, entgegnete Mina tonlos. »Und *ich* habe ihm keinen Schwur geleistet. Aber er hat dir gegenüber doch auch etwas gelobt, nicht wahr? Hat *er* sich denn daran gehalten?«

Ihre Mutter stieß ein befremdliches Lachen aus und fuhr sich mit dem Handrücken über die Augen. »Oh Mina. Du bist noch so jung. Jünger, als ich es jemals war. Ich schätze, es ist der Fehler deines Vaters. Er hat dich zu sehr verwöhnt. Was weißt du schon über die Ehe? Nichts.«

Doch Mina wusste genug darüber, um sich zu fragen, ob sie jemals mehr darüber erfahren wollte. »Hätte Papa dich jemals dazu gebracht, so bitterlich zu weinen?« Als ihre Mutter die Lippen aufeinanderpresste und nicht antwortete, spürte sie einen Anflug von Groll, der ihr die Kehle zuschnürte. Die nächsten Worte spuckte sie förmlich aus. »Hätte *Robbie* das getan?«

Das Stirnrunzeln ihrer Mutter löste sich auf. Einen nicht enden wollenden Augenblick lang starrte sie in die Luft. »Nein«, sagte sie dann. »Robbie war herzensgut und gütig. Obgleich man das von niemandem mit Bestimmtheit sagen kann. Und was die Liebe angeht – die Liebe vergeht im Laufe der Zeit.« Ihr Blick richtete sich auf Mina. »Dein Vater war auch zu mir ausgesprochen gut, versteh mich da nicht falsch. Als er starb, hat er uns jedoch ohne einen einzigen Penny zurückgelassen. Das hatte nichts mit Liebe zu tun. Das war alles andere als fürsorglich.« Als Mina sie anstarrte, stieß sie einen ungeduldigen Laut aus. »Du hältst mich für geldgierig? Mit der Zeit wirst du lernen, dass Fürsorglichkeit viele Facetten hat. Manche davon sind in dieser Welt hilfreicher als andere.«

Mina stand auf. Sie fühlte fast etwas wie Erleichterung, einen erstklassigen Grund dafür geliefert zu bekommen, wütend zu sein. »Du hältst mir eine Predigt über den Wert des Geldes? Ausgerechnet *du*? Die Frau, die ständig darüber wehklagt, sie habe ihre wahre Liebe für einen Teil von Papas dreckigem amerikanischen Vermögen weggeworfen?«

»Du zollst mir auf der Stelle ein wenig Respekt oder schweigst von nun an.«

»Mir ist bewusst, dass ich mit mehr Respekt sprechen sollte, und genau das würde ich auch tun. Wenn ich jedoch sehe, wie du dich wie ein Hund mit eingekniffenem Schwanz hinter Collins verschanzt, beginne ich daran zu zweifeln, ob du meinen Respekt überhaupt verdienst.«

Ihre Mutter war mit einem Schritt bei ihr und schlug ihr mit der flachen Hand ins Gesicht.

Der Schmerz hielt sich in Grenzen; sie würde nicht weinen. Ihre Mutter weinte schnell, Mina hingegen nie.

Als Mina jedoch die Hand zum Gesicht führte und spürte, wie sehr ihre Wange glühte, war ihr, als geriete etwas in ihrem Inneren in Bewegung und zerbräche in Einzelteile, die sich blitzschnell auflösten. Das Gefühl des Verlustes traf sie mit einer Schärfe, die sie ein leises Geräusch ausstoßen ließ. »Jetzt hast du mich sogar geschlagen. Weshalb? *Seinetwegen?* Ich begreife allmählich, wessen Liebe du *nützlicher* findest.«

»Sei nicht töricht.«

Als Mina die nächsten Worte formte, versagte ihr fast die Stimme. »O Mutter. Nicht ich bin hier der Tor.«

Der Mund ihrer Mutter wurde schmal. »Ich habe die Beherrschung verloren, und es tut mir leid. Welch ein schlechtes Vorbild ich doch bin. Aber dieser Vorfall bringt mich dazu, mich Gerards Meinung anzuschließen. Mit deiner Halsstarrigkeit schadest du dir selbst. Mr Bonham gibt an, deine Gesinnung zu bewundern. Nun denn, soll *er* sich doch damit herumschlagen.«

Mina stieß ein ungläubiges Lachen aus. »Du hast deinen Weg

gewählt und ihn beschritten. Ich für meinen Teil werde dir jedoch unter keinen Umständen folgen, und mit einem wie Bonham möchte ich nichts zu schaffen haben.«

Ihre Mutter zog die Augenbrauen hoch, und ihre Schultern strafften sich. Einen Augenblick lang wirkte sie wie die Frau, an die Mina sich aus früheren Jahren erinnerte – stolz, gelassen, sich ihrer selbst sicher. »Der Weg, den ich beschritten habe, sorgt immerhin dafür, dass du dich in Seide kleiden kannst«, sagte sie. »Aber ich sehe, wie sehr es dich schmerzt, derart viel Luxus zu ertragen. Arme Mina. Wie entsetzlich, vom begehrtesten Junggesellen des Festlandes umworben zu werden.«

»Als ob das irgendetwas damit zu tun hat.« Sie knirschte mit den Zähnen. »Hör mir zu, Mutter. Eher friert die Hölle zu, als dass ich Collins' Protegé heirate.«

»Dann schlage ich vor, dass Jane deine Pelze zusammenpackt. Wir warten täglich darauf, dass er uns ein Angebot macht, von dem wir uns viel erwarten und das wir annehmen werden.«

Mina atmete tief ein. Das waren bedeutende Nachrichten. Sie sollte sich freuen, davon erfahren zu haben, einerlei, auf welche Art und Weise es an die Oberfläche gelangt war. *Geh*, forderte ihr Verstand sie auf. *Plane deine nächsten Schritte*. Vielleicht war die Zeit reif, das Gespräch mit dem Konsul zu suchen. Sie hatte ein Bündel Dokumente zusammengetragen, einige davon verschlüsselt, andere gehaltvoll genug, um sein Interesse zu wecken, vorausgesetzt, sein Ehrgefühl war stärker als seine Freundschaft zu Collins.

Doch ihre Gefühle schrien nach einem glühenderen Abschluss des Gesprächs als ihr Verstand. Sie einigte sich auf einen Kompromiss und schlug einen ruhigeren Ton an. »Ich hätte weglaufen können, musst du wissen. Manches Mal war ich versucht, den Gedanken in die Tat umzusetzen. Jedes Mal, wenn er mich angeschrien oder mich in meinem Zimmer eingeschlossen hat, weil ich es wagte, ihm zu widersprechen, bin ich deinetwegen geblieben. Deinetwegen habe ich gelernt, vor ihm zu Kreuze zu kriechen.«

Der Gesichtsausdruck ihrer Mutter nahm weichere Züge an. »Darling, ich weiß, dass es für dich nicht leicht war. Du warst immer so temperamentvoll. Gott ist mein Zeuge, ich wollte nie, dass du verletzt wirst.« Sie hob die Hand, doch Mina drehte den Kopf zur Seite, um der Berührung auszuweichen. »Mina«, flüsterte sie und ließ die Hand wieder sinken. »Ich liebe dich mehr als mein eigenes Leben. Doch die Welt hat keine Verwendung für die Launen einer Frau. Vertrau mir: Wenn du diese Lektion jetzt lernst, ersparst du dir auch für die Zukunft eine Unmenge Leid.«

»Es gibt nur eine Lektion, die ich heute Abend gelernt habe. Nämlich, dass es ein Fehler war, bei dir zu bleiben.«

»Tapfere Worte«, sagte ihre Mutter ernst. »Nichts anderes habe ich von dir erwartet. Doch mein Bruder hat uns längst verstoßen. Sag mir, mein Kind – wo sonst solltest du Zuflucht suchen?«

Sie hatten Monroe ans Bett gefesselt. »Er hat wild um sich geschlagen«, erklärte Jane, die eine Kompresse auf ihr Auge drückte und unsicher auf den Beinen wirkte. In einer Ecke des Raums war eine chinesische Dienerin dabei, Pulver in eine Tasse zu rühren. »Er hat dabei mein Auge getroffen und einen der Diener gegen die Wand geschleudert.«

»Arme Jane«, sagte Mina geistesabwesend. Ihre Wange schien noch immer zu brennen. War es falsch, Neid zu empfinden? Ein blaues Auge würde verheilen, doch dem tauben Gefühl in ihr war mit herkömmlicher Medizin nicht beizukommen. *Wo sonst solltest du Zuflucht suchen*? »Vielleicht ist es besser, du setzt dich.«

Jane ließ sich von Mina in einen Sessel helfen. »Ein solches Verhalten ist mir noch nicht untergekommen. Erst lacht er hysterisch, und dann fängt er an, um sich zu schlagen. Siehst du, wie stark gerötet seine Haut ist? Und seine Pupillen sind groß wie Untertassen! Zudem glüht er geradezu. Ich vermute, es handelt sich um eine seltene Form von Tropenfieber. Er hat sich noch nicht erleichtert, aber wir haben ihm dennoch Chinin gegeben. Und Laudanum, um ihn ruhigzustellen, bis der Arzt eintrifft. Ich denke, damit können wir nichts falsch machen.«

»Vermutlich nicht.« Sie konnte Bonham unmöglich heiraten, er war ihrem Stiefvater viel zu ähnlich. Er würde von ihr erwarten, dass sie auf sein Kommando sänge und verstummte, und käme sie seinem Willen nicht nach, würde er sich im Recht fühlen, sie zu bestrafen. Schließlich galt er als mächtiger und einflussreicher Mann, den jede Frau mit Kusshand zu ihrem Mann nehmen würde.

Sollte er es also in dieser Hinsicht wie Collins halten, so würde sie sich keinesfalls wie ihre Mutter verhalten. Sie würde ihn eher umbringen als zuzulassen, dass er sie in die Knie zwang.

»Mina. Geht es dir gut?«

»Meine Mutter hat entschieden, mich mit Bonham zu verheiraten. Als hätte *sie* je ein glückliches Händchen bei der Wahl ihres Ehemannes gehabt. Als hätte ihre Entscheidung sich nicht schon in millionenfacher Hinsicht als falsch erwiesen.«

»Hast du ihr gesagt, dass du nicht einverstanden bist?«

»Und ob ich ihr das gesagt habe. Sie findet, ich sei zu *temperamentvoll*.«

Jane seufzte. »Du solltest ein wenig Mitgefühl mit ihr haben. Sie bereut die Entscheidungen, die sie getroffen hat, und will nun sichergehen, dass dir nicht das Gleiche widerfährt.«

Nein. Von Mitgefühl wollte Mina nichts mehr hören, damit war sie durch. »Ich habe ihr damals geraten, ihn nicht zu heiraten.« Nur zu gut erinnerte sie sich an den Moment, in dem sie Collins' wahres Gesicht gesehen hatte. Er war gekommen, um ihrer Mutter einen Besuch abzustatten, damals, als er gerade erst damit begonnen hatte, ihr den Hof zu machen. Mina war aus dem Garten herbeigelaufen und hatte ihn lachend begrüßt, während er ihr seinen Hut reichte. In eisigem Schweigen hatte er ihr schmutziges Kleid gemustert und ihr dann befohlen, sich umzuziehen. Sie sei zu alt, um wie ein kleines Kind herumzutollen.

Er hatte nicht das Recht gehabt, sie zu tadeln, dennoch hatte er es sich eiskalt genommen. Im zarten Alter von zwölf war Mina bereits klüger gewesen als ihre Mutter. Sie hatte gelernt, keinem Mann zu trauen, der sich Rechte herausnahm, die ihm nicht zustanden. »Ich habe ihr gesagt, dass es besser wäre, wir würden den Hungertod sterben. Aber sie hatte kein Vertrauen in mein Urteil. Sie meinte, meine Ängste wären kindisch.«

Jane sprach mit sanfter Stimme. »Wie kannst du erwarten, dass sie dir vertraut? Oder irgendjemandem sonst? Sie hat ja nicht einmal Zutrauen zu sich selbst.«

Mina wirbelten die Gedanken im Moment so wild und ungestüm durch den Sinn, dass sie sie mit niemandem teilen konnte. Sie hob den Kopf und rang sich ein Lächeln ab. Wenn sie vorgab, vergnügter Stimmung zu sein, fühlte sie sich manches Mal in der Tat ein wenig fröhlicher. Lügen wirkten in dieser Hinsicht wie Medizin. »Meine Liebe, dein Auge muss dir doch schrecklich wehtun. Warum gehst du nicht und ruhst dich für eine Weile aus? Ich kümmere mich solange um unseren Patienten.« Mina war im Moment nicht nach Gesellschaft. Wenn sie schon das Zimmer mit jemandem teilen musste, dann mit jemandem, der still dalag und keinen Ton von sich gab.

»Bist du dir sicher?«, fragte Jane, die jedoch schon aufgestanden war. »Ich habe tatsächlich schreckliche Kopfschmerzen. Ich wünschte, wir wüssten, woran der Mann erkrankt ist.«

»Vielleicht ist es Malaria.«

»Dann wäre es ein höchst seltsamer Fall von Malaria. Er

schwitzt überhaupt nicht. Genau genommen erinnert mich sein Zustand an einen Jungen, der früher ein paar Straßen von uns entfernt gewohnt hat. Der Arzt hatte versucht, seinen Starrkrampf mit Belladonna zu behandeln, was den armen Jungen aber letzten Endes ins Grab gebracht hat. Ich würde Mr Monroe eine kleine Dosis Morphin verabreichen, um zu sehen, ob sich sein Zustand dadurch verbessert, aber … warum sollte er Tollkirsche gegessen haben? Er könnte aber auch Epileptiker sein und hat es uns nicht erzählt.« Sie schüttelte den Kopf. »Hat Mr Bonham irgendetwas darüber verlauten lassen, wann der Arzt hier sein wird?«

»Nein, aber ich bin mir sicher, er wird bald kommen.« Mina warf einen flüchtigen Blick zum Bett. »Zumindest hoffe ich das«, fügte sie hinzu. Mr Monroe wirkte ziemlich krank.

Nachdem Jane sich zurückgezogen hatte, ließ Mina sich auf dem Stuhl neben dem Bett nieder. Monroes Gesicht hatte sich hochrot gefärbt. Die Röte war sehr viel stärker als bei einem normalen Fieber und ging mit einem heftigen Hautausschlag einher. Mina streckte die Hand aus, um seine Wange zu berühren, doch im letzten Moment zog sie ihre Finger zurück. Früher am Abend, bei ihrer Begegnung im Flur, hatte er nicht gewollt, dass sie ihm näher kam. Sie hatte es nicht verstanden. Vor nicht einmal einer Woche war er so zuvorkommend und aufmerksam gewesen … und, nicht zu vergessen, sie war Collins' Stieftochter. Ihre Annäherungsversuche auszuschlagen kam dem Verzicht auf einen Schutzschild inmitten eines Gefechts gleich.

Mina ließ den Blick über Monroe gleiten. Jemand hatte ihm den Frack ausgezogen, und das weiße Batisthemd klebte ihm am Oberkörper. Sollte er tatsächlich eine infektiöse Krankheit haben, hatte sie sich zweifelsohne bei ihm angesteckt, als sie ihn geküsst hatte. Gedankenverloren berührte sie ihre Unterlippe. Er hatte sie dort gebissen, ganz sanft. Und sie hatte es gemocht.

Seit drei Wochen mochte sie *ihn* – seinen Esprit, seine ruhige Art und wie gut er zuhören konnte. Ihre Gefühle gingen so weit, dass sie ein, zwei Mal versucht gewesen war, alle Umsicht in den Wind zu schlagen und offen zu ihm zu sein. *Machen Sie keine Geschäfte mit Collins*, hatte sie sagen wollen. *Sie sind zu gut für ihn*.

Die Erinnerung daran entlockte ihr ein Seufzen. Wie naiv sie gewesen war. Denn heute Abend hatte er ihr nicht nur die kalte Schulter, sondern auch sein wahres Gesicht gezeigt. Sie hätte es jetzt bitterlich bereut, hätte sie ihn ins Vertrauen gezogen. Für gewöhnlich war sie klüger. Vielleicht hatte sein gutes Aussehen sie geblendet.

Abermals musterte sie ihn mit einem kritischen Blick. Er war attraktiv, daran gab es nichts zu deuteln. Doch sie hätte die Arroganz in seinen Gesichtszügen früher erkennen müssen. Die gerade Nase schien wie dafür gemacht, an ihr entlang auf Frauen herabzusehen, deren Verhalten nicht seinen Vorstellungen entsprach. *Sie können unmöglich wollen, dass andere Sie für trunksüchtig halten*. Nun, ihn könnten die Leute für einen anmaßenden, entsetzlich nüchternen Langweiler halten, was sie ihm gegenüber aber mit keinem Wort erwähnt hatte, oder? Seine kantigen Wangenknochen zeugten von Hochmut, und sein eckiges Kinn von Unbeugsamkeit. *Seien Sie vorsichtig, Miss Masters. Ich glaube nicht, dass das klug wäre*. Das Grübchen in seinem Kinn konnte sie nicht so recht deuten, doch vermutlich stand es für seine Eitelkeit.

Ärgerlich auf sich selbst, lehnte Mina sich zurück. Wenn sie jetzt daran dachte, dass sie ihn durch einen Korridor verfolgt hatte! Er war ein typischer Vertreter seines Geschlechts … abgesehen von den wundervollen Wimpern, die seinen Augen etwas fesselnd Ernstes verliehen. *Nein*, rief Mina sich streng zur Ordnung. Sein Aussehen beeindruckte sie jetzt nicht mehr.

Er flüsterte etwas.

»Sind Sie wach?« Erleichtert stand Mina auf. Doch seine Augen blieben geschlossen, und er antwortete nicht.

Die chinesische Dienerin sagte etwas, das Mina bedauerlicherweise nicht verstand. Als die junge Frau den Kopf schüttelte und eine wegwerfende Handbewegung machte, interpretierte Mina es dahingehend, dass sie Mr Monroe keinerlei Beachtung schenken sollte.

»Fantasiert er?«, fragte sie. Die Dienerin zuckte die Schultern, legte dann die Hände aneinander und hielt sie sich an die Wange – das Zeichen für Schlaf. Mina nickte und setzte sich wieder.

»Aberdeen«, murmelte Monroe.

Mina lächelte zögernd. Es lag nahe, dass ein Geschäftsfreund ihres Stiefvaters im Delirium von einer Hafenstadt faselte.

»Mitternacht«, flüsterte er. »Nehmen Sie den Zeitplan.«

Wie eigenartig. Er war in Chicago geboren, hatte Aberdeen jedoch wie ein Engländer ausgesprochen.

»Beeilen Sie sich«, murmelte er. »Es ist … Ebbe.«

Mina beugte sich zu ihm. Als er den letzten Satz wiederholte, folgten ihre Augen seinen Lippen.

Ein kalter Schauer erfasste sie. Sie bildete sich das nicht ein. Er sprach ganz deutlich britisches Englisch, so gestochen genau wie ihre Mutter.

3

»*Pilgrim's Paradise*«, sagte Monroe mit einem Seufzen.

Mina stand auf und ballte die Fäuste. Er hatte den Namen eines der Schiffe ihres Stiefvaters genannt. Eines Schiffes, zu dessen Besitz er sich jedoch nicht öffentlich bekannte. Warum sollte er auch? Schließlich benutzte er es für den Transport von Gewehren an die irischen Revolutionäre und wollte nicht gehängt werden. Nicht einmal ihre Mutter wusste von dem Schiff. Mina hatte nur durch Zufall davon erfahren und war wegen dieses Wissens vermutlich in große Gefahr geraten. War Monroe möglicherweise auf die Dokumente gestoßen, die sie versteckt hatte?

Er zerrte an den Stricken, die ihn hielten, und sein Murmeln wurde mit jeder Silbe lauter. »Um Mitternacht«, sagte er klar. »Gehen Sie.«

Genau wie Mina beäugte auch die chinesische Dienerin den Patienten und zog dabei leicht die Brauen hoch. Sie schien kein Englisch zu verstehen, aber dessen konnte man sich nie sicher sein. Collins verfügte über eine Armee von Spionen, die mit Sicherheit auch in seinem Haushalt agierten. »Du kannst jetzt gehen«, sagte Mina zu dem Mädchen.

Erstaunt legte das Mädchen den Kopf schief. Nicht zum ersten Mal wünschte Mina sich nichts sehnlicher, als des Kantonesischen mächtig zu sein. Einst, während eines längeren Aufenthalts in Hongkong, hatte sie mit dem Gedanken gespielt, es zu erlernen, doch Collins hatte es ihr verboten. Angeblich wollte er nicht, dass sie »verwahrloste wie die verdammten Missionare«, doch einige Wochen später hatte er das wahre Motiv für seine Haltung in einem Gespräch mit einem seiner Kohorten preisgegeben. Er hatte gesagt, ein Monopol an Wissen wäre gleichbedeutend mit einem Monopol an allem anderen, das Wert besitzt. Als Mina ihn angestarrt hatte, hatte er ihr zugeblinzelt und sie breit angegrinst.

Mina deutete auf die Tür. »Hinaus«, sagte sie und schob sicherheitshalber noch ein Lächeln hinterher. Mochte ihr der Puls auch rasen, sie würde nicht zulassen, dass ihr Verhalten sie verriet. Eines hatte sie im Laufe der Zeit gelernt: nichtssagender als eine Kuh zu lächeln und blinzeln.

Das Gesicht der Dienerin hellte sich auf. Sie verneigte sich und schlüpfte aus dem Zimmer. Mina ging sogleich zur Tür und schloss ab. Sie lehnte sich mit dem Rücken dagegen und sagte: »So.« Ihre Stimme drohte auf der Silbe auszurutschen, weshalb sie kurz innehielt, um sich zu fangen. Jetzt Nervosität zu zeigen brachte nichts; denn gab man ihr nach, wurde sie noch größer, das hatte die Erfahrung Mina gelehrt. Gib ihr Raum, und sie wird übermächtig. Mina räusperte sich, ehe sie sich mit deutlich kühlerer Stimme an den Kranken wandte. »Sie sind wohl daran interessiert, Monopole zu brechen, oder wie?«

Es verstand sich von selbst, dass er ihr die Antwort schuldig blieb. Wie ein ausgestreckter Zeigefinger bohrte sich der Türgriff in Minas Rücken. Sie tat einen tiefen Atemzug. Der bittere Geruch des Chinins, das Jane dem Kranken verabreicht hatte, hing noch in der Luft.

Konnte es sein, dass Monroe mit ihrem Stiefvater unter einer Decke steckte? Das würde zumindest sein Wissen erklären. Aber warum gab er vor, Amerikaner zu sein?

Der Aufruhr in Minas Innern verlangte nach einem Ventil. Sie schlang die Arme um sich und lief zwischen Waschstand und Fenster im Kreis umher.

»Nach Bantry«, murmelte Monroe. »Drei Schiffe.«

Er hatte recht. Ihr Stiefvater hatte drei Schiffe im Hafen, von denen nur zwei offiziell ihm gehörten. Das dritte sollte nach Bantry auslaufen.

Sie setzte sich auf den Rand des Bettes und musterte Monroe. Es schien, dass er doch kein typischer Vertreter seines Geschlechts war. Mit einem Mal fand sie ihn noch sehr viel faszinierender als in ihren Träumen. War er überhaupt ein Geschäftsmann? Die Tätigkeit, Geheimnisse durch Täuschung zu sammeln, nannte man landläufig Spionage.

Gesetzt den Fall, er war ein britischer Spion, dann war er gekommen, um ihrem Stiefvater das Handwerk zu legen. Vermutlich war es wegen Collins' Waffenlieferungen an die Fenier, die für die Unabhängigkeit Irlands kämpften.

Mina merkte, dass sie an den Fingerknöcheln nagte. Es war eine alte und ausgesprochen schlechte Gewohnheit. Unzählige Gouvernanten hatten bereits versucht, sie ihr auszutreiben, indem sie ihr mit dem Rohrstock gedroht oder ihn auch manches Mal eingesetzt hatten. *Das Aushängeschild einer Lady sind ihre Hände*. Sie biss fester zu. Wenn Monroe der Waffen wegen hier war, würde Collins ihn umbringen, ohne mit der Wimper zu zucken. Collins verabscheute Lügner und hasste es, wenn jemand seine Pläne durchkreuzte. Mina dachte daran, was damals in Manhattan geschehen war. Ein neu eingestelltes Dienstmädchen war in Collins' Arbeitszimmer gegangen, um dort sauber zu machen. Es hatte nicht gewusst, dass nur Collins' persönlicher Sekretär die Befugnis hatte, diesen Raum unbeaufsichtigt zu betreten. Kurz danach verschwand das Dienstmädchen, und unter den Bediensteten ging das Gerücht umher, es sei in einem Armenviertel im Süden Manhattans tot aufgefunden worden.

Beim Allmächtigen. Mina ließ die Hand sinken. Was hatte

ihre Mutter vorhin gesagt? *Gerard hat heute mit jemandem aus Chicago gesprochen, der sagt, dass er keinen Mr Monroe kennt.*

Wie von der Tarantel gestochen sprang Mina auf. *Ich muss hier raus,* schoss es ihr durch den Kopf. Wenn Collins glaubte, dass sie über Mr Monroe im Bilde war und ihn nicht informiert hatte, bedeutete das nichts Gutes für sie. O gewiss, er behauptete, sie zu lieben, aber Selbiges sagte er auch von ihrer Mutter. Er liebte das Bild einer harmonischen Familie, zu dem sie beitrugen. Zumindest nach außen gab er sich als Christenmensch.

Zwei Schritte vor der Tür wurde ihr bewusst, wie kopflos sie reagierte – und das einzig aus Angst vor Collins. Den Blick starr auf den Türgriff gerichtet, blieb Mina stehen. Mr Monroe murmelte im Delirium; hilflos wie ein Kind gab er Dinge preis, die ihn ins Unglück stürzen konnten.

Sie würde nicht zulassen, dass dieses Scheusal von Stiefvater sie panisch machte.

Sie drehte sich zum Bett um und presste die Hand auf die Brust. Ihr Herz schlug so heftig, dass sie glaubte, ihre Rippen könnten jeden Augenblick bersten. Ihr Bauchgefühl hatte sie also doch nicht getrogen. Monroe gehörte nicht zu Collins' Leuten, sondern war sein Feind. Er war kein Investor, sondern ein Spion.

Bei genauer Betrachtung ergab alles Sinn. Früher am Abend, in seinem makellosen maßgeschneiderten Frack und mit dem spöttischen Grinsen, hatte Monroe den Eindruck des selbstbewussten Geschäftsmanns erweckt. Es wäre ihr nicht schwergefallen, sich vorzustellen, wie er einen Schläger anheuerte, um einen seiner Konkurrenten vom Feld zu prügeln. Doch jetzt, mit hochgekrempelten Ärmeln, die seine muskulösen Unterarme freilegten, wirkte er eher wie ein Mann, der an schwerere Arbeiten als das Ausstellen eines Bankwechsels gewöhnt war. Er wirkte durchtrainiert genug, um selbst als Schläger zu fungieren.

Mina atmete tief durch und trat wieder an das Bett. Noch nie war sie einem Mann begegnet, dem sie zugetraut hatte, dass er ihrem Stiefvater die Stirn bot. Dies war womöglich die Gelegenheit, sich erneut mit dem Thema zu beschäftigen. Unter Umständen blieb ihr das Risiko erspart, dem Konsul einen Besuch abzustatten.

Die Haare klebten ihm auf der Stirn. Sie beugte sich vor, um sie wegzustreichen, und ertappte sich dabei, wie sie eine Strähne zwischen den Fingern rieb. Sie fühlte sich so weich und dick an, wie sie es vermutet hatte. Ein sattes, tiefes Braun, fast so dunkel wie Ebenholz. Es passte gut zu seinen Augen und seinem Teint, der einige Nuancen zu dunkel war für jemanden, der überwiegend in geschlossenen Räumlichkeiten seinen Geschäften nachging. »Sie werden mit jedem Augenblick interessanter«, murmelte Mina. Doch seine gebräunte Haut war entsetzlich gerötet und seine Atmung angsterregend flach. »Oh, Mr Monroe … Ich glaube, wenn Sie langweiliger wären, ginge es Ihnen jetzt nicht so schlecht.«

Er gab einen leisen Laut von sich. Einen Laut, der an das Wimmern eines Welpen erinnerte. Was für ein schlechter Vergleich. Der Mann vor ihr war fast zu groß für das Bett und hatte im Delirium einen der Diener quer durch den Raum geschleudert. Spione waren von Natur aus gefährlich. Und sie war nur eine wehrlose Frau.

Das durfte sie nicht vergessen. Denn womöglich war sie es, die in Gefahr schwebte, wenn er wieder zu sich kam. Immerhin kannte sie jetzt sein Geheimnis.

Ein bitterer Geschmack breitete sich in ihrem Mund aus. Es hätte Übelkeit sein können, doch seltsamerweise war es Wut. Hätte Monroe ihr nicht vertrauen können? Immerhin spielte sie sehr glaubhaft die liebende Stieftochter; weniger ließ Collins nicht gelten. Wenn Monroe doch nur die Wahrheit erkannt hätte – wenn sie doch nur mit ihm *geredet* hätte. Nur zu gern hätte sie ihm alles anvertraut, ihm jede noch so kleine Information geliefert. Nur zu gern würde sie ihm jetzt und hier eine Pistole in die Hand drücken und ihn zu den Zimmern ihres Stiefvaters führen – wenn er laufen könnte. Wie *rücksichtslos* von ihm, ausgerechnet jetzt krank zu werden. Ein höchst ungeeigneter Zeitpunkt. Angenommen, Collins hatte ihn bereits im Verdacht, mit falschen Karten zu spielen, dann würde er noch vor dem Morgengrauen tot sein. Es grenzte beinahe an ein Wunder, dass er nicht schon in derselben Stunde den Tod gefunden hatte, in der Collins vom Club zurückgekehrt war.

Mina hielt den Atem an.

Es erinnert mich stark an Belladonna.

So schnell sie konnte lief sie zu dem kleinen Kasten mit den Medikamenten.

Jemand gab murmelnd seine Geheimnisse preis. Da waren sie, die Fakten, die Phin mehr als sein Leben gehütet hatte, und die jetzt wie Kinderreime heruntergesagt wurden. Er wusste, was das bedeutete. Dass jemand diese Nacht nicht überleben würde.

Eine Woge aus Licht rollte über ihn hinweg und schoss ihm in die Knochen, bis sie brannten und schmolzen. Tränen strömten ihm aus den Augen, Schweiß rann über seine Schläfen. Er würde die Augen erst öffnen, wenn er es schaffte zu fokussieren, wenn er in das grelle Licht schauen konnte.

Doch dann begann es zu flackern. Asche und Dunkelheit. Jemand hustete. Das Husten eines alten Mannes, dem Tode nahe. Kurz vor seinem Tod hatte sein Vater Blut gespuckt, seine fahle Haut hatte gelblich geschimmert, als Phin ihn endlich gefunden hatte. Es war derselbe Farbton wie die abblätternde Tapete und mindestens so ausgetrocknet. Beim Allmächtigen, wenn er nur an dieses Rattenloch in Calais dachte. Er würde Gott auf Knien danken, wenn er nie wieder dorthin zurück müsste. Der Gestank des Todes um ihn herum – Blut, Exkremente und Fäulnis –, der hinter den Sockelleisten emporkroch. Der alte Mann wurde immer wütender. Phin leerte seine Taschen: *Ich lüge nicht. Ich kann dir kein Geld geben.* Wieder überfiel den Alten ein Hustenanfall, und er rang keuchend nach Luft. Ohne Unterlass schüttelte er den Kopf. Das Fieber hatte ihm schon lange vor der Krankheit den Verstand geraubt, damals, als er nur Karten und Hochprozentiges im Sinn gehabt hatte. Als er wieder zu Atem gekommen war, sagte er: *Sei verflucht, Phin. Du lügst.* Ein Fluch nach dem anderen wurde gegen Phin geschleudert. Als er sich schließlich wegdrehte, musste er sich das Gesicht säubern. Der Alte hatte beim Sprechen Blut gespuckt.

»Wachen Sie auf!«

Augen. Blau und kalt wie der Winterhimmel und die Tiefen des Ozeans. Wie gebannt starrte Phin in die Tiefen der Farbe, und allmählich beruhigte sich sein Geist wieder. Diese Augen – er glaubte sie zu kennen. »Schweigen Sie«, sagte eine Stimme. Er sah auf die Lippen, die gesprochen hatten. Kleine weiße Zähne blitzten auf, als wäre jeder von ihnen eine enthüllte Gefahr. »Kein Wort mehr. Schlucken Sie dies. Jetzt!«

Der bittere Geschmack einer Flüssigkeit rief ihm die Existenz seines Mundes in Erinnerung. Seine Zunge war wie ausgetrocknet. Herr im Himmel. Er war derjenige, der gesprochen, der ein Geheimnis nach dem anderen preisgegeben hatte.

Er würde heute Nacht sterben.

»Nein«, flüsterte die Stimme. Etwas Nasses und wundervoll Kaltes benetzte seine Wange und rief das Bild eines Schneetigers mit blauen und knisternden Zungen aus Eis hervor, die genüsslich über seine Haut glitten. Durch die Hitze begannen die Zungen zu tropfen, um dann zischend zu zersplittern. Es regnete Stücke schmelzender Zungen quer über sein Gesicht.

»Ganz ruhig.«

Hände berührten ihn an den Schultern, drückten ihn herunter. Er hatte Tanner auf den Boden gedrückt, hatte Seile dazu benutzt. *Immer auf die leichteste Methode*, hatte Tanner gehöhnt. Doch er irrte, gab es doch keine Maßeinheit für Gerissenheit, wenn es darum ging, einen Menschen zu töten. Hierzu war kein Talent nötig. *Ich wusste, dass Sie ein Naturtalent sind*, doch Ridland täuschte sich, wenn er das sagte. Das Morden war keine Kunst, man musste nicht mehr tun, als den Abzug zu betätigen. Man warnte das Opfer, allerdings nicht, weil man ehrenhaft sein wollte. *Sie sollten stolz sein auf Ihre gottverdammte Arbeit, Granville*. Töten hatte nichts mit Ehre zu tun. Man sagte ihnen, dass sie sterben würden, um ihnen Angst einzujagen. Sobald sie sich in die Hosen machten, würden sie auch auspacken, würden sie plappern wie Kinder, und erst dann brachte man sie um. Und zwar genau in dem Moment, in dem das Kind in ihnen zum Vorschein kam. Der kleine Junge, der Angst davor hatte, eine Lüge zu erzählen. Eine halbe Ewigkeit war vergangen, ehe Tanner in diesem heißen, stickigen Raum ausgepackt hatte. Anfangs hatte er gelacht. *Ich werde sterben, sagen Sie? Können Sie etwa in die Zukunft sehen?* Aber nein, es war leicht, die Vorhersage zu treffen. Es war leicht, den Tod vorherzusagen, wenn man selbst die Waffe in der Hand hielt. Blut spritzte umher. *Ich bin ein Killer*, dachte er. *Der Mann hat mich nicht einmal angegriffen. Ich bin ein Killer.* Es war nicht einfach, das zu begreifen, da er sich nicht anders als sonst in seiner Haut fühlte. Trotz der Pistole in den Händen fühlten sie sich zerbrechlich an.

»Sie müssen schweigen.« Die Stimme holte ihn in die Gegenwart zurück, floss durch die Schichten der Dunkelheit und zerrte ihn weg von den Erinnerungen. Ja, es waren nur Erinnerungen. Nichts davon geschah in diesem Augenblick. Er … er lag in einem Bett. Die Dunkelheit bekam Risse, hier und da platzten winzige Stücke ab, enthüllten eine Decke, weißblondes Haar, die

Augen einer Frau. Ihre Lippen, leicht geöffnet wie Blüten, Blumen, der Geruch nach Rosen. *Nein. Konzentrier dich.* Sie sprach mit ihm. »Wir sind allein«, sagte sie. »Ich habe die Gucklöcher abgedeckt. Aber ich weiß nicht, ob jemand an der Tür lauscht.«

Ihre Worte sagten ihm nichts. Seine Instinkte liefen Sturm, wenngleich sein Verstand den Grund dafür nicht ergründen konnte.

»Sie brauchen mehr Morphium.« Die Frau wandte sich ab, und ihr Körper und das Zimmer wichen zurück.

Er öffnete die Augen, und sein Blick fiel auf eine junge Frau. Wie schon einige Male zuvor. Sie sprach mit ihm, doch er konnte sie nicht hören. Seine Knochen fühlten sich an, als bohrten sie sich durch seine Haut. Seine Sehnen und Bänder dehnten sich und zitterten bei dem Versuch, sie an Ort und Stelle zu halten. Jede Zelle seines Körpers vibrierte so stark, dass es ihm nicht möglich war zu unterscheiden, ob sie es vor Höllenqualen oder Glückseligkeit taten.

Die Frau schlug ihn ins Gesicht. Er starrte jetzt auf eine Wand mit Blümchentapete. Der Schmerz in seinem Kiefer war klarer umrissen, einfacher zu begreifen. Er konzentrierte sich darauf, als ihre Stimme das Wirrwarr in seinem Kopf durchdrang.

»Sie müssen atmen«, sagte sie. Etwas drückte gegen seine Nase, etwas Kaltes, Metallisches. Ein Löffel. Es fühlte sich vertraut an, so als ob sie das zuvor schon einmal getan hatte. Er versuchte, den Kopf zu drehen. Sie bedeckte seinen Mund mit ihrer Hand. Als er sie wegschlagen wollte, merkte er, dass er gefesselt war. »Immer schön atmen«, wiederholte sie, und er tat es.

Feuer breitete sich in seiner Nase aus, in seinem Rachen brannte ein bitteres Gefühl.

»Es kann Sie umbringen«, sagte sie. »Ich habe keine Ahnung, wie es mit Morphin reagiert, und schon gar nicht mit Tollkirsche.« Ihr Lachen klang rau. »Sollten Sie doch sterben, dann wenigstens mit einem heiteren Gefühl. Collins würde Sie nicht so sanft ins Jenseits entlassen.«

Collins.

Das Wort löste etwas in ihm aus. Phin spürte, wie seine Gedanken zu ihrer üblichen Ordnung zurückfanden und er wieder geradeaus denken konnte. Collins. Ja. Er befand sich in Collins' Haus. Beim Allmächtigen, dieses Mädchen war Collins' Stieftochter.

Er setzte zum Sprechen an, doch seine Lippen und seine Zunge fühlten sich wie Watte an. Es gelang ihm nicht, die Worte zu formen. In ihm pulsierte es. Überall. Ihr Anblick zählte nun wahrlich nicht zu den unangenehmen Eindrücken. Wie durch einen wabernden Dunstschleier beobachtete er, wie sie sich über ihn beugte. Ihre Halskette aus elfenbeinfarbenen Perlen streifte kühl und sanft sein Kinn. Sie fühlte sich so zart wie sie ihre Haut an. Ihre Schultern waren weiß und schmal wie die eines Kindes, ihre Brüste erinnerten an schneebedeckte Bergabhänge, zwischen denen ein dunkles, wohlduftendes Tal lag. *Denk nach.* Er rief sich das Kleid in Erinnerung, das sie trug. Es passte zu ihren Augen, schmälerte jedoch ihre Ausstrahlung. Mit einer Tasse in der Hand richtete sie sich auf. Er konnte das Trinkgefäß nicht an seinem Mund spüren, merkte aber, wie Flüssigkeit auf sein Kinn tröpfelte. Im nächsten Moment stieg ihm der beißende Geruch von Alkohol in die Nase.

»Schlucken Sie«, sagte sie.

Das Mädchen sah blass aus. Hier und da hatten sich einige Strähnen aus ihrem Dutt gelöst. Hellblonde Locken rahmten ihr Gesicht ein. Sie machte Anstalten, ihm die Nase zuzuhalten, um ihn so zum Schlucken zu zwingen, doch er drehte den Kopf weg. Was zum Teufel hatte sie vor? Sein Handgelenk war an den Bettpfosten gefesselt, und der Knoten sah verdammt professionell aus.

»Es ist nur *Vin Mariani*«, sagte sie. »Manche nennen ihn auch *French Tonic*.«

Er kannte den Wein, hatte er Collins doch weisgemacht, er wollte eine Marke für den amerikanischen Markt ins Leben rufen. Sein Hauptbestandteil war nicht Alkohol, sondern ein Sirup – aus »Koka«. Letzteres hatte er ausgesprochen, aber mit kaum wiederzuerkennender Stimme. Er war heiser, so als hätte er geschrien.

»Genau.« Ein Lachen brach aus ihr heraus, leise und wunderbar melodisch. Sie hatte ihn an dieses gottverdammte Bett gefesselt und lachte ihn aus. »Das Pulver, das Sie inhaliert haben, war ebenfalls Koka.« Ihre Lippen verzogen sich zu einem Lächeln, das sie um einiges reifer wirken ließ. »Mr Monroe, wenn Sie dieses Haus verlassen, werden Sie so voller Koka sein, dass Sie nicht einmal mehr eine Pistolenkugel spüren würden.«

Ihm war, als befände er sich seit dem Aufwachen in einem Theaterstück, dessen Handlung er nicht kannte. Immerhin konnte er jetzt sowohl die Gefühle benennen, die durch ihn pulsierten, als auch den Grund für seine zunehmenden Kräfte und den trockenen Mund. Es lag an der Droge, die sie ihm verabreicht hatte. Er hatte einiges über deren Wirkung gehört und wusste, dass diese Droge auch von Soldaten im Kriegseinsatz genommen wurde. Die Wirkung war jedoch nur von kurzer Dauer. Phin räusperte sich und konzentrierte sich auf seine Aussprache. »Sie haben mich festgebunden wie ein Spanferkel.« Immerhin klang sein Englisch amerikanisch.

»Sie haben um sich geschlagen«, erklärte sie. »Aber jetzt müssen Sie gehen.«

Ihre Worte ergaben keinen Sinn. »Wo ist Ihr Stiefvater?«

Sie zog die Augenbrauen hoch. »Ich kann Ihnen nur raten, sich von ihm fernzuhalten. Es sei denn, Ihnen steht der Sinn danach, ihm Ihr Interesse an der *Pilgrim's Paradise* zu erklären und warum Sie im Schlaf wie die englische Königin sprechen.« Sie sprach mit einer solchen Unbeschwertheit, dass er sich fragte, ob er womöglich noch immer träumte. »Und warum niemand in Chicago etwas mit Ihrem Namen anfangen kann.«

Er blinzelte und war plötzlich hellwach. »Mist verdammter.«

»Ich muss doch sehr bitten, Mr Monroe! Bis eben hielt ich Sie für einen ausgemachten Gentleman.«

Weshalb war er noch nicht umgebracht worden? Er blickte an ihr vorbei und rechnete damit, Collins zu sehen, der mit einer Pistole auf ihn zielte.

»Er ist nicht hier«, beruhigte sie ihn. »Ich habe ihm nichts gesagt. Von … was auch immer Sie vorhaben. Was genau haben Sie eigentlich vor?«

Er sah sie wieder an. Sie schenkte ihm abermals ein hübsches Lächeln. Sah so ihre Befragungstechnik aus? Falls ja, musste sie noch kräftig daran arbeiten. Ihre funkelnden Augen versprachen Dinge, die viel zu süß waren, als dass sie ihn ängstigten.

Der Gedanke hallte in seinem Kopf wider und klang mit jeder Wiederholung aberwitziger und fremdartiger. Sein Gehirn hatte scheinbar doch Schaden genommen.

Mit schwindendem Lächeln lehnte sie sich zurück. »Verstehe. Sie sind vermutlich an einen Kodex gebunden, der es Ihnen verbietet, mir Details zu verraten. Dann antworten Sie mir doch einfach mit Ja oder Nein. Ja, wenn Sie in Bälde etwas vorhaben, und Nein für *vielleicht* bald. Sie merken schon, dass ich es nicht gut ertragen könnte, wenn meine Hoffnungen zerschmettert würden.«

»Bald.« Gütiger Gott. War ihm das gerade wirklich über die Lippen gekommen? Das Gift dafür verantwortlich zu machen, wäre falsch. Das Mädchen selbst war Gift in seiner Reinform.

»Ausgezeichnet.« Sie erhob sich und ging zum Waschtisch. Als sie sich umdrehte, hielt sie eine lange, gefährlich aussehende

Klinge in der Hand. »Nicht bewegen«, sagte sie und machte sich an dem Seil um seine Knöchel zu schaffen. »Mit Fieber kann ich umgehen, mit Blut hingegen nicht.« Während sie das Seil zerschnitt, plapperte sie munter weiter. »Sie müssen sich beeilen, von hier fortzukommen. Er wird bestimmt bald hier auftauchen, um zu sehen, ob Sie bereits tot sind. Ich sage das, weil ich glaube, dass Sie vergiftet wurden. Anderenfalls hätte das Morphium nicht so gut gewirkt.«

Er beobachtete, wie sie sich der Befreiung des anderen Fußes widmete. Es war ihm schleierhaft, was sie vorhatte. Sie glaubte, einem Mann zu helfen, der ein Feind ihres Stiefvaters war. Das war nicht das Tun eines Spatzenhirns, auch wenn ihm das Bild einfach nicht aus dem Kopf gehen wollte. *Das ist eine von der ganz schnellen Sorte*, hatte Bonham früher am Abend zu ihm gesagt und dabei einen anzüglichen Unterton am Leibe gehabt. *Der Mann, der sie einfängt, wird sie in einen Käfig sperren müssen.*

Als sein linkes Handgelenk wieder frei war, murmelte Phin: »Sie sind schneller, als er es für möglich hält.«

»Hören Sie auf. Mit dem Delirium ist jetzt Schluss, Sir.« Nachdem sie den letzten Strick durchtrennt hatte, packte sie Phin bei den Unterarmen und zog ihn zum Sitzen hoch. Langsam setzte er sich auf und spürte, dass wieder Leben in seine Extremitäten kam. Als er sich jedoch vom Bett schwingen wollte, wurde ihm schwindelig. Dunkelrote Flecken nahmen ihm die Sicht.

Eine Hand legte sich auf seinen Schädel und drückte ihm den Kopf auf die Knie. Die Stimme des Mädchens kam von weit oben. Sie klang aufgekratzt. »Bitte, nehmen Sie das hier.«

Er spürte etwas in seiner Hand. Eine kleine Phiole. Vermutlich eine weitere Dosis Koka. Vorsichtig richtete er sich wieder auf und fragte sich, welche Überraschungen sie noch in petto haben mochte. Mit gefasstem Gesichtsausdruck wartete sie, dass er voranmachte, wenngleich ihr ungeduldig wippender Fuß und der flüchtige Blick zur Tür nahelegten, dass sie längst nicht so entspannt war, wie sie ihn glauben machen wollte. »Der Arzt ist bereits auf dem Weg«, sagte sie. »Er hat vor einer halben Stunde eine Nachricht schicken lassen. Sie sollten sich aus dem Staub gemacht haben, ehe er eintrifft.« Sie verzog den Mund. »Er zählt zu Collins' besonderen Freunden.«

Phin ertappte sich dabei, wie er sie anstarrte, obwohl er sich beeilen musste. Dieser Mangel an Dringlichkeit verhieß nichts Gutes. Er war vermutlich kränker, als er sich eingestehen wollte. Bei jedem zweiten Atemzug spürte er Übelkeit in sich hochsteigen. Kokain vertrug sich nicht gut mit Morphin, nein. Wie viel von dem Zeug mochte sie ihm eingeflößt haben? Und mit welchem zeitlichen Abstand? Das helle Grau der Morgendämmerung entlockte den weißen Vorhängen ein sanftes Glühen. Sein Herz fühlte sich an, als würde es gegen Treibsand kämpfen. In einer Viertelstunde würde er wieder flach auf dem Rücken liegen. Tot oder mit dem Tode ringend. Ihre Mühen waren allesamt vergebens.

Mina Masters sah ihn jetzt durchdringend an. Sie war bemerkenswert hübsch. Bis zu diesem Moment hatte er sich nicht eingestehen wollen, von welch ausnehmender Schönheit sie war. Aber sie war schmächtig. Ihm gefiel nicht, wie zerbrechlich sie war. Collins würde sie mit einem Fausthieb zum Reden bringen.

Sie räusperte sich. »Sie gaffen, Sir. Das ist nicht sonderlich höflich.«

»Verzeihen Sie mir. Ich bin … nicht ich selbst, quasi halb tot.« Er merkte, dass es ihm nicht mehr so leichtfiel, mit ihr zu sprechen, da er nicht wusste, was sie vorhatte. »Sie sollten sich nicht einmischen.«

»Weshalb nicht?«

»Collins wird das nicht gefallen.«

Mina hob das Messer vom Boden auf. »Vermutlich nicht. Versuchen Sie mal aufzustehen.«

Ja, das sollte er längst getan haben. Es war seltsam, wie weit er gedanklich von seiner Situation entfernt war. »Was meinen Sie? Werde ich in einer Stunde tot sein?«

Sie legte sich die Hand auf den Mund und musterte ihn gründlich. »Wissen Sie was, Mr Monroe? Ich habe nicht den Hauch einer Ahnung.«

»Nun denn«, sagte er in Ermangelung einer anderen Antwort. Als sie dieses Mal lachte, überraschte er sich selbst, indem er in ihr Lachen einfiel – ein rostiges Geräusch, das ihm Schmerzen in der Brust bereitete und nach Luft schnappen ließ.

Sie packte ihn bei den Ellbogen und half ihm auf die Beine. Langsamen Schrittes gingen sie zum Fenster. Er konnte es noch immer nicht begreifen: Er war dem Tode nahe, und seine Retterin war ausgerechnet ein hohlköpfiges Frauenzimmer mit einem Hang zum Kichern. Nein, genau genommen war sie mehr als das. Er war nicht der Einzige hier, der seiner Umwelt etwas vormachte. Mit welcher Überzeugungskraft sie ihn doch an der Nase herumgeführt hatte!

Die Antwort traf ihn mit plötzlicher Klarheit. Sie würde ihr Leben niemals für einen Fremden riskieren. Sie musste Teil des Spiels sein. Das Messer lag ihr in der Hand, als wäre sie im Umgang mit Waffen geübt.

Während sie sich anschickte, die Fensterläden zu öffnen, indem sie sich mit der Klinge an den unteren Riegeln zu schaffen machte, tippte er ihr auf die Schulter. »Auf wessen Seite stehen Sie?«

Sie schaute zu ihm hoch. »Auf meiner. Ich bin, wie ich bin.« Nachdem sie sich wieder aufgerichtet hatte, sah sie ihm tief in die Augen und erschreckte ihn bis ins Mark damit, dass sie ihm einen Kuss auf den Mund drückte. Als sie sich von ihm löste, umspielte ein eigenartiges Lächeln ihre Lippen. Seine eigenen waren gerade dabei, aus einem langen Schlaf zu erwachen. Sie fühlten sich voll und empfindsam an und trugen noch die Erinnerung an ihren Mund auf sich. »Denken Sie daran«, sagte sie. »Denken Sie immer daran, wem Sie etwas schuldig sind.«

Phin zwang sich, den Blick abzuwenden und schaute auf den Baum vor dem Fenster. Er bot einen möglichen Fluchtweg, wenngleich ein Großteil der Äste aussah, als könnten sie sein Gewicht nicht tragen. Doch der Arzt würde gleich hier sein, Collins' spezieller Freund. Wenn Mina Masters die Wahrheit sagte und keine Ahnung von diesem Metier hatte, durfte er sie nicht wehrlos zurücklassen.

»Was könnten Sie sonst tun, Mr Monroe? Sie sind recht wacklig auf den Beinen.«

Wie unvorsichtig. So etwas laut auszusprechen. Es musste ziemlich schlimm um ihn stehen. »Sie werden allein sein.«

»Gäbe es denn eine Alternative? Hätte ich denn eine Wahl?« Sie klang neugierig.

Es gab nie eine Wahl. Doch die Nachwirkungen seiner Hilflosigkeit hatten selten derart bitter geschmeckt. Mit eingeklemmtem Schwanz davonzulaufen mochte kein so schweres Vergehen wie Mord sein, aber er war noch nie so rücksichtslos gewesen, jemanden zurückzulassen, der die Konsequenzen seines Handelns würde ausbaden müssen. Und schon gar nicht solch ein blutjunges Mädchen. »Ich stehe in Ihrer Schuld«, sagte er rau. Leere Worte. Gott stehe ihr bei, wenn sie tatsächlich annahm, es würde ihr helfen, bei ihm etwas gutzuhaben, bei einem Mann, dem es verwehrt war, eigene Entscheidungen zu treffen.

»Ja, das tun Sie«, erwiderte sie, ehe sie ihm sanft, aber bestimmt auf die Fensterbank hinaufhalf. Phin hielt kurz inne, um sich zu sammeln. Seine Beine zitterten, und der Schwindel nahm wieder zu. Sie berührte ihn am Arm, als wollte sie ihm helfen, zog die Hand dann aber wieder zurück. Erst jetzt dachte er darüber nach, was sie mit ihrer Frage, ob es eine Wahl gäbe, gemeint hatte. Vielleicht hatte sie gar nicht von ihm gesprochen. *Sie werden allein sein.* Auf diese Bemerkung hatte sie geantwortet.

»Sie können unmöglich mit mir kommen«, sagte er.

Sie lachte, als hätte er etwas Törichtes gesagt. Vielleicht hatte er das auch. Er fühlte sich, als wäre er aus dem Gleichgewicht geraten, als suchte er nach etwas, von dem er nicht wusste, was es war. Er setzte den Fuß auf einen der stärkeren Äste und räusperte sich. »Heute.« So viel konnte er ihr immerhin sagen. »Vermutlich bei Sonnenuntergang.«

Sie verstand sofort, was er meinte. Ihr Gesicht hellte sich auf. »So bald? Ich könnte Sie schon wieder küssen.«

Jemand rüttelte am Türgriff. »Mina«, drang Collins' Stimme durch die Tür. Ihr Lächeln gefror. »Bist du da drin? Warum ist die Tür verschlossen? Der Arzt ist hier.«

Sie blickte nicht zur Tür. »Einen Augenblick«, rief sie. Ihre Stimme klang stark und ruhig. »Gehen Sie«, raunte sie Phin zu.

Die Tür erbebte unter einem kräftigen Schlag. Collins war nicht willens zu warten. Er war dabei, sich Zutritt zu verschaffen.

Der Abscheu, der in Phin hochstieg, verstärkte sein körperliches Unwohlsein. Er kletterte zurück ins Zimmer. »Geben Sie mir das Messer.« Als der Boden unter ihm zu schwanken begann, suchte er Halt am Fensterrahmen.

»Seien Sie kein Narr.« Mina erinnerte sich plötzlich daran, wie Angst schmeckte. Das Gefühl war so stark, dass es ihre Stimme zum Zittern brachte. »Mir wird nichts geschehen. Er wird mir nichts tun.«

Eine zweite, tiefere Stimme von jemandem, den Phin nicht kannte, drang zu ihnen.

»Sie sind vermutlich mit Pistolen bewaffnet«, sagte der Mann. »Herrgott noch mal, ich will, dass er verhaftet wird!«

Zur Hölle mit alledem. Phin griff nach dem Messer, um es Mina zu entreißen, doch sie warf es weit von sich und versetzte ihm mit beiden Händen einen kräftigen Stoß vor die Brust. Unter anderen Umständen hätte er sich nicht vom Fleck bewegt. Als sie jedoch im nächsten Augenblick gegen ihn prallte, baute er auf seine Reflexe, seine Stärke und seinen Gleichgewichtssinn – die jedoch alle dem Gift zum Opfer gefallen waren. Er verlor den Halt, fiel rückwärts und schlug mit dem Kopf gegen einen Ast. Um ihn herum brachen und splitterten Äste, als wollten sie sich ihm in den Rücken bohren. Blätter streiften sein Gesicht, Zweige peitschten ihm in die Augen, während er fiel und fiel.

Irgendwann bekam er einen Ast zu fassen. Einen Augenblick lang hing Phin so da, einige Fuß über dem Boden baumelnd und verblüfft darüber, wie hold ihm das Glück war.

Über ihm war ein lautes Krachen zu hören – das Bersten eines Schlosses, das Zersplittern von Holz. Er sah nach oben und erkannte im Gegenlicht Minas Silhouette. Sie schaute zu ihm herunter, ihr helles Haar schimmerte wie ein Heiligenschein. Sie war der unglaublichste Schutzengel, den er sich vorstellen konnte. Hatte sie in ihrem Schrecken ihre Entscheidung jetzt bereut oder begriffen, dass sie ihr Leben für einen Mann riskiert hatte, der es nicht verdiente, so kam diese Einsicht zu spät. Er konnte ihr nicht mehr helfen. Ihm blieb nur noch, ihren Blick zu erwidern und in ihrem Antlitz nach einem Grund zu suchen, sich ihrer später nicht mehr zu erinnern.

Ein Arm legte sich um sie und riss sie weg. Ein Mann beugte sich aus dem Fenster und zielte mit einer Pistole auf Phin, während er ihm in die Augen blickte.

Phin ließ den Ast los und schlug dumpf auf dem Boden auf. Die Zeit schien langsamer zu fließen, der Augenblick sich bis in die Ewigkeit auszudehnen. Eine kühle, von Rosenduft geschwängerte Brise strich über ihn hinweg, vor ihm erstreckte sich ein weitläufiger Rasen. Ein weiterer Fehdehandschuh – einer von so unzählig vielen, dass er sich nicht mehr an jeden einzelnen erinnern konnte. Seine Gedanken überschlugen sich. Er wollte nicht rennen müssen. Dazu war die Müdigkeit in seinen Knochen zu groß. Wie wunderbar wäre es gewesen, einfach in der Erde zu versinken. Er würde mit einem Lächeln auf den Lippen sterben und Ridland damit so richtig eins auswischen.

Doch sein Körper hatte noch nie viel um seinen Verstand gegeben. Dessen Instinkt kannte nur den Willen zum Überleben. Als der erste Schuss fiel, hatten sich Phins Füße längst in Bewegung gesetzt. In Gedanken war er aber noch immer dort oben in dem Zimmer, bei dem Mädchen, bei ihrem Lachen und bei all dem, das an ihr keinen Sinn ergab.

4

London, 1884

Es war hübsch – so hübsch ein Gefängnis eben sein konnte. Minas Hotelsuite im Claridge's war nicht so luxuriös gewesen. Die drei miteinander verbundenen Zimmer waren nicht nur geräumig, sondern auch erlesen ausgestattet – mit Möbeln von Chippendale und Axminster, Tapeten von Boucher und Gasleuchten aus funkelndem Kristallglas. Doch all das hatte für Mina keinen Wert. Nicht solange die Fenster sich nicht öffnen ließen und die Tür von außen verriegelt war. So konnte sie unmöglich frei atmen.

Mr Ridland hatte sich bereits mehrfach entschuldigt und hervorgehoben, wie unendlich leid es ihm täte, ihr so viele Unannehmlichkeiten bereiten zu müssen. Am ersten Abend hatte er beteuert, die britischen Behörden täten alles, um ihre Mutter ausfindig zu machen. Am zweiten hatte er ihr versichert, dass er es für eine unglückselige Notwendigkeit hielt, sie vorübergehend ihrer Freiheit zu berauben, dass aber der amerikanische Botschafter über ihre »Inhaftierung« unterrichtet war. »Vergessen Sie bitte nicht«, rief er ihr in der dritten Nacht in Erinnerung, »dass ich kein Fremder für Sie bin. Wir sind uns bereits in Hongkong begegnet, vor vier oder fünf Jahren.«

Seine Worte waren dazu gedacht, sie zu beruhigen. Aber zum ersten Mal seit dem Verschwinden ihrer Mutter drohte Mina vor Panik die Contenance zu verlieren. Wäre Ridland noch in Hongkong, hätte sie ihm nicht einmal ihre Schuhe zum Putzen anvertraut, geschweige denn die Suche nach ihrer Mutter. Der Versuch, ihren Charme spielen zu lassen, schien ihr plötzlich vergeblich zu sein.

Nachdem Ridland gegangen war, wurde ihr bewusst, dass sie die ganze Zeit das Medaillon umklammert gehalten hatte, das sie um den Hals trug. Das Medaillon ihrer Mutter. Sie hatte es am Morgen ihres Verschwindens abgenommen, weil es farblich nicht zu dem neuen rostfarbenen Kleid gepasst hatte.

Voller Ärger über die Situation, in der sie sich befand, ging Mina zum Fenster und riss die Vorhänge auf. Auf dem gegenüberliegenden Dachvorsprung entdeckte sie eine graue Katze, die in der Dachrinne lag. Sie klopfte gegen die Scheibe, doch das Tier zeigte keine Reaktion. Wenig später erhob es sich und verschwand.

Mit finsterem Blick starrte Mina auf die eng gedrängten Dächer. Die Wolken hingen so tief über den Häusern, dass es den Anschein hatte, als mangelte es selbst der Luft am nötigen Freiraum. Es war nicht einmal eine Woche her, dass Mina durch spiegelgetäfelte Ballsäle getanzt war und mit attraktiven Männern geflirtet hatte. Als sie verkündet hatte, sich unsterblich in London verliebt zu haben, hatte ihre Mutter fröhlich und erstaunt gelacht. *Ach, Mina! Ich dachte nie, dass ich den Tag noch erleben darf, an dem du etwas Gutes über die Engländer sagst.*

Genau genommen war es Mutters Freude, die Mina dazu brachte, sich so wohlwollend über die Stadt zu äußern. Nach ihrem Weggang aus Hongkong hatte es zwei Jahre gedauert, bis ihre Mutter den Mut aufgebracht hatte, sich wieder in der New Yorker Gesellschaft zu zeigen. Und es hatte noch einmal etliche Monate gebraucht, bis sie zu ihrem alten Selbstvertrauen zurückgefunden hatte. Daher grenzte es fast an ein Wunder, wie sie ihrem persönlichen Waterloo nun die Stirn bot, und das mit einer Furchtlosigkeit und Selbstsicherheit, als hätte Collins nie existiert. Du bist wieder du selbst, hatte Mina gedacht. Und das Gefühl des Triumphes, das diese Feststellung in ihr auslöste, wäre es ihr wert gewesen, noch hundertmal diese letzten schrecklichen Tage in Hongkong auszuhalten und ihre Liebe zu London immer wieder aufs Neue zu beteuern.

Jetzt hingegen wirkte der Anblick der Stadt beinahe erdrückend. So viele Menschen befanden sich in diesem dunklen Häusermeer, doch lediglich zweien davon machte es etwas aus, wenn sie diese Zimmer nie wieder verließ. Und sollte ihre Mutter gar nicht mehr in der Stadt sein, bliebe nur noch Tarbury. Für dessen Ergebenheit Mina ihn bezahlte, da machte sie sich nichts vor.

Sie seufzte. Genau genommen spielte es keine Rolle, wo in der Welt sie sich aufhielt – abgesehen von Jane war ihre Mutter alles, was sie hatte. Das waren nun einmal die Folgen ihrer Unabhängigkeit, die ihr bis jetzt noch nie wirklich Probleme bereitet hatten.

Aber sie hatte sie auch noch nie aus der Sicht der Gefangenen gesehen.

Nachdem Mina die Vorhänge zugezogen hatte, ging sie zu ihrem Schreibpult. Ridlands Einlassungen ließen ihr keine andere Wahl. Ihr blieb nichts anderes übrig, als zu nicht ganz lauteren Methoden zu greifen, auch wenn nur der Hauch einer Chance bestand, dass ein Fremder sich daran erinnerte, ihr etwas schuldig zu sein. Ob er vertrauenswürdiger war als Ridland, konnte sie nicht wissen. Doch die Chancen standen nicht schlecht, weshalb sich sogleich zum Federkiel griff.

Liebe Jane,

Deinen Brief habe ich erhalten. Verzeih mir die verspätete Antwort sowie auch die schlechte Nachricht, die ich Dir mitteilen muss. Bitte setz Dich, bevor Du weiterliest.

Ich werde nicht wie geplant nach New York zurückkehren. Um es kurz zu machen: Mutter ist verschwunden, und alles deutet darauf hin, dass Gerard Collins dahintersteckt.

Leider kann ich Dir an dieser Stelle nur einen kurzen Bericht liefern, da so vieles auch mir noch nicht klar ist. Für den Moment sollte es reichen, wenn ich Dir sage, dass ich am Abend vor unserer geplanten Rückkehr nach New York von einem Treffen mit den Gentlemen bei Whyllson's zurückkam und feststellen musste, dass jemand unsere Räumlichkeiten verwüstet hatte und Mutter spurlos verschwunden war. Du kannst Dir sicherlich vorstellen, wie groß meine Angst war. Der Concierge rief sofort die Polizei, die gemeinsam mit Mr Joseph Ridland eintraf, einem Vertreter einer der eher im Verborgenen agierenden Ämter Ihrer Majestät. Ehe ich es mich versah, verfrachtete man mich in sein Haus in der Park Lane, wo ich derzeit gegen meinen Willen festgehalten werde.

Es war auch Mr Ridland, von dem ich erfuhr, dass es meinem Stiefvater gelungen war, dem englischen Gewahrsam zu entkommen. Ridland ist davon überzeugt, dass Mutter sich bei Collins aufhält, wenngleich er sich unsicher zu sein scheint, ob sie aus freien Stücken mitgegangen sein könnte oder nicht. Überzeugt ist er hingegen davon, dass die beiden sich noch immer in England aufhalten, und er hofft nun, dass meine Anwesenheit dazu dienen könnte, sie aus ihrem Versteck zu locken. Welch entzückende Rolle, die ich bekleiden muss!

Meine Hauptsorge gilt bei alledem selbstredend Mutter. Erst heute ist eine höchst seltsame Botschaft im Hotel für mich eingetroffen. Mr Ridland war so nett, sie mir mitzuteilen. Die Zeilen stammen eindeutig von Mutters Hand, aber sie lesen sich höchst eigenartig. Leider schreibt sie nichts darüber, wo oder in wessen Gesellschaft sie sich aufhält, aber sie schickt mir ihre Liebe und lässt mich wissen, dass sie ihr Wohlergehen in die Hände der Vorsehung legt. Sie bittet mich dringend, ich möge es ihrethalben genauso machen.

Stundenlang habe ich mir vergeblich den Kopf über diese Nachricht zermartert. Als ich mir heute Morgen die Zeilen abermals durchlas, wirkten sie auf mich wie die Worte einer Gefangenen im Gewahrsam eines Mannes, von dem sie weiß, wie gefährlich er werden kann. Ich habe den Brief gelesen und dachte bei mir: »Sie hat Angst, dass ich versuchen werde, sie zu finden, und dass er mir dafür wehtun wird.« Als ich die Zeilen am heutigen Abend dann ein weiteres Mal gelesen habe, wirkten sie auf mich wie der Ratschlag eines Moralisten, der mir ob meines Verrates die Leviten liest, mich schilt und mir dringend rät, einen Blick in meine Seele zu werfen und ein besserer Mensch zu werden.

Ist es denn wirklich falsch, wenn ich an die erste Interpretation der Zeilen glaube? Ja, das wäre falsch, nicht wahr? Denn das würde bedeuten, dass Mutter große Angst in seiner Gegenwart empfindet und dass sie Höllenqualen leidet, wenn sie daran denkt, was er ihr oder mir anzutun vermag. Ich wünschte, sie wäre ihm aus freien Stücken gefolgt. Doch sollte das der Fall sein, war alles umsonst: die Hoffnungen und das Leben, das wir uns in den letzten Jahren aufgebaut haben, wie auch die Courage, die sie während unserer grässlichen Zeit in Hongkong bewiesen hat. Ganz zu schweigen von der Bewunderung, die ich ihr im Nachhinein entgegengebracht habe.

Das kann ich einfach nicht akzeptieren. Ich möchte von Grund auf ehrlich zu Dir sprechen. Ich kann es deshalb nicht akzeptieren, weil es falsch wäre.

Ich wünsche mir nichts sehnlicher, als dass ich Dir die Quelle meiner Überzeugung nennen könnte. Aber Du hast einen Mann und ein Kind, um die Du Dich kümmern musst. Es erscheint mir zu gefährlich, mich einer Frau mitzuteilen, die mit so viel Liebe gesegnet ist. Ich kann Dir jedoch versichern, dass Du Dich meiner Überzeugung anschließend würdest – dass Collins sie mit Gewalt bei sich hält –, wenn Du wüsstest, was ich weiß. Dann würdest Du auch verstehen, warum ich tun werde, was ich für richtig halte.

Hiermit übertrage ich Dir die Generalvollmacht für unsere Firma. Sie gehört jetzt Dir. Leite sie nach Deinem Gutdünken, und alles wird sich gut entwickeln. Ehe die königlichen Schoßhündchen angefangen haben, mich anzukläffen, ist es mir noch gelungen, den Vertrag für die Lavendellieferungen abzuschließen. Das Dokument befindet sich bereits auf dem Weg zu Dir nach New York. Bitte Cavanaugh, die entsprechenden Anzeigen zu konzipieren, die die viel gepriesene Überlegenheit englischen Parfums hervorheben. Und versuche bitte, währenddessen nicht, zu heftig zu lachen.

Ich bin untröstlich, sollte ich Dich mit diesem Brief schockiert haben. Mir wäre es auch lieber gewesen, ich hätte ihn nicht schreiben müssen. Ich freue mich schon jetzt auf ein baldiges Wiedersehen.

Bis dahin verbleibe ich mit herzlichen Grüßen
Deine Dich immer liebende Schwester im Geiste
Mina

Am nächsten Morgen beim Frühstück übergab Mina dem Hausmädchen den Brief. Es dauerte nicht lange, bis Ridland in der Tür stand.

War er bei seinen früheren Besuchen stets bemüht gewesen, das Beste aus seinen grauen Haaren und seinen eingefallenen Wangen zu machen und stets seinen Gehstock bei sich zu führen, mit dem er gern herumfuchtelte, um seine Worte zu unterstreichen, so betrat er heute das Zimmer ohne Aufforderung. In der erhobenen Faust hielt er ihren zerknüllten Brief. »Was für aufschlussreiche Briefe Sie doch verfassen.«

Er wollte ihr Angst einjagen, was sonst. Willfährig sprang Mina auf. »Sir, welch eine Überraschung. Hat das Mädchen meinen Brief falsch besorgt? Und wie ich sehe, haben Sie Ihren Gehstock vergessen. Bitte nehmen Sie doch Platz. Sie sollten sich nicht überanstrengen.«

Eine Ader auf seiner Stirn trat pulsierend hervor. »Wir halten Sie nicht zu Ihrer Belustigung hier fest, Mädchen. Wenn Sie mit mir spielen, werden Sie das schon bald bereuen.«

Auf der Fahrt vom Claridge's in sein Haus hatte Ridland ihr noch versichert, wie sehr sie ihn an eine seiner Enkelinnen erinnerte und dass er keinesfalls wünschte, dass ihr auch nur ein Haar gekrümmt würde. Doch seine Besorgnis hatte nicht halb so überzeugend gewirkt wie das tyrannische Verhalten, das er jetzt an den Tag legte. »Ich kann mir beim besten Willen nicht vorstellen, was Sie derart erzürnt, Sir.« Mina ließ sich in einen Sessel sinken, als fühlte sie sich einer Ohnmacht nahe. »Wollen Sie sich nicht doch setzen? Ich verspreche auch, dass ich Ihnen keinen Grund zur Sorge geben werde.«

Mina wurde den Eindruck nicht los, dass er seine Strategie überdachte, während er sie mit angestrengtem Blick anstarrte. »Wie ich Ihnen bereits erklärte«, sagte er etwas ruhiger, »ist es von *allergrößter* Wichtigkeit, Gerard Collins ausfindig zu machen. Die irischen Freiheitskämpfer haben Scotland Yard bombardiert, und Sie werden wohl kaum daran zweifeln, dass Ihr Stiefvater die Hand im Spiel hat, oder? Er hat versucht, einen Krieg gegen dieses Land zu entfachen. Jeden Moment, den er in Freiheit verbringt, müssen wir mit einem neuen Desaster rechnen. Wenn Sie daran Zweifel haben, so …«

»O nein, keinesfalls.« Männer hatten stets einen guten Grund parat, warum sie Frauen einsperrten. Und wie überall auf der Welt versuchten sie ständig, auch sich selbst von der Notwendigkeit zu überzeugen. »Ich habe ein recht präzises Bild von Mr Collins, das versichere ich Ihnen.« Er war ein verlauster Straßenköter, der seinen heiß geliebten Knochen unbedingt zurückhaben wollte. Ihre Mutter war für ihn nichts weiter als ein Gegenstand. Ihre Unabhängigkeit hatte seine männliche Autorität untergraben und konnte deshalb nicht geduldet werden. »Wenn ich jedoch meine Rolle bei alledem betrachte, verschwimmt das Bild etwas.« Sie hielt kurz inne, um ihrem koketten Augenaufschlag den nötigen Rahmen zu gewähren. »Dr. Morris meinte, eine Brille würde mir unter Umständen helfen, aber ich bin überzeugt, dass sie die Wirkung meines Blickes schmälern würde. Was denken Sie?«

Ridland trat einen Schritt auf sie zu und warf den zerknüllten Brief in die Butterschale. »Ich denke, dass Sie sich über mich lustig machen.«

Eigentlich hatte er keinen Grund, sich so selbstgefällig zu geben. Immerhin hatte er vier Tage gebraucht, um zu dieser Erkenntnis zu kommen. »Tue ich das denn?«, fragte Mina mit gespieltem Erstaunen.

Ihr Gegenüber sprach durch gefletschte Zähne. »Ja, das tun Sie, Miss Masters. Doch trotz Ihrer Bemühungen, die Naive zu mimen, kann ich mir nicht vorstellen, dass in Ihrem Köpfchen die Leere herrscht, die sie andere glauben machen wollen. Sonst wären Sie wohl kaum in der Lage, eine so erfolgreiche Firma zu leiten, wie Sie es in New York tun.«

»Wie freundlich von Ihnen«, entgegnete Mina mit sanfter Stimme. Doch er irrte sich. Der einfältige Eindruck, den sie vermittelte, hatte sie schon so manchen Geschäftsmann als Investor gewinnen lassen, der einer ihm geistig ebenbürtigen Frau niemals Geld geliehen hätte. »Offen gestanden hatte ich beim Aufbau der Firma ziemlich viel Hilfe.« Vor allem Emporkömmlinge waren mit Freuden bereit gewesen, den kleinen Zeitvertreib einer bewunderten Schönheit der Gesellschaft zu fördern. »Außerdem ist es nur ein *sehr kleines* Unternehmen. Wir vertreiben in erster Linie Haarwasser. Ach ja, und ab und an ein paar Cremes. Und nicht zu vergessen unsere Tinkturen. Gerade erst haben wir unsere Produktpalette erweitert.«

Mit einer Wucht, die Mina Mr Ridland gar nicht zugetraut hatte, sauste seine Faust auf den Tisch. Eine Gabel hüpfte vom Servierteller und landete scheppernd auf dem Tisch. »Es reicht. Sie haben mich jetzt genug gereizt. Der Sieg gebührt Ihnen. Aber jetzt sagen Sie mir endlich, ob dieser Brief« – er deutete auf die Butterschale – »eine Falle ist oder ob Sie tatsächlich im Besitz von Informationen sind, die für mich von Interesse sein könnten.«

Minas Gedanken kreisten indes noch um Ridlands höchst eigentümliche Wortwahl. »Der Sieg gebührt mir?« Nachdenklich fuhr sie mit dem Finger über den Rand ihrer Tasse. »Bedaure, Mr Ridland, aber das klingt in meinen Ohren ganz und gar nicht nach der Wahrheit. Solange Sie mich hier nämlich gefangen halten …«

»Mir gefällt diese Situation ebenso wenig wie Ihnen«, schnitt er ihr rüde das Wort ab. »Und ich versichere Ihnen, Miss Masters, dass ich die Rolle, die mir zuteilwird, auch nicht besonders erquicklich finde. Wenn es einen anderen Weg gäbe, dann …«

»Aber den gibt es doch.« Sie klopfte zwei Mal auf den Rand der Tasse, wie sie es oft tat, wenn sie das dumme Blondchen mimte. »Liebend gern werde ich mit der Regierung kooperieren. Ich könnte zum Beispiel jeden Tag im Park spazieren gehen, mit einer gut sichtbaren Zielscheibe auf meinem Sonnenschirm. Allerdings wäre es um einiges angenehmer, wenn ich mir aussuchen könnte, wer mich gefangen hält. Das würde meine Einstellung deutlich verändern.«

Ridland verdrehte die Augen. »Mademoiselle, Sie erwarten doch nicht allen Ernstes, dass wir Sie jemandem aus Ihrem Freundeskreis überlassen und blind darauf vertrauen, dass Sie in Deckung bleiben werden.«

»Natürlich nicht«, entgegnete Mina überrascht. Er schien sie tatsächlich für eine Närrin zu halten. »Genau genommen gibt es da einen gewissen Herrn, der, so glaube ich, für Sie arbeitet, und der für die Rolle des Beschützers bestens infrage käme.« Ihre Lippen juckten. Sie hatte nicht schlecht Lust, sich in die Fingerknöchel zu beißen. Da Ridland jedoch nicht den Eindruck machte, als zählte er zu jenen Zeitgenossen, die über kleinere Schwächen wohlwollend hinwegsahen, krallte sie die Finger stattdessen in ihren Rock. »Ich hatte die Gelegenheit, ihn in Fernost kennenzulernen, kurz bevor mein Stiefvater in Arrest gekommen ist. Der Mann nannte sich Phineas Monroe.«

Ridlands Gesicht versteinerte so sehr, dass es wie ein aus Künstlerhand geschaffenes Marmorabbild seiner selbst wirkte. »Nein, das ist unmöglich.«

Mit einer derartig heftigen Reaktion hatte sie nicht gerechnet. Eine entsetzliche Ahnung beschlich sie. »Ist er tot?«

Ridlands Gesichtsausdruck blieb unverändert. Nein, entschied sie, Monroe war quicklebendig. Es musste einen anderen Grund für diese Eiseskälte geben. »Es ist mir nicht gestattet, derlei Informationen preiszugeben. Es tut mir aufrichtig leid, Miss Masters.«

Sie seufzte. Es tat ihm nicht im Geringsten leid. »Mir auch.« Schließlich war Monroe der einzige Mann im Dienste der britischen Regierung, von dem sie mit Sicherheit wusste, dass er seinerzeit nicht für ihren Stiefvater gearbeitet hatte.

Ridland starrte sie noch immer unverhohlen an. »Ist das alles, was Sie zu sagen haben?«

»Ja«, antwortete sie. »Mehr gibt es nicht zu sagen.«

Ridlands Miene verdunkelte sich abermals, und die Hand auf der Stuhllehne ballte sich zur Faust. Es war nicht sonderlich vielversprechend, das Ganze. Mina erhob sich, um räumlichen Abstand zu Ridland zu gewinnen und entschied spontan, zum

Bücherregal zu gehen. Um ihren Hals besser zur Geltung zu bringen, von dem so mancher Gentleman behauptet hatte, er erinnere ihn an einen Schwan, reckte sie das Kinn. Sie hoffte, ihr Gegenüber würde mehr Skrupel haben, einem Schwan etwas anzutun, als beispielsweise einem Igel. Auf der anderen Seite wäre sie dankbar gewesen, wenn sie jetzt ein paar Stacheln gehabt hätte oder sich zu einem Ball zusammenrollen könnte.

»Ich kann nur inständig hoffen, Miss Masters, dass Sie mich nicht zwingen, härtere Maßnahmen zu ergreifen.«

Wahllos griff Mina sich ein Buch. *Härtere Maßnahmen*. Welch entsetzliche Poesie in zwei Worten; welch sinnträchtige Macht: ein dunkler, fensterloser und stickiger Raum, ihre Kehle trocken wie die Wüste, aus der Ferne die Schreie ihrer Mutter. Wenn er dachte, dass er sie damit einschüchtern konnte, würde er sich mehr Mühe geben müssen. Dabei hatte sie angenommen, das Schlimmste bereits gesehen zu haben. »Ja«, antwortete sie und nahm am Fenster Platz. »Das wäre nicht sehr erfreulich.«

Erst jetzt sah sie, dass sie einen Atlas in Händen hielt. Wie passend. So konnte sie sich alle Orte ansehen, zu denen Ridland sie nicht reisen lassen würde.

»Ich bin in einer Stunde zurück«, ließ er sie wissen. »Werfen Sie einen Blick auf Ihre Fingernägel. Gefallen Sie Ihnen? Vorausgesetzt, Sie zeigen sich kooperativ, dürfen Sie sie behalten.«

Als die Tür mit lautem Krachen ins Schloss fiel, schleuderte Mina wütend das Buch von sich und schlug die zitternden Hände vor den Mund. Vielleicht half es ihr, wenn sie betete. Aber Gott stand vor allem jenen zur Seite, die sich selbst halfen. Zumindest hatten die letzten vier Jahre sie das gelehrt. Es war kein guter Zeitpunkt, ausgerechnet jetzt damit anzufangen, an ihrem Einfallsreichtum zu zweifeln.

Das Blümchenmuster der Tapete verschwamm vor ihren Augen. Wie dumm es gewesen war, diesen Brief zu schreiben und ihre Chancen zu verspielen. Jetzt würde Ridland nach Geheimnissen verlangen, und sie hatte nichts, das sie ihm anbieten wollte. Ich weiß von einem Verräter in Ihren Reihen, konnte sie sagen, aber wenn ausgerechnet er der Abtrünnige war, hatte sie keine guten Karten. Dann waren ihre Fingernägel nicht das Letzte, was sie an ihn verlor.

Öffne den Vorhang, dachte sie. *Sieh genau hin.*

Die Möglichkeit, wieder nur auf ein leeres Hausdach zu schauen, ließ sie zittern.

Tu es einfach. Nichtwissen ist schlimmer als Gewissheit.

Wie von selbst fiel ihr Blick auf den Atlas, der aufgeschlagen am Boden lag. Mina blinzelte und sah genauer hin, ehe sich ihre Nackenhaare aufstellten. *Providence*. Providence in Cornwall, unweit einer Stadt namens Land's End. Providence – das hieß Vorsehung. Konnte das noch Zufall sein?

Ein Zeichen. Mina riss den Vorhang auf.

Nichts. Ein Schluchzen entrang sich ihrer Kehle. Doch dann, durch die aufsteigenden Tränen, bemerkte sie eine winzige Bewegung. Für den Bruchteil einer Sekunde war ihr, als schwebte sie einen Fingerbreit über dem Boden, als zöge sich alles in ihr zusammen.

Wie berauscht presste sie die Stirn gegen die Scheibe und legte die Hände flach auf das kalte Fensterglas. Auf dem gegenüberliegenden Dach kauerte Mr Tarbury im Schatten eines Kamins und streichelte den grauen Kater, den Mina schon zuvor gesehen hatte. Mr Tarbury liebte Katzen abgöttisch. Deshalb dauerte es eine ganze qualvolle Minute, ehe er den Blick hob und von Mina Notiz nahm. Er klopfte sich auf die Brust und machte eine Geste in ihre Richtung.

Ja, formten Minas Lippen, und sie nickte so heftig, dass ihr fast schwindelig wurde. Wie gut zu wissen, dass es wenigstens einen Gentleman auf Erden gab, der mit ihr Rücksprache hielt, ehe er in ihrem Namen Entscheidungen traf. Als er sich aufrichtete, trat sie einen Schritt zurück und schlang die Arme um die Taille, um die Euphorie zu bezähmen, die sie erfüllte. *Freiheit*.

Phin erwachte, hielt aber die Augen geschlossen. Ein Fremder befand sich in seinem Zimmer, das hatte sein Instinkt ihm sagen wollen.

Ein Luftzug strich über seine Wange. »Guten Morgen, mein Lieber.«

Geschmeidig wie ein Panther sprang Phin auf und schloss die Hand um den Hals des Eindringlings. Der Mann taumelte rückwärts und prallte mit dem Kopf gegen die Wand. Graue Augen. Der Mann riss die Arme hoch, um sich zu ergeben. Ringe funkelten an seinen Händen. »Frieden«, krächzte der Viscount.

Verdammt. Er hatte es schon wieder getan. Phin spürte ein Brennen in den Ohren, doch seine Wut wandte sich nach außen, machte seine Hand ganz ruhig. Unangekündigt aufzukreuzen gehörte zu Sanburnes besonderen Spezialitäten. Auf der Universität hatte er einmal die Kühnheit besessen, verspätet zu einer Vorlesung zu erscheinen – und zwar in Begleitung eines Lamas. Doch die Zeiten in Oxford waren längst vorbei, weshalb diese jungenhaften Spiele so langsam an Reiz verloren.

»Frieden?« Phin drückte Sanburne den Hals noch ein wenig fester zu. »Lass mich erst darüber nachdenken.«

Sanburne hob eine Braue und blickte an ihm vorbei. Erst jetzt drangen andere, vertrautere Geräusche in Phins Bewusstsein ein: das leise Kratzen des Kaminbestecks, das Rascheln von Papier. Sein Kammerdiener und das Zimmermädchen waren soeben Zeugen seines törichten Verhaltens geworden. Es war ein weiterer Beweis dafür, dass der neue Earl wahnsinnig war.

Phin ließ die Hand sinken und wich zurück. Das Gefühl der Verwirrung kam reflexartig, war aber nicht stechend genug, um ihm den Atem zu nehmen. Fünf Monate waren seit seiner Rückkehr vergangen, und so langsam ergab er sich seinem Schicksal. Drogen vermochten den Reflex nicht zu unterdrücken und sein Verstand ihn nicht kontrollieren. Mit Ausnahme von Ridland hatte er keine Feinde in dieser Stadt. Aber alte Angewohnheiten legte man bekanntlich nicht so schnell ab. Und aus eben diesem Grunde schreckte er bei jedem ungewohnten Geräusch aus dem Schlaf auf.

Sanburne musterte ihn stirnrunzelnd. »Kaffee? Und etwas Licht.« Kaum hatte er zu Ende gesprochen, riss er den Vorhang auf.

Das Licht des grauen Londoner Morgens mochte trübe sein, dennoch stach es Phin in die Augen, als er sich auf die Bettkante setzte. Aus den Schornsteinen stieg Rauch auf, und ein einsamer Vogel versuchte vergeblich, gegen die grauen Wolken anzufliegen. Phin hatte die Nacht durchgeschlafen. Immerhin etwas. »Wie spät ist es?«

Sanburne legte den Kopf schief. »Zu spät. Oder zu früh, wer weiß das schon.« Sein lohfarbenes Haar war leicht zerzaust, so als wäre ihm der Hut vom Kopf gerissen worden. Dem Geruch nach zu urteilen, den er verströmte, hatte er bereits ein Frühstück in Form von Alkohol zu sich genommen. Sein zerknitterter Mantel legte jedoch die Vermutung nahe, dass er gar nicht erst ins Bett gegangen war. »Acht Uhr«, sagte er. »So ungefähr zumindest. Wie viele Stunden macht das dann?«

»Fünf Stunden.« Fast.

Sanburne schnalzte leise mit der Zunge. Er wusste das Ausmaß dieser Leistung einfach nicht zu schätzen und empfand das Ganze als töricht. *Schlaf so lange oder so kurz, wie du magst*, hatte er Phin letzte Woche geraten. Die Welt wird sich ab jetzt ohnehin nach deinem Willen drehen. Der Gerechtigkeit halber musste gesagt sein, dass er recht hatte. Jeder einzelne Brief bewies es. Der Anwalt richtete seine Besuche nach Phins Zeitwünschen, egal ob dieser Sonnenaufgang, Mitternacht oder eine noch spätere Stunde vorschlug. Hinzu kamen die Gutsverwalter, die nörgelnden Pächter, die aufstrebenden jungen Männer auf der Suche nach einem Mentor – Gott stehe ihnen bei –, die allesamt vorgaben, es wäre ihnen eine Ehre, sich in allem ganz nach ihm zu richten.

Nachdem er es jahrelang gewohnt gewesen war, Befehle entgegenzunehmen, hatten diese Beteuerungen Phin anfangs eher verstört als ihm geschmeichelt. Die vielen Briefe hatte er auch nur behalten, um sie noch einmal zu lesen und sich zu vergewissern, dass er sich das Ganze nicht einbildete. Auf die Probe gestellt hatte er die Bittsteller jedoch noch nie. Immerhin antwortete er zeitnah und beraumte die Unterredungen zu Zeiten an, in denen normale Geschäftsmänner ihrer Tätigkeit nachgingen.

Er wollte noch nicht einmal in Abrede stellen, dass ihm womöglich in seinem Leben eine Menge entging. Sanburne schien jedenfalls genau das zu denken, und seinen Blicken nach zu urteilen, die er ihm in letzter Zeit immer wieder mal zuwarf, machte er sich große Sorgen um seinen Freund. Doch so langsam ging Phin das auf die Nerven. »Weshalb bist du hier?«, fragte er knapp.

»Du brauchst dringend eine Ruhepause.«

Dabei kam doch der Rest seines Lebens jetzt einer immerwährenden Ruhepause gleich. »Wenn du eine Idee hast, nur zu.«

Sanburne lachte. »Jetzt sag nicht, du hast es vergessen, alter Knabe. Die ganze Stadt ist bereits auf dem Weg nach Epsom Downs. Ich konnte unmöglich zulassen, dass du das Rennen verschläfst. Die Kutsche steht abfahrbereit vor dem Haus. Komm schon, setz ein fröhliches Gesicht auf und lass dich ankleiden«, fügte er hinzu und wies mit einer knappen Kinnbewegung über Phins Schulter hinweg.

Fretgoose, der beleibte, grauhaarige Kammerdiener – *sein*

Kammerdiener (»Wenn Sie es wünschen, Sir«), den er von seinem Cousin geerbt hatte –, trat unterwürfig vor, um Phin den Morgenmantel zu reichen. Phin erhob sich und streckte die Arme aus, wenngleich er sich wie immer ziemlich lächerlich vorkam. Wie eine Puppe, die angezogen wird. »Wer ist denn mit von der Partie?«

Sanburne griff in die Manteltasche und holte einen Flachmann hervor. »Die übliche Meute. Dalton, Tilney, Muir. Elizabeth hat uns gedroht mitzukommen, natürlich mit Nello im Schlepptau, aber wir arbeiten gerade an einem Plan, das zu verhindern. Da würde dein Rat uns übrigens gerade recht kommen.«

Das war Sanburnes neue Taktik: sich regelmäßig in Andeutungen zu ergehen, um herauszufinden, auf welchen Gebieten Phins Interessen und Kompetenzen lagen. Und voll der Hoffnung, er würde darauf anspringen und sich auf ein Gespräch einlassen. Es wäre ein Leichtes, Sanburnes Neugierde zu befriedigen. *Ich habe gestohlen und Menschen umgebracht. Und die eine oder andere Landkarte gezeichnet.* Doch Phin hatte den Eindruck, als wäre der Viscount zu gelangweilt, um derartigen Enthüllungen die nötige Portion Abscheu entgegenzubringen. Stattdessen konnte er die Information zu seinem Zeitvertreib nutzen. »Vielen Dank für dein Vertrauen«, sagte Phin.

Sanburne erwiderte sein Lächeln, wenn auch mit übertriebener Heiterkeit. »Heißt das, du kommst mit?«

Er zuckte die Achseln. »Eigentlich wollte ich jemanden bei Standfords treffen. In Rom soll demnächst ein Bündel Landkarten verkauft werden.«

»Gütiger Gott, hast du nicht schon genug davon? Wir reden hier vom Derby, Phin. Wenn nicht ganz London bis Mittag nach Epsom Downs aufbricht, wird ein Unglück die Stadt heimsuchen. Ich meine, Nostradamus hätte so etwas mal prophezeit.«

Phin seufzte und rieb sich das Gesicht. Endlich hatte er seine neue Aufgabe halbwegs in den Griff bekommen, sei es die Verwaltung seiner Ländereien und Finanzen oder wie er sich während der endlos langweiligen Sitzungen im Parlament die Zeit vertrieb, wo Männer mit Hängebäckchen über die Besetzung von Ländern debattierten, in die sie nie einen Fuß setzen würden, und bereitwillig Kriege vorschlugen, als wäre das Blut fremder Menschen wohlfeiler als Wasser.

Die gesellschaftlichen Verpflichtungen hingegen waren ihm noch immer ein Rätsel. Es wurde erwartet, dass er sich hier und da zu bestimmten Festivitäten sehen ließ, so viel hatte er immerhin schon verstanden. Und dass er eine Ehefrau haben musste, die seinen Namen in einigen Komitees repräsentierte, die sich der Wohltätigkeit verschrieben hatten. Das schien nicht weiter schwierig. Alle Regeln waren seit Langem festgelegt, er musste nichts weiter tun, als sie zu befolgen. Doch er zögerte. Weshalb, wusste er selbst nicht so genau. Er war nicht darauf aus, ein Chaos zu hinterlassen; er war anders als sein Vater. Und selbst wenn er so gewesen wäre, wäre er nicht viel anders als Sanburne, den die Londoner Gesellschaft zu bewundern schien.

Der Gedanke traf einen Nerv. Phin ließ die Hand sinken und dachte über Sanburne nach. Damals in der Schule hatten sie sich sehr nahegestanden und waren durch eine Kameradschaft verbunden gewesen, wie sie nur zwischen starken Gegensätzen möglich ist. Sanburne liebte Ärger, Phin hingegen war es wichtiger, ihn aus der Welt zu schaffen. Sanburne warf mit Geld um sich und gab es für sinnlose Vergnügen aus, was bei Phin jedoch keine Trauer darüber aufkommen ließ, dass er kein Geld zum Verprassen hatte. Die Semesterferien hatte Phin allesamt bei den Sanburnes verbracht. *Wir sind in jeder denkbaren Hinsicht Brüder*, pflegte Sanburne zu sagen. Die Ringe unter seinen Augen deuteten auf Zügellosigkeit hin, aber ihn mit Stephen Granville zu vergleichen, fühlte sich ... wie Untreue an. Unehrenhaft.

Sanburne, der jetzt lässig gegen die Wand lehnte, hielt Phins musternden Blick für Zögern. »Wir werden viel Spaß haben«, versicherte er ihm.

»Einverstanden.« Vielleicht wollte er einfach nur die Gelegenheit, sich vom Gegenteil seines Vergleichs zu überzeugen, ehe es sich in seinem Verstand einnistete.

»Fantastisch.« Der Viscount verstaute den Flachmann wieder in seinem Mantel. »Ich prophezeie einen ähnlichen Erfolg wie in Cremorne. Du hast in dem Jahr eine ordentliche Summe eingefahren.«

Mit dem Geld, das Sanburne ihm geliehen hatte. Sternhagelvoll hatte Phin sich für ein Glücksspiel entschieden. Seinerzeit hatte er sich eingebildet, im Training für die Armee zu sein, wo echte Männer so viel tranken wie sein Vater und dennoch am nächsten Tag stocknüchtern bei Sonnenaufgang aufwachten, um noble Taten zu vollbringen. All das schien unendlich lange zurückzuliegen. Wenn Sanburne an damals anknüpfen wollte, stand ihm eine herbe Enttäuschung bevor. »Gib mir eine Viertelstunde.«

Sanburne vollführte eine übertrieben tiefe Verbeugung. »Ich warte draußen. Der Pöbel dürfte sich bereits daran gemacht haben, meine Kutsche zu zerlegen.« Eine deutliche Alkoholfahne hinter sich herziehend verließ er den Raum.

Kaum war die Tür ins Schloss gefallen, meldete Fretgoose sich zu Wort. »Sir.« Er stand am Fuße des Bettes, dieses Mal jedoch ohne ein Kleidungsstück in der Hand, was fast schon ein wenig seltsam anmutete. »Soeben ist ein weiterer Brief von Mr Ridland eingetroffen.«

Phin, der sich gerade erheben wollte, nahm wieder Platz und atmete kräftig aus.

»Ich wollte Sie n-nicht gleich informieren, aber der Bote betonte die Dringlichkeit des Schreibens.«

Ridland lebte nur einen Katzensprung von Phin entfernt, ein Stück die Straße entlang auf der anderen Seite des Hyde Parks. Es waren nicht mehr als zehn Minuten Fußweg bis dorthin. Immer, wenn Phin einen Raum betrat, in dem sich auch Ridland aufhielt, machte der auf dem Absatz kehrt und ging. Erst vergangenen Monat hatte er eine Teegesellschaft verlassen, die zu Ehren des Premierministers gegeben worden war. Ridling war ein Bastard, wie er im Buche stand, aber er wusste, wie zerbrechlich sein Hals aus der Nähe betrachtet war. Wenn er mit einer derartigen Beharrlichkeit Briefe schrieb, gab es dafür einen triftigen Grund.

»I-Ich h-hoffe, ich bin Ihnen nicht zu nah getreten.« Fretgoose's Knollennase lief bereits rot an. »Soll ich ihn ebenfalls verbrennen?«

Womöglich war Ridland zu Ohren gekommen, dass Phin sich mit hohen Beamten des *Colonial Office* und des *India Office* getroffen hatte. Welch herrliche Ironie das wäre. Dass es im Bereich des Möglichen lag, durfte Ridland mächtig zu schaffen gemacht haben, dachte Phin. Vielleicht sollte er sich einen der Briefe rahmen lassen und ihm allabendlich zuprosten.

Er streckte die Hand nach dem Brief aus, der sorgfältig versiegelt war. Teures Papier. Anscheinend verdiente er jetzt das Teuerste vom Teuren. Vorbei waren die Zeiten, in denen Ridland ihm auf billigstes braunes Papier, das auf dem Markt benutzt wurde, um Fisch darin einzuwickeln, gekritzelte Anweisungen zugeschickt hatte. *Mehr ist dein Leben nicht wert*, hatte die unterschwellige Botschaft jener Nachrichten gelautet.

Damals war Phin nichts anderes übrig geblieben, als die Botschaften zu lesen. Anfangs hatte ihn sein Diensteid zum Gehorsam verpflichtet. Im Laufe der Zeit hatte er jedoch, am Beispiel unglückseliger Kameraden, den von allen zwar totgeschwiegenen, aber weitaus zwingenderen Grund erfahren, aus dem unbedingte Folgsamkeit angezeigt war: Ridland hatte keinerlei Skrupel, Abtrünnige zu disziplinieren. Hätte Phin sich entschieden, unterzutauchen, hätten andere den Preis dafür bezahlt: zufällige Bekannte, alte Kameraden, womöglich sogar der alte Mann, der sich als Ridlands Freund und Phins Mentor betrachtete.

Phin war damals sogar der Gedanke durch den Sinn gegangen, dass eine einzige, genau platzierte Kugel all diesen Sorgen ein Ende machen könnte. Aber von dem ausgedehnten, von Ridland gesponnen Netz hingen viele Leben ab, manches davon unschuldiger als andere. Wenn der Bastard starb, würden viele Menschen deswegen leiden müssen.

Länger als ein Jahrzehnt hatte Phin keine andere Wahl gehabt, als Ridland zu gehorchen. Ridlands Anweisungen mussten gelesen und befolgt werden.

Doch jetzt war alles anders. Dass Phin einen Titel geerbt hatte, machte es Ridland unmöglich, weiterhin Forderungen an ihn zu stellen. Ein einfacher Fußsoldat wurde leicht ignoriert, aber jedes Mal, wenn ein Earl besorgte Worte in das Ohr der Regierung flüsterte, riss ein Faden in Ridlands Netz. Und Phin hatte in letzter Zeit in viele Ohren etwas geflüstert.

Ja, dachte er und spürte, wie sich seine Lippen zu einem Lächeln verzogen. Wenn Ridland ihm schrieb, musste es einen triftigen Grund dafür geben.

Er machte eine kurze Bewegung aus dem Handgelenk. Der Brief flog durch die Luft, prallte am Kaminsims ab und landete neben dem Kaminbesteck. »Verbrennen Sie ihn«, befahl er seinem Diener mit ruhiger Stimme und stand auf, um sich die Zeitung zu holen.

Fretgoose sprang herbei und griff nach der Zeitung, um sie Phin zu reichen. »Wenn Sie erlauben, Mylord.«

»Nein.«

Der Kammerdiener zog den Kopf ein und wich zurück.

Beim Allmächtigen. »Trotzdem danke«, schob Phin nach, bereute es aber sogleich, da Fretgoose mit der Schulter gegen die halb geöffnete Tür des Kleiderschrankes stieß, als er sich verbeugte.

Fretgoose gab vor, keinen Schmerz zu verspüren, und Phin gab vor, von der Kollision nichts mitbekommen zu haben. Er studierte die Schlagzeilen, während der Kammerdiener die Kleidung zusammenstellte. Das Weltgeschehen war eher ruhig zu nennen. Im Fall des vereitelten Bombenanschlags von Birkenhead hatte es weitere Verhaftungen gegeben. Hinter dieser Sache steckte mit Sicherheit eine weitaus interessantere Geschichte, doch als Normalbürger würde er die niemals erfahren – worauf er auch keinen Wert legte. Nichtsdestotrotz rümpfte er angesichts der faden offiziellen Version die Nase.

Als er umblätterte, stieß er auf eine ganzseitige Anzeige für Haarwasser. *Spezielle amerikanische Formel: Neue Technologie. Fünf Schillinge für spektakulären Glanz.* Typisch amerikanisch, eine solche Stange Geld für ein bisschen Seifenwasser zu verlangen. Genervt wandte er sich der nächsten Seite zu.

Und saß wie vom Donner gerührt da.

»Sir?«

Es war nur eine Frage der Zeit gewesen. Überraschung war also fehl am Platz. Genau genommen war er nicht im Geringsten überrascht. Er fühlte sich schlichtweg ... als hinge er in der Luft. Wie die Figur in einem Daumenkino, die mitten in der Bewegung von einem sehr kräftigen Daumen angehalten worden war. Er zwang sich, hochzuschauen. »Ja«, sagte er.

Fretgoose hielt ihm einen Mantel hin. »Wäre dieser genehm, Sir?«

Phin nickte geistesabwesend, dann gab er sich einen Ruck. »Sagen Sie Gorman, er soll meine Verabredung für morgen absagen.« Er musste den Hinterbliebenen einen Beileidsbesuch abstatten.

Am nächsten Morgen machte Phin sich auf den Weg nach Eton. Obwohl es mit dem Zug eine vergleichbar kurze Reise war, entschied er sich für die Kutsche. Da sich die Straßen in einem besseren Zustand befanden als bei seiner letzten Reise, dauerte die Fahrt nicht so lange wie erwartet. Als er vor dem bescheidenen Cottage vorfuhr, war es noch nicht einmal Mittag.

Phin blieb im Wagen sitzen und betrachtete das Haus. Es sah genau so aus, wie er es in Erinnerung hatte. Das weiße Holzgatter hatte einen frischen Anstrich erhalten, und die Rosenbüsche, die den kleinen Pfad zum Haus säumten, wirkten gebändigter als früher. Ansonsten war alles wie damals, sodass er fast das Gefühl hatte, wieder siebzehn zu sein. Die roten Ginganvorhänge des Stubenfensters waren aufgezogen. Phin erinnerte sich gut daran, welch erhitzte Diskussionen es seinerzeit wegen der Vorhänge gegeben hatte. Wie die meisten Kartografen liebte Mr Sheldrake lichtdurchflutete Räume. Seine Ehefrau hingegen hatte argumentiert, dass zu viel Sonnenlicht die Polstermöbel ausblich. Der Disput um die Vorhänge hatte sich zu einem fortwährenden Scherz entwickelt; die Erinnerung daran müsste ihn eigentlich erheitern.

Mit Mühe und Not rang Phin sich ein Lächeln ab.

Eine Magd, einen Korb am Arm, ging an der Kutsche vorbei. Auf Höhe des Fensters reckte sie den Kopf, um einen Blick ins Innere zu erhaschen. Kein Wunder. Eine große glänzende Kutsche mit einem Wappen auf der Tür taugte nun einmal dazu, Aufmerksamkeit zu erregen, vor allem in ländlichen Gegenden. Vielleicht hätte er sich doch lieber für den Einspänner entscheiden sollen. Andererseits erwies er niemand Geringerem als Sheldrake die letzte Ehre. Ob es für Sheldrake eine Rolle gespielt hätte, dass er nun einen Titel trug? Phin bezweifelte es. Aber es wäre eine erfreulichere Nachricht gewesen als all die anderen, die er im Gepäck hatte.

Phin stieg aus der Kutsche und gab seinem Diener ein Zeichen, er solle auf dem Kutschbock sitzen bleiben. Ehe es ihm bewusst wurde, hatte er bereits den Riegel der kleinen Pforte geöffnet. Lautlos schwang sie auf. Phin glaubte, sich selbst zu beobachten, als er den schmalen Weg entlangging. Die Stufen, die zum Eingang hinaufführten, die Tür und auch das Haus schienen ihm mit einem Mal winzig klein. Ein surreales Gefühl befiel ihn. Seit seinem letzten Besuch konnte er unmöglich gewachsen sein, oder? Es ergab einfach keinen Sinn, dass ihm alles so viel kleiner erschien.

Kaum hatte Phin angeklopft, wurde die Tür geöffnet. Statt der Magd gegenüberzustehen, wie er erwartet hatte, blickte er in das Gesicht von Laura Sheldrake. Die rundlichen Pausbacken aus Kindertagen waren verschwunden, und statt eines rauflustigen Wildfangs stand jetzt eine Frau Mitte zwanzig vor ihm, deren kastanienbraunes Haar sanft im Sonnenschein schimmerte. Damals, vor einer halben Ewigkeit, hatte Phin davon geträumt, sie vor den Altar zu führen.

Einen Moment lang lächelte sie ihn höflich an, ehe ihr Blick an ihm vorbei zur Kutsche glitt. Als sie dann wieder ihn ansah, schlug sie sich die Hand vor den Mund. *»Phin!«*

»Miss Sheldrake.« Da die Tochter des Hauses keinen Ehering trug, war er sich zumindest sicher, wie er sie anzureden hatte. Aber da hörte es auch schon auf.

Doch ihm blieb keine Zeit zum Nachdenken, denn Laura wartete keine weiteren Formalitäten ab, sondern packte ihn am Arm und zog ihn ins Haus. Der Duft nach frisch gebackenem Brot und Rosmarin erfüllte die Luft. Es war Phin nie gelungen herauszufinden, auf welcher Seite Laura im Krieg um die Vorhänge stand. Diplomatisch wie sie war, hatte sie stets ihre Neutralität gewahrt. Vielleicht war sie es, die, ihrem Vater zu Ehren, die Vorhänge geöffnet hatte. »Phin, ich kann gar nicht glauben, dass du das bist. Aber …« Der freudige Ton wich aus ihrer Stimme. »Oh – du hast davon gehört, nicht wahr?«

Phin setzte den Hut ab. Nach einem Haken für die Kopfbedeckung zu suchen, war nicht nötig. Dies war das einzige Haus in der ganzen Welt, in dem er mit verbunden Augen wusste, wo er seinen Hut ablegen konnte. Welch ein eigentümlicher Gedanke. »Ja«, sagte er. »Es tut mir unendlich leid. Ich habe es erst gestern in der Zeitung gelesen, sonst wäre ich schon früher gekommen.« Wozu diese Beteuerung gut sein sollte, war ihm schleierhaft. *Ich wäre nicht gekommen, solange er noch lebte, aber im Augenblick seines Todes wäre ich herbeigeeilt, wenn ich nur davon gewusst hätte*. Das musste in ihren Ohren ungemein tröstend klingen.

Doch die Bemerkung schien sie nicht weiter zu stören. »Es kam alles so plötzlich«, sagte sie mit erstickter Stimme. »Ein Hirnschlag, sagen die Ärzte. Zum Glück passierte es im Schlaf. Der Gedanke, dass er nicht wach war, als es passierte, ist mir ein Trost.«

»Ja. Natürlich«, sagte Phin, wenngleich ihn die Erfahrung gelehrt hatte, dass Menschen in dieser Situation sehr wohl noch einmal aufwachten.

Der Gedanke hinterließ einen bitteren Geschmack in seinem Mund. Er durchlebte einen Moment ungezügelter Wut auf seinen rebellischen Verstand, auf die Erfahrungen, die sich im Laufe der Zeit in sein Bewusstsein eingebrannt hatten. Sein Körper hatte ihn geweckt, seine Freunde anzugreifen, und sein Verstand verhöhnte die Hoffnungen einer jungen Frau, indem es ihm die garstige Wahrheit zuraunte. Nein, er wollte Derartiges hier und jetzt nicht denken – es käme zu sehr einer Entweihung gleich.

Laura sah ihn erwartungsvoll an. In ihren braunen Augen

schimmerte eine Vertrautheit, von der er nicht wusste, wie er damit umgehen sollte. Wäre er damals geblieben und hätte einen anderen Weg gewählt, hätten sie heute vielleicht gemeinsame Kinder. Sich mit diesem Gedanken selbst zu schmeicheln, lag ihm fern. Er wusste, dass Laura immer eine große Zuneigung für ihn gehegt hatte. Nur zu gern hätte er sie glücklich gemacht – und das nur zum Teil deshalb, weil ihr Vater dadurch auch zu seinem geworden wäre. Er sollte jetzt etwas anderes als diese Starrheit empfinden; er sollte etwas Mitfühlendes sagen.

Doch zurzeit fiel ihm belangloser Small Talk noch schwer, er musste sich erst noch einen Schatz akzeptabler Anekdoten zulegen. Er räusperte sich und nahm Zuflucht bei der Etikette. »Ihr Verlust betrübt mich zutiefst, Miss Sheldrake. Ich bin gekommen, um Ihnen mein Beileid auszusprechen. Ihnen und Ihrer …« Ihm ging auf, dass er nicht einmal wusste, ob Mrs Sheldrake überhaupt noch lebte.

Die Erkenntnis, dass er nichts, aber auch rein gar nichts über die Sheldrakes wusste, traf ihn wie der Blitz. In Anbetracht dessen war es keinen Schilling wert, dass er wusste, wo er seinen Hut hinhängen konnte.

»Mutter«, beendete Laura seinen Satz und lächelte, als hätte sie seine Angst erkannt und wäre zugleich ein wenig stolz darauf, sie ihm nehmen zu können. Sie hatte schon immer ein gütiges Naturell bewiesen, schon als junges Mädchen. Aber sie neigte auch zur Naivität und täte besser daran, Fremden nicht einfach die Tür zu öffnen. Für einen Missetäter wäre es ein Leichtes, sie am Hals zu packen und ins Innere des Hauses zu drängen, wo sie keiner sah. Hinzu kam, dass es hier in der Diele nichts gab, mit dem sie sich würde verteidigen können. Sie konnte getötet werden, genau hier, binnen weniger Augenblicke.

Gütiger Gott, er war schlicht und ergreifend unbrauchbar für die normale Gesellschaft.

Laura redete indes munter weiter. »Sie wird sich gewiss sehr freuen, dich zu sehen, Phin. Sie macht gerade einen kleinen Spaziergang hinunter zum Markt, müsste aber …«

Phin fuhr sich mit der Hand über die Augen und strich sich das Haar zurück. Als ihr Blick seiner Bewegung folgte, ging ihm auf, dass sich diese Geste nicht schickte.

»… bald wieder zurück sein«, beendete Laura ihren Satz, während er die Hand sinken ließ und auf den Rücken legte. Er presste die Finger fest zusammen. »Du wirst doch solange bleiben, nicht wahr?«

Plötzlich war Phin, als würden die Wände der Diele sich um ihn zusammenziehen. Er gehörte er zu den Menschen, die nie etwas zerbrachen, die auf einem Seil balancieren konnten, wenn sie es mussten, aber in diesem Moment fühlte er sich zu groß, zu unsicher, zu nervös. Er stieß mit dem Ellbogen gegen das Treppengeländer, und der Saum seines Mantels streifte eine Bodenvase, in der Regenschirme standen. Selbst diese alltäglichen Berührungen erzeugten in Phin das Gefühl, eingeengt zu sein. »Aber gern doch«, sagte er, woraufhin sie lächelte. Die Gute ahnte nicht einmal, dass ihm gerade eine Lüge über die Lippen gekommen war.

Phin hingegen war sich dessen sehr bewusst. Ihm war klar geworden, wie tief ihn all das hier berührte. Wenn man nicht wusste, ob eine Frau tot oder am Leben war, war es erfreulich zu erfahren, dass es ihr gut ging. Wenngleich das nicht das grundlegende Problem löste. Er hätte es wissen müssen. Er hatte sich nur nicht die Mühe gemacht, es im Vorfeld herauszufinden.

»Wie lange das her ist«, murmelte Laura und schüttelte den Kopf, als erwachte sie aus einem Traum. »Komm mit«, sagte sie und streckte die Hand nach seiner aus.

Sie benahm sich, als wären sie alte Freunde, und das Lächeln, das sie ihm schenkte, schien von Herzen zu kommen. Dabei kannte sie ihn doch gar nicht mehr. Wie aus dem Nichts flutete die paranoide Vorstellung seinen Verstand, ein dunkles Verlangen könnte ihn dazu bringen, ihr die Finger zu zerquetschen, wenn er ihre Hand ergriff. Und das nur, um herauszufinden, wie viel Kraft vonnöten war, damit sie schrie. *Nicht lächeln*, würde er sagen. *Sieh genau hin, was aus mir geworden ist*.

Entsetzt über sich selbst wich er einen Schritt von Laura zurück und prallte dabei gegen die Schirme. Sie schlugen klappernd aneinander. Nach einem kurzen Zögern griff Laura an Phin vorbei und ordnete sie, als wäre das von Anfang an ihre Absicht gewesen. Als sie bemerkte, wie vorgeschoben diese Geste wirkte, errötete sie und wandte den Kopf ab. »Hier entlang, bitte«, sagte sie und fügte mit einem verlegenen Lachen hinzu: »Aber du kennst ja den Weg.«

Schweigend folgte Phin ihr in das Wohnzimmer. Jeder Zoll seines Körpers kribbelte vor Selbstverachtung. Was zum Teufel stimmte nicht mit ihm? Gelang einem alten Cottage etwa das, was Pistolenkugeln nicht geschafft hatten – seiner Selbstbeherrschung den Garaus zu machen? Sechs Stunden ungestörter Schlaf jede Nacht, Briefe, die prompt beantwortet wurden, Pächter, um die er sich kümmerte, regelmäßige Besuche in der Kirche. Ganz zu schweigen davon, dass er sämtlichen Verlockungen aus dem Wege ging und das Fluchen reduziert hatte. Diese rechtschaffene Routine hatte ihn in der Spur gehalten, aber jetzt regte sich in ihm der Verdacht, dass sie ihn nicht zu ändern vermochte.

Auf der Schwelle zum Wohnzimmer blieb Laura stehen. »Es sei denn …« Sie drehte sich um. »Möchtest du gern sein Arbeitszimmer sehen?«

Sein Arbeitszimmer. Nein, dachte Phin. Er wollte es nicht sehen.

Mit leicht geröteten Wangen und einem Zögern in der Stimme fügte sie hinzu: »Oder wir setzen uns und warten auf Mutter.

Ich dachte nur, weil du so viel Zeit mit ihm dort verbracht hast, dass du …«

Phin rang sich ein Lächeln ab. Laura hatte es schlicht und ergreifend nicht verdient, unter seinem verwirrten Verstand zu leiden. Er war doch wohl noch imstande, ein gottverdammtes Arbeitszimmer zu betreten. »Eine vorzügliche Idee, Miss Sheldrake. Vielen Dank für den Vorschlag, den ich sehr gern annehme.«

»Bist du dir sicher?« In Lauras Blick lag eine Spur Besorgnis. »Sollte es dir zu schwerfallen, so habe ich vollstes Verständnis dafür. Ich möchte auf keinen Fall, dass du …«

»Nein, es fällt mir nicht schwer«, unterbrach er sie. »Es wäre … wundervoll.« Herrje, wie unbeholfen!

»Nun gut.« Sie wandte sich dem hinteren Teil des Hauses zu, blieb dann aber unvermittelt stehen. »Nein«, sagte sie. »Am besten, du gehst erst einmal allein. Ich komme in einer Minute nach.«

Phin war sich nicht sicher, ob ihr Zögern der Sorge um ihn entsprang oder ob sie sich selbst zu schützen versuchte. Dann fiel ihm ein, dass es sich nicht schickte, wenn sie sich gemeinsam in einem Raum aufhielten, Punkt. Allem Anschein nach war das Hausmädchen nicht da. Und Laura hatte gesagt, dass ihre Mutter zum Markt gegangen war. Hatte Sheldrake sich denn nicht darum gekümmert, dass die beiden nach seinem Tod abgesichert waren? Phin beschloss, Gorman zu beauftragen, sich ein Bild über die finanzielle Situation der beiden Frauen zu machen. Ihnen in dieser Hinsicht unter die Arme zu greifen, war das Mindeste, das er tun konnte.

Er verneigte sich und ging allein den Flur entlang. Gerahmte Drucke hingen an den Wänden, darunter Aquarelle, die den Strand von Brighton und die Klippen von Dover zeigten – Souvenirs von den wenigen Familienurlauben. Sheldrake hatte sich bei ihm wegen seiner Abwesenheit entschuldigt. *Hab dich vermisst,*

Junge. Tut mir leid, dass wir dich allein gelassen haben. Die Kreuzstichstickerei mit den Königin-Victoria-Rosen hatte Mrs Sheldrake an Ostern vor nunmehr fünfzehn Jahren beendet. In Sheldrakes Augen ein Werk hoher Kunst, wie er verkündet hatte. Phin hatte seine Verwunderung für sich behalten (Rosen? Drei Monate Arbeit für ein Blumenbild?) und ihm recht gegeben. Damals hätte er allem zugestimmt, was Sheldrake sagte.

Er stieß die Tür zum Arbeitszimmer auf, die sich mit dem unvermeidlichen Knarren öffnete. In all den Jahren war es Phin nicht einmal gelungen, dieses Zimmer auch nur eine Minute zu spät zu betreten, ohne erwischt zu werden.

Alles war unverändert. In den Regalen standen Sheldrakes Arbeitsgeräte – Sextanten und Kompasse, Teleskope und Lineale zum Zeichnen von Parallelen sowie ein Quecksilberhorizont, mit dem er Phin den Krümmungsgrad der Böden im Haus hatte berechnen lassen. In der Mitte des Zimmers standen sich zwei Schreibtische aneinandergeschoben gegenüber. Auf dem einen lagen sorgfältig gefaltete Landkarten und Bücher aufgestapelt, wobei Pierces Hauptwerk *Elementary Treatise on Plane and Spherical Trigonometry* einen exponierten Platz einnahm. Der alte Globus ruhte auf seinem Messinggestell, ein durch das Fenster einfallender Sonnenstrahl zeigte hell auf Russland.

Phin ging einige Schritte weit in das Zimmer. Die Oberfläche des Globus fühlte sich wächsern an. Sein Finger glitt über den Indischen Ozean. Er war in seinen antiquierten Umrissen zu sehen, die aus einer Zeit stammten, als die Briten noch nichts von Transvaal oder Belutschistan, dem Suezkanal oder Oberbirma wussten. Als er das letzte Mal auf diesen Globus geschaut hatte, waren auch ihm diese Orte fremd gewesen. Heiß, stickig, der Fluss gelb vor lauter Schlamm und so träge dahinfließend, dass es den Anschein hatte, als würde er knirschen. Er konnte noch immer nicht glauben, dass er bei der letzten Expedition nicht ums Leben gekommen war. Das Kopfgeld auf einen Engländer war so hoch, dass ein Einheimischer jahrelang sorglos davon hätte leben können.

Phin tippte mit der Fingerspitze einmal kurz auf den Ozean und ließ seinen Blick dann zu dem geordneteren der beiden Schreibtische gleiten. Ein Federhalter lag quer über einem Blatt Zeichenpapier, als hätte ihn jemand für einen Moment dort abgelegt. Er nahm ihn in die Hand. Eine Feder der Firma Brandauer. Was sonst? *Das wahre Geheimnis einer Zeichnung ist die stählerne Feder, Phineas, und nicht die Hand, die sie führt.*

Als Phin den Federhalter zurücklegte, beschlich ihn ein seltsames Gefühl. Der Schreibtisch sah aus, als hätte Sheldrake bis eben dort gesessen und gezeichnet und würde gleich an seinen Arbeitsplatz zurückkehren.

Phin atmete tief durch und wich einen Schritt zurück. Ihm war, als zöge sich sein Hals zusammen. Die Generation seines Vaters hatte die Sehnsucht nach Vergangenem als Krankheit angesehen. Man hatte geglaubt, das unerfüllbare Verlangen ließe den Verstand allmählich verfallen, weil er sich nach einer Zeit sehnte, die niemals wiederkehrte. Er würde sich selbst zerstören, indem er seine Erinnerungen bis zum Wahnhaften ausschmückte. Phin erkannte eine gewisse Logik in dieser Überlegung. Dieses Arbeitszimmer fühlte sich wie eine Krankheit an. Der Geruch nach Farbe, Papier, Polierwachs und Tinte füllte seine Lungen und verwandelte sich zu Stein. Mehr noch als der Duft nach frisch gebackenem Brot, den er im Korridor wahrgenommen hatte, beschwor der Geruch in diesem Zimmer Sicherheit, Friede und Wissen herauf; alles Dinge, die er einst als selbstverständlich betrachtet hatte. Und dennoch war das alles nichts als eine schöne Lüge.

»Wir haben bislang noch nichts davon veräußert. Mutter hat es einfach nicht übers Herz gebracht.«

Laura war leise hinter ihn getreten. Womöglich hatte sie ihn erschrecken wollen, doch Phin hatte ihr Kommen bemerkt – durch den leichten Luftzug, der entstanden war, als sie die Tür weiter geöffnet hatte.

Nein. So darfst du nicht denken. Nicht hier.

»Er hätte gewollt, dass du einen Teil seiner Sachen erhältst«, sagte sie. »Den Globus vielleicht? Such dir aus, was immer du möchtest. Er hat oft von dir gesprochen, Phin. Er war davon überzeugt, dass du unserem Land einen großartigen Dienst leistest.« Der Teppich schluckte ihre Schritte. Ihre blassen, kräftigen Finger brachten den Globus zum Drehen. Phin wurde schwindelig. »Wir wussten natürlich, dass du uns nicht darüber schreiben konntest. Ich nehme an, dass Verschwiegenheit zum täglichen Geschäft in diesen Kreisen gehört. Doch jedes Mal, wenn Standfords eine neue Landkarte des Subkontinents herausgebracht hat, verbrachte Vater Stunden damit, sie zu studieren.« Lauras Lachen klang rau. »Er hat die verschiedenen Ausgaben verglichen und die Unterschiede herausgearbeitet, die er meist deinem Verdienst zuschrieb. Er war über alle Maßen stolz auf dich.«

Lauras Worte waren wie Gift. Im Zimmer war es plötzlich stickig und heiß, und Phin verspürte den drängenden Wunsch, das Fenster aufzureißen, um eine kühle Brise hereinzulassen.

Sheldrake hatte gar nicht mal so unrecht gehabt, denn zumindest hin und wieder hatte Phin eine neue Landkarte beigesteuert. Leider war es ihm jedoch nicht vergönnt gewesen, sich allzu lange mit der Vermessung Indiens zu beschäftigen. Zwei Jahre waren ihm zugestanden worden, zwei Jahre, um im Dienste der Royal Engineers die Berge zu erkunden. Doch dann hatte Ridland andere Aufgaben für ihn gehabt.

Der Globus drehte sich noch immer. Phin streckte die Hand aus und hielt mit dem Zeigefinger die Welt an. Sheldrake hatte ihm beigebracht, sie sich genau anzusehen. Er war überzeugt gewesen, dass die richtigen Antworten nur von denen gefunden werden konnten, die ganz genau hinschauten, dass Länder festgefügte Umrisse hatten und dass Grenzen mehr waren als mit Tinte gezeichnete Linien, die sich so leicht durch Blut wegwaschen ließen. Sheldrake hatte ihn gelehrt, dass Fehler aufgrund eines Irrtums geschehen konnten, aber dass es verwerflich war, Fakten bewusst zu verfälschen und zu verdrehen.

Laura hatte recht. Ihr Vater war gestorben, ohne aufzuwachen. Denn wäre er aufgewacht, hätte er erkannt, dass Masse nichts als eine träge, stumme Materie war, unfähig der Schwäche und der Stärke. Sheldrakes Freund aus Kindertagen hätte ihn das lehren können. Denn Ridland hatte gewusst, dass die wahre Herausforderung darin bestand, die Topografie der Seele darzustellen. Mit nur einem Blick hatte Ridland Phins Charakter erkannt und die Bruchlinie gefunden, die seine Natur von seinen idealistischen Vorstellungen spaltete. *Sie haben Talent,* hatte er gesagt. Mit diesen drei Worten hatte sich die Bruchlinie geweitet, sodass Phin jetzt, ein Jahrzehnt später, als er in Sheldrakes Bibliothek dem Gespenst seiner eigenen Vergangenheit begegnete, kein Gefühl des Wiedererkennens empfand. Er schaute über den klaffenden Abgrund und spürte nichts als einen kalten Lufthauch, der über sein Nackenhaar strich.

Sein Herz begann zu rasen. Ein Schweißtropfen lief ihm über die Schläfe und fiel auf den Globus.

Es passierte schon wieder.

Was würde Laura denken? Sie musste gesehen haben, dass ihm die Röte ins Gesicht gestiegen war, auch wenn sie sich hütete, eine Bemerkung darüber zu machen. *Konzentriere dich auf den Globus. Es wird vorübergehen.*

»Wollen wir Tee trinken?«

Phins in Mitleidenschaft gezogene Ohren missdeuteten ihren

Tonfall und stuften ihn als höhnisch, fast aggressiv ein. *Na, nicht einmal in der Lage, Tee zu trinken*?

Er musste hier heraus, bevor Schlimmeres geschah. In einer Minute würde ihn einer seiner Anfälle voll im Griff haben. Seit seiner Rückkehr nach England kamen die Panikattacken ohne Vorwarnung. Der Globus fühlte sich plötzlich wie Gummi an. Sein Herz pochte zum Zerspringen. Er würde sich erbrechen und dann sterben. *Nein, das wirst du nicht. So fühlt es sich jedes Mal an*. In diesem Zustand konnte er Mrs Sheldrake nicht gegenübertreten.

»Es tut mir leid«, brachte er hervor, und seine Stimme hörte sich an, als käme sie von weit her. Seinem Arzt war es bislang nicht gelungen, eine medizinische Ursache für diese Attacken zu finden. Er hatte Phin angesehen, als wollte er ihm noch etwas sagen, fürchtete aber die Konsequenzen. *Ich bin doch nicht verrückt, oder*? Phin hatte diese Frage mit einem Lächeln gestellt. Der Arzt hatte einige Augenblicke verstreichen lassen, ehe er die Frage verneint und sich dann mit den Worten verabschiedet hatte, er müsse noch zu einer dringenden Verabredung.

Vielleicht wäre es das Beste, Laura zu sagen, dass er verrückt war. Das war allemal besser, als der Frau neuen Kummer zuzufügen, die er einst zu lieben gehofft hatte, und die sich als Mädchen bei ihm ausgeweint hatte, wenn sie traurig gewesen war. *Ich tauge nicht für deine Gesellschaft*, wollte er sagen. Doch dann würde sie sich fragen, für wessen Gesellschaft er überhaupt taugte, und er wollte unter keinen Umständen dafür verantwortlich sein, dass ihre unschuldigen Gedanken sich in dunkle Abgründe verirrten.

Auf dem Weg zur Tür drehte Laura sich unvermittelt zu ihm um. Phin erschrak. »Ich verstehe«, sagte sie und lächelte ihn an. »Das alles ist nicht einfach, oder? Aber ich freue mich sehr, dass du zurückgekehrt bist, Phin.«

Er wollte erwidern, dass sie sich irrte, dass er nicht mehr der Phin von früher war. Als sie nach seiner Hand griff, ließen ihn seine abgestumpften Reflexe im Stich. Laura hielt seine Hand umschlossen, ehe Phin wusste, wie ihm geschah. Er atmete tief durch und spürte, dass es ihm in seinem jetzigen Zustand möglich war, sich führen zu lassen. Und er war froh, dass er Lauras Hand halten konnte, ohne ihr wehzutun.

Phin schickte die Kutsche nach Hause und nahm für die Rückreise nach London den Zug. Anfangs waren seine Gedanken düster und verworren und ergaben für ihn ebenso wenig Sinn wie die Panikattacke, die ihn überfallen hatte. Nach und nach wurde er ruhiger und seine Gedanken klarer. Laura war noch immer unverheiratet. Weshalb? Sie war liebenswert und aufrichtig und hatte feste Ideale. Einen ungeordneten Haushalt würde sie niemals tolerieren, sondern dafür sorgen, dass alles seinen reibungslosen Gang ging und sich jeder angemessen benahm. Wenn er seine Entscheidungen und die sich daraus ergebenden Konsequenzen bereute, so gab es hier eine Chance, einen seiner Fehler zu korrigieren.

Der Gedanke, Laura zu berühren, bereitete ihm jedoch starkes Unbehagen. Er dachte daran, wie sie ihn den Flur entlanggeführt hatte, wie würdevoll die Haltung ihrer Schultern gewesen war, wie anmutig die Linie ihres Nackens gewirkt hatte, wie rein ihre Haut war und wie unschuldig sie aussah, wenn sie errötete. Die einbalsamierte Hülle von Träumen, die von innen heraus verfault waren – er würde niemals zu ihnen zurückfinden können.

Oder die Dunkelheit in seinem Innern machte ihn einfach blind für deren Reiz. Tief in Gedanken starrte er aus dem Fenster und dachte über Exorzismen nach, über die uralten Rituale, die dazu dienten, die Seele zu reinigen. Kettenpanzer, die dem

Kreuzritter das sündige Fleisch wegscheuerten; Klosterzellen, die Katholiken aufsuchten, um zu beichten.

Wie eine räudige Hündin kam London auf ihn zugerast – außer Kontrolle und dunkel und dreckig. Und ohne jegliche Absicht, sich die Absolution erteilen zu lassen.

Was alltägliche Routine anging, so sah er für sich darin keine Hoffnung. Die Welt, die Art und Weise, wie man in ihr lebte, schien für Menschen wie Laura unmissverständlich klar zu sein. Wenn ein Mann sich rüpelhaft benahm, war verblüffende Freundlichkeit die einzige Antwort, die ihnen in den Sinn kam.

Im Foyer begrüßte ihn der Butler und überreichte ihm einen Brief, den Phin sich in die Hosentasche stopfte, während er die Treppe hinaufging. Er war jetzt ruhiger und im Kopf klarer, weshalb es keine Entschuldigung für das gab, was er als Nächstes vorhatte. Nachdem er Fretgoose weggeschickt hatte, verriegelte Phin die Tür.

Der Geruch des Opiums war widerlich und ließ an schummerige Drogenhöllen denken, in denen Ratten über Menschen hinweghuschten, die zu benebelt waren, es zu merken. Es roch nach menschlicher Schwäche, nach der Gier, die seinen Vater erst ins Verderben gestürzt und dann in diese elende Dachkammer in Calais gebracht hatte. Als Phin den Rauch einatmete – er musste kaum husten, da ihm der Umgang mit dem Rauschgift vertraut war –, setzte ein Gefühl der Trägheit ein. Er inhalierte einen tieferen Atemzug. Als er sich die Lungen versengte, verfluchte er sich, doch dann entschwanden alle Selbstvorwürfe wie in warme weiche Watte gehüllt in die Ferne.

Phin legte die Pfeife beiseite und blickte in die Abenddämmerung. Er beobachtete, wie der Himmel eine kitschige Färbung annahm und sich die starren, schartigen Konturen der Schornsteine davor in impressionistische Pinselstriche verwandelten. Azurblau und Pechschwarz. Violett und Türkis. Die Wolken erinnerten an Schleierstoff, der von ungeschickter Hand zusammengeheftet worden war. So leicht wie fließende Gaze wanderten seine Gedanken weiter, weideten sich an der Freiheit, die er ihnen nicht gestattete, wenn seine Muskeln und seine Reflexe voll einsatzfähig waren. Gemächlich zog er den Brief aus der Tasche. Unter dem Druck seiner erschlafften Finger gab das Wachssiegel nach. Ridlands spitze, schräge Handschrift stach ihm in die Augen.

Doch er zerknüllte das Papier nicht schnell genug. Als sich seine Faust schloss, verwandelte sich der zornige schwarze Schwarm in deutliche Worte, die bis zu seinem Verstand vordrangen.

… Mina Masters …

Die Buchstaben waren so gewöhnlich wie andere auch. Ihre Kombination jedoch, ihr Name, der Klang, den er weckte, hatte Phin vor vier Jahren aus seinem Gedächtnis verbannt. Nicht ein einziges Mal hatte er seither an sie gedacht.

Ein einziges Wort des zerknüllten Blattes stach hervor wie ein Pfeil, der ihm unaufhaltsam entgegenflog … *Hilfe* …

Eher würde er sich frohen Mutes in das Fegefeuer stürzen, als Ridland zu helfen. Acht Monate waren vergangen, seitdem er die letzte Pistolenkugel abgeschossen hatte. Zehn, seitdem er jemandem das Genick gebrochen hatte. Das waren Tatsachen, die es wie Diamanten zu hüten galt, eifersüchtiger noch als selbst die Freiheit. Die Vorteile zurückzuweisen, die mit dem geerbten Adelstitel einhergingen, und wieder in das dreckige Spiel von einst einzusteigen, mutete in seinen Augen fast schon blasphemisch an – zumal es in diesem Fall seine freie Wahl wäre.

Seine Finger öffneten sich.

… behauptet, Sie braucht Ihre Hilfe, weshalb ich Sie anflehe …

Jede Tür der Welt stand ihm offen. Er konnte sich nicht entscheiden, durch welche er gehen wollte, geschweige denn wissen, ob es ihm gelingen würde, es mit Anstand zu tun. Aber das machte keinen Unterschied. Sich mit Ridland einzulassen war so gefährlich, wie einen Finger in eine Wolfsfalle zu stecken. Er konnte nicht erwarten, ihn unbeschadet zurückziehen zu können, vorausgesetzt, er konnte ihn überhaupt zurückziehen.

Ich stehe in Ihrer Schuld.

Ja, hatte sie geantwortet. *Das tun Sie.*

Phins Hand erschlaffte. Kettenpanzer, dachte er. Das immense Gewicht an sich dürfte die Haut der Kreuzfahrer aufgeschürft haben, doch ein Schmerz, an den sie gewöhnt waren, hatte keinen Wert. Also hatten sie sich auf kalte Kirchenböden gekniet und sich mit Peitschenhieben auch noch das übrige Fleisch von den Knochen geschält. Wahre Reue sollte nichts Angenehmes und Abgestumpftheit keine Entschuldigung sein. *Schlag fester zu und reite mitten hinein in das Land des Feindes*: Das war die Lösung, die sie für sich gefunden hatten.

5

Aus dem nahe gelegenen Stepney war das Glockenläuten zu hören. Der Nebel dämpfte den hohen Ton, der gespenstisch hohl klang. Mina zählte die Glockenschläge, während sie die Pistole hervorholte. Kein Lichtschimmer drang durch die Ritzen der Kellertür, vor der sie stand, doch das rostige Namensschild ließ keinen Zweifel aufkommen: Sie hatte ihr Ziel erreicht.

Ein Windhauch streifte ihr Gesicht. Eisig und feucht fühlte er sich wie der Odem des Todes an. Er wehte durch die im Halbdunkel liegende Straße und wirbelte Fischskelette und verfaulte Kartoffelschalen auf. Am Vormittag war Tarbury hierher nach Whitechapel gegangen, um Mr Cronin aufzusuchen, seinen alten Kameraden aus Armeezeiten, der ihr womöglich weiterhelfen konnte. Er hatte Mina in einer schäbigen Pension zurückgelassen und versprochen, um drei Uhr zurück zu sein.

Sie hatte den ganzen Tag am Fenster gesessen und gewartet. Doch Tarbury hatte sein Versprechen nicht gehalten. Mit jeder Minute, die verstrich, wuchs ihre Enttäuschung. Sie verabscheute diese Stadt. Wie klein sie sich hier vorkam. In New York hatte sie sich nie derart machtlos gefühlt.

Mina zählte sieben Schläge, ehe die Glocken verstummten. Tarbury versäumte niemals eine Verabredung. Vielleicht war es töricht, hier nach ihm zu suchen. Aber welche andere Wahl hätte sie gehabt?

Sie klopfte an die aus Holzbrettern grob zusammengezimmerte Tür. Ihre Hand zitterte. Die Kälte, redete sie sich ein.

Stille.

Ihre Finger schlossen sich fester um den Pistolenkolben. Die Handschuhe, die sie trug, saßen so eng, dass sich die Umrisse ihrer Fingernägel abzeichneten. Tarbury hatte ihr geraten, sich wie eine Londonerin zu kleiden, um nicht aufzufallen. Und diese engen Handschuhe waren zurzeit bei allen modebewussten jungen Damen sehr beliebt. Dass sie ihre Bewegungsfreiheit einschränkten, war Mina mit einem Mal unerträglich.

Sie klopfte abermals, dieses Mal jedoch kräftiger. Nach kurzem Überlegen schlug sie den Schal zurück, mit dem sie ihr Haar bedeckt hatte. Es schien ihr ratsam, auch zu den Seiten uneingeschränkte Sicht haben.

»Wer ist da?«

Rasch verbarg Mina die Pistole hinter dem Rücken. »Eine Freundin von Thomas Tarbury.«

Fast sofort wurde die Tür geöffnet, die knarrend nach außen aufschwang. Ein kleiner, hagerer Mann mit einem schwarzen Backenbart sah zu ihr hinauf. Er hielt eine Laterne in der Hand, deren Schein die Fettflecken auf seiner Hose glänzen ließ und die unebene Holzstufe beleuchtete, auf der er stand. Die wenigen Treppenstufen führten in einen Kellerraum hinunter, dessen Boden mit Stroh bedeckt war. Der Rest des Raumes lag in Finsternis und blieb dem Auge verborgen. Vermutlich besaß der Mann nur diese eine Lampe. »Sie sind Miss Masters? Treten Sie ein. Er liegt dahinten.«

Der Mann kannte ihren Namen. Eigentlich hätte sie das beruhigen müssen. »Richten Sie ihm aus, er soll zu mir kommen.«

»Das geht nicht, Miss. Er ist ziemlich schlimm dran. Ein paar miese Kerle haben ihn in der Gasse überfallen.« Als sie einen Laut des Erschreckens ausstieß, ging er eine Stufe nach unten. »Keine Sorge, ich habe seine Wunden verbunden. Aber er geht heute nirgendwo mehr hin. Ich hätte Ihnen ja eine Nachricht geschickt, aber er hat mir nicht gesagt, wo Sie wohnen.«

Mina zögerte noch immer. Die Finsternis hinter ihm machte ihr zu schaffen, sie konnte Dunkelheit nicht ausstehen. »Dann soll er zumindest laut etwas zu mir sagen.«

Der Mann sah sie ungläubig an. »Ich habe ihm genug Laudanum verabreicht, um ein Pferd ruhigzustellen. Er hat wie ein Schwein geblutet und die ganze Zeit an nichts anderes gedacht, als zu Ihnen zu kommen. Ein Mann hat seine Pflichten, das kann ich respektieren. Aber ich konnte es wohl kaum so weit kommen lassen, dass ein Freund sich umbringt, oder?«

»Nein«, sagte sie, wenngleich ihr Instinkt noch immer kräftig Alarm schlug.

»Nun kommen Sie schon rein. Er hat gesagt, dass jemand hinter Ihnen her ist. Da ist es wohl besser, wenn Sie keine Aufmerksamkeit auf sich ziehen.«

Mina schaute sich um und sah, wie sich im Haus gegenüber ein Vorhang bewegte. »Also gut.« Sie machte einen Schritt auf die erste Stufe, woraufhin der Mann die Treppe zum Kellerraum hinunterging und ihr leuchtete. Dass er ihr freiwillig Platz machte, beruhigte Mina ein wenig. Nichtsdestotrotz wollte sie vermeiden, dass er die Waffe bemerkte, die sie bei sich hatte.

Auf der nächsten Stufe stieß ihr Fuß gegen eine Kette, die um ein Vorhängeschloss gewickelt lag. Mina nahm an, dass Mr Cronin damit die Tür sicherte, doch dann ging ihr auf, dass sie kein Kettenklirren gehört hatte, ehe er die Tür geöffnet hatte.

Die Tür war also gar nicht verschlossen gewesen.

Wäre Tarbury angegriffen worden, hätte Cronin doch mit Sicherheit die Tür verriegelt.

Im Nu hatte sich Mina umgedreht und lief die beiden Stufen hinauf.

Hinter ihr erklang ein derber Fluch, dann das Splittern von Glas. Dunkelheit hüllte sie ein. Die Laterne war zu Boden gefallen. Nur noch einen Schritt …

Etwas Schweres prallte gegen ihren Rücken. Mina fiel vornüber auf die Türschwelle. Der Sturz auf den harten Boden presste ihr die Luft aus den Lungen. Starke Hände packten sie bei den Armen und umklammerten dann ihre Handgelenke. Finger schlossen sich um die Hand, in der sie die Waffe hielt.

Mina wand sich und versuchte, die Kontrolle über die Waffe zurückzugewinnen.

»Ganz ruhig.« Die fremde Hand packte so fest zu, als wollte sie ihr befehlen. »Sie schießen sich sonst selbst in den Magen.«

Schwer atmend hielt Mina still. Das war nicht Cronins Stimme. Auch nicht Ridlands. Wie denn auch, Ridland war nicht rüstig genug, um mit ihr fertigzuwerden.

»Lassen Sie los.« Die Stimme klang sanft, war das genaue Gegenteil des Drucks um ihre Handgelenke. »Ich möchte Ihnen nur ungern wehtun, Miss Masters.«

Als sie die Stimme schließlich erkannte, versteifte sie sich. Es war *Monroe*. Sie hatte nicht mehr gewusst, dass seine Stimme so tief war. Aber er hatte auch nie mit seinem natürlichen Akzent zu ihr gesprochen – abgesehen von der Phase, in der das Gift in ihm gewütet hatte. Damals hatte seine Stimme sehr heiser geklungen.

Die Erkenntnis, dass er es war, traf sie wie ein Blitz. Ebenso wie der Gedanke, dass er ihr Dankbarkeit schuldete, keinesfalls aber Gewalt. Sie hatte die freie Welt vor Augen und sah sich gezwungen, neu zu planen. Ihr stand wahrlich nicht der Sinn danach, sich wieder unter jemandes Knute zu begeben. Und Monroe war ihr etwas schuldig. Sie hatte ihn gemocht, damals in Hongkong. Wie es aussah, hatte er Tarbury in seiner Gewalt. Und ohne Tarburys Hilfe war sie in diesem Land vollkommen auf sich gestellt. »Lassen Sie mich aufstehen«, sagte sie. Der schlanke Körper, der auf ihr lag, fühlte sich unbeweglich und hart wie Granit an. »Bitte«, fügte sie leise hinzu.

Monroe verlagerte sein Gewicht ein wenig. Seine Wange streifte ihr Haar, Bartstoppeln kitzelten sie am Ohrläppchen. »Erst geben Sie mir die Waffe.« Wegen dieser Stimme, tief und voll und ein wenig heiser, hätten diese Worte für manch eine Frau wie Poesie klingen mögen.

Doch Mina verabscheute sie aus vollem Herzen. Warum konnte sie die Waffe nicht behalten? Obwohl sie nicht seine Feindin war, attackierte er sie wie ein Wolf das Kaninchen. Vielleicht konnte sie doch nicht auf ihn zählen. Widerwillig lockerte sie den Griff um die Waffe. »Nehmen Sie sie.«

Der Druck seines Gewichts wich von ihr. Seine linke Hand glitt über ihre Taille, während die andere ihr die Pistole abnahm. Dann zog er sie derart schnell in die Höhe, dass ihr schummerig wurde. Allem Anschein nach hatte das Gift bei ihm keine bleibenden Schäden hinterlassen. Er schlang den Arm um ihre Taille und zog sie mit sich die Stufen hinunter.

Als sie gegen seinen Arm ankämpfte, erhöhte er den Druck, als hätte er es mit einem quengelnden Kind zu tun. »Haben Sie noch mehr Waffen?« Die Art und Weise, wie er mit ihr sprach, konnte fast schon charmant genannt werden. So, als wollte er sie zum Tanzen auffordern. Was er nie getan hatte, wie ihr in diesem völlig unpassenden Moment einfiel. *Sie* hatte *ihn* gefragt.

Es war im Grunde genommen lächerlich, dass eine solch triviale Tatsache ihren Ärger zusätzlich anfachte. »Nein.«

»Sind Sie sicher?«

Wäre er Amerikaner, hätte sie ihn um einiges besser ausstehen können. »Ja!«

Er gab sie frei. Als Mina sich zu ihm wandte, riss er ein Streichholz an. Der Schein der Flamme fiel auf seine kräftige Hand. Am Ringfinger glitzerte ein Goldring, auf dem ein Symbol prangte. Die Flamme beschrieb einen Bogen durch die Dunkelheit, der bei dem Docht einer Lampe endete und ihn entzündete. Warmes

Licht ergoss sich über Monroes Gesicht, warf aber auch dunkle Schatten unterhalb seiner Wangenknochen und der vollen Unterlippe. Seine Wimpern waren noch immer so lang wie die eines Engels, sein Kinn eckiger und härter als Stein. Als er die Lampe auf dem Boden abstellte, trafen sich ihre Blicke. Sogleich schoss Mina die Röte ins Gesicht. Wie albern. Seinerzeit in Hongkong hatte sie seine Augen bewundert. Sein fester Blick hatte sie dazu gebracht, ihm trotz aller Vorbehalte zu vertrauen.

»So sieht man sich wieder«, sagte er.

Mina öffnete den Mund, entschied sich dann jedoch gegen Worte der Aufrichtigkeit. Sie hatte ihm das Leben gerettet, und er hatte ihr nie richtig dafür gedankt. Da sollte er bei einem Wiedersehen doch etwas glücklicher klingen, oder? Nein, irgendetwas stimmte hier nicht. Wenn er wollte, dass sie ihm vertraute, musste er ihr beweisen, dass er es verdiente. »Oh«, sagte sie. »Kennen wir uns?«

Er verzog den Mund zu einem eigenartigen Lächeln. Mit einer bemerkenswert geschmeidigen Bewegung richtete er sich auf. Schon in Hongkong hatte seine elegante Anmut Mina den Atem verschlagen, doch jetzt, so beschloss sie, würde sie nicht wieder damit anfangen, ihn zu bewundern. »Vielleicht nicht«, sagte er. »Das heißt, früher kannten wir uns einmal. Erkennen Sie mich denn nicht?«

Hätten die Umstände seine Identität nicht nahegelegt und wäre ihr ein tiefer Blick in seine Augen verwehrt geblieben, hätte sie ihn womöglich tatsächlich nicht erkannt. Er war größer und schlanker, als sie ihn in Erinnerung hatte, und wirkte irgendwie schmaler. Und zudem nicht so elegant. Keine Spur mehr von perfekt frisiertem Haar und glatt rasierten Wangen. Stattdessen trug er sein Haar so lang, dass es ihm bis an das von Bartstoppeln dunkle Kinn reichte. Die Haartracht betonte seinen Teint und seine fast schwarzen Augen, und man konnte vermuten, er wollte wie ein Krimineller aussehen. Die Rolle als Bankier würde er mit diesem Aussehen ganz gewiss nicht mehr spielen können.

Sein verwegenes Aussehen rührte auch von der Weise her, wie er mit der Waffe umging. Während er Mina nicht aus den Augen ließ, hielt er die Pistole achtlos wie ein Spielzeug in der Hand. Oder so, als wollte er ihr klarmachen, wer von ihnen bewaffnet war und wer nicht.

Was zum Teufel hatte Ridland ihm über sie erzählt? Es hatte den Anschein, als müsste sie ihn in mehrerlei Hinsicht entwaffnen, wenn sie eine möglichst angenehme Zeit miteinander verbringen wollten.

Mina hob die Hand, merkte aber zu spät, dass sie sich die Haare zurückgebunden hatte, sodass keine Strähne heraushing, die sie hätte zurückstreichen können. »Vielleicht …« Sie fuhr sich mit der Zungenspitze über die Lippen. »Oh, sind Sie das … Mr *Monroe*?«

»Könnte sein«, antwortete er, und sein leicht sarkastischer Ton traf sie wie ein Schlag. Wie töricht sie doch gewesen war, Dankbarkeit von ihm zu erwarten. Geschäftsmann oder Spion, das spielte keine Rolle. Er hatte wunderbar in den Freundeskreis ihres Stiefvaters gepasst.

Es fiel ihr nicht schwer, ihre nächsten Worte mit zittriger Stimme zu sagen – sie mochte es ganz und gar nicht, auf dreckige Böden geschubst zu werden. »Mr Monroe. Gott sei Dank. Sie werden mir bestimmt helfen!« Und dann, begleitet von einem dramatischen Schluchzen, warf sie sich ihm in die Arme.

Dank seiner gut geschulten Reflexe fing Phin sie auf. Und zum Glück war der Abzugshahn der Pistole voll funktionstüchtig, ansonsten hätte es wohl ein Blutbad gegeben.

Als Mina ihren zierlichen Körper an ihn schmiegte, befiel Phin ein eigenartiges Gefühl, das um einiges vielschichtiger war als ein Déjà-vu. Für den Bruchteil einer Sekunde befürchtete er, angegriffen zu werden, bis er schließlich merkte, dass dieses Gefühl einzig in seinem Inneren entstanden war. Als hätte sich in ihm eine Tür geöffnet, die er versperrt zu halten versucht hatte. Es gab Dinge, die der Körper nicht vergaß – ihre Brüste, die sich auf Höhe seines Magens gegen ihn pressten, die Art und Weise, wie er eine Waffe in der Hand ausbalancierte. Mina Masters zu berühren war, als streifte er eine dunkle Seite seines Selbst, den Ort, an den sich seine Reue zum Sterben zurückgezogen hatte, weil sie die chronische Missachtung nicht mehr ertrug. *Damit hatte ich doch abgeschlossen*, dachte er. Beim Allmächtigen, das musste doch alles längst vorbei sein.

Nur zu gerne hätte er die Arme gehoben, um das Kribbeln im Nacken wegzureiben, doch sie hatte die Arme um ihn geschlungen, und er erwiderte die Geste, ohne dass sein Verstand zuvor um Erlaubnis gebeten wurde. Nach all der Zeit wirkte sie noch immer wie Gift auf ihn. »Ich bin unendlich froh, dass Sie gekommen sind«, wisperte sie.

Ihr Kopf ruhte genau unter seinem Kinn. Wie die ersten Töne eines in Vergessenheit geratenen Musikstückes ließ der feine Duft ihres Haars eine ganze Sinfonie in seinem Kopf aufklingen: die grimmige Verärgerung, die er für sie empfand, jener Kuss, *Tanzen Sie mit mir, Mr Monroe*. Er hatte sie als Hindernis betrachtet, als eine Versuchung, die sämtliche seiner geerbten Schwächen enthüllte, eine nichtsnutzige Last, die alles daransetzte, sich in seinem Gewissen festzubeißen. Damals hatte es für ihn keine andere Möglichkeit gegeben, als sie in genau diesem Licht zu sehen. Zumindest nicht bis zu dem Moment seines Sturzes aus dem Fenster. Ein wahrer Schreckmoment: Während er von einem Kugelhagel begleitet über den Rasen davongerannt war, hatte er sich gefragt – nur ein einziges Mal und ohne das schmerzhafte Gefühl des Verlustes zu verstehen –, was er womöglich zurückließ. Danach hatte er sich nie wieder gestattet, an sie zu denken.

Er löste ihre Arme von seinem Nacken und seufzte kaum hörbar. Zum ersten Mal seit Monaten fühlte er sich menschlich, geerdet und mit beiden Beinen fest auf dem Boden. Er kannte sich jedoch gut genug, um dieser Empfindung nicht über den Weg zu trauen.

Eine tiefe Röte eroberte Minas Antlitz, vermutlich vor Verlegenheit. »Geht es Ihnen gut?«, erkundigte er sich. Er hatte sie nicht angreifen wollen, aber die Waffe in ihrer Hand hatte seine Optionen eingeschränkt. Hätte er es mit sanfteren Methoden versucht, hätte sie ihn womöglich vor Schreck erschossen.

Sie rieb sich die Nase wie ein kleines Mädchen nach einem Wutanfall. »Ja, verzeihen Sie. Ich bin … Sie haben mich ziemlich erschreckt, das ist alles.«

Monroe musterte sie eingehend, als wollte er herausfinden, wie genau sein Gedächtnis arbeitete. Er erinnerte sich daran, dass sie außergewöhnlich schön war, doch die Realität erwies sich als weniger verwirrend. Jeder ihrer Gesichtszüge schien bei genauer Betrachtung zu vollkommen zu sein, um mit den anderen ein harmonisches Ganzes zu ergeben. Wer sie ansah, wusste einfach nicht, auf was er zuerst schauen sollte, und empfand zunehmend Frustration, weil das Auge sich nicht für einen Ort zum friedlichen Verweilen entscheiden konnte.

»Sechs Tage lang habe ich nach Ihnen gesucht.« Es war so verdammt schwierig gewesen, sie ausfindig zu machen, dass er zwischenzeitlich gedacht hatte, er könnte einem schlechten Scherz von Ridland aufgesessen sein. Doch jetzt stand sie vor ihm, umhüllt von ihrem sanften, blumigen Duft. Eigentlich sollte er erleichtert sein, weil er sich nicht zum Narren gemacht hatte. »Ich hatte schon Angst, Sie könnten wieder verschwunden sein«, sagte er und hielt inne, als er an die Frage dachte, die ihn vor ihrem Auftauchen beschäftigt hatte. »Wo haben Sie sich eigentlich versteckt gehalten?«

Ihre Augen waren so blau wie das Meer bei Amalfi und schimmerten wie Kristalle in ihrem herzförmigen Gesicht. Es war ein Bild, das ihn fast schwindelig machte. »Sechs Tage, sagen Sie? Armer Mr Ridland. Er muss außer sich sein. Es lag mir fern, ihm Kummer zu bereiten.«

Doch ihre Augen konnten ihn nicht von der Tatsache ablenken, dass sie seine Frage nicht beantwortet hatte. »Ist das so? Soweit ich weiß, sind Sie unvermittelt und spurlos aus seinem Haus verschwunden.« So, wie es aussah, hatte sie das Fenster eingeworfen und war an einer Mauer nach unten geklettert – eine Leistung, die er nicht mit der zierliche Person in Einklang bringen konnte, die vor ihm stand. Für eine solche Aktion waren ihre Handgelenke viel zu zart, beinahe wie Blumenstängel. Selbst wenn sie die Hilfe eines Bediensteten gehabt hatte, wären für den Abstieg Nerven aus Stahl sowie eine in sich ruhende seelische Verfassung nötig gewesen. Entweder steckte mehr hinter ihrer Flucht, als er ahnte, oder sie war weniger ängstlich, als sie ihn glauben machen wollte. »Aber Sie müssen sich doch gedacht haben, dass man sich um Sie sorgen würde«, sagte er gedehnt.

Ihr angedeutetes Achselzucken ließ eine Reihe von Interpretationen zu. Ausdruckslos blickte Mina an Monroe vorbei zu Cronin, der auf einem Hocker saß und mit dem Absatz seines Stiefels auf dem Boden scharrte. Der Mann hatte seine Loyalität für ein paar Münzen verkauft, was ihm, dem Anblick nach zu vermuten, in der letzten Stunde tiefe Sorgenfalten ins Gesicht getrieben hatte. »Geht es der Kontaktperson so weit gut?«, erkundigte sie sich beiläufig. Der Umstand, dass sie ihre Frage nicht an Phin richtete, sprach Bände. Ihre angebliche Erleichterung darüber, dass er in Erscheinung getreten war, reichte nicht so weit, dass sie ihm vertraute.

»Ich denke schon«, murmelte Cronin. »Der da hat ihn gefesselt und wegschaffen lassen, aber da ging es ihm noch gut, soweit ich das beurteilen kann.«

»Wo befindet er sich jetzt? Hat Ridland ihn?«, wandte sich Mina wieder an Monroe.

Nicht *Mr* Ridland, einfach nur Ridland. Diese Anrede aus dem Munde eines behüteten Mädchens wirkte auf ihn recht maskulin. *Ich trinke nichts außer Champagner.* Hatte sich ihr Geschmack in den vergangenen Jahren derart geändert? »*Ich* habe ihn«, erklärte Phin. »Und wie es aussieht, auch Sie. Vielleicht sollten Sie sich lieber Gedanken darüber machen, was ich mit *Ihnen* vorhabe.«

»Sie werden mich beschützen, hoffe ich. Deshalb hat Ridland Sie doch hergeschickt, nicht wahr?«

Er lächelte, doch es schien, als bemerkte sie die Grimmigkeit, denn sie senkte den Blick. Ridland stand es nicht mehr zu, ihn irgendwohin zu entsenden. Das hatte Phin ihm unmissverständlich klargemacht. *Ich werde Ihnen nicht mehr helfen*, hatte er dem alten Mann mitgeteilt.

Weshalb sind Sie dann gekommen? Besorgnis in Form von tiefen Schatten hatte sich unter Ridlands geröteten Augen breitgemacht. *Aus Schadenfreude? Ich habe von Ihren Treffen in Westminster gehört.*

Gut, hatte Phin gedacht. Lass ihn schmoren. *Ich bin gekommen, um Ihnen klarzumachen, dass sie nicht mehr unter Ihre Fürsorge fällt.*

Daraufhin hatte Ridland lauthals gelacht. *Viel Glück, mein Lieber. Die Kleine ist ein ziemlich harter Brocken.*

Die Worte hatten eine Saite in Phins Innern zum Schwingen gebracht. Vor langer Zeit hatte ihm jemand etwas Ähnliches gesagt. Jemand, der weiser als er war. Ja, an ihre Dickköpfigkeit konnte er sich nur zu gut erinnern. Ihr vorgetäuschtes Zittern war der beste Beweis dafür. Denn während ihre Hände herumflatterten und angeblich nicht wussten, wohin mit sich selbst, sah sie ihm zu fest in die Augen, als dass sich dadurch das Gefühl wegwischen ließe, er müsse bei ihr besondere Vorsicht walten lassen.

So absonderlich es auch zu sein schien, aber es bestand noch immer die Möglichkeit, dass Ridland ihr bei der Flucht behilflich gewesen war, auch wenn Phin hierfür kein triftiger Grund einfiel. Zudem hatte der Mann bei Miss Masters eine ungewohnte Zurückhaltung an den Tag gelegt, denn nicht einem ihrer perlmuttfarbenen Fingernägel war Schaden zugefügt worden. Genau genommen war ihr gesamtes Erscheinungsbild eine Spur zu korrekt, um ihr das unschuldige amerikanische Mädchen abzunehmen, das eine Woche lang durch die Elendsviertel Londons geirrt war.

Wie ein Kompass, der sich abermals ausgerichtet hatte, ordneten sich seine Erwartungen neu. Wenn Mina Masters ihm etwas vorspielte und mit Ridland unter einer Decke steckte, um ihn in eine miese Sache hineinzuziehen, würde sie eine herbe Enttäuschung erleben. Denn er würde auf keinen Fall den Fehler machen, sie zu unterschätzen.

Als sie merkte, wie streng er sie musterte, zog sie die Augenbrauen in die Höhe. »Ich habe doch wohl keinen Anlass zur Sorge, oder?«

»Es gibt immer einen Anlass zur Sorge«, antwortete er sanft. »Aber ich gehe davon aus, dass Ihre Frage nicht philosophischer Natur war. Ist Ihnen eigentlich bewusst, wo Sie sich befinden Miss Masters?«

Sie sah sich um. »In einem Keller?«

»In einem Stadtteil Londons, den selbst ich niemals unbewaffnet betrete.«

Sie blinzelte. »Aber ich *war* doch bewaffnet, Sir.«

Ja, dieser hübsche, mit Perlmutt besetzte Revolver hätte das eine oder andere Puppenhaus bestimmt in Aufruhr versetzt. Monroe wog die Waffe in seiner Hand und fragte sich, ob sie geladen war. Dem Gewicht nach zu urteilen war dem so. »Wir sollten jetzt aufbrechen.« Als sie einen nervösen Blick zur Tür warf, sich aber nicht in Bewegung setzte, schob er etwas schneidender nach: »Sie haben Ridland gesagt, er soll mich holen, habe ich recht?« Ridland hatte Interesse an ihr, aber sie augenscheinlich keines an ihm. In mehrerlei Hinsicht war Phin nichts weiter als ein Knochen, um den sich eine Bulldogge und ein winziger, parfümierter Pudel stritten. Mit anderen Worten: Er war aus freien Stücken in die Hölle zurückgekehrt.

»Wo gehen wir denn hin?«, erkundigte sie sich.

Warum interessierte sie die Antwort? »Werden Sie womöglich noch woanders erwartet?«

Sie blinzelte. »Nein. Aber ich würde wenigstens gern mit Mr Tarbury sprechen.« Sie rang so vehement mit den Händen, dass Phin sich innerlich darauf einstellte, ihre Finger einzeln vom Boden aufzulesen. »Damit ich weiß, dass es ihm gut geht.«

Auch daran konnte er sich erinnern – die Art und Weise, wie sie ihre saphirblauen Augen einsetzte, um möglichst mädchenhaft und schmollend zu wirken. Selbst in diesem Moment, da sie schlichter als eine Küchenmagd gekleidet war, wirkte sie kokett. Überhaupt nahm er ihre Kleidung erst jetzt richtig wahr. Und runzelte sogleich die Stirn. Mit Ausnahme des Medaillons trug sie keinen Schmuck, und das abgetragene Kleid widersprach Ridlands Aussage, sie stünde finanziell auf eigenen Füßen. Er hatte irgendeine Bemerkung über eine Firma in Amerika gemacht, die teure Haarwasser für die eitle Damenwelt vertrieb. Da ihm das nicht weiterhalf, um sie ausfindig zu machen, hatte Phin nur mit halbem Ohr hingehört. »Tarbury geht es gut«, ließ er sie wissen. Tarbury war so stur wie ein Esel. Drei lange

Stunden hatte er ihn verhört, ohne dass der Mann auch nur eine Andeutung über den Aufenthaltsort seiner Herrin machte.

»Sie bringen mich also zu ihm?«

»Nein.«

»Aber Mr Tarbury wird vor Sorge um mich vergehen.«

Wie konnte er nur ihre Arroganz vergessen. War es ihr eigentlich nicht in den Sinn gekommen, dass sie ihren Diener in etwas Brandgefährliches hineinzog? Oder erwartete sie, dass Männer sich aus freien Stücken in Gefahr brachten, nur um die Erlaubnis zu erhalten, ihr zu Diensten zu sein?

Die Wut, die plötzlich in ihm aufwallte, erschreckte ihn. Er tat einen tiefen Atemzug. Wie auch immer ihre Motive aussehen mochten, sie hatte ihn nicht zum Helfen gezwungen. Er war freiwillig gekommen. Er würde die Sache zu Ende bringen und sie so schnell wie möglich aus diesem Loch herausbringen.

Plötzlich ertönte hinter ihm ein Geräusch. Blitzschnell, ehe sein Verstand die Chance hatte zu registrieren, was geschah, wirbelte Phin herum und zielte mit der Pistole auf Cronins rechtes Auge. »Zurück mit Ihnen«, sagte er.

Cronin blieb regungslos stehen. Sein Arm zitterte unter dem Gewicht des Schemels, den er in die Höhe hielt.

»Nicht schießen«, schrie Miss Masters. »Er will mich doch nur beschützen.«

Selbst Cronin machte angesichts dieser abwegigen Behauptung ein erstauntes Gesicht. Gehorsam wich er zurück und ließ seine Waffe fallen. Als der Hocker auf dem Boden aufschlug, wirbelten Stroh und Staub auf und kitzelten Phin kräftig in der Nase. Mit der Pistole noch immer auf Cronin zielend, griff er nach hinten, bekam Mina am Arm zu packen und zerrte sie in Richtung Treppe.

»Wenn Sie Mr Tarbury sehen, dann sagen Sie ihm bitte, was passiert ist«, rief Mina ihm noch zu.

Ihr Tonfall schien Phin unangemessen verzweifelt zu sein für eine Frau, die ihn freiwillig angeworben hatte. Doch Cronin, der den eingerosteten Kavalier in sich neu entdeckt zu haben schien, richtete sich auf und machte Anstalten, ihr zu Hilfe zu eilen.

Statt auf dessen Auge zielte Phin jetzt direkt zwischen Cronins Beine und entsicherte den Revolver.

Aha, das Ding war tatsächlich geladen. Der Knall war ohrenbetäubend. Cronin tauchte im Schatten ab. Miss Masters gab keinen Laut von sich. Als Phin zu ihr schaute, war sie kreidebleich, stand aber fest auf beiden Beinen. Es schien für sie nichts Ungewöhnliches zu sein, wenn eine Waffe losging. Seine Stimmung verdüsterte sich zunehmend. Mit dem Ellbogen stieß er die Tür auf und zog Mina mit sich hinaus auf die Straße.

6

Ridland musste Monroe den Brief zum Lesen gegeben haben, denn er protestierte nicht, als sie ihm sagte, dass sie noch einmal in ihr Zimmer in der Pension müsste. Mina konnte nur vermuten, dass er sich fragte, was sie dort holen wollte. Geheime Dokumente vielleicht? Ein Säckchen Schießpulver? Er wirkte jedenfalls nicht übermäßig besorgt, als er ihr hinauf zu ihrem Zimmer folgte. Er blieb an der Tür stehen und beobachtete sie, als sie sich zum Bett hinunterbeugte und darunter nach etwas tastete. Die ganze Zeit über hielt Monroe die Waffe in der Hand.

Falls er damit rechnete, sie würde eine Waffe unter dem Bett hervorholen, so musste sie ihn enttäuschen. Sie wollte lediglich das Kleid holen, das sie bei ihrer Flucht aus Ridlands Haus getragen hatte. Das und die Katze. Tarbury hatte Gefallen an dem Tier gefunden, das die Gefühle zu erwidern schien. Da der Kater Mina jedoch nicht annährend so gern mochte, brauchte sie geschlagene zehn Minuten, um ihn unter dem Bett hervorzulocken.

Als sie sich mit dem fauchenden Tier im Arm endlich wieder aufrichtete, nickte Monroe gelassen – als hätte er erwartet, dass sie einen Kater mitnehmen wollte. Mina merkte, dass er wieder in seine Rolle geschlüpft war. Eine Rolle, die er im Übrigen recht überzeugend spielte. Nur zu gern hätte sie gewusst, weshalb er sich so gab. Mina zog mit der freien Hand das Kleid vom Bügel und warf es Monroe zu, der es auffing und sich lässig über den Arm legte.

»Kommen Sie«, sagte er und trat einen Schritt zur Seite, damit Mina die Treppe hinuntergehen konnte.

Als sie an ihm vorbeiging, fiel ihr erneut auf, dass er um einiges größer war, als sie es in Erinnerung hatte. Während ihre Schritte den schief getretenen Treppenstufen knarzende Geräusche entlockten, bewegte Monroe sich so lautlos wie ein Dieb. Den Kater eng an sich gedrückt wünschte Mina sich zum hundertsten Mal, ihre Mutter und sie wären niemals nach England gekommen.

Am Treppenfuß angekommen sah Mina, dass die Vermieterin ihnen bereits die Haustür offen hielt. Sie schien ausgesprochen guter Laune zu sein, was vermutlich daher rührte, dass sie von Monroe ein hübsches Sümmchen für das Zimmer und ihr Schweigen bekommen hatte. Als Mina an ihr vorbeiging, deutete sie eine Verneigung an. »Gut gemacht, Liebchen.«

Diese Bemerkung brachte Mina ins Grübeln. Während Monroe mit dem Kutscher sprach, musterte Mina ihn verstohlen. Er sah tatsächlich wie ein reicher Gentleman aus. Sein Anzug war aus feinstem Tuch und von bester Verarbeitung, und der Schnitt betonte vorteilhaft seine breiten Schultern. Seine Manschettenknöpfe schienen aus Gold zu sein. Woher mochte er das Geld für diesen Luxus haben? Reiche Männer setzten nicht ihr Leben aufs Spiel, um Jagd auf Kriminelle zu machen. Aber vielleicht wurden Spione einfach besser bezahlt, als sie gedacht hatte.

Doch diese Überlegung verstärkte ihr Unbehagen nur noch. Wenn Ridland ihn so üppig entlohnte, war es womöglich mit seiner Loyalität nicht allzu weit her, und sein mürrisches Verhalten konnte eine Gefahr für sie werden.

Ihr Zögern erregte seine Aufmerksamkeit, und er schaute sie an, während der Kutscher den Schlag öffnete. Die spärliche Beleuchtung einer verdreckten Straßenlaterne verlieh Monroes vollen, geschwungenen Lippen etwas Grüblerisches. Er musterte Mina, als spielte er mit dem Gedanken, sie käuflich zu erwerben. »Gibt es ein Problem, Miss Masters?«

Nein, dachte Mina. Abgesehen davon, dass sie im Begriff war, zu einem Mann in die Kutsche zu steigen, der genau genommen ein Fremder war. Und der vergessen zu haben schien, welchen großen Gefallen sie ihm erwiesen hatte. Nicht einmal Tarbury würde wissen, wohin Monroe sie brachte. Er würde ihr also nicht helfen können zu fliehen.

»Nein, natürlich nicht«, entgegnete sie strahlend. Als Monroe ihr die Hand reichte, hielt Mina den zappelnden Kater mit nur einem Arm fest, um sich in die Kutsche helfen zu lassen. Das Tier wollte die Chance zur Flucht nutzen, was Mina verhinderte, indem sie es fester an sich drückte. Die Quittung dafür bekam sie zu spüren, als er seine Krallen in ihren Arm schlug. »Böser Kater!« Der Versuch, die Krallen zu lösen, endete damit, dass der wild um sich schlagende Schwanz des Tieres in ihrem Mund landete. Entnervt drehte Mina sich von Monroe weg, um die Katzenhaare auszuspucken. Tarbury würde ihr für diesen Gefallen auf den Knien danken müssen, und zwar *mehr* als einmal.

»Ein hübsches Tier«, sagte Monroe. »Hat es womöglich Tollwut?«

Der Hauch Ironie in seiner Stimme schreckte Mina auf. Dabei war es ebendieser Humor gewesen, den sie in Hongkong an ihm geschätzt hatte – anfangs zumindest. Dass er nun auf ihre Kosten Scherze machte, schien vielversprechend, bedeutete es doch, dass sie für ihn keine Bedrohung darstellte.

»Mitnichten«, entgegnete sie mit einem Lächeln. »Der Kater verhält sich ganz normal.« Obwohl Tollwut bei genauer Betrachtung gar nicht so abwegig war. »Wollen Sie ihn auch einmal halten?«

Statt zu antworten, zog er eine Augenbraue in die Höhe und griff nach ihrer Hand.

Als sich Monroes Hand um ihre schloss, bereute Mina zutiefst, ihre Handschuhe im Haus vergessen zu haben. Seine Berührung machte ihr bewusst, wie groß, kräftig und rau seine Hände waren. Beim Einsteigen in die Kutsche verfing sich sein intensiver, ruhiger Blick mit ihrem. Ihr Magen verkrampfte sich.

Monroe verzog leicht den Mund. Es war, als wäre die Anziehungskraft, die sie in Hongkong gespürt hatten, noch immer quicklebendig – ein Umstand, den er zu begrüßen schien.

Minas Puls raste, als sie sich auf die gepolsterte Bank setzte. Nie und nimmer hätte sie gedacht, dass die Gefühle von damals eine so lange Zeit überdauern konnten, aber die Gänsehaut auf ihren Armen bewies, dass ihr Verstand ihrem Körper mächtig hinterherhinkte. Um sich zu fangen, atmete sie tief durch. Da alle Vorteile zurzeit bei Monroe lagen, wäre es nicht sehr klug gewesen, ihm gegenüber eine Schwäche zu zeigen.

Monroe warf das Kleid in die Kutsche und hielt sich am Türrahmen fest, als er einstieg. Minas Blick fiel auf seinen großen Siegelring. Der maßgeschneiderte Anzug, die goldenen Manschettenknöpfe, seine unerschütterliche Gelassenheit – sie gewannen an Aussagekraft, als Monroe Mina gegenüber Platz nahm. Er schien ein Mensch zu sein, der frei von jeglicher Sorge war. Selbst die Kutsche war auffallend gut ausgestattet. Die Sitzbank war mit cremefarbenem Samt bezogen, den eine Seidenbordüre zierte, und der vermutlich ständig ausgewechselt werden musste, sobald er mit Schmutz in Berührung gekommen war. Die edle Holzvertäfelung des Innenraums war mit kunstvollen Schnörkeln verziert. »Hat Ridland Ihnen dieses Gefährt geliehen?«

Monroe klopfte mit den Fingerknöcheln gegen die Decke. Diese saloppe Geste und die lässige Art sich zurückzulehnen, den Arm auf der Rückenlehne auszustrecken und die Beine übereinanderzuschlagen, sprachen für sich. »Nein«, sagte er. »Sie gehört mir.«

»Oh!« Du meine Güte! Das verlangte nach einer Strategieänderung. Sie war davon ausgegangen, dass Monroe einer Familie der Mittelschicht entstammte, und war, während sie mit der Katze gekämpft hatte, zu der felsenfesten Überzeugung gelangt, dass eigentlich nur Geldsorgen als Grund übrig blieben, warum er sich ihrer annahm. Solvente Männer erwiesen sich oft als immun für derlei Manipulationen. »Eine ausgesprochen elegante Kutsche.« Mina atmete tief durch und deutete mit dem Kinn auf seine Hand. Warum nicht gleich aufs Ganze gehen? »Und was für ein schöner Ring. Hat er eine besondere Bedeutung?«

Obwohl sein Blick ruhig blieb, konnte Mina sich nicht des Eindrucks erwehren, dass er sich insgeheim köstlich amüsierte. Als wüsste er genau, worauf sie hinauswollte. Aber wieso? Auf ihr Gedächtnis konnte sie sich jedenfalls verlassen, und es war unbestritten, dass Monroe sie in Hongkong für ein hirnloses Ding gehalten hatte. »Nicht wirklich«, antwortete er.

Mina beschloss, sich dumm zu stellen. »Mir war, als hätte ich ein Symbol gesehen …«

Monroe warf einen Blick auf seine Hand, die auf dem Rücken der Sitzbank ruhte. Dann spreizte er die Finger, als würde er das Schmuckstück bewundern, was bei ihm aber keineswegs unmännlich wirkte. Er hatte die seltene Gabe, sich mit Anmut und Geschmeidigkeit zu bewegen, ohne dabei auch nur einen Funken seiner Männlichkeit einzubüßen. »Das Familienwappen«, antwortete er gelassen.

Als der Kater ein wütendes Fauchen ausstieß, lockerte Mina augenblicklich den Griff. »Deutet das normalerweise nicht auf aristokratische Wurzeln hin?«

»Heutzutage ist das schwer zu sagen. Zuweilen kann es auch auf einen einfallsreichen Ahnenforscher hinweisen.«

»Und … sind Sie einfallsreich?«

»Nicht übermäßig.«

Ihre Einfältigkeit überraschte Mina. Ein Adliger! Und sie hatte Ridland für selbstherrlich gehalten! »Nun denn«, hob sie an, verlor aber im nächsten Augenblick den Faden. Ein Blaublütiger, der im Orient herumlief und den Spion mimte! Welch eine idiotische Vorstellung – aber wie hätte *sie* das ahnen können?

Monroe zog eine Augenbraue hoch. »Aha. Sie sind also einer von *den* Yankees.«

»*Den* Yankees?«

»Die, die sich von demokratischen Vorurteilen blenden lassen.«

»Oh, ich kann durchaus sehr gut sehen. Es ist ein sehr auffallender Ring.«

Der Kater schickte sich an, sich auf Minas Schoß niederzulassen. Sein Schwanz wedelte vor ihrem Gesicht herum, und sie war gezwungen, auf höchst ungeziemende Weise auszuatmen, damit ihr keine Haare in den Mund flogen.

»Sind Sie sich eigentlich sicher, dass dies Ihre Katze ist?«, erkundigte sich Monroe.

Allmählich riss Mina der Geduldsfaden. Ein *Adliger*. »Da ich ihn im Arm halte, dürfte das wohl naheliegen. Warum fragen Sie?«

»Weil er Sie nicht zu mögen scheint.«

Diese Anmerkung war keinesfalls schmeichelhaft. »Er ist von der nervösen Sorte und mag es nicht, gegen seinen Willen festgehalten zu werden.« Mina bedachte Monroe mit einem strengen Blick, den er aber nicht bemerkte, da er zu sehr damit beschäftigt war, den Kater zu beobachten.

»Ist er stubenrein?«

Mit Genugtuung dachte Mina an die zahlreichen stinkenden Stellen, die der Kater in der Pension hinterlassen hatte. Wo auch immer Monroe sie hinbringen mochte, sie war nicht wehrlos. »Einigermaßen. Sind Sie eine Art Lord?«

»So in etwa.«

Die Kutsche machte einen Satz nach vorne, als sie sich in Bewegung setzte. Um nicht gegen die Wand zu prallen, ließ Mina die Katze los und griff nach einem der Halteriemen, während Monroe sich nicht vom Fleck rührte. Diese lässige Selbstbeherrschung konnte sich noch als Ärgernis herausstellen, dachte Mina. »Heißen Sie wirklich Monroe?«

»Nein.«

Lächelnd wartete Mina ab.

Als er ihr Lächeln erwiderte, lag ein Hauch von Spott darin. Aus einem nicht erfindlichen Grund schien er sich königlich zu amüsieren. Wäre sie eine Frau mit schwachen Nerven, hätte sein Verhalten sie aus der Fassung gebracht.

Mina schätzte sich glücklich, neue Erkenntnisse über ihn gewonnen zu haben. Er war attraktiv, ein versierter Lügner, und er neigte zu Argwohn. Die Bedrohung mit einer Schusswaffe ließ ihn kalt, was zweifelsohne in der ihm angeborenen Arroganz begründet lag. In Hongkong hatte sie das überrascht, jetzt erkannte sie den Grund dafür. Es lag ihm im Blut. Er hatte nichts dafür tun müssen, um es sich anzueignen. Wie ungemein *englisch* von ihm.

Aber wie dem auch sei, es war schließlich nicht das erste Mal, dass sie es mit arroganten Männern zu tun hatte. Jener Sorte, die glaubte, Minas Ruf, ihre Unabhängigkeit und dass sie eine Firma besaß, gäbe ihnen das Recht, sich danebenzubenehmen. Aber sie hatten schnell dazugelernt. Wenn die Umstände es erforderten, schlug Mina sehr hart zu. Unter anderem gehörte es übrigens zu Mr Tarburys Aufgaben, sich stets in ihrer Nähe aufzuhalten, um sicherzustellen, dass die Männer nicht zurückschlugen. Schade, dass Mr Tarbury jetzt nicht bei ihr war.

Mina gab sich alle Mühe, das Lächeln nicht zu verlieren, während sie die Katze am Hals kraulte. Wer lächelte, fühlte sich mutiger. Tarbury hatte den Kater Washington genannt, ein verheißungsvoller Name für einen Verbündeten im Kampf gegen einen Engländer. Vielleicht war es möglich, ihm beizubringen, auf Kommando Urin abzusetzen. »Wie heißen Sie wirklich?«

»Phin Granville.«

Für Mina klang sein Name nach verkniffenen Lippen und Lebertran. Sie zermarterte sich das Gehirn, was ihre Mutter ihr über englische Etikette beigebracht hatte. Bedauerlicherweise hatte sie nie gut zugehört. Zu öde war das Bild des Geburtslandes ihrer Mutter, das sich vor ihrem inneren Augen formte. Muffige Häuser mit ausgestopften Tierköpfen an den Wänden. Stocksteife Hypokriten, die bei dem Gedanken an ehrliche Arbeit in Ohnmacht fielen. Zahllose Regeln und eine lange Liste von Folgen für all jene, die es wagten, sich dagegen aufzulehnen. *Solltest du dich je in einem der großen Häuser aufhalten, Mina, darfst du niemals direkt mit den Bediensteten sprechen. Rufe stattdessen den Butler, der dein Anliegen weitergibt*. Es lag klar auf der Hand, dass derart konservative Snobs einem Jungen diesen Namen aufbürdeten. »Sie heißen also Lord Granville?«

»Lord Ashmore, um genau zu sein.«

»Baron Ashmore?« Von diesen Baronen schien es eine Menge zu geben.

»Earl, wenn Sie es genau wissen wollen.«

Nun denn. Immerhin war er kein Herzog.

»Aber zerbrechen Sie sich darüber nicht den Kopf«, sagte er mit ernster Stimme, doch das eigentümliche Glimmen in seinen Augen versetzte sie in Alarmbereitschaft. »Sie können mich mit *Lord* anreden. Ihnen ist aber bewusst, dass es sich dabei um ein Entgegenkommen meinerseits handelt, nicht wahr? Schließlich weiß ich, dass ihr Yankees nicht sonderlich mit unseren Gepflogenheiten vertraut seid, und ich möchte nicht, dass Sie in Verlegenheit geraten.«

»Wie freundlich von Ihnen«, sagte sie mit zuckersüßer Stimme. Falls er vorhatte, sie durch Snobismus einzuschüchtern, würde er sich schnell einen neuen Plan zurechtlegen müssen. »Genau genommen bin ich ziemlich altmodisch. Wir New Yorker erkennen traditionell schon keinen Titel an.«

»Verstehe«, murmelte er. »Wie misslich für Sie.«

»Nicht im Geringsten«, entgegnete sie aufgeräumt. Als sie sich nach hinten lehnte, versuchte Washington, von ihrem Schoß zu springen. Der Versuch, den Griff um seinen Bauch zu verstärken, endete damit, dass er Mina in den Finger biss.

»Wie charmant«, sagte Ashmore, nicht minder aufgeräumt.

Mit wachsendem Unmut über den Kater zog sie die Hand zurück, doch Washingtons Zähne ließen nicht locker. »Aus!«

»Das ist ein Kommando für Hunde, Miss Masters.«

»Und was sagt man bei Katzen?«

»Ich glaube nicht, dass es für Katzen etwas Entsprechendes gibt.«

Mina stieß einen Seufzer aus, war aber eigentlich nicht überrascht. Bei Hunden schätzte sie vor allem deren Abhängigkeit und Dankbarkeit. Katzen hingegen besaßen keinerlei Benehmen. Jedes Mal, wenn sie Jane besuchte, versteckten sich ihre getigerten Hausgenossen, oder sie begrüßten sie wild fauchend an der Tür. Insgeheim hatte Mina gehofft, dass Washington in Bezug auf sie ein besseres Urteilungsvermögen besaß. Tagsüber war er die personifizierte Gleichgültigkeit, aber an den vergangenen drei Morgen hatte er beim Aufwachen zusammengerollt neben ihr gelegen und geschnurrt. Und Mina war entzückt gewesen.

Wie naiv von ihr.

Als der Kater endlich ihren Finger freigab und von ihrem Schoß heruntersprang, schenkte sie Ashmore ein breites Lächeln. »Ich muss gestehen, dass ich eigentlich kein Katzenmensch bin. Und mir ist vollkommen klar, dass Sie Katzen nicht ausstehen können. Es wäre töricht, das verheimlichen zu wollen.«

»Ehrlich gesagt sind sie mit einerlei.«

»Sie können es ruhig zugeben. Ich kann auch nicht viel mit ihnen anfangen.«

»Tatsächlich?« Er lehnte sich zurück und nahm die Haltung eines Mannes ein, der sich darauf einstellte, von einem Narren unterhalten zu werden. Und Mina hatte nicht vor, ihn zu enttäuschen.

»Ja«, sagte sie. »Ich bevorzuge Hunde. Als ich jünger war, hatte ich einen schottischen Terrier.« Sie seufzte. »Es ist eine äußerst tragische Geschichte. Er wurde ermordet. Der Priester von Saint Patrick hat ihn in angetrunkenem Zustand mit einer Schubkarre überfahren. Ich habe mir nichts sehnlicher gewünscht als einen neuen Hund. Wie kommt es, dass Sie keine Katzen mögen?«

»Wie ich schon sagte, sie sind mir ...« Er zögerte. »Haben Sie gerade gesagt, ein betrunkener Priester habe Ihren Hund umgebracht?«

Hab ich dich! Mina machte es sich bequem und ahmte seine lässige Körperhaltung nach. Washington, der auf dem Boden saß und sich die Pfote leckte, hielt indes inne, um sie mit einem bitterbösen Blick zu bedenken. Konnte es sein, dass sein Interesse an ihr sich darauf beschränkte, sich das Bett mit ihr zu teilen? Typisch männliches Verhalten! »Der Priester hatte hinterher ein ziemlich schlechtes Gewissen, aber ich habe mich unversöhnlich gezeigt. Er musste mir Unmengen an Schokolade kaufen, damit ich niemandem davon erzähle. Jede Woche eine Schachtel.« Lächelnd tippte sie sich mit der Fingerspitze gegen die Unterlippe. Als Ashmore den Blick nicht abwandte, ließ sie die Hand sinken. »Sie können sich gar nicht vorstellen, welche Macht Schokolade über mich hat. Ich bin überzeugt davon, dass es fast schon anrüchig ist.« Der Teil stimmte zumindest.

»Sie haben also einen Geistlichen erpresst?«, sagte er.

»Erpresst? Nennen wir es lieber ein *freundschaftliches Ab-*

kommen. Am Ende des Jahres wünschte ich mir einen weiteren Terrier, den er umbringen konnte. Nein, das stimmt nicht«, fügte sie schnell hinzu. »Das wäre böse gewesen, nicht wahr? Mongol war mir lieber als Schokolade. Hunde sind immer besser als Schokolade, schließlich sind es Lebewesen.« Sie hielt kurz inne und zog die Stirn in Falten. »Betrachtet man Schimmel als ein Lebewesen, dann war ein Teil der Schokolade zumindest ebenfalls lebendig. Jene, die mit Kirschen gefüllt ist, wenn Sie verstehen, was ich meine. Kirschen habe ich noch nie gemocht. Wie dem auch sei, das ist alles ziemlich verwirrend.« Hilfe suchend blickte sie zu Washington, der jetzt mit peitschendem Schwanz dasaß.

Beim Allmächtigen, sie hasste Katzen.

Ashmore setzte sich auf und lächelte ungläubig. »Erlauben Sie sich gerade einen Spaß mit mir, Miss Masters?«

»Ach du meine Güte. Nehmen Sie etwa Anstoß daran, dass ich den Schimmel weggeworfen habe? Es ist keine sonderlich ansprechende Lebensform, oder? Ich bin überzeugt, Sie verstehen, warum ich Mongol lieber mochte.«

Er sprach betont sachlich. »So hieß Ihr Hund?«

»Ja. Aber im Nachhinein hätte ich ihn lieber Attila nennen sollen.« Sie hielt inne, um Erstaunen vorzutäuschen. »Meine Güte, ist es nicht erstaunlich, dass ein Mensch nach so vielen Jahren seinen Erinnerungen immer noch etwas Neues hinzufügen kann?«

»Das vermag ich nicht zu sagen«, entgegnete er. »Erinnerungen sind für mich ohne Bedeutung.«

Sollte das eine Warnung sein, ihn tunlichst nicht daran zu erinnern, dass er in ihrer Schuld stand? »Das tut mir leid. Heißt das, Sie haben sich eine schwere Kopfverletzung zugezogen? Ich vermute, es könnte an dem Gift gelegen haben. Ich dachte, ich hätte Sie noch rechtzeitig behandelt, aber ja, das würde erklären, warum Ihr Erinnerungsvermögen eingeschränkt ist. Andererseits hätte ich auch große Probleme, hätte ich schon so viele Namen benutzt wie Sie. Granville, Ashmore, Monroe. Letzterer war nur ein Fantasiename, nicht wahr?«

»Ja«, antwortete er gedehnt. »Sie verstehen gewiss, dass ich mich Collins nur ungern mit meinem wahren Namen vorstellen wollte.«

»Ihm und allen anderen«, sagte sie mit zuckersüßer Stimme.

Er hielt inne und musterte sie. »Ja, ihm und allen anderen. Und wenn ich sage, dass Erinnerungen für mich ohne Bedeutung sind, heißt das nicht, dass ich keine habe. Ich erinnere mich durchaus der Nacht, die ich in Ihrer Gesellschaft verbracht habe.«

»Oh!« Sie kicherte. »Die Nacht in meiner Gesellschaft. Also wirklich, Sir. Sie dürfen mich nicht für ein lockeres Frauenzimmer halten, nur weil die Umstände so ungewöhnlich waren.«

Er schnappte nach Luft. Sie keuchte auf. Dann beugte sie sich zu ihm und rief: »Wedeln Sie mit den Händen, wenn Sie keine Luft bekommen können!«

Der Vorschlag schien seine Atemnot noch zu verschlimmern. Mina setzte sich neben ihn und klopfte ihm auf den Rücken, wenn auch etwas stärker, als ein Arzt es gutheißen würde. Wie gut es sich anfühlte, ihn zu schlagen.

Und siehe da, ihre Bemühungen trugen Früchte. »Miss Masters!« Als er sich verrenkte, um sich ihrer Hände zu erwehren, schossen Mina zwei Gedanken durch den Sinn: wie leicht es für ihn wäre, sich ihrer zu entledigen und dass er sich unglaublich schnell bewegte. »Ich habe mich nicht verschluckt«, stieß er hervor. »Ich habe über Sie gelacht.«

»Oh!« Mina biss sich auf die Lippe, setzte sich wieder zurück auf ihre Seite und vergrub die Hände in den Tiefen ihres Rockes. Dass er so wendig war, machte ihr einiges Kopfzerbrechen.

Vermutlich war er auf Schnelligkeit trainiert. Selbst wenn sie eine Waffe gehabt hätte, wäre es fraglich gewesen, ob sie einen Schuss hätte abgeben können, ehe er ihr die Pistole entrissen hätte. *Denk immer daran,* ermahnte sie sich. »Das bedaure ich. Sie lachen mich also aus? Wie es scheint, sind Sie den Umgang mit Amerikanerinnen nicht gewohnt. Wir sprechen immer aus, was wir denken. Erinnern Sie sich noch? Und trotzdem … ich weiß nicht recht, was ich gesagt haben könnte, das auch nur im Entferntesten derart komisch war.«

Er fuhr sich mit der Hand durch das dunkle Haar. »Ich finde allein schon die Tatsache unterhaltsam, dass Sie auf diesem Planeten leben, Miss Masters.«

»Hätte ich denn eine andere Wahl gehabt?« Sie riss die Augen auf. »Sie wollen doch nicht allen Ernstes behaupten, dass Sie an den Mann im Mond glauben.«

Ashmores Kinnlade fiel herab, und er kniff die Augen zusammen. »Was haben Sie eigentlich wirklich vor?«

»Wie meinen Sie das?«

»Das kann unmöglich Ihr Ernst sein.«

Wie es schien, hatte sie es ein wenig übertrieben. »Nicht? Weshalb denn nicht?«

»Nicht einmal Sie können derart schwer von Begriff sein.«

Nicht einmal Sie? Das deutete darauf hin, dass sie vor vier Jahren eine gute Vorstellung abgeliefert hatte. Wie er sich seinerzeit wohl erklärt hatte, dass sie pfiffig genug gewesen war, ihn aus einer Situation zu retten, die eigentlich seinen Tod hätte bedeutet müssen. Mina entschied, dass er es verdient hatte, ein wenig an der Nase herumgeführt zu werden. »Nein, schwer von Begriff bin ich nun wahrlich nicht!« Sie hob die Stimme. »Schließlich habe ich Geschichtsdaten auswendig gelernt, kann mit Aquarellfarben malen und Klavier spielen.«

Ashmore hob abwehrend die Hände an die Ohren. »Frieden,

Miss Masters! Ich werde alles tun, damit Sie aufhören, in diesem schrillen Ton zu reden.«

»Ich neige in der Tat dazu, ein wenig zu laut zu sprechen«, gestand sie. »Auf das Orgelspiel verstehe ich mich gut; Sie sollten einmal meine Sonaten hören.« Als ihr Mund sich nicht mehr bewegte, ließ Ashmore langsam die Hände sinken. »Soll ich Ihnen noch etwas sagen?«, hob sie an, verstummte jedoch sofort, als er wieder die Hände auf die Ohren legte. »Ich spreche gar nicht schrill«, sagte sie laut. »Meine Tonlage ist vollkommen normal und angenehm.«

»Warum sprechen Sie überhaupt?«

»Weil ich den Gedanken zu Ende bringen muss.«

»Und warum bitte ist das notwendig?«

»Ich muss doch sehr bitten, Sir. Wie heißt es so schön? Wer einen Gedanken nur zur Hälfte denkt, hat eine großartige Gelegenheit verschenkt.«

Er hielt die Luft an. »Beim Allmächtigen«, sagte er und schlug die Hand vor den Mund. Ein Lachen schlüpfte durch seine Finger. Doch sie störte sich nicht daran, sondern sinnierte über seine dunklen, von bemerkenswert langen Wimpern gerahmten Augen. Wenn er lachte, haftete ihnen etwas täuschend Freundliches an. »Das haben Sie sich gerade ausgedacht, oder? Geben Sie es schon zu.«

»Mitnichten! Es handelt sich um ein weitverbreitetes Sprichwort. Mein Vater – mein leiblicher Vater, *nicht* Collins – hat es ständig zum Besten gegeben.«

»Hat er das?«

»Ja, hat er.«

Er ließ die Hand sinken und gab seinen lächelnden Mund frei. »Wie … bemerkenswert.«

»Ja, aber der Ruhm gebührt nicht ihm, weil er den Spruch nicht erfunden hat. Bei klugen Sätzen weiß man ja fast nie, aus welchem Munde sie zum ersten Mal gekommen sind. Und niemand begibt sich daran, es herauszufinden. Ich kann Ihnen sagen, dass ich schon so manches Mal eine wahrhaftige Verschwörung um diesen Gentleman namens Anonymus vermutet habe. Wer war er wirklich? Warum diese elendige Geheimniskrämerei?« Naserümpfend richtet sie sich das Schultertuch. »Manchmal glaube ich, dass er gar nicht wirklich existiert. Stellen Sie sich einmal vor, was geschehen würde, wenn wir herausfänden, dass wir verleitet wurden, den Worten eines dahergelaufenen Scharlatans Glauben zu schenken. Es ist an der Zeit, dass sich jemand endlich mal die Mühe macht, all diesen anonymen Sprichwörtern auf den Grund zu gehen. Wäre das nicht eine Aufgabe, die Ihnen gut zu Gesicht stünde? Ich kann mich daran erinnern, dass Sie meinten, Sie besäßen die Gabe, an geheime Informationen zu gelangen.«

Ashmores Gesicht nahm schlagartig einen nichtssagenden Ausdruck an. »Jetzt kommen wir langsam ans Eingemachte.«

»Wo kommen wir hin?« Sie blickte zum Fenster hinaus. »Ich sehe nichts als Nebel.«

»Ridland glaubt, Sie seien im Besitz von Informationen, die bei der Suche nach Collins hilfreich sein könnten.« Als Mina sich wieder umdrehte, musterte er sie mit kritischem Blick. »Er sagte etwas, das ich sehr eigentümlich fand: Sie würden diese Informationen nur an mich weitergeben. Ist das so?«

Ridland hatte sie missverstanden. Sie hatte niemals versprochen, irgendwelche Informationen preiszugeben. Einzig unter der Voraussetzung, dass Ashmore sich als vertrauenswürdig bewies, war sie bereit, ihre Haltung noch einmal zu überdenken. »Nun, ich dachte, Sie würden mir helfen.«

»Wie kommen Sie darauf?«

»Hin und wieder lässt mich mein Erinnerungsvermögen ebenfalls im Stich«, sagte sie. »Aber ich kann mich noch sehr gut daran erinnern, dass – bitte verzeihen Sie mir, falls ich mich irre – ich Ihnen einen lebenswichtigen Gefallen in Hongkong getan habe.«

»Mit Ihrem Gedächtnis scheint alles in Ordnung zu sein.« Er hielt inne. »Sie haben mir in der Tat einen Gefallen erwiesen. Aber ich glaube auch, mich zu erinnern, dass Sie es aus freien Stücken taten. Darf ich so kühn sein, Ihnen einen Rat zu geben? Sie sollten sich niemals auf etwas verlassen oder etwas einfordern, wonach Ihr Gegenüber nie verlangt hat.«

Es fehlte nicht viel, und Mina hätte verächtlich geschnaubt. »Ich verlasse mich auf gar nichts, Sir, das können Sie mir glauben.« Als sie sah, dass er die Augen zusammenkniff, schalt sie sich. Wie töricht, so harsch zu reagieren. »Sie kennen doch meine Mutter«, fuhr sie eine Spur sanfter fort. »Sie haben sie kennengelernt. Ich hatte gehofft, dass Sie Ihrem Herzen einen Ruck geben und mir helfen würden, sie zu finden.«

Ashmores versteinerter Gesichtsausdruck besagte, dass seine Seele keiner menschlichen Regung fähig war. Wie ein Mann mit derart betörenden Augen so viel Kälte in seinen Blick legen konnte, war Mina ein Rätsel. »In dem Fall würde ich Ihnen raten, Ihre Erwartungen herunterzuschrauben. Ich habe zugesichert, *Sie* zu schützen, mehr nicht.«

»Aber …«

»Außerdem sollten Sie es als einen besonderen Gefallen betrachten. Seitdem ich einen Titel trage, habe ich meine bisherige Tätigkeit an den berühmten Nagel gehängt.«

Wie reizend von ihm. Er hatte entschieden, sich die Hände reinzuwaschen, ließ sich dann aber doch dazu herab, sie als Gefangene zu nehmen, weil andere es gründlich vermasselt hatten. »Wie töricht von mir. Ich nahm an, Sie würden mir einen Gefallen tun, der in etwa dasselbe Ausmaß hat wie jener, den ich Ihnen seinerzeit erwiesen habe.«

»Genau das tue ich auch«, lautete die seelenruhige Antwort.

»Ich sorge dafür, dass Sie am Leben bleiben und in Sicherheit sind.«

»Vor wem?«

Ashmore stieß ein ungläubiges Geräusch aus. »Vor Collins.«

»Collins schert sich einen feuchten Kehricht um mich. Er hat bereits meine Mutter in seiner Gewalt. Wieso sollte er da noch ein Interesse an mir haben?«

Einen Augenblick lang bedachte er sie mit einem skeptischen Blick, ehe er nickte. Aus irgendeinem Grund bewirkte dieses leichte Zögern, seine Zustimmung als Kränkung zu empfinden, so als zweifelte auch er daran, dass es Grund zur Sorge um sie gab. »Dann müssen Sie eben lernen, etwas mehr Geduld an den Tag zu legen«, sagte er. »Die Regierung hat bereits ihre besten Männer darauf angesetzt, ihn zu finden.«

Daran bestand kein Zweifel, doch einige von ihnen agierten nicht im Sinne des Königreichs. Mindestens einer der Männer gehörte zu Collins' Lager. »Wenn Sie mir nicht helfen können, hege ich auch kein gesteigertes Interesse daran, bei Ihnen zu bleiben. Am besten, Sie setzen mich am Claridge's ab.«

Dieser Schuft besaß doch tatsächlich die Unverfrorenheit zu lachen und seine strahlend weißen Zähne zu präsentieren. »Claridge's«, schnaubte er. »Miss Masters, Sie scheinen da etwas falsch verstanden zu haben. Sie befinden sich mitnichten auf einem Ausflug. Die Krone hat Sie in Gewahrsam genommen. Ich habe mein Wort gegeben, Sie zu beaufsichtigen, und ich werde es nicht brechen.«

Ihre Atmung wurde flacher und schneller, während sich ihre Fingernägel in die weiche Sitzbank bohrten. »Und nichtsdestotrotz ist es Ihnen einerlei, dass Sie mir einen Gefallen schuldig sind. Eigentlich dürfte mich das nicht wundern. Mir ist schon geraume Zeit bewusst, dass Sie keinen Funken Ehre im Leib haben.«

Erst nach einigen Momenten des Schweigens ergriff Ashmore das Wort. »Aha. Und wie begründen Sie das?«

Als die alte Wut in Mina wieder aufflackerte, verlieh sie ihrer Stimme eine gewisse Schärfe. »Sie brechen Versprechen.«

Ashmores Gesichtsausdruck verfinsterte sich. Die Hände seitlich gegen die Wände gestemmt, neigte er sich nach vorne. Leider war die Kutsche nicht geräumig genug, als dass Mina den Abstand zwischen sich und ihn bringen konnte, den ihre Instinkte einforderten. »Sagen Sie, was Ihnen auf dem Herzen liegt«, forderte er sie mit einer Stimme auf, die so sanft und rau zugleich war, dass sie an ein Schnurren erinnerte. »Welche Versprechen habe ich denn gebrochen?«

Mina rang die Hände, versuchte sich ein wenig zu entspannen und legte den Kopf schief, um Ashmore zu verwirren. »Soll das heißen, dass Sie sich nicht mehr erinnern?«

Ein angedeutetes Lächeln legte sich auf seine Lippen. Um sie zu spiegeln, legte auch er den Kopf schräg. Ein recht hinterhältiges Verhalten. Vermutlich hatte er angenommen, sie würde nicht bemerken, dass er sich so auf ihre Kosten amüsieren konnte. »Wenn Sie dann die Liebenswürdigkeit besäßen, mich aufzuklären.«

Es war das erste Mal, dass Mina diesen abscheulichen Charakterzug an ihm bemerkte. Ihn komplett falsch eingeschätzt zu haben, befeuerte ihre Wut. Selbst wenn sie wirklich vor Dummheit und Naivität strotzte, wie sie ihm glauben machen wollte, verdiente sie es nicht, so behandelt zu werden. Und selbst wenn sie seine verdrehte Logik bezüglich unverlangter Gefallen außer Acht ließ, hatte sie ihm das Leben gerettet, das war und blieb eine Tatsche. Wenn es jemanden in diesem Land gab, der ihr Respekt entgegenbringen sollte, dann er.

Oje, jetzt hatte sie doch glatt vergessen, ihr neu gewonnenes Wissen bezüglich seines neu erlangten Titels zu berücksichtigen.

Männern in seiner Position wurde erst gar nicht beigebracht, andere Menschen zu respektieren. Sie wussten lediglich, wie man Ehrerbietung einforderte.

»Wie dem auch sei.« Schluss damit, das Spatzenhirn zu spielen. Damit lieferte sie ihm lediglich einen weiteren Grund, auf sie herabzusehen. Kampfeslustig beugte sie sich ebenfalls vor und kam ihm so nahe, dass sich ihre Münder fast berührten und sie die Wärme spüren konnte, die von ihm ausging. Er roch so … rein. Sie atmete tief ein. Er hatte Myrrheseife benutzt. Der Geruch vertrieb augenblicklich ihre Wut; man konnte in seiner Wärme schwelgen wie vor einem Kaminfeuer.

Sein Blick glitt zu ihren Lippen. »Daran kann ich mich noch gut erinnern«, murmelte er. »Dabei müssen Sie mir nicht auf die Sprünge helfen.«

Sie lachte erstaunt. Er bezog sich natürlich auf ihren Kuss, und dieses Mal war sie es, die sich amüsierte: Wie absurd, dass ihre Eitelkeit sich von seinem Desinteresse angestachelt fühlen sollte. Irgendetwas an diesem Mann, eine ihm innewohnende Eigenschaft, die sie liebend gern mit einem Skalpell herausschneiden würde, zerstörte ihren gesunden Menschenverstand. »Ja«, hauchte sie, »das war entsetzlich, nicht wahr? Heutzutage wären meine Küsse um einiges besser, nur dass ich das Interesse daran verloren habe, Sie davon kosten zu lassen.«

Amüsiert verzogen sich seine Lippen. »Gut zu wissen, dass es Ihnen nicht an Stolz mangelt, Miss Masters.«

»Das hat nichts mit Stolz zu tun«, hielt sie dagegen. »Es ist die Wahrheit.«

Eine seiner Augenbrauen kletterte nach oben. Wie schnell er verstand. »Wie wäre es dann mit einer Kostprobe. Vielleicht kann ich ja doch noch etwas dazulernen.«

Wie selbstgefällig dieser Kerl war. Vom ersten Moment an hätte ihr klar sein müssen, dass blaues Blut in seinen Adern floss.

Er verkörperte zu hundert Prozent den Typ des dekadenten Aristokraten, den ihre Mutter ihr beschrieben hatte. Zu seinem Leidwesen war sie jedoch keine von diesen saft- und kraftlosen Londoner Ladys.

Sie führte die Hand an den Mund und biss auf die Spitze ihres Mittelfinger. Es war eine Geste, mit der er nicht gerechnet hatte; sofort gehörte ihr seine ungeteilte Aufmerksamkeit. Kaum hatte sie den Finger in den Mund geschoben, schoss ihm die Röte in die Wangen. Ganz so unerschütterlich war er also doch nicht.

Mit einem leise schmatzenden Geräusch zog sie ihren feuchten Finger zwischen ihren Lippen heraus. »Schade für Sie, dass ich keine Männer küsse, die Fremde für mich sind.« Sie legte ihm den feuchten Finger auf den Mund und spürte die Kühle, als er scharf die Luft einsog. Zart und gefühlvoll ließ sie den Finger über seine Unterlippe gleiten. Die Versuchung, die Reise bis zu seinem Grübchen im Kinn fortzusetzen, war groß. *Ein Schritt nach dem anderen, Mina.* »Vielleicht werden wir uns ja in den nächsten Tagen doch noch ein wenig näher kennenlernen«, raunte sie.

Ashmore atmete laut und schnell aus, ehe er sich mit starrem Blick wieder zurücklehnte. So wie jetzt, überrascht und ein wenig derangiert, ohne sein affektiertes Lächeln und seine Blasiertheit, fand sie ihn gleich noch mal so attraktiv.

Seine Augen hielten ihren Blick gefangen, während er um einiges bedächtiger als zuvor noch einmal Luft holte, ehe er sich mit der Zunge über die Lippen fuhr und leise sagte: »Sie schmecken alles andere als töricht, Miss Masters.«

Minas Herz machte einen Satz. »Das werte ich aber nicht als Kompliment.«

»Ich hatte auch nicht vor, Ihnen ein Kompliment zu machen. Vielleicht erinnert mich der Geschmack eher an Cleverness. Aber ich muss Sie warnen«, sagte er nachdenklich, legte die

Hand um sein kantiges Kinn und strich sich mit dem Daumen über die Lippe, wie sie es zuvor getan hatte. Zu sehen, wie er sich selbst berührte, versetzte ihren Magen in helle Aufruhr. O ja, welch zweckdienliche Warnung.

Ashmore ließ die Hand sinken und setzte ein Lächeln auf. Es schien, als sähe er die Reaktion, gegen die sie ankämpfte, um sie nicht an die Oberfläche steigen zu lassen. »Auf Manipulation reagiere ich für gewöhnlich nicht erfreut«, murmelte er. »Es ist mir schleierhaft, was Sie vorhaben, aber Sie sollten wissen, dass ich erst vor Kurzem entschieden habe, keinerlei Einmischung in mein Leben mehr zu tolerieren.«

»Welch ein Luxus für Sie.« Es war nicht weiter schwierig, einen sachlichen Ton anzuschlagen. »Ich für meinen Teil hätte auch gern die Möglichkeit, derartige Entscheidungen zu treffen.«

Stirnrunzelnd blickte er aus dem Fenster. »Ja«, sagte er. »Das ist in der Tat ein Privileg.«

Seine Reaktion beflügelte Mina. Empfand er womöglich doch einen Anflug von Mitleid für sie? »Weiterhin schätze ich es nicht, gegen meinen Willen festgehalten zu werden. Aber ich werde es ertragen, wenn es dazu dient, dass meine Mutter wohlbehalten zurückkehrt.«

»So, so.« Ashmore weigerte sich noch immer, sie anzusehen. »Auf jeden Fall können Sie Ridland sagen, ich hätte versucht, Ihnen Ihr Geheimnis zu entlocken. Was den Rest angeht, werden Sie beide bestimmt einen wie auch immer gearteten Kompromiss finden.«

»Wie bitte?« Die Kutsche wurde langsamer. Als Mina seinem Blick folgte, zog sich ihr Magen zusammen. Sie kannte das dunkle, finstere Haus. Er hatte sie zu Ridland zurückgebracht. »Warten Sie!« Als er Anstalten machte, die Tür zu öffnen und auszusteigen, packte sie ihn am Handgelenk. »Sie können mich unmöglich hierlassen.«

Ashmore hob den Blick von ihrer Hand zu ihrem Gesicht. »Weshalb denn nicht? Sie haben mir doch unmissverständlich zu verstehen gegeben, wie widerlich Sie die Vorstellung finden, bei mir zu bleiben.«

»Weil …« War sie wirklich bereit, das Geheimnis des Verräters jetzt und hier preiszugeben? Was würde ihn daran hindern, sie in Ridlands Obhut zu geben, sobald er im Besitz der gewünschten Informationen war? Wer oder was würde ihre Sicherheit garantieren, sobald sie ihr Schweigen gebrochen hatte?

Es gab jedoch noch einen Weg, der einen Versuch wert war. Der letzte Versuch hatte in endlosen Diskussionen geendet, die sie hatte vermeiden wollen. »Sonnenuntergang«, sagte sie. »Das war das Versprechen, das Sie gebrochen haben. Es ist niemand gekommen.« Sie ließ von ihm ab und setzte sich zurück. »Es hat noch zwei Tage gedauert.« Wie ruhig sie klang. Aber schließlich bedeuteten Worte nichts, solange man sich nicht erlaubte, die Verbindung zu dem zu spüren, was sie sagen wollten. Als Mina bewusst wurde, wie gefasst ihre Stimme klang, wurde sie ruhiger.

In Hongkong hatte sein fester Blick aus den dunklen Augen sie genarrt, indem er sie zu der Annahme verleitet hatte, er könnte ein Interesse an ihr hegen. Jetzt hingegen kannte sie die Wahrheit und wappnete sich.

»Nein«, sagte er und sah sie direkt an. »Ich habe gesagt, dass ich *glaubte*, sie würden Collins zum Sonnenuntergang holen. Ich habe nichts dergleichen zugesichert.«

Diese juristische Haarspalterei bereitete ihr Übelkeit. »Nun gut, ich gebe zu, dass ich mich nicht an jedes Detail genau erinnern kann. Vermutlich, weil die darauf folgenden Ereignisse zu heftig waren.«

Wieder wandte Ashmore den Blick ab, im Profil wirkte er grimmig und unnachgiebig. Je länger sich das Schweigen zwischen ihnen in die Länge zog, desto stärker zermürbte sie seine

Weigerung, die Frage zu stellen, die jetzt an der Tagesordnung wäre. Die Aussicht darauf, eine Antwort zu geben, bereitete ihr Übelkeit, doch die Stille setzte ihr noch viel mehr zu; sie unterstrich seine Entschlossenheit, sich nicht einzumischen und sie wieder zu Ridland zu bringen, damit der Fall für ihn ein für alle Mal erledigt war. Fragte er sich denn gar nicht, was geschehen war? Immerhin hatte sie ihm das Leben gerettet. Interessierte es ihn denn nicht einmal ansatzweise, wie ihr Leben danach verlaufen war?

»Was ist das eigentlich zwischen Ridland und Ihnen?«

Die Frage verwirrte Mina. »Wie meinen Sie das? Zwischen uns ist nichts.«

»Dann dürften Sie ja auch keine Einwände haben, bei ihm zu bleiben, oder?«

Die Tür schwang auf, und ein Bediensteter hielt eine Lampe in die Höhe, damit genug Licht auf die kleine Stiege unterhalb der Tür fiel. In Gedanken sah sie die vornehmen Räume, die sie hinter den Fenstern erwarteten, sowie das gegenüberliegende Dach, das leer bleiben würde, wenn sie die Gardinen öffnete. Nervös glitt ihr Daumen über ihre Fingernägel. »Bitte«, flüsterte sie. Wie bei einem Lamm, das dem Schlachter zum Opfer fallen würde und das keinerlei Chance hatte zu entkommen, zog sich ihr Hals zusammen. »Schicken Sie mich nicht zu ihm zurück. Ich …« Gott im Himmel, sie klang, als flehte sie ihn an. Allein dafür sollte sie ihn verfluchen – dass er sie so weit brachte, wie ein kleines Kind zu betteln.

Doch ihr Verhalten blieb nicht ohne Gegenreaktion. Natürlich nicht. Arrogante Schnösel mochten es, wenn man ihnen schmeichelte. Mit einer kurzen kräftigen Handbewegung signalisierte Ashmore dem Diener, er möge sich zurückziehen und zog die Tür ins Schloss. Einen nicht enden wollenden Augenblick blickten sie einander an.

Und dann lächelte er. »Sie sind um Längen cleverer als Sie andere Glauben machen wollen, kann das sein?« Als Mina theatralisch die Augen verdrehte, lachte Phin. »Nein, ernsthaft. Sie haben sich da eine bemerkenswerte Rolle erarbeitet. Wie viele Männer haben Sie schon davon überzeugt, Sie könnten nicht zwei und zwei zusammenzählen?«

Jetzt reichte es Mina. Was hier vor sich ging, war alles andere als amüsant. »Es ist nicht mein Fehler, wenn Männer einer Frau nur ins hübsche Gesicht sehen.«

»Und Ihres ist ganz außerordentlich hübsch«, erwiderte er fast schon feierlich. »Aber ich sehe schon, dass ich Ihnen das nicht sagen muss.«

Selbst jetzt trieb er noch seine Späße mit ihr. »Wissen Sie was, so langsam frage ich mich, warum ich mir überhaupt die Mühe gemacht habe, Ihnen den Pelz zu retten.«

»Ja«, erwiderte er nachdenklich. »Dasselbe habe ich mich auch schon gefragt. Ihre Entscheidung damals hat mir zum Beispiel diesen Schlamassel hier eingebrockt.«

Gereizt richtete Mina den Blick auf die Tür. »Machen Sie bitte auf.« Eines stand fest, sie würde ihm nicht die Genugtuung verschaffen, sie mit Gewalt aus der Kutsche zerren zu müssen. »Ihre Gesellschaft ermüdet mich.« Doch nichts geschah, er blieb sitzen. Womöglich war ihr Ton zu befehlend gewesen. Unruhig rutschte sie hin und her. Wenn er sie nicht sofort hinausließ, würde sie die Fassung verlieren und vielleicht etwas tun, das weit unter ihrer Würde war. »Ich sagte, sie sollen die Tür öffnen.«

»Unter einer Bedingung können Sie bei mir bleiben«, sagte er. »Sie halten sich an meine Regeln, wie auch immer diese lauten, bis Ihre Mutter wieder frei ist.«

Eine Woge der Erleichterung durchströmte Mina. »Einverstanden.« Damit eröffnete sich eine Möglichkeit. Alles war besser als Ridlands Mausefalle. »Wie lauten diese Regeln?«

Zum wiederholten Male glitt sein Blick an ihr herab. »Das werden Sie noch erfahren.« Das Lächeln, das jetzt auf seinen Lippen lag, ließ ihr Gefühl der Erleichterung im Nu verpuffen, und es wich einer Vorahnung, die mit jedem Herzschlag dunkler wurde. »Jedenfalls werden Sie tun, was auch immer ich von Ihnen verlange, Miss Masters, damit das klar ist.«

7

Als Mina die Augen aufschlug, umfing sie Dunkelheit. Es dauerte einen Augenblick, bis sie wusste, wo sie war.

Bei Ashmore.

Langsam setzte sie sich auf. Der dicke Teppich mit dem Rosenmuster schluckte jedes Geräusch, die doppelverglasten Fenster sperrten jeden Laut der Welt aus. Am Grad der Stille gemessen, konnte es durchaus sein, dass sie die letzte Überlebende auf Erden war, nachdem sich draußen vielleicht eine Katastrophe ereignet hatte, von der sie nichts mitbekommen hatte. Sie würde hier oben eingesperrt sein und dahinsiechen, bis ihr Körper verfaulte.

Sie atmete tief durch. Die Finsternis war schuld an diesen schlimmen Gedanken. Es gab Nächte, in denen Mina wegen der Dunkelheit nicht schlafen konnte. Dann lag sie wach und dachte an die Zeit zurück, als Jane noch auf einer Liege neben ihrem Bett geschlafen hatte. Die Erinnerung daran weckte in Mina etwas, das sich wie Kummer anfühlte. Wie friedlich und erholsam die Nächte damals gewesen waren, und das trotz all der Sorgen und Enttäuschungen. Verglichen mit damals waren die Tage und Jahre, die seitdem ins Land gezogen waren, von Erschöpfung geprägt. Mina hatte so viel erreicht, aber daran, allein zu schlafen, hatte sie sich nie wieder gewöhnen können. Bis heute war es ein stetiger Kampf.

Vorsichtig tastete sie nach der Kerze und den Streichhölzern neben dem Bett. Irgendwo gab es einen Knopf, mit dem sie die Elektrizität anschalten konnte, wie das verschüchterte blonde

Hausmädchen ihr am Abend gezeigt hatte. Doch es war jetzt viel zu finster, als dass sie diesen Knopf würde finden können.

Als der Docht der Kerze aufflammte, zogen sich die Schatten im Zimmer zusammen. Eine geschlagene Minute saß Mina da und starrte sie an. Jener dort stammte von dem kleinen Tisch, dieser von dem Krug auf dem Waschtisch.

Da – ein länglicher Schatten, der sich hinter den Vorhängen abzeichnete. Sie blinzelte einige Male, konnte aber dessen Ursprung nicht entdecken. Der Umriss erinnerte an die Gestalt eines Mannes, der unbeweglich dastand und sie beobachtete.

Das Herz schlug ihr bis zum Hals. *Im Ungewissen zu sein und abzuwarten ist immer schlimmer, als zu wissen, was vor sich geht.*

Mit einem Satz sprang Mina aus dem Bett und drosch mit der Faust auf den Vorhang ein, traf aber nichts als die nackte Wand dahinter.

Sie schüttelte ihre schmerzende Hand und versuchte, über sich selbst zu lachen. Doch der Ton, der ihr über die Lippen kam, glich einem Flüstern und taugte nicht dazu, sie zu beruhigen. Als sie sich einmal um sich selbst drehte, malte der Kerzenschein seltsame Schemen auf die pfirsichfarbenen Seidentapeten. Ein Flackern huschte über die Rosenblüten des Brokats, mit dem die Möbel bezogen waren. Das Zimmer wirkte so plüschig wie das Innere eines Schmuckkästchens und schien dafür gemacht, Mina in ihrer Bewegungsfreiheit einzuschränken. Sie hatte das Gefühl zu ersticken.

Sie ging hinüber in den Salon, merkte aber schnell, dass ihr auch dieses Zimmer Unbehagen bereitete. Der flauschige Teppich beschwor für sie das Bild von Treibsand herauf, der sie in die Tiefe ziehen wollte. Ashmore hatte ihr versichert, in Sicherheit zu sein. Aber wie sollte er es anstellen, sie gegen seine eigene Regierung zu verteidigen? Sie würde ihn auf jeden Fall warnen, auch wenn sie sich nicht sicher war, ob er vertrauenswürdig war.

Zum Teufel mit ihrem Instinkt! Er selbst hatte sie davor gewarnt, ihm zu vertrauen. Aus eigener Erfahrung wusste sie jedoch, dass wahre Schurken derlei Ratschläge nicht gaben.

Im Flur schlug eine Uhr. Das Geräusch ließ Mina erstarren. Womöglich lauschte ihre Mutter jetzt auch irgendwo dem Ticken einer Uhr. Mit geschlossenen Augen tastete Mina nach dem Medaillon an ihrer Halskette und wünschte sich, ihre Gedanken könnten fliegen – hinaus auf die dunklen Straßen Mayfairs und über den Park, vorbei an den erlöschenden Lampen und den träge fließenden Flüssen bis an den unbekannten Ort, an dem sich ihre Mutter aufhielt. Wenn sie mit aller Kraft an ihre Mutter dachte, vielleicht würde sie dann ihre Nähe spüren können. *Halte durch. Ich komme und hole dich.* Was Mina jedoch stattdessen fühlte, war die unermessliche Weite der Welt und wie fern die Sonne war, die auf der anderen Seite des Globus schien.

Langsam öffnete sie die Augen wieder. In New York war es jetzt höchste Zeit, schlafen zu gehen – zumindest für die Kinder. Jane war vermutlich gerade dabei, ihre Tochter ins Bett zu bringen – in einem kleinen, gemütlich hellen Kinderzimmer. Henry saß sicherlich im Tuxedo-Club oder bei Delmonico's, wo er sich an Hummer und Krabbenkuchen labte. Mit Henry war Mina längst fertig. Zu fordernd war er geworden, zu oft hatte er sich von ihr enttäuscht gezeigt. Heute Abend jedoch, wäre sie in New York, hätte sie ihn womöglich doch in ihr Bett eingeladen. Wenn sie neben ihm schlief, hatte sie keine Angst vor der Dunkelheit, sondern nur vor sich selbst.

Der Gedanke lockte eine seltsame Traurigkeit an die Oberfläche. Mina spürte ein Kribbeln in den Füßen und wäre am liebsten losgerannt. Doch sie konnte nirgendwohin gehen. Sie stand vor der abgesperrten Tür, die zwischen ihr und der Freiheit lag, und hielt die Kerze an das Türschloss. Die Form des Schlüssellochs kam ihr bekannt vor. In New York hatte sie einen Mann angeheuert, der ihr gezeigt hatte, wie man Schlösser aufbrach. Nach ihren Erfahrungen in Hongkong war es für ihren Seelenfrieden wichtig gewesen zu wissen, wie sie sich im Notfall selbst befreite.

Von neuer Zuversicht erfüllt kehrte sie in ihr Schlafzimmer zurück und begann, die Schubladen der Kommode zu durchsuchen. Schließlich fand sie die Haarnadeln, die sie vor dem Schlafengehen dort deponiert hatte. Mit zwei Nadeln bewaffnet kehrte sie zur Tür zurück, kniete sich auf den weichen Teppich und machte sich sogleich ans Werk. Aufgrund des Alters des Schlosses war der Schließmechanismus starr und unnachgiebig, aber zum Glück war Mr Goodger ein guter Lehrer gewesen. Wenige Augenblicke später ließ sich ein leises verheißungsvolles Klicken vernehmen.

Langsam legte Mina die Hand um den Türgriff und öffnete die Tür, die lautlos aufschwang.

Voll Stolz auf sich selbst kicherte sie leise. Ihr war klar, dass die Flucht ihr nicht viel nutzte, solange sie nicht wusste, was Ashmore mit Tarbury angestellt hatte. Ob Tarbury sich ebenfalls im Haus aufhielt? Im Gegensatz zu ihr hatte er nicht das Glück, auf Haarnadeln zurückgreifen zu können, um sich zu befreien.

Angenommen, sie machte ihn ausfindig, dann konnten sie in einer Stunde bereits von hier fort sein. Sich weiterhin über Ashmores Vertrauenswürdigkeit Gedanken zu machen, wäre dann müßig. Sie und Tarbury konnten selbst einige Männer zusammentrommeln, um ihre Mutter zu retten.

Der Gedanke beflügelte Mina. Sie blies die Kerze aus und betrat den Korridor.

Er war dunkel und kalt, und der Teppich unter ihren nackten Füßen fühlte sich eisig an. Sie hielt sich dicht an der Wand, als sie den Flur entlangging und alle Türen probierte, an denen sie vorbeikam. Dabei konzentrierte sie sich nur auf jene, die sich nicht öffnen ließen.

Der Flur mündete in einer breiten Empore, die in die geschwungene Treppe überging, die hinunter in die Eingangshalle führte. Durch die Glaskuppel, die das Foyer überspannte, fiel Mondlicht herein. Es überzog die Statuen und die Wände mit einem kalten, weißen Schimmer. Mit dem Rücken zur Wand glitt Mina an der Treppe vorbei in den gegenüberliegenden Flügel des Hauses. Gleich die erste Tür, die sie öffnen wollte, war versperrt.

Dieses Schloss war besser geölt. Es dauerte weniger als eine Minute, bis sie es entriegelt hatte.

Als Mina ins Zimmer schlüpfte, stieg ihr sogleich ein eigenartig süßlicher Geruch in die Nase. Das Zimmer schien ein ganz normales Arbeitszimmer mit Bücherregalen und einem Schreibtisch zu sein. Ein Sofa und einige Lehnsessel ergänzten die Ausstattung, und an den Wänden hingen gerahmte Landkarten. Die Tatsache, dass der Raum verschlossen gewesen war, weckte Minas Neugierde, sich den Schreibtisch näher anzusehen. Ein Lichtstrahl drang durch die nicht ganz geschlossenen Vorhänge und fiel auf die Federkiele, die akribisch geordnet auf einem Buch lagen.

Bedächtig ließ Mina sich auf dem Lederstuhl nieder. Die Federn waren nach Länge und Dicke angeordnet, von lang nach kurz, von dick nach dünn. Ein Mann, der in so kleinen Dingen Wert auf Ordnung legte, tat dies mit Sicherheit auch bei wichtigeren Angelegenheiten. *Meine Regeln, wie auch immer die lauten*. Ein Mann wie Ashmore legte mit Sicherheit viel Wert auf die Archivierung seiner Briefwechsel.

In der obersten Schublade befand sich allerdings nichts von Interesse, lediglich einige seltsam anmutende Instrumente aus Metall, die sie nicht kannte, ein paar Zettel, auf denen mathematische Formeln standen, ein dickes Siegel, das an Ashmores Ring erinnerte, und eine ausgeschnittene Todesanzeige aus der

Zeitung, die einem Geografen namens David Sheldrake gewidmet war.

Erst in den unteren Schubladen stieß Mina auf Briefe. Hastig untersuchte sie das erste Bündel. Bei den meisten handelte es sich um Bittschreiben, auf denen er in der Ecke das Datum und den Inhalt seines Antwortschreibens vermerkt hatte. Das zweite Bündel enthielt Entwürfe seiner eigenen Briefe. Als ihr Ridlands Name ins Auge sprang, hielt sie inne.

Nach zwölf Jahren Dienst unter seiner direkten Führung fühle ich mich durchaus kompetent, Sie hinsichtlich seiner Tauglichkeit für jegliche Position zu warnen, in der es um Entscheidungen ethischer Natur geht.

»Auf etwas Interessantes gestoßen?«, ertönte seine Stimme leise von der anderen Seite des Raumes.

Mina ließ den Brief fallen. Sie blinzelte durch das Mondlicht in die tiefen Schatten, erkannte aber lediglich die schemenhaften Umrisse der Möbel.

»Ich habe Ihnen eine Frage gestellt.«

Mina drückte die Hand auf ihre Brust, um sich zu beruhigen. Jetzt bloß keine Scheu. »Könnte man so sagen. Ich habe herausgefunden, dass Sie für Joseph Ridland arbeiten.«

Ein Punkt für sie. »Und ist das für Sie von Belang?«

Mina wünschte sich nichts sehnlicher, als dass sie ihn sehen könnte. Die Art und Weise, wie er sprach, wie er die Vokale dehnte, ließ vermuten, dass er nicht ganz nüchtern war. »Nein.«

»Sind Sie sicher? Denken Sie gut nach, ehe Sie antworten.«

Sie runzelte die Stirn und starrte in die Dunkelheit. Er würde ihr nicht wehtun, das konnte er sich schlichtweg nicht leisten. Es gab Leute, die wussten, dass sie bei ihm war. Sie hatten ihm den Auftrag gegeben, sich ihrer anzunehmen. Doch seine Stimme ließ sie schaudern. Körperlos schwebte sie durch die Dunkelheit – wie schwarzer Samt, der um einen Stein gewickelt war, mit dem er ohne große Mühen ihren Schädel einschlagen konnte.

Die Überlegung, das Licht könnte auch ihn womöglich blenden, sodass er ihren Gesichtsausdruck nicht sehen konnte, besänftigte sie ein wenig. Es galt also, ihre Stimme unter Kontrolle zu halten. Selbstsicher sagte sie: »Sollte es mich denn kümmern?«

Ein leises Rascheln drang an ihr Ohr. Als Erstes sah sie seine Augen, die das Mondlicht einfingen, dann erkannte sie sein markantes Kinn, über das sogleich bizarre pechschwarze Schatten spielten. Die Jacke hatte er abgelegt und die Ärmel des weißen Hemdes bis zu den Ellbogen hochgekrempelt. Seine Weste stand offen und gab den Blick auf seine Hosenträger und seine breite muskulöse Brust frei. Er hatte sich offensichtlich umgekleidet, seit er sie in Whitechapel zu seiner Gefangenen gemacht hatte. Nachdem er sie eingeschlossen hatte, war er ausgegangen, vermutlich auf ein Fest, denn Weste und Krawatte waren weiß. Er hatte sie eingesperrt, als wäre sie nichts weiter als ein Vogel.

»Wie kommt es dann«, sagte er mit leiser Stimme, »dass ich Sie dabei erwische, wie Sie meinen Schreibtisch durchwühlen?«

Weil ich töricht genug war, mich dabei erwischen zu lassen, hätte sie ihm am liebsten entgegengeschleudert. Doch ihr rasender Puls warnte sie, keine vorlauten Antworten zu geben. »Ich wollte herausfinden, wo Tarbury sich aufhält. Sie haben sich ja geweigert, es mir zu sagen.«

Mit langsamen Schritten ging er um den Schreibtisch herum zu ihr. Er stützte eine Hand auf den Schreibtisch, direkt neben ihrer, sodass sein Ring im Mondschein glitzerte. Mina ballte die Hand zur Faust, als er mit dem anderen Arm um sie herum fasste und sich mit der Rechten auf der Schreibunterlage abstützte. Er hatte Mina im wahrsten Sinne des Wortes eingepfercht. Wie charmant von ihm. »Das ist nicht notwendig«, sagte sie.

»Das dachte ich anfangs auch, aber wie es aussieht, habe ich mich getäuscht.« Er beugte sich über ihren Kopf, um genauer zu betrachten, was auf dem Tisch lag.

»Ich habe mir Sorgen um Tarbury gemacht«, sagte sie störrisch. Als sein Atem ihre Wange streifte, bekam sie an den Oberarmen eine Gänsehaut.

»Ich glaube Ihnen nicht.«

Urplötzlich erinnerte sie sich an seine Warnung seinerzeit in Hongkong – dass Spione gefährlich waren und sie dem körperlich nicht viel entgegenzusetzen hatte. Ihr war nicht entgangen, wie breit seine Schultern waren. Vielleicht war es ein Fehler, sich nicht um die eigene Sicherheit zu sorgen. Obwohl er sie nicht berührte, spürte sie die Kraft und die große Energie, die von ihm ausgingen. Wie eine Sturmwolke, aus der jeden Augenblick ein Blitz hervorbrechen konnte. Es wäre unklug, sich einem Sturm auszusetzen, der unweigerlich heftig werden würde. »Ich habe mir eben Sorgen gemacht«, sagte sie leise. »Immerhin bin ich für ihn verantwortlich.«

»Was für ein verantwortungsvolles Mädchen Sie doch sind.« Ashmore sprach langsam, als genösse er das Gefühl, jeden Buchstaben über die Zunge rollen zu lassen. »Sie geben fein drauf acht, die Aufgaben, die man Ihnen gibt, sorgfältig zu erledigen.«

Seine Wortwahl irritierte sie. Er schien etwas anzudeuten, von dem sie keine Ahnung hatte, was es sein könnte. Als ihr Blick auf die Federhalter fiel, die vor ihr lagen, erschien deren akkurate Anordnung mit einem Mal in einem völlig anderen Licht. Ihr Stiefvater war stets auf andere angewiesen gewesen, die seinen Haushalt in Ordnung hielten. Selbst in seiner Wut war er chaotisch gewesen, sodass es Mina stets gelungen war, ein Schlupfloch zu finden. Ashmore hingegen würde es ihr niemals so einfach machen, ihm zu entkommen. »Das stimmt.« Sie räusperte sich. »Wenn man wie Sie einem großen Haushalt vorsteht, können Sie sicherlich nachvollziehen, wie groß die Verantwortung ist, die man für seine Untergebenen hat.«

Wie ein unsichtbarer Geist strich sein leises Lachen über ihr Ohr. »Schmeicheleien?« Es gehörte schon viel Geschick dazu, ihr so nahe zu kommen, ohne sie zu berühren. Vergiss die Schreibfedern, wahre Präzision wurde aus Disziplin geboren und spiegelte sich in seinem Körper wider.

»Ich glaube, Sie überschätzen mich«, murmelte er. »Mit jeder Stunde, die vergeht, zeigt sich deutlicher, dass es eine Menge gibt, von dem ich nichts verstehe. Sie, zum Beispiel. Wie sind Sie aus dem Zimmer gekommen?«

Seiner Stimme wohnte jetzt etwas Beiläufiges, fast schon Spielerisches inne. Doch so leicht ließen Minas Überlebensinstinkte sich nicht einlullen. Sie wusste, dass sie gut daran tat, auf sie zu hören, wenn sie ihr sagten, dass Ashmore fuchsteufelswild war. »Die Tür war nicht verriegelt.«

Eine heiße Hand schob sich unter ihr offenes Haar und legte sich sanft, aber bestimmt um ihren Nacken. Ganz langsam verstärkte er den Druck seiner Finger, als wollte er ihr einen Vorgeschmack darauf geben, wie es sein würde, wenn er sie erwürgte. Doch dann glitt seine Hand um ihren Hals herum, legte sich um ihr Kinn und drückte es in einem unangenehm steilen Winkel nach oben, sodass ihr Gesicht zur Decke gewandt war. »Sehen Sie mich an«, sagte er streng.

Um ihre auflodernde Wut halbwegs unter Kontrolle zu bringen, atmete Mina kraftvoll durch die Nase. Ashmore sprang mit ihr um wie ein primitiver Bauer mit einem Tier, das er vor dem Schlachten festschnürte. War das sein Dank dafür, dass sie ihm das Leben gerettet hatte?

»Sehen Sie mich an.«

Sie zwang ihren Blick in seine Richtung, was alles andere als einfach war, da sie ihn nur aus den äußersten Augenwinkeln sehen konnte – was ihr zudem einen pochenden Schmerz in den Schläfen bescherte. Im hellen Mondlicht wirkten seine sonst so weichen Lippen wie aus Marmor gemeißelt. »Wie. Sind. Sie. Herausgekommen?«

»Das war nicht weiter schwer.« Wegen der extremen Drehung ihres Halses klang ihre Stimme heiser. »Ich habe das Schloss geknackt.«

Am Ausdruck auf Ashmores Gesicht ließ sich nicht ablesen, ob ihre Enthüllung ihn überraschte. Sein Daumen strich über Minas Wange, was ein Schaudern in ihr auslöste; ihr war jedoch schleierhaft, ob Abscheu oder Furcht der Ursprung dafür waren.

»Verstehe«, sagte er, ehe er wieder mit seiner rauen, warmen Daumenkuppe über ihre Wange strich, wie ein Liebender es tun würde. So, als wollte er andeuten, dass ihm eine Reihe von Möglichkeiten zur Verfügung stünde, derer er sich bedienen konnte und die er allesamt in Betracht zog. »Ist das eine besondere Fähigkeit von amerikanischen Mädchen? Oder sind Sie ein Unikum?«

Anfänglich dachte Mina, es handelte sich um eine rhetorische Frage, als das Schweigen sich jedoch in die Länge zog, wurde ihr klar, dass er auf einer Antwort bestand. »Nein. Das ist keine weitverbreitete Fähigkeit.«

Sein Daumen hatte sich indes bis zu ihrem Mundwinkel vorgearbeitet. Sie schmeckte das Salz auf seiner Haut. Es war nicht sonderlich klug von ihm, sie in Versuchung zu führen. Wenn sie ihm den Daumen abbiss, würde er es in Zukunft nicht einfach haben, eine Waffe zu halten. »Und wo haben Sie das gelernt?«

Mina drehte den Kopf ein wenig zur Seite, um sich von seinem Geschmack zu befreien. »Mein Hals fängt an, sich zu verkrampfen.«

»Dann sollten Sie mir schnell antworten«, entgegnete er kühl.

»Ich habe jemanden engagiert, der es mir beigebracht hat.« Mit aller Kraft löste sie sich aus seinem Griff und riss den Ellbogen nach hinten in Richtung seines Bauches.

Doch Ashmore fing ihren Arm ab und verdrehte ihn, sodass sie herumwirbelte und mit dem Gesicht gegen seine Brust prallte. Als sie den Kopf nach hinten warf, packte er sie bei den Handgelenken, die er auf ihrem Rücken fixierte. »Enttäuschend«, merkte er an, als sie sich kraftvoll zur Wehr setzte. »Ging es dabei nur um Türschlösser?«

»Lassen Sie mich los!«

»Wonach haben Sie eigentlich gesucht?«

Tritt ihn. Er musste an ihrem Muskelspiel bemerkt haben, was sie plante, denn im Nu hatte er den Unterkörper weggedreht, während er gleichzeitig ihre Hände in die Tiefe riss, sodass Mina ungewollt ins Hohlkreuz gehen und die Taille verdrehen musste. Unsanft landete sie mit den Schultern auf der Tischplatte. Hatte Ashmore sie eben noch mit beiden Händen festgehalten, brauchte er dazu jetzt nur noch eine. Den freien Unterarm legte er sachte, aber bestimmt quer über ihren Hals.

Mina versteinerte und hörte plötzlich ihren eigenen Atem in den Ohren widerhallen. Ashmores dunkle Silhouette erhob sich bedrohlich über sie. Das Mondlicht fiel hell auf sein wirres Haar.

»Antworten Sie mir«, sagte er fast zärtlich, woraufhin sie spürte, dass ihr die Röte in die Wangen kroch. Die Art und Weise, wie er seinen Unterkörper gegen ihren presste, hatte etwas erschreckend Intimes, und sein heiseres Raunen passte besser zu heißen, geflüsterten Geheimnissen. Wie zu jenen, die sie ihm einst zu entlocken versucht hatte. »Wonach sollen Sie in seinem Auftrag suchen?«

Erst jetzt begriff Mina, dass er für seine Fragen Gründe hatte, von denen sie nichts wusste. »In wessen Auftrag? Wen meinen Sie denn?«

Als er den Druck seines Unterarms leicht lockerte, dachte Mina für einen Moment, er wäre zur Vernunft gekommen. Doch schon im nächsten Moment legte er einen Finger unter ihr Kinn und streichelte sie. »Letzte Gelegenheit«, sagte er. »Ansonsten finde ich einen anderen unterhaltsamen Weg, mich zu amüsieren.«

»Ich weiß beim besten Willen nicht, wovon Sie sprechen.«

»Nein?« Er seufzte. »Wie schade, dass man weiß, dass ich Sie habe.«

»Wie konnte ich Sie jemals mögen?«, murmelte sie.

»Sehen Sie mich jetzt, wie ich wirklich bin?«

»Mag sein.«

Er hob die Hand und ließ sie in unpersönlicher Gründlichkeit über ihre Brüste und ihre Taille und schließlich über ihre Hüften gleiten. Für den Bruchteil einer Sekunde, aber nicht lange genug, als dass sie protestieren konnte, schob er die Hand zwischen ihre Oberschenkel. Er sucht nach Waffen, sagte Mina sich. »Meine Waffen haben Sie mir bereits abgenommen.«

Sanft, aber bestimmt packte er Mina am Arm und zog sie in die Höhe, sodass sie wieder aufrecht stand. Ohne sie loszulassen, bewegte er sich in Richtung Wand. Wenig später durchflutete elektrisches Licht den Raum. Erst jetzt bemerkte sie, dass er sich nach ihrem letzten Aufeinandertreffen rasiert hatte. Das weiße Hemd bildete einen harschen Kontrast zu seiner bronzefarben schimmernden Haut.

»Ein Blick auf Ihre Fingernägel hätte es mir eigentlich verraten sollen.« Ein unangenehmes Lächeln zuckte um seine Mundwinkel. »Er hatte schon immer eine Schwäche für hübsche Weibsbilder«, sagte er und berührte die Haarspitzen, die ihr über die Brust fielen.

Es war nur eine flüchtige Berührung, aber ihr stellten sich die Haare auf den Armen hoch, und ein Prickeln durchlief sie. Selbst in diesem entsetzlichen Augenblick genoss ihr Körper seine Nähe. Sie gewöhnte sich langsam an ihn – und das gegen ihren Willen.

Auch ihm schien es nicht entgangen zu sein. Er zog eine Augenbraue hoch und gab einen tiefen, kehligen Laut von sich. Mit zwei Fingern griff er nach einer Strähne ihres Haars und wickelte sie um sich, bis der Zug auf das Haar Mina zwang, sich zu ihm zu beugen. Ihre Lippen waren nur noch eine Handbreite von seiner Brust entfernt. »Miss Masters«, sagte er nachdenklich. Er betonte ihren Namen als spräche er ihn zum ersten Mal aus. »Mina Masters, eine Mamsell in Nöten. Wie gekonnt Sie diese Rolle spielen.«

Als Mina diese Worte aus seinem Mund hörte, schwante ihr, das er wie in einem offenen Buch in ihr lesen konnte. »Sie irren«, erwiderte sie. »Sie halten sich für sehr clever, aber Sie irren.«

»Dann wären wir ja schon zwei. Was hat er Ihnen gesagt? Dass ich meine Krallen eingebüßt habe?« Die Vorstellung schien ihn zu amüsieren. Sein Blick schweifte ab, ging durch sie hindurch. Er lachte in sich hinein. Das Braun seiner Augen war jetzt fast schwarz. Schwarze Augen, die noch tiefer und faszinierender wirkten durch diese langen, geschwungenen Wimpern, die einen dazu verleiteten, ihm wider jede Vernunft zu vertrauen. Sie hätte wissen müssen, dass es dumm war, auf seine Unterstützung zu bauen oder ihn Ridland gegenüber zu erwähnen. »Nein«, sagte er und ließ seinen Blick über ihren Körper gleiten. »Er hat ein schlechtes Händchen bewiesen, was diesen Auftrag angeht. Es sei denn, die Aufgabe bestand darin, mich zu verführen. Was hat er Ihnen gesagt? Dass ich von meinem Vater die Vorliebe für Dirnen geerbt habe?«

»Niemand hat mir irgendwas gesagt«, entgegnete sie mit steinerner Stimme.

Doch Ashmore schien sie nicht gehört zu haben. Er richtete den Blick auf ihr Gesicht und ließ ihn sinnlich über Wangen und

Lippen streifen. »Vielleicht wäre es Ihnen sogar gelungen. Ich war schon immer der Meinung, dass Sie ein süßes kleines Ding sind.« Als er die Hand zurückzog, hatte Mina keine andere Wahl, als den Kopf zu senken und mit anzusehen, wie seine Knöchel ihre Brust streiften. »Sie dürfen es gern probieren, wenn Ihnen der Sinn danach steht. All diese Haare …« Er lachte leise. Es klang rau und sinnlich. »Es ist so lang, dass ich Sie damit fesseln könnte.«

Seine Worte riefen kristallklare Bilder bei Mina hervor. Der Tag, an dem sie diesem Mann erlaubte, sie zu fesseln, würde ihr letzter sein. Sollte er es je versuchen, so schwor sie sich, würde sie ihm in den Hals beißen.

Sie hütete sich jedoch davor, ihm diesen Gedanken bereits jetzt mitzuteilen. Abgesehen davon lag der Vorteil klar auf ihrer Seite, wenn er sie für eine schamvolle Jungfrau hielt. Mit tiefer Stimme sagte sie: »Lassen Sie mich los, und ich werde mein Bestes geben.«

Seine Hand legte sich unter ihr Kinn, und er zwang sie damit, seinem durchdringenden Blick zu begegnen. In der entstehenden Stille hörte sie das Schlagen der Standuhr. Lediglich eine Viertelstunde war vergangen, seit sie ihr Zimmer verlassen hatte, aber gefühlt war es mindestens ein Jahrhundert her. »Davon halte ich nicht viel«, sagte er. »Es ist nicht meine Art, ein Messer ohne sein Futteral offen herumliegen zu lassen.«

Wieder senkte sich Schweigen über den Raum. Mina wusste nicht, wie sie es brechen sollte. An seinem Gesichtsausdruck konnte sie ablesen, dass er im Geiste die Optionen durchging, die ihm noch blieben. Schnell und mit Nachdruck wurde ihr bewusst, dass sie gut daran täte, ihn zu unterbrechen, ehe er zu einem endgültigen Entschluss kam. Ihr Herz pochte heftig, als sie sich auf die Zehenspitzen reckte und ihm die Lippen auf den Mund drückte.

Er reagierte nicht. Was sie verunsicherte. Sie fuhr mit der Zungenspitze über seine Oberlippe, woraufhin er ausatmete. Seine Lippen waren viel weicher, als sie es in Erinnerung hatte. Zärtlich biss sie ihn in die Unterlippe. Sollte er sich erdreisten, etwas zu tun, was ihr nicht gefiel, würde sie einfach fester zubeißen.

Mit einer Berührung, die so innig und zärtlich war, dass sie erschrak, glitten seine Finger über ihren Hals. Sogleich ließ sie von seiner Lippe ab, woraufhin er dicht an ihrem Mund raunte: »Sie müssen sich schon ein klein wenig mehr Mühe geben, Mina.«

Minas Gesicht kribbelte, und sie konnte nicht glauben, dass sie rot wurde, dass ein niederer Teil ihrer selbst Gefallen an dieser elenden Scharade fand. »Aber nur, wenn Sie sofort mein Haar loslassen.«

Seine Antwort bestand darin, dass er sich zu ihr beugte und sie küsste. Seine Zunge glitt zwischen ihre Lippen und forderte ihre zum Tanzen auf. Erst dann kam er ihrer Bitte nach und ließ ihr Haar los. Stattdessen schlang er den Arm um ihre Taille und beugte sich tief über Mina. Sie verlor die Balance, und sein Arm musste sie stützen.

Er schmeckte sündhaft heiß und dunkel, und sein Kuss entzündete ein Feuer in ihrem Innern, das sich so schnell nicht wieder würde löschen lassen. Die sinnlichen Liebkosungen seiner Zunge, die Art, wie er sie hielt und wie besitzergreifend seine Hand auf ihrem Rücken lag – all das ließ Mina keine andere Wahl, als sich in die Rolle der Unterlegenen zu fügen. All ihre Instinkte riefen ihr zu, sie würde fallen, und Mina griff Halt suchend nach seinen Schultern. Als sein Kuss daraufhin noch leidenschaftlicher wurde, ging ihr unvermittelt der Gedanke durch den Sinn, wie wenig Mühe es ihn doch gekostet hatte, sie zu überwältigen, und dass kein Teil ihrer selbst darauf hätte reagieren dürfen.

Der Griff, mit dem er sie gefangen hielt, war fest und hart, bereitete ihr aber keinerlei Unbehagen, und sein Kuss ließ sie pure Lust empfinden, auch wenn sie sich eigentlich dagegen sträubte. Zärtlich und doch fordernd streichelten seine Lippen ihren Mund, seine Zähne fingen ihre Lippe ein, ehe er in ihren Mund hinein sagte: »Was haben Sie gesucht?«

»Nichts«, keuchte Mina.

Ehe sie es sich versah, hatte er sie von sich weggeschoben und war einen Schritt zurückgewichen. Seine Brust hob und senkte sich schneller als gewöhnlich, doch als er sich mit dem Handrücken über den Mund fuhr, erkannte sie, dass sein verhangener Blick nichts mit sexueller Erregung zu tun hatte. Ein Muskel an seiner Schläfe zuckte, während er sie finster anstarrte. Nichts an ihm wirkte, als würde er sich amüsieren.

Urplötzlich verspürte Mina den Wunsch, aus voller Kehle loszulachen. Sein Handeln sprach Bände. Er hatte weder die Absicht, ihr wehzutun oder sie gar zu schänden. Aber weshalb hatte er ihr Angst einjagen wollen? »Sie sind derjenige, der dieses Drama heraufbeschworen hat.« Ihre Stimme klang nur ein klein wenig brüchig. »Zugegeben, es war idiotisch von mir, hier einzudringen. Aber Sie haben mich auf die denkbar rüdeste Art und Weise aus diesem Keller gezerrt. Sie können mir nicht zum Vorwurf machen, dass ich versuche herauszufinden, ob ich bei Ihnen in Sicherheit bin oder nicht. Eingesperrt und von Ihrer Gnade abhängig – was hätten *Sie* denn in meiner Situation getan?«

Gelassen zog er eine Augenbraue hoch. »Das Gleiche vielleicht. Aber nicht so unbeholfen.«

Wie dumm, sich seine Kritik zu Herzen zu nehmen. »Nun ja, ich habe nur wenig Erfahrung im Spionieren und habe auch kein gesteigertes Interesse daran, damit anzufangen, wenn Sie es genau wissen wollen.«

Sein Mund verzog sich zu einer dünnen Linie. »Sie sollten sich eines hinter die Ohren schreiben«, sagte er. »Ich bin kein Spion und war es nie.«

»Schon klar«, entgegnete sie. »Sie sind ja ein *Tycoon*, wie konnte ich das nur vergessen? Sie handeln mit Koka, wenn Sie nicht gerade aus fremden Fenstern springen.«

»Ich bin Kartograf«, erwiderte er scharf. »Von lächerlich hoher Geburt, was Grund genug für manches Interesse an meiner Person ist, das können Sie mir glauben. Sollten Sie sich erdreisten, etwas anderes in der Welt herumzuposaunen, nachdem sich unsere Wege getrennt haben, wird man Ihnen nachsagen, sie hätten eine blühende Fantasie.«

Dass er es als zwangsläufig ansah, ihr die Freiheit zurückzugeben, zauberte ein Lächeln auf ihr Gesicht. Vielleicht würden sie doch noch einen Weg finden, miteinander auszukommen. »Ich bin nicht fantasiereicher als Sie«, sagte sie. »Absolut langweilig, um genau zu sein.«

Ashmore seufzte, als hätte sie ihn zutiefst enttäuscht. Doch dann rieb er sich die Augen, und sie fragte sich, ob er womöglich einfach nur übermüdet war. »Ich wünschte, das wäre der Fall, Miss Masters«, sagte er und fuhr sich mit der Hand durchs Haar, sodass Furchen entstanden. Mit seiner wilden Haarmähne, seinen weiten Hemdsärmeln und seiner sonnengebräunten Haut konnte er leicht als Pirat durchgehen, es fehlte eigentlich nur noch ein goldener Ohrring. In Hongkong hatte er längst nicht so attraktiv ausgesehen. »Ich frage Sie jetzt zum letzten Mal«, sagte er und ließ die Hand sinken. »Wie lange arbeiten Sie schon für Ridland?«

Mina war stur und weigerte sich, irgendetwas zuzugeben. Aber welchen Grund zum Teufel sollte eine verwöhnte amerikanische Göre haben, Schlösser aufzubrechen und in seinen Privatdokumenten herumzuschnüffeln? Phin postierte noch in derselben

Nacht einen Diener vor der Tür zu ihrer Zimmerflucht; einen stämmigen, wettergegerbten Zeitgenossen, den er in einem der Pubs aufgegabelt hatte, in denen geboxt wurde und in denen Sanburne einen Großteil seiner Zeit verbrachte. Er hörte auf den Namen Gompers, und da er weder Neugier noch Betroffenheit zeigte, als Phin ihn darüber informierte, dass Miss Masters ihre Räumlichkeiten nicht verlassen durfte, war er genau der richtige Mann für diese Aufgabe.

Als Erstes am folgenden Morgen ließ Phin die Schlösser zu ihrem Trakt austauschen. Vorausgesetzt, sie war nicht mit den Händen eines Virtuosen gesegnet, würde sie nirgendwo mehr hingehen, es sei denn, er befahl es ihr. Und das Gute daran war, dass er ihr sogar verbieten konnte, zu Ridland zu gehen, bis er ihre Absicht kannte und welche Rolle er bei alledem spielte. Ridlands verderbte Gefolgsleute waren in sein Haus eingedrungen, und er konnte es nicht mehr ungeschehen machen. *Jetzt kann ich auch noch* Gefängniswärter *mit auf die lange Liste meiner Vergehen setzen,* dachte er.

Es macht keinen Sinn, so wütend zu sein, sagte er sich, als er beim Frühstück saß und während des anschließend stattfindenden, wenn auch ergebnislosen Treffens mit seinen Oxforder Treuhändern. Als Phin den Herren vorschlug, den Lehrstuhl für Kartografie nach Sheldrake zu benennen, stutzten diese. Zu seiner eigenen Überraschung wurde Phin ihnen gegenüber ungewohnt laut. Mit dem Ergebnis, dass die Herren ihre Haltung noch einmal überdachten. Aus Angst, er könnte seine Gelder zurückziehen, überschütteten sie ihn bei der Verabschiedung mit Entschuldigungen und Dankbarkeitsbekundungen. Anders als sein Vater, der meist durch Brüllen seinen Willen durchgesetzt hatte, hatte Phin sich bisher noch nie dazu herablassen müssen. Ein einziger Tag in der Gesellschaft von Miss Masters hatte genügt, dass er die Kontrolle über sich verlor.

Phin war sich nicht einmal sicher, von wem er enttäuschter war, von sich oder von ihr. Wie idiotisch es von ihm gewesen war zu glauben, es würde einfach werden, seine Schulden zu bezahlen. Ein unerwarteter Epilog in einem bereits zugeklappten Buch, hatte er sich gesagt. Als wäre je irgendetwas einfach gewesen, bei dem Ridland die Finger im Spiel hatte. Die Sache hatte einen gewaltigen Haken: Ein Teil von ihm hatte die ganze Zeit über gewusst, dass es so kommen würde, und hatte sich regelrecht danach gesehnt. Seit Wochen hatte er nicht mehr so klar gedacht. Die Vermessung der Klippen von Dover, die Überquerung des Ärmelkanals im Ruder-Achter, das Zusammentreffen mit der Königsfamilie – die Verwirklichung dieser Kindheitsträume, die er so lange in einem Herzen gehegt hatte, das durch Enttäuschung ehrgeizig geworden war, hatte bei ihm ein eher taubes Gefühl hinterlassen. Erst Ridlands Brief hatte sein Herz wieder höherschlagen lassen. Eine Dirne, die geschickt worden war, sein Arbeitszimmer zu durchsuchen, und der die Lügen leichter über die Lippen kamen als einem betrügerischen Orakel – sie allein schaffte es, dass ein wohlig heißer Schauer ihn durchlief.

Phin schrieb diese Reaktion in erster Linie der Tatsache zu, dass er seit Monaten keine Frau mehr angerührt hatte. Ihm stand einfach nicht der Sinn nach jenen Arrangements, wie sein Vater sie eingegangen war, geschweige denn nach den diversen Krankheiten, die damit einhergehen konnten. Zudem hatte sein neuer Status ihm kaum Zeit gelassen, eine geeignete Witwe zu suchen, der er den Hof hätte machen können. Als Mina Masters dann wie ein Festmahl vor ihm auf dem Schreibtisch gelegen hatte, mit einer gehörigen Portion Trotz in den Augen, war ihm bewusst geworden, wie hoch der Preis für seine Abstinenz war. Diese Erklärung reichte jedoch nicht aus, seine Unruhe zu bezwingen. Ihr Kuss hatte dunkle Träume heraufbeschworen, in denen mannigfaltige körperliche Strafen vorkamen, mit der eine bildhübsche Frau rechnen musste, die es wagte, ihre kleine Nase in die Angelegenheiten anderer Leute zu stecken. Seine Fantasien empfand er als anregend und verstörend schamlos. Sie hatte Eigenschaften in ihm geweckt, die er zu vergessen versucht hatte. Auf grausam sinnliche Weise hatte Mina Masters ihn daran erinnert, dass er ein Jahrzehnt lang ein Verbrecher gewesen war.

Schlimmer noch war, dass sie seinen Kuss erwidert hatte – als hätte sie ebenfalls einen Hang zum Verderbten. Noch immer spürte er das Spiel ihrer Zunge in seinem Mund, und er war machtlos dagegen.

Nein, er wollte sie nicht in seinem Haus haben.

Kurz nach der Abreise der Treuhänder erreichte ihn ein steif formuliertes und servil anmutendes Schreiben der Sheldrakes. Darin baten sie um die Erlaubnis, ihm morgen einen Besuch abzustatten, um sich persönlich bei ihm für seine Beileidsbekundungen zu bedanken. Es fehlte nicht viel, und Phin hätte ihnen geschrieben, sie mögen um Himmels willen ihm und seinem Haus fernbleiben. *Mein Haus ist Ihrer nicht würdig; bitte setzen Sie sich nicht dem beklagenswerten Durcheinander aus, das hier regiert*. Es stand natürlich außer Frage, dass er sie einlud, denn so ziemte es sich nun einmal in seinen Kreisen. Die beiden Frauen würden eine Ablehnung als Beleidigung und seine Großzügigkeit als Herablassung auslegen.

Am frühen Nachmittag erreichte ihn eine Nachricht von Sanburne, der ihn in den Club einlud, vermutlich um ein verspätetes Mittagessen einzunehmen. Als Phin dort eintraf, geleitete ihn der Majordomus am Speisezimmer vorbei den Korridor entlang zum Schießstand, wo Sanburne sich auf einer Bank lümmelte, neben ihm eine Flasche und Ohrenstöpsel. Den Blick hielt er auf einen dünnen blonden Mann gerichtet, der auf den Umriss eines Menschen zielte, der auf die Wand gemalt war. Ein Schuss fiel. Die Kugel schlug gut dreißig Zentimeter neben der Silhouette ein, was entweder auf Kurzsichtigkeit oder Nervosität des Schützen schließen ließ.

»Verteufelt noch mal«, fluchte der Blonde, als er sich umdrehte. Nein, er war weder kurzsichtig noch nervös, sondern einfach nur ein Taugenichts. Phin kannte Tilney noch aus seiner Zeit in Eton, und allem Anschein nach hatte er sich nicht zu seinem Vorteil verändert. Genau wie früher war er noch immer hübscher als so manches Mädchen, und er hatte genauso wenig ein Händchen für Schusswaffen wie für Wetten oder Alkohol. Die Gesellschaft, in der Sanburne sich dieser Tage aufhielt, war recht zweifelhaft.

Als der Schütze Phin erblickte, breitete sich ein Lächeln auf seinen Lippen aus. »Hey, Granville, alter Bursche. Du hast mich gerade fünf Pfund gekostet.«

»Ah«, antwortete Sanburne, der das Kinn zum Gruß nach vorne streckte. »Stimmt. Er meinte, du würdest dich unter keinen Umständen von deinen heiß geliebten Karten trennen, um uns mit deiner Anwesenheit zu beehren.«

»Ich bin immer für eine Überraschung gut«, erwiderte Phin.

Tilney hob die Waffe. »Es ist das neueste Modell von Webley. Lust auf einen Schuss?«

Phin schaute zu Sanburne, der mit den Achseln zuckte. »Ich hatte schon das Vergnügen.«

»Viel Spaß«, sagte Tilney, als er Phin die Waffe im Drei-Finger-Griff hinhielt – eine verdammt dumme Art, eine geladene Waffe zu handhaben. »Schade, dass du nach dem Derby nicht vorbeigekommen bist. Wir hatten noch ziemlich viel Spaß.«

Der Revolver schmiegte sich in Phins Handfläche. Gute Balance, angenehmes Gewicht. »Ich war beschäftigt.«

Tilneys Lächeln wirkte mit einem Mal angestrengt. »Ja, nun, das hat mir zu denken gegeben. Ich hoffe, du nimmst mir die Sache mit den vollgepinkelten Kissen nicht mehr krumm. Ich hab den Burschen gesagt, du bist kein Ire, aber du weißt ja, wie Jungs so sind.«

»Oje, dritte Person«, warf Sanburne belustigt ein. »Das ist Jahrzehnte her.«

Phin wog das Gewicht der Waffe in seiner Hand. »Schnee von gestern«, sagte er lächelnd. »Solange du mir nicht mehr schmollst, weil ich dich in die Latrine geschubst habe. Und dich verprügelt habe«, schob er gedankenverloren nach. Sein Blick glitt auf die Zielfigur an der Wand, und er runzelte die Stirn. »Ich hoffe, deine Augen haben sich wieder erholt. Irgendwie habe ich immer vergessen, mich danach zu erkundigen.«

Tilney beäugte die Waffe nun mit etwas mehr Unbehagen. »Alles bestens.« Er räusperte sich. »Ein ziemlicher Aufstieg, den du da hingelegt hast, Granville.«

»Ich heiße jetzt Ashmore.« Phin brachte die Waffe in Position und zielte. Der Schuss zerriss die Luft. Im Grunde taten sie sich keinen Gefallen damit, auf den Gehörschutz zu verzichten. »Und ja«, sagte er, als er den Arm sinken ließ, »ich habe es ziemlich genossen.«

Sanburne applaudierte. »Direkt ins Auge. Das muss gefeiert werden.«

Wie aus dem Nichts überkam Phin ein höchst irreales Gefühl. »Warum eigentlich nicht? Es tut gut zu wissen, wie leicht ich euch beide um die Ecke bringen könnte.«

»Ich muss euch leider einen Korb geben«, sagte Tilney. »Ich habe noch eine Verabredung.«

Wenig später saßen Ashmore und Sanburne im Speiseraum, wo Sanburne amüsante und unterhaltsame Anekdoten zum Besten gab, wie die über das Artefakt, das er erstanden hatte und das im Rahmen einer öffentlichen Veranstaltung als Fälschung entlarvt worden war. Wie kein anderer hatte er die unzähligen Mitleidsbekundungen, die ihm anschließend aus allen Ecken der Gesellschaft zugetragen wurden, in vollen Zügen genossen. »Fünf Abende hintereinander erhielt ich Einladungen zum Dinner«, sagte er. »Vielleicht gehe ich gleich morgen los und erstehe eine weitere Fälschung.«

Das Hühnchen war zäh, der Wein sauer, und Phin hörte nur mit halbem Ohr zu. Die andere Hälfte seines Verstandes war damit beschäftigt herauszufinden, was zum Teufel mit ihm nicht stimmte. Das war jetzt sein Leben. Sanburne war geistreich und unterhaltsam. Vielleicht sollte Phin sich abgewöhnen, mit einem mechanischen Lachen auf seine Witze zu reagieren.

Erst als Sanburne ihn am Arm anstupste, merkte er, dass sich Stille über den Tisch gesenkt hatte. »Kann es sein, dass du verliebt bist?«

»Gütiger Gott, nein.« Er benahm sich anders als sonst, das ja, aber was mit ihm los war, hatte nicht im Entferntesten etwas mit Liebe zu tun. Vielmehr steckte er bis zum Hals in der Scheiße. »Weshalb fragst du?«

»Weil du diesen verträumt idiotischen Ausdruck auf dem Gesicht hast.«

Phin dachte einen Moment lang über die Worte seines Freundes nach. »Unter Umständen könnte es sein, dass mein Interesse geweckt wurde«, sagte er. »Sheldrakes Tochter kommt morgen in die Stadt. Die Gute hat sich ganz schön gemausert.«

Sanburnes Augenbrauen kletterten hoch bis zum Haaransatz. »Sheldrakes Tochter! Die Kleine dürfte doch auch schon etwas in die Jahre gekommen sein, oder?« Als er innehielt, kroch ihm ein Lächeln über den Mund. »Nicht, dass mit einer alten Jungfer etwas nicht in Ordnung ist. Sie vertrocknen eben nur ein wenig im Laufe der Zeit. Sieh einer an, Phin und Sheldrakes Tochter. Das schreit nach einem handfesten Drink, finde ich.« Sogleich hielt er drei Finger in die Höhe, doch die deftige Bestellung schien den Kellner nicht weiter zu beeindrucken. »Und für dich?«, fragte er.

Phin schüttelte den Kopf. »Kaffee.« Er bot dem Verfall die Stirn, wann immer er die Gelegenheit dazu bekam. Zu viel Alkohol hatte seinen Eltern den Weg zur Hölle geebnet, er hingegen war gewillt, jede noch so kleine Unebenheit auf dem Weg dorthin wahrzunehmen, wenn es sein musste.

»Höre ich richtig? Wo sind sie hin, die guten alten Zeiten? Ich kann mich noch wie gestern daran erinnern, dass du ganz Oxford mit deinem betrunkenen Bariton vom Schlaf abgehalten hast.«

Phin lachte. »Keine Angst, irgendwann werde ich nur für dich singen. Wie ein Kanarienvogel im Minenstollen. Trink du ruhig. Im betrunkenen Zustand ist es leichter für dich, meine schiefen Töne zu ertragen.«

Sanburne reagierte irritierend nachdenklich. »Ich gehe mal davon aus, dass deine Schlafmittel zur Nacht die Sangeslust nicht gerade anfachen. Deinetwegen habe ich letzte Woche einen Großteil meiner eigenen Party damit verbracht, mich mit den Pflastersteinen zu unterhalten.«

Als der Kellner Phin den Kaffee servierte, lehnte er sich zurück. »Zugegeben, das mit dem Äther war keine gute Idee.« Er hatte viel Gutes über die schlaffördernde Wirkung der Droge gehört, aber auf ihn hatte sie alles andere als besänftigend gewirkt. Vielleicht sollte er es als Nächstes mit Chlor probieren. Er brauchte dringend eine Alternative zum Opium, wenn er nicht in absoluter Anhängigkeit enden wollte.

»Nichts weiter passiert.« Sanburne nahm seinen Drink und spülte die Hälfte davon in einem Zug herunter. »Ich beschäftige mich gerade mit einem philosophischen Rätsel. Kommt ein Mann an eine Weggabelung. Eine Straße ist mit allem erdenklich Abscheulichen und unendlich vielen Pflichten gepflastert.«

»Ist das nicht ein und dasselbe?«

»Die Rede ist von Verpflichtungen, nach denen er nie verlangt hat. Ein komfortables Leben voller leerer Ehren. Ja, ich denke, das ist ein und dasselbe. Beide führen zum selben Ergebnis, zum qualvollen Tod durch Ersticken, weil man tut, was getan werden muss.«

Ersticken war das richtige Wort. Phin musste unwillkürlich an seinen Anfall in Sheldrakes Arbeitszimmer denken. In abgeschwächter Form war es ihm eben auf dem Schießstand ähnlich ergangen – was ihm Sorge machte. Für gewöhnlich lagen diese Anfälle zeitlich nicht so nah beieinander. Glücklicherweise hatte er sich nach Tilneys Abgang schnell wieder gefangen. »Lieber langsam ersticken, als schnell enthauptet zu werden«, sagte er, wenngleich er sich nicht sicher war, ob er dem wirklich zustimmte. In Sanburnes Welt würde es aber stimmig sein.

»Mitnichten. Ein schnelles und glattes Ende ist einem langsamen und qualvollen stets vorzuziehen. Denk nur an das Spektakel für die Hinterbliebenen, das damit verbunden ist.« Sanburnes Lächeln wirkte einstudiert. »Selbst für jene, die nicht zugucken möchten.«

Phin unterdrückte einen Anflug von Ungeduld. Der Kreuzzug, den Sanburne gegen seinen eigenen Vater ins Leben gerufen hatte, hielt ganz London auf Trab. In seinen Augen hingegen mutete das Ganze höchst kindisch an. Sanburnes Schwester Stella war kein Opfer, schließlich hatte sie ihrem Gemahl ein Messer in den Hals gerammt. Wenn ihr Vater also entschieden hatte, dass sie künftig in einer Nervenheilanstalt besser aufgehoben war, fühlte sich die männliche Bevölkerung Londons gleich viel sicherer. »Und was befindet sich auf dem anderen Weg an der Gabelung?«

Sanburne nahm einen weiteren Schluck. »Der Mann hat keine Ahnung. Er kann nicht so weit sehen. Aber es verspricht, interessant zu werden.«

»Du hättest Kartograf werden sollen.«

»Gott behüte. Es geht nicht darum, den Weg eines Einzelnen

aufzuzeichnen. Einfach drauflos. Wenn man hinfällt, sollte man es genießen.«

Der Kaffee nach türkischer Art war tiefschwarz und schmeckte entsetzlich bitter. Gedankenverloren verrührte Phin den dicken Bodensatz mit dem kleinen Löffel. Das war genau das, was er jetzt brauchte. »Woher kann ein Mann wissen, dass er es genießt hinzufallen, wenn er die Straße vor sich nicht sehen kann?«

»Er kann Vermutungen anstellen.«

»Aber blinde Vermutungen verfehlen gerne mal das Ziel.«

Nachdenklich leerte Sanburne sein Glas. »Ziele werden überbewertet. Richtlinien dienen lediglich den Unkreativen. Bewege dich immer schön am Rande der Pflicht, und eines Tages wirst du im Spiegel einen Fremden sehen.«

Phin fand, dass das eigentlich wie ein verdammt gutes Ziel klang. »Pflichten sind nicht dazu da, um Vergnügen zu erzeugen.«

Stellas Tragödie, so schien es ihm, hatte Sanburne lediglich den nötigen Vorwand geliefert, nach dem er stets gesucht hatte. Es war ihm nie richtig gelungen, sich mit seinen Privilegien anzufreunden, da mit diesen einherging, sich den Wünschen seines Vaters zu beugen. Selbstredend gab es schlimmere Schicksale, als ein Leben in Luxus zu führen, doch Sanburne gehörte zu den Glücklichen, die nie erfahren mussten, wie andere sich mehr schlecht als recht durchs Leben schlugen. »Pflichten sind einzig dazu da, jemanden davon abzuhalten, vom Wege abzukommen«, schlussfolgerte Phin.

Der stechende Blick, den er von Sanburne erntete, versetzte ihn in Alarmzustand. »Und was, wenn jemand bereits vom rechten Weg abgekommen ist?«

»Dann sollte er sehr vorsichtig einen Fuß vor den anderen setzen. Manche Straßen sind sicherer als andere.« Es kostete ihn eine gehörige Portion Zurückhaltung, nicht unverhohlen auf das

Glas in Sanburnes Hand zu starren. Der Mann hatte nun wahrlich keinen Grund, seine Sorgen in Alkohol zu ertränken. Seine angeblichen Probleme waren im Grunde die seiner Schwester, die er sich lediglich ausgeliehen hatte, auch wenn er sich selbst die Schuld an allem gab. »Manche davon bewahren einen vor sich selbst.«

Für den Bruchteil einer Sekunde huschte eine dunkle Gefühlsregung über Sanburnes Gesicht, und Phin dachte flüchtig, dass er sich sogleich gegen eine Faust zur Wehr würde setzen müssen.

Doch dann brach ein lautes Lachen aus Sanburne heraus. »Blödsinn. Ich habe keinen Grund, nicht vom Weg abzukommen. Genauer gesagt mache ich das ständig und amüsiere mich dabei immer aufs Prächtigste. Und darum geht es doch schließlich, nicht wahr? Nach unserem Essen werde ich keinen geraden Schritt mehr vor den anderen setzen, selbst wenn mein Leben davon abhinge.«

Das Gefühl, dass jemand Phin den Hals zuschnürte, meldete sich mit ungeahnter Wucht zurück. »In dem Fall bin ich mir sicher, dass dein Leben nie davon abhing.« Er hatte genug von dem Nonsens und erhob sich. »Ich gehe jetzt.«

Der Viscount lehnte sich genüsslich zurück, sichtlich amüsiert über die überstürzte Ankündigung. »Wer weiß, vielleicht hängt mein Leben ja doch davon ab, von einem krummen Weg.«

»Du wirst es nicht schlecht treffen«, sagte Phin. »Egal, für welchen Weg du dich entscheidest. Dein Glück geht ohnehin auf keine Kuhhaut mehr.« Es stimmte: Sanburne war so eine Art gesellschaftlicher Midas: Selbst seine Fauxpas wirkten sich für ihn meist zum Guten aus, und wann immer er ins Straucheln geriet, landete er weich. »Auf Wiedersehen, Viscount.«

Als Phin sich entfernte, lachte Sanburne abermals lauthals los und ließ seiner Heiterkeit so derbe freien Lauf, dass die

Herrschaften an den anderen Tischen vor Neugierde die Hälse reckten.

Obwohl er es eigentlich nicht wollte, drehte Phin sich noch einmal um. »Drehst du jetzt komplett durch?«, raunte er. Falls ja, wäre es typisch für Sanburne. Weshalb dem Wahnsinn im stillen Kämmerlein frönen, wenn man das doch in aller Öffentlichkeit tun konnte?

Mit einer wegwerfenden Handbewegung verwarf Sanburne diesen Gedanken. »Phin«, japste er, »du bist immer für eine Überraschung gut, alter Kumpel.« Keuchend holte er Luft. »Immerhin weiß ich, dass es zwei Wege gibt, die ich beide einsehen kann. Und du? Du sagst dir ständig, du hättest die Wahl, aber du musst die Scheuklappen tragen, um sicher zu sein, dass du geradeaus gehst.«

Nun denn, dann würden sie diesen Kampf eben doch ausfechten. Seit Wochen schon brodelte es zwischen ihnen beiden. Bei jedem Lächeln, das Sanburne ihm angedeihen ließ, und wann immer Phin einen Drink ausschlug oder eine Festivität verließ, ehe die Ersten sich übergaben. Kampfeslustig ging er zurück zum Tisch. »Raus mit der Sprache«, sagte er. »Kann es sein, dass es dir nicht passt, dass ich mich nicht deiner Führung anschließe? Sondern meine neue Verantwortung sehr ernst nehme?«

In einer großtuerischen Geste hob Sanburne die Arme. »Wenn es dir Spaß macht, so rechtschaffen daherzureden, ist ja alles in Ordnung. Die Frage ist nur, wen zum Teufel du damit beeindrucken willst.« Er ließ die Arme fallen und atmete aus. »Ob du des Nachts durchschläfst oder nicht, interessiert die Welt nicht. Trinken oder nicht trinken, das ist einerlei. Du wirst nie wie dein Vater werden.«

Phin sog harsch die Luft ein. *Vor dir sitzt dein Freund,* rief er sich in Erinnerung. Da muss man kein Blatt vor den Mund nehmen, da ist die schonungslose Wahrheit angebracht. Doch er wusste auch, dass er dafür würde bezahlen müssen. Niemand sollte mit Dynamit um sich werfen, nur weil er sich an den Explosionen weidete. »Du denkst, du kennst mich«, sagte er. Doch Sanburne hatte keinen blassen Schimmer, wohin manche Straßen führen konnten. »Genau da liegt dein Irrtum.«

Sanburne zuckte die Achseln. »Ich kenne dich gut, vielleicht besser als du dich selbst. Du siehst dich gern als schmutzig, als verderbt, kann das sein? Als kranken Spross einer fauligen Sippe. Und in der Zwischenzeit hast du zukünftige Earls in Schweinetröge befördert, ohne zu merken, dass es spritzt. Ich weiß, dass du dachtest, die Jungs würden über dich spotten, nachdem du ihnen den Rücken zugewandt hattest. Kann sein, dass sie das anfangs auch getan haben. Aber sie haben schnell dazugelernt. Selbst als Kinder hatten sie ein klareres Bild von dir als du.«

Phin starrte ihn an. »Worauf willst du eigentlich hinaus?«

Der Viscount stieß einen ungeduldig klingenden Ton aus. »Darauf, dass du immer mehr warst als ein Kartograf. Der Titel, den du jetzt trägst, beweist es einmal mehr. Der Einzige, der nicht davon überzeugt ist, bist du.«

»Ach ja, der Titel«, sagte Phin tonlos. Die Lizenz zum Leben, aber eher im übertragenen Sinne, den Sanburne nicht recht verstand. Trinken und Orgien waren nicht alles im Leben. »Das ändert alles, nicht wahr, alter Freund?«

Sanburne seufzte. »Natürlich nicht. Das ist ja der springende Punkt. Du bist du. Und im Gegensatz zu dir war es für mich nie ein Problem.«

Es kostete Phin einiges an Überwindung, ein Lächeln aufzusetzen. »Nimm es mir nicht übel, wenn ich nicht dem Urteil eines Mannes vertraue, dessen Maßstäbe notorisch niedrig sind.« Als Sanburne den Schockierten mimte, machte Phin auf dem Absatz kehrt und verließ den Club.

Als Phin am Nachmittag auf dem Weg zu seinen Zimmern an Miss Masters Suite vorbeiging, hörte er, wie an der Türklinke gerüttelt wurde, wenn auch nur sacht.

»Hat sie versucht, nach draußen zu gelangen?«, fragte er Gompers, der die Tür bewachte.

Der Diener zuckte die Achseln. »So ungefähr jede Stunde, Sir.«

Das Rütteln hörte auf, vermutlich weil Miss Masters ihre Stimmen gehört hatte.

Phin atmete aus. Dieses leise Geräusch hatte auf eine Weise auch an seinem Gewissen gekratzt, die ihn irritierte. Es war ihm einerlei, dass sie ihm das Leben gerettet hatte, einmal oder tausend Mal, um genau zu sein. Nichts auf Erden konnte ihn je dazu bringen, Mitleid mit einem Günstling Ridlands zu haben.

Auch er war einst einer dieser Günstlinge gewesen, wohl wahr. Und genau deshalb wusste er nur zu gut, welch subtiler Methoden der sich bediente, um Ahnungslose anzuwerben. *Wir benötigen für diese Aufgabe einen Kartografen mit überdurchschnittlichen Qualitäten. Der Fluss, um den es geht, wurde noch nie kartografisch dargestellt, da er sich auf feindlichem Gebiet befindet.* Ridland hatte meist auf die Naivität und den Idealismus seiner Opfer gezielt und sie dann in einen Käfig gesperrt, dessen Gitterstäbe aus ihrem eigenen Ehrgeiz geschmiedet waren. Mina Masters war clever, genau wie Phin, der Ridland dennoch auf den Leim gegangen war.

Er steckte den Schlüssel in das Schloss und verfluchte sich dafür. Darin liegt die wahre Gefahr der Langeweile, dachte er. Man ist zu anfällig für die Neugier.

Miss Masters saß in einem Sessel am Fenster. Sie hatte die Augen geschlossen, und das sanfte Licht des Nachmittags verlieh ihrem hellblonden Haar einen warmen Schimmer. Hätte er nicht selbst mit angehört, wie sie sich am Schloss zu schaffen gemacht hatte, wäre er geneigt gewesen zu glauben, dass sie es sich gut gehen ließ. Sie hatte eine Decke über ihre Beine gebreitet, und neben ihr auf dem Boden lag ein aufgeschlagenes Buch. Was für eine begnadete Schauspielerin sie doch war. Selbst wenn sie nicht in Ridlands Dienst stand, sondern auf eigene Faust ermittelte, täte er besser daran, sie eingesperrt zu lassen.

Andererseits war es aber ebendieser Einfallsreichtum gewesen, der ihm seinerzeit das Leben gerettet hatte. In diesem Licht betrachtet, stünde er wie ein Verbrecher da, wenn sie eine reine Weste hatte.

Phin wartete einen Moment, doch Mina schien seine Anwesenheit nicht wahrzunehmen. »Wo ist Ihre Katze?«

»Washington? Er versteckt sich mal wieder vor mir.« Sie sprach, als wäre sie mit den Gedanken woanders.

Das Schweigen breitete sich erneut aus, und Mina machte keine Anstalten, es zu beenden. Neugierig, wie es weitergehen würde, lehnte Phin sich gegen die Wand und verschränkte die Arme. Während er wartete, fragte er sich, was er mit diesem Besuch eigentlich hatte bezwecken wollen.

Vermutlich hatte er nach einer weiteren Gelegenheit gesucht, ihr auf den Zahn zu fühlen. Für gewöhnlich beurteilte er Menschen nicht falsch, und genau das bereitete ihm Magenschmerzen. Er wollte unter keinen Umständen denselben Fehler ein zweites Mal machen.

Zum Teufel, er sollte sich nicht in die eigene Tasche lügen. Laura Sheldrake hatte ihn angelächelt, und er hatte ihr die Finger brechen wollen; Mina Masters hatte seinen Schreibtisch durchwühlt, und er hatte nichts lieber tun wollen, als ihr den Rock hochzuschieben und ihr das Stirnrunzeln wegzuküssen. Er war durch und durch widernatürlich, ein Heuchler, wie er im Buche stand. Er stieß sich an Sanburnes launenhafter Unberechenbarkeit, während in den Tiefen seiner eigenen Seele weitaus dunklere Neigungen lauerten. Neigungen, die mit jedweder Vernunft unvereinbar waren. Über Nacht war die trübe, blutige, dunkle Verwirrung, aus der seine Welt bestanden hatte, zu einem einzigen Orbit kollabiert. Einem Orbit, in dessen Zentrum er sich selbst befand. Das Leben sollte leicht sein, aber diese Frau brachte es fertig, in ihm den Wunsch zu schüren, sich kopfüber wieder in den Schlamassel zu stürzen, dem er vor Kurzem erst entkommen war.

Enthauptung oder Ersticken – zu Sanburnes Optionen würde er eine weitere hinzufügen: Miss Masters. Sie drohte, auch noch die letzten Funken seiner Selbstachtung auszutreten. Wenn er das zuließ, war sie seine spezielle Form des Selbstmordes.

Nein, er würde sie auf keinen Fall noch einmal küssen, geschweige denn berühren. Und dennoch stand er da und wartete, bis er sich irgendwann räusperte und fragte: »Haben Sie es bequem genug?«

»Bequem?« Ohne die Augen zu öffnen, zuckte Mina mit den Schultern. »Wenn Sie mir eine Frage beantworten, beantworte ich die Ihre.«

Zorn stieg in ihm auf. Schon damals in Hongkong hatte sie ein besonderes Talent an den Tag gelegt, ihn wütend zu machen. Immerhin kannte er jetzt die Erklärung dafür. Die Frage war: Wie brachte man derart verschlagenen Einfallsreichtum in Einklang mit einer verwöhnten Schönheit, die ein Vermögen mit dem Verkauf von Shampoo machte? Antwort: Man bezog Joseph Ridland in die Rechnung ein. Dass sie über derart professionelle Fähigkeiten verfügte, erleichterte ihn irgendwie. Es machte seinen Zorn zum Ergebnis geschickter Manipulation, weniger zum Beweis für seine persönliche Schwäche.

»Finden Sie, dass Sie in der Position sind, Forderungen zu stellen?«, fragte er freundlich.

Mina hob das Gesicht und ließ es von der Sonne bescheinen.

Ihr Profil war so klar geschnitten wie eine Kamee. Phin war überzeugt, dass sie sich dessen bewusst war und es gekonnt einsetzte. »Forderung? Ich hielt es für eine Bitte.«

Neugier war keine Sünde. Selbst die Reinsten der Reinen waren davor nicht gefeit. »Stellen Sie mir Ihre Frage. Wer weiß, womöglich beantworte ich sie Ihnen.«

»Ursprünglich nahm ich an, Sie arbeiteten noch immer für Ridland. Mittlerweile denke ich jedoch, dass dem nicht so ist. Was stimmt denn nun?«

Eine höchst interessante Frage, wenngleich auch hinterlistig. Einzig ihr Motiv war ihm nicht ganz klar. »Weshalb wollen Sie das wissen?«

»Ich traue Ridland nicht über den Weg und würde auch niemandem mein Vertrauen schenken, der in seinem Dienste steht.«

Phin hielt inne. »Sind Sie wirklich auf der Suche nach jemandem, dem Sie vertrauen können?« Vielleicht suchte sie nach einer Möglichkeit, Ridlands Dienste zu quittieren.

Ihre Augen weiteten sich. »Jeder braucht jemanden, dem er trauen kann. Vor allem in einem fremden Land, in dem man niemanden kennt.« Sie unterstrich ihre Worte mit einem Lächeln. »Blicken Sie so finster drein, wie Sie wollen, Ashmore. Ich für meinen Teil weiß, dass ich von Grund auf ehrlich zu Ihnen bin.«

Phin sagte sich, es könnte nicht schaden, ihr reinen Wein einzuschenken, zumal sie die Wahrheit bereits ahnte. Mit ein wenig Glück trug seine Aufrichtigkeit dazu bei, dass sie ihre Deckung vernachlässigte. »Seit dem Tag, an dem ich den Titel offiziell verliehen bekommen habe, stehe ich nicht mehr in seinem Dienst.«

Als Mina sich mit einem Nicken wieder dem Fenster zuwandte, wünschte er sich, sie hätte das nicht getan, weil er nun nicht mehr sehen konnte, was in ihrem Antlitz vor sich ging. »Um auf Ihre Frage zurückzukommen«, sagte sie. »Nein, ich habe es nicht bequem, nicht einmal ansatzweise. Meine Mutter pflegte so dazusitzen, wie ich es gerade tue. Und ich habe mir geschworen, es ihr nie gleichzutun.«

»Sie meinen, an einem Fenster zu sitzen?«

»Genau. Egal, wo in der Welt wir uns gerade aufhielten, fast immer, wenn ich ihr Schlafzimmer betrat, saß sie so da wie ich jetzt, den Blick starr nach draußen gerichtet. Jedes Mal befiel mich bei ihrem Anblick eine große Ungeduld, und ich habe mich gefragt, was sie da draußen eigentlich sieht. Meine Frage danach hat sie nie beantwortet. Seit heute kenne ich die Antwort. Würden Sie sie gerne erfahren?«

Wie es schien, gingen Mina allmählich die Strategien aus. Schließlich hatte sie bereits versucht, ihm ein schlechtes Gewissen zu machen. »Lassen Sie mich raten – Freiheit?«

Erst als Mina sich wieder zu ihm wandte, bemerkte Phin die Schatten unter ihren Augen. Nein, die Zimmer, die er ihr zur Verfügung stellte, waren ebenso elegant ausgestattet wie seine. Er würde nicht zulassen, dass ihre zur Schau gestellte Empfindlichkeit bei ihm auch nur den Anflug eines schlechten Gewissens entfachte. »Nein, das denke ich nicht. Dazu fehlt ihr die nötige Vorstellungskraft.«

Phin zögerte. Ihm erging es wie Pandora. Auf der einen Seite mochte er keine Rätsel, auf der anderen konnte er sich nicht der Versuchung entziehen, die gottverdammte Büchse zu öffnen. Zugegeben, es ging um mehr als nur darum, seine Neugier zu befriedigen. Das Sonnenlicht auf ihrem Gesicht betonte die Reinheit ihrer Haut, und Phin erinnerte sich mit großer Intensität daran, wie es sich angefühlt hatte, sie an sich zu drücken.

Erschwerend kam hinzu, dass sie sich in seinem Haus aufhielt, was sie zu seinem persönlichen Problem machte. »Dann verraten Sie mir doch endlich, was Ihre Mutter gesehen hat, Miss Masters. Und wehe, Sie enttäuschen mich«, schob er trocken nach. »Ihre Antwort sollte so ergreifend wie möglich sein.«

Zu seiner Überraschung begann sie zu lachen. Das Unbehagen, das sich in den letzten Minuten in ihm geregt hatte, hieb ihm die Krallen in seine Eingeweide. Er wurde aus dieser Frau einfach nicht schlau, wenngleich er nachvollziehen konnte, warum Ridland sie angeheuert hatte. Teilnahmslosigkeit wäre, gemessen an der Situation, in der sie sich befand, beeindruckend gewesen, aber dieses Lachen war einfach hinreißend. »Ich habe Sie doch noch nie enttäuscht«, gab sie zur Antwort.

Phin musste lächeln, wenngleich er merkte, dass er ihr in puncto Unverschämtheit nicht das Wasser reichen konnte. Aber das war nicht weiter tragisch, schließlich war sie diejenige, die etwas zu verlieren hatte. »Und ich habe doch tatsächlich geglaubt, dass Sie mich gestern Abend in meinem Arbeitszimmer enttäuscht haben.«

Sie schüttelte den Kopf. »Nein. Man kann nur enttäuscht werden, wenn man bestimmte Erwartungen hat. Und Sie haben nie so viel von mir gehalten, um welche zu haben. Was haben Sie in Hongkong eigentlich über mich gedacht? Dass ich ein hirnloses, albernes Ding bin?« Sie machte eine Pause. »In jener Nacht haben Sie mich gefragt, auf wessen Seite ich stehe. Erinnern Sie sich?«

Unwillkürlich zuckte Phin zusammen. Ja, sie hatte recht. Selbst damals, als sie die Fensterläden aufgehebelt hatte, um ihm zu einer schnellen Flucht zu verhelfen, hatte er angenommen, dass sie zum Spiel dazugehörte. Im Nachhinein war er jedoch zu einem anderen Schluss gekommen. *Auf meiner*, hatte sie ihm geantwortet. *Ich bin, wie ich bin.* Doch erst jetzt ging ihm auf, wie aufschlussreich diese Formulierung im Grunde war, wenngleich er noch immer nicht wusste, wie er sie deuten sollte. »Ja«, sagte er. »Daran erinnere ich mich.«

Mina legte den Kopf schief, als hätte sein Eingeständnis sie überrascht. Immerhin etwas. »Dann frage ich mich … Angenommen, Sie haben mir geglaubt. Wie erklären Sie sich dann, was ich für Sie getan habe? Haben Sie sich gesagt, ich hätte Sie gerettet, weil mir gerade der Sinn danach stand? Weil ich ein bisschen Spaß haben wollte, ohne einen Gedanken an mögliche Konsequenzen zu verschwenden?« Auf ihren Lippen lag Sarkasmus. »Haben Sie sich gesagt, dass ich es bereuen würde, nachdem Sie fort waren?«

Ihre Worte kamen der Wahrheit unangenehm nahe. Vier Jahre lang hatte er hart daran gearbeitet, sie zu vergessen. Wenn er sich je einen Feigling geschimpft hatte, weil er sie so beharrlich aus seinem Gedächtnis verbannt hatte, musste er sie jetzt nur ansehen, um die Weisheit dieser Entscheidung zu erkennen. So, wie sie jetzt im Sonnenlicht dasaß, konnte er sie nicht mehr ignorieren. Sie nahm das Licht förmlich in sich auf und strahlte so hell, dass sie alle seine Sinne fesselte. Wenn er sie ansah oder auch nur an sie dachte, brachte er sich bereits in Gefahr. »Ich habe nie darüber nachgedacht«, entgegnete er kurz angebunden.

»Wie eigenartig. Ich für meinen Teil hätte bestimmt viel darüber nachgedacht, wenn mir jemand das Leben gerettet hätte. Aber sei's drum«, sagte sie forsch und erhob sich. Als ihr die Decke von den Schultern rutschte, verschlug es Phin für einen kurzen Moment den Atem. Sie trug das Kleid, das sie aus der Pension geholt hatte. Es war ein Gewand, das durch seine Einfachheit bestach. Der weiße Stoff umfloss ihren Körper in geradem Fall vom Hals bis zu den Füßen. Im Gegenlicht, in dem sie stand, bot sich Phin ein faszinierender Blick auf ihre Silhouette: ihre schlanke Taille, die sinnlichen Rundungen ihrer Hüften, die wunderbar geschwungenen Schenkel.

Wie auf Kommando geriet sein Innerstes in Wallung. Es war eine Sache, sie unverhohlen anzustarren, jedoch eine gänzlich andere, wie eine Marionette manipuliert zu werden; er war überzeugt, dass sie diese gottverdammte Szene inszeniert hatte.

Phin zwang sich, ihr in die Augen zu sehen. Sie lächelte noch immer. Allmählich beschlich ihn das ungute Gefühl, sie könnte in seinem Gesicht lesen wie in einem offenen Buch. »Ich habe Sie letzte Nacht überrascht«, sagte sie sanft. »Wenn Sie darüber nachdenken, werden Sie zu dem Ergebnis kommen, dass ich recht habe. Ich habe Sie sogar sehr überrascht. Und das nicht nur hier in London, sondern auch schon in Hongkong. Sie können sich das nicht erklären und grollen mir deshalb. Sie sagen sich, dass es noch eine andere Erklärung geben muss als die Wahrheit. Sie denken, dass ich für jemanden arbeite, der sehr clever ist. Sie können sich einfach nicht vorstellen, dass ich nicht auf den Kopf gefallen bin. Denn das würde bedeuten, dass – nun ja, dass es hier nur einen Idioten gibt, und das sind *Sie*.«

»Herbe Worte«, urteilte Phin. »Und klar formuliert. Angenommen, ich bin tatsächlich der Idiot, Miss Masters, wie kann es dann sein, dass ich im Besitz der Schlüssel bin?«

»Ah.« Minas Belustigung war wie weggeblasen. »Aus demselben Grunde, warum meine Mutter stets aus dem Fenster gesehen hat. Sie liebt die Natur über alles. Es ist Jahrzehnte her, dass sie England verließ, aber sie spricht unablässig von den grünen Wiesen, den Flüssen und den Wäldern. Und was hat sie gesehen, wenn sie in New York, Hongkong oder Singapur aus dem Fenster geschaut hat? Das Ergebnis dessen, was Ihresgleichen angerichtet hat. Asphalt, der das Gras verdrängt hat, begradigte und umgeleitete Flüsse und gerodete Wälder. Kurz gesagt, all die Eingriffe und Veränderungen und *Verbesserungen*, die Ihre kurzsichtigen Bedürfnisse befriedigen. Selbstredend haben Sie den Schlüssel, Ashmore. Selbst wenn es darum geht, Federkiele zu ordnen, ist es Ihnen wichtig, Kontrolle auszuüben.« Sie lächelte. »Vergessen Sie nicht, die Tür abzuschließen, wenn Sie gehen.«

Mit diesen Worten betrat sie ihr Schlafzimmer und schloss die Tür hinter sich.

Verdutzt stand Phin da und kämpfte gegen den Ärger an, der nicht minder vernichtend war als ihre kleine Ansprache, die mehr an ihm fraß, als Miss Masters es sich in ihren wildesten Träumen ausmalen konnte. Er war der Letzte, der Gefallen daran fand, jemanden gefangen zu halten oder Vorschriften zu machen. Diese Gefangenschaft fußte nicht auf seinem Wunsch, sondern auf purer Notwendigkeit.

Doch der Gedanke hallte unangenehm in seinem Kopf wider, verstärkte er doch Phins Gefühl der Scheinheiligkeit. Schließlich konnte er nicht anders, als sich diesem Gefühl zu stellen. Besser als jeder andere wusste er, welch bitteren Geschmack Enttäuschungen hervorriefen, wie frustrierend es war, sich dem Willen anderer beugen zu müssen. Während er sich seiner neuen Freiheit erfreute und Ridland verachtete, weil er versuchte, sie aus den Angeln zu heben, sagte er sich gleichzeitig, dass ihm keine andere Wahl geblieben war, als Miss Masters einzusperren.

Wie sie es ihm geraten hatte, verriegelte Phin die Tür hinter sich. Objektiv betrachtet waren seine Schuldgefühle vollkommen irrational; irgendwie schien sein Denken in dieser Hinsicht nicht zu funktionierten. Mina Masters hatte durch ihr Handeln bewiesen, dass man ihr nicht vertrauen konnte.

Als Phin einige Schritte den Flur hinuntergegangen war und den Zauber abgeschüttelt hatte, den sie in dem kleinen, nach Parfüm duftenden Zimmer über ihn gewirkt hatte, schob sich bei ihm ein Gefühl in den Vordergrund, das jedoch nicht wie erwartet Wut war, sondern Bewunderung. Obwohl *sie* die Gefangene war, hatte sie es geschafft, ihn wegzuschicken – als wäre sie die Königin höchstpersönlich.

Nein, er sollte sich bestenfalls amüsiert über diese Frau zeigen. Bewunderung war absolut fehl am Platz.

8

Am nächsten Morgen erwachte Mina durch ein ungewohntes Geräusch. Sie sprang aus dem Bett und lief in ihr Wohnzimmer. Gerade noch rechtzeitig sah sie, wie das Hausmädchen nach dem Betreten des Zimmers einen Schlüssel in der Tasche verschwinden ließ. Ihr Name war Sally, und sie war Minas neue Freundin, wenngleich sie noch nichts davon ahnte. »Guten Morgen«, sagte Mina gut gelaunt.

Das Hausmädchen schnappte nach Luft und hätte um ein Haar das Tablett fallen lassen, das es mit einer Hand balancierte. Sally war ausgesprochen dürr, was vermutlich das Resultat des jahrelangen Verzehrs von Haferschleim und des schlechten englischen Klimas war. Als ihre Haube zu verrutschen drohte, stellte sie das Tablett flink auf einer Kommode ab, rückte sie zurecht und verneigte sich dann mit kreidebleichem Gesicht. Wie kam es, dass die Engländer immer gleich so übertreiben mussten? Ein freundliches *Guten Morgen* hätte es doch auch getan.

»Lass das«, sagte Mina. »Wie ich gestern bereits sagte, reicht es, wenn du nickst.«

Es dauerte einen Augenblick, ehe Sally langsam und vorsichtig nickte. »Ich bringe Ihnen Ihr Frühstück.« Als sich die Tür hinter ihr einen Spalt öffnete, drückte sie sie mit der flachen Hand zu. »Moment!«, rief sie überraschend autoritär. »Ma'am, ich meine, Miss, draußen sind die Diener. Sie bringen Ihr übriges Gepäck.«

»Oh, hervorragend.« Mina hatte sich schon Sorgen um ihre kostbaren Öle gemacht. Sie hatte Ridland durchaus zugetraut, dass er sie aus reiner Boshaftigkeit zertrümmert hatte. Erwartungsfroh stand Mina da, während Sally noch immer auf ihrer Wächterposition verharrte. Als sich nach einigen Sekunden noch nichts getan hatte, setzte das Hausmädchen ein verängstigtes Gesicht auf. »Wieso lässt du sie nicht herein?«, fragte Mina erstaunt.

»Äh …« Sally räusperte sich. »Ich könnte mir denken, Sie wollen nicht, dass sie Sie … in Ihrem Nachtgewand sehen, Miss.«

»Oh.« Mina blickte an sich herab. Das Hemd, das Sally ihr gegeben hatte, bedeckte eigentlich alles. Um die Nerven des Mädchens zu schonen, ging sie jedoch brav zurück ins Schlafzimmer und schloss die Tür.

Der Raum um sie herum schien zu schrumpfen. Auf etwas zu warten zählte für gewöhnlich zu ihren besonderen Stärken, doch am Abend zuvor war sie in diesem hübschen, exquisit duftendem Gefängnis an ihre Grenzen gestoßen. Sie musste hier raus und hatte vor, genau diesen Gedanken im Laufe des Tages in die Tat umzusetzen.

Mina ging zum Fenster und schaute hinaus. Sie hatte Ashmore nicht angelogen; sie empfand den Ausblick als faszinierend und deprimierend zugleich. Der kleine Garten wurde von Eichen begrenzt. Ein Netz aus schnurgeraden Wegen unterteilte ihn in gleichmäßig große Quadrate. Jedes davon war von niedrigen, gestutzten Hecken umgeben, was die strenge Geometrie der Anlage betonte. Die Blumen, die innerhalb dieser Umfriedungen standen, ließen jedes Mal die Köpfe hängen, wenn die Sonne kräftiger wurde. Es war kein Garten, der zum Träumen einlud oder auch nur den Funken von Romantik versprühte. Vielmehr war er ein Anschauungsobjekt dafür, auf welche Weise sich der Mensch die Natur untertan machte. Und er sagte eine Menge über seinen Besitzer aus, wie Mina fand. Nur eine rigide und tyrannische Persönlichkeit ließ Hecken zu Quadern stutzen.

Wenn sie die Wahl hätte, würde sie den Ausblick aus Ridlands

Haus fast bevorzugen. Aber eben nur fast. Seit nunmehr einem geschlagenen Tag zerbrach sie sich den Kopf über Ashmores Verhalten im Arbeitszimmer. Und je länger sie darüber nachdachte, desto mehr kam sie zu der Erkenntnis, dass er nicht mit Ridland befreundet war. Erstens sprach der Brief, den sie gefunden hatte, sich eindeutig gegen den Mann aus. Und zweitens hatte in seiner Antwort etwas Feindseliges mitgeschwungen, als sie ihn gefragt hatte, ob er noch im Dienste Ridlands stand.

Sie würde ihm vertrauen, entschied sie. Und wenn diese Entscheidung sich nicht hundertprozentig richtig anfühlte, so sollte sie der Anblick der aufgehenden Sonne daran erinnern, dass ihr keine andere Wahl blieb. Ein weiterer Tag war angebrochen und würde schon bald wieder der Vergangenheit angehören. Hatte man keine Wahl, war es nicht sinnvoll, über die Risiken nachzudenken, man musste die Notwendigkeit im Auge behalten. Ein törichter Teil ihrer selbst hatte ihm vom ersten Augenblick an vertrauen wollen. Der Notwendigkeit war es geschuldet, dass sie ihrer Dummheit nachgab.

Von der Tür her ertönte ein Klopfen, und Sallys Stimme verkündete, dass die Diener wieder fort waren. Als Mina heraustrat, fiel ihr auf, dass die Stricke um ihre Reisetruhen eine andere Farbe hatten als die, mit denen Tarbury sie verschnürt hatte. Ridland hatte ihre Sachen durchsucht und wollte, dass sie es wusste.

Wenngleich er nichts von Interesse gefunden haben konnte, so wurde ihr dennoch flau im Magen. Ein Schritt vor, zwei zurück. Wie clever sie sich vorgekommen war, von ihm wegzukommen. Doch durch das Austauschen der Stricke hatte er ihr klargemacht, dass sie noch immer unter Beobachtung stand.

»Ich kümmere mich gleich um das Gepäck, Miss.« Sally war gerade dabei, das Frühstück aufzutischen. Der Duft nach Spiegeleiern und Butter stieg Mina in die Nase, doch sie verspürte keinen Hunger. Wenn Ashmore weder Geld wollte noch vernünftigen Argumenten zugänglich war, gab es nur noch eines, das sie nutzen konnte, um ihm einen Handel vorzuschlagen. War sie wirklich dazu bereit? Die Antwort, die ihr Körper auf diese Frage bereitwillig gab, durfte bei dieser Entscheidung nicht von Belang sein.

Auf der Chaiselongue neben ihrem Gepäck stand eine kleine lackierte Holzschatulle, deren Anblick ihr vertraut und lieb war. Mina kniete sich davor auf den Teppich, um sie zu öffnen. Als sie hinter sich ein leises Geräusch hörte und sich umschaute, konnte sie sich nicht des Eindrucks erwehren, dass Sally sie neugierig beobachtet, sich dann aber schnell weggedreht hatte.

Vielleicht, weil Mina noch immer das Nachthemd trug.

Oder weil sie auf dem Boden kniete.

»Ich hatte eine ungewöhnliche Kindheit, musst du wissen. Mein Vater war Bankangestellter, aber dann hat er beschlossen, ein Handelsunternehmen aufzubauen. Damals war ich sechs.«

»Ja, Miss.«

»Wir sind viel umhergereist und haben uns alle möglichen Dinge angesehen, die er mit Gewinn in den Vereinigten Staaten verkaufen konnte.« Vorsichtig öffnete Mina den Deckel. In den gefütterten Unterteilungen lagen die Phiolen, die sie aus New York mitgebracht hatte, um Investoren für sich zu gewinnen. »Indien, Ceylon, sogar Afrika. Wir waren überall.« Der Gedanke, dass sie den Wagemut ihres Vaters geerbt hatte, erfüllte sie mit Stolz. Und noch besser war, dass sie dort erfolgreich war, wo er Enttäuschungen erlebt hatte. Sie war schon lange kein zerbrechliches Porzellanpüppchen mehr. Und sollte sie jemand aus dem Porzellanschrank werfen, so hatte sie noch immer ihr prall gefülltes Bankkonto, auf das sie zurückgreifen konnte. *In New York*, dachte sie düster. Hier in London kam sie sich eher wie ein Stück Treibgut vor, so, wie diese Männer mit ihr umsprangen.

Mina atmete tief durch, um sich zu sammeln. »Vermutlich habe ich im Laufe dieser vielen Reisen einige seltsame Eigenheiten angenommen«, beendete sie ihre Ausführung. Ein flüchtiger Blick zeigte, dass Sally sie fasziniert beobachtete. Mina stand auf und trug die Schatulle zum Tisch. Der Anblick der Öle hatte ihre Laune gehoben. Selbst der Geruch nach Essen machte ihr jetzt nicht mehr zu schaffen.

Sally trat einen Schritt zurück, während Mina die Phiolen auf dem Tisch anordnete. »Dies hier ist Jasmin«, erklärte sie und hielt das Fläschchen aus violettem Glas in die Höhe. »Gefällt dir der Duft?«

»Ja, Miss.«

»Besonders überzeugt klingt das aber nicht. Hier, riech mal daran.« Sie entfernte den Stopfen und hielt ihn dem Hausmädchen hin.

Misstrauisch eilte Sallys Blick zwischen Mina und der Phiole hin und her, ehe sich entspannte und vorbeugte. Womöglich tat sie es nur, weil sie es für ihre Pflicht hielt, auf die Launen dieser Amerikanerin einzugehen. »Das riecht sehr schön, Miss«, sagte sie gehorsam.

Mina griff nach einem weiteren Fläschchen. »Und das hier.« Abermals entfernte sie den Pfropfen und hielt ihn der Bediensteten hin. »Was hältst du hiervon?«

Sally schob sich mit ihrer schwieligen, geröteten Hand die Haube zurecht. »Das riecht ganz wunderbar«, sagte sie mit echter Begeisterung. »Was mag das sein? Etwas mit Rosen?«

»Nein, das sind Gardenien.« Mina hielt die Phiole in die Höhe und bewunderte im Schein des elektrischen Lichts die Reinheit des Öls. Sie spürte, wie etwas an ihrer Wade vorbeistrich. Washington war also endlich aus seinem Versteck unter dem Bett hervorgekommen. Als Mina sich herunterbeugte, um ihn zu streicheln, machte er einen Satz nach vorne und drückte sich an

Sallys Füße. Diese vermaledeite Kreatur! Er strafte sie absichtlich mit Missachtung. »Ich hasse dich«, zischte sie.

Sally zuckte zusammen. »Wie meinen, Miss?«

»Die Katze.« Mina spürte, wie ihr die Röte in die Wangen stieg. »Ich mag meine eigene Katze nicht.«

»Oh!« Sally senkte den Blick, als würde sie erst jetzt bemerken, dass sie einen Verehrer hatte. Sie beugte sich nach unten, um Washington zu streicheln, woraufhin er sich genüsslich dehnte und anfing, sich zu putzen. *Verräter*, dachte Mina.

Sie räusperte sich. »Ich habe mich bereit erklärt, Whyllson's im Austausch gegen seinen englischen Lavendel einige Phiolen Öl zu überlassen. Lavendel ist der letzte Schrei in Amerika, aber wir suchen noch händeringend einen zuverlässigen Produzenten. Ich habe versucht, Lavendel aus Kalifornien zu bekommen, aber er war unbrauchbar. Das ist übrigens der Grund, warum unser Masters Haartonikum etwas Besonderes ist – die Qualität der Ingredienzien.« Als Mina aufging, dass sie dabei war zu dozieren, unterbrach sie sich. Die gute Sally hatte die ganze Zeit so getan, als interessierten sie die Ausführungen und hatte fleißig genickt.

»Welch schlimme Probleme Sie haben, Miss. Den weiten Weg nach England zu reisen nur wegen Lavendel. Für ein paar Pence bekomme ich ihn beim Apotheker an der Ecke!« Die Magd ließ den Blick über die Phiolen auf dem Tisch gleiten, ehe sie besorgt zur Tür sah. »Soll ich Sie nicht lieber allein lassen, Miss?«

»Nein«, sagte Mina hastig, die auf gar keinen Fall allein in ihrem Gefängnis sein wollte. Die langen Stunden, die vor ihr lagen, würden noch genug an ihren Nerven zerren. Fieberhaft suchte sie nach einem Grund, damit das Mädchen noch ein wenig bei ihr blieb. »Möchtest du die hier gern behalten?«, fragte sie und drückte Sally die Phiole in die Hand. Als das Mädchen zögerlich dreinblickte, schob sie nach: »Lord Ashmore muss ja nichts davon erfahren.«

Sally war hin- und hergerissen. Dass sie an der Unterlippe nagte, sprach eine andere Sprache als ihre Finger, die sich um die Phiole schlossen. »Seine Lordschaft ist sehr nett«, sagte sie leise.

»Oh ja«, pflichtete Mina ihr bei. »Und so einfallsreich.« Sally war anzusehen, dass sie sich nicht sicher war, ob sie zustimmen sollte oder nicht. Die Glückliche hatte ja auch keinen Grund, diese Seite von Ashmores Persönlichkeit zu erleben. »Vielleicht solltest du an jeder Flasche riechen«, schlug Mina vor. »Und dann suchst du dir die aus, die dir am besten gefällt. Es wäre hilfreich zu wissen, was englischen Damen am besten gefallen könnte.«

Das Mädchen errötete, ehe es nickte.

»Wunderbar. Und ich mache mich derweil daran, die anderen Truhen auszupacken.« Als Sally zu protestieren begann, tat Mina das mit einer wegwerfenden Geste ab. »Fremde Länder, fremde Sitten. Wie ich schon sagte, würde ich das gern selbst machen. Ein Teil des Inhalts ist nämlich zerbrechlich.«

Diese Erklärung hatte zur Folge, dass Sally verwundert nickte, und als Mina sich vor eine der Truhen kniete, hörte sie das Geräusch der Glasstopfen, wenn sie aus der Phiole gezogen wurden. Sie sah, wie Sallys Fingerspitzen andächtig über die Flakons glitten, während sie mit lautlosen Lippenbewegungen die Etiketten las. Alle paar Sekunden unterbrach sie ihr Tun, um einen nervösen Blick auf die fest verschlossene Tür zu richten. Vielleicht war ihr zu Ohren gekommen, wie wütend Ashmore in der vorletzten Nacht gewesen war, als er sie aus seinem Arbeitszimmer hierher geführt hatte.

Ab sofort, Miss Masters, bleiben verschlossene Türen verschlossen.

Doch Sally war im Besitz eines Schlüssels.

Mit einem tiefen Atemzug öffnete Mina den Deckel der ersten Truhe. Was zum Teufel hatte das zu bedeuten? Sie hob einen

Globus aus der Kiste und betrachtete ihn stirnrunzelnd, ehe sie ihn zurückstellte und auf den Namensanhänger an der Truhe schaute.

Miss L. Sheldrake stand darauf. »Das hier ist nicht meine Truhe.«

»Wie meinen?« Flink stellte Sally die Phiole zurück.

Mina drehte den Anhänger, sodass Sally den Namen darauf sehen konnte. »Sie gehört einer Miss Sheldrake.«

»Oh Gott! Das ist der Besuch seiner Lordschaft. Was für ein Versehen!«

»Besuch?« Das war Mina neu. »Eine unverheiratete Frau?«

»Oh, nein, Miss, das ist alles ganz anders«, versicherte Sally ihr. »Es geht alles ganz respektierlich zu. Miss Sheldrake und ihre Mutter statten seiner Lordschaft einen Besuch ab. Sie …« Mit puterrotem Gesicht unterbrach sie sich, vielleicht weil ihr aufgegangen war, dass sie mit *Miss* Masters sprach, die ohne Anstandsdame angereist war.

Mina hätte das Mädchen gern beruhigt, aber womöglich wäre Sally noch schockierter, wenn sie erfuhr, dass ihre derzeitige Miss mit Wohlanständigkeit nicht viel am Hut hatte. Dass ihrer Meinung nach ein makelloser Ruf nur für jene Frauen von Bedeutung war, die händeringend nach einem Ehemann Ausschau hielten. Für all jene Frauen, die ihre Freiheit genossen, konnte sich Anstand als eine über alle Maße gehende Belastung erweisen. »Andere Länder, andere Sitten«, bekräftigte sie noch einmal.

Wohlanständigkeit barg jedoch indirekt auch ungeahnte Nutzungsmöglichkeiten. In diesem Fall konnten sich die Hausgäste sogar als Vorteil entpuppen. Manche Frauen legten vielleicht keinen Wert darauf, ihre Zimmer auf derselben Etage wie eine Gefangene zu haben. Mina musste es also nur so einfädeln, dass sie die beiden Neuankömmlinge kennenlernte, damit diese von ihrer Anwesenheit erfuhren. Wenn diese Begegnung dann auch noch in Lord Ashmores Anwesenheit stattfand, konnte er sie noch nicht einmal an den Pranger stellen, weil sie gegen seine Anordnungen gehandelt hatte.

Lassen Sie uns rekapitulieren, Miss Masters. Das Leitprinzip Ihres Aufenthaltes hier lautet wie folgt: Ich werde zu jeder Tages- und Nachtzeit wissen, wo Sie sich aufhalten.

»Ein wahrhaft meisterliches Exempel für die berühmte Hell-Dunkel-Malerei«, sagte Miss Sheldrake und deutete auf das Gemälde über dem Kaminsims. »Sein Gesicht erhebt sich aus der Dunkelheit, als wäre er die personifizierte Wahrheit. Seht nur, wie seine Hand auf der Waage der Gerechtigkeit ruht.«

»Wie recht du hast«, antwortete Mrs Sheldrake. »Beachtet auch, dass der Sattelgurt des Pferdes gelockert ist. Das deutet auf Erbarmen hin, wenn ich mich nicht täusche.«

Das Lächeln, das die beiden Frauen Phin schenkten, war so dünn wie Pergament. Er wollte ihnen sagen, dass sie sich endlich setzen sollten. Der Besuch der beiden diente dazu, ihm für sein großzügiges Geschenk zu danken, und dies schienen sie zu tun, indem sie seinen Salon in höchsten Tönen priesen. Vor dem Gemälde, das die beiden gerade betrachteten, hatten sie sich bereits auffallend wohlwollend über zahlreiche andere Einrichtungsgegenstände geäußert. Das gehörte zwar zum guten Ton, war Phin jedoch eher unangenehm. Er würde sie selbst dann mit offenen Armen hier empfangen, wenn der Teppich, auf dem sie standen, nicht das schönste Kunstobjekt war, auf den sie je einen Fuß hatten setzen dürfen. »Ja, es ist ein wunderbares Gemälde«, pflichtete er ihnen bei und zwang sich zu einem Lächeln. Für den heutigen Tag hatte er sich fest vorgenommen, sich von seiner besten Seite zu zeigen. Miss Sheldrake sollte nie wieder miterleben, wie schlimm es um ihn stand.

»War Ihr Cousin ein exzellenter Reiter, Sir?« Diese sehr steife

Frage kam aus Mrs Sheldrakes Mund. Anfänglich hatte Phin angenommen, dass Laura ihrer Mutter von seinem höchst eigenartigen Verhalten erzählt haben könnte und sie deshalb so reserviert war. Jetzt fragte er sich jedoch, ob es möglicherweise an seinem Salon lag, der sich alle Mühe gab, dem Prunk Versailles' nachzueifern. Auch wenn sie versuchte, Augenkontakt mit ihm herzustellen, glitt ihr skeptischer Blick jedes Mal über seine Schulter hinweg. Verglichen mit dem Cottage in Eton sollte es eigentlich nicht weiter verwunderlich sein, dass die creme- und goldfarbene Täfelung, die vergoldeten Kranzleisten und Stützpfeiler protzig erschienen. Vermutlich ließ sich ihr Erstaunen damit erklären, dass sie das Ganze partout nicht mit ihm in Einklang bringen konnte – mit dem Phin, den sie kannte, mit dem schlaksigen Jungen, der keinen Penny in der Tasche hatte und der essen konnte wie ein Scheunendrescher. Wäre er nicht mit einem jungen Viscount befreundet gewesen, ein Junge wie er wäre in einer solchen Pracht niemals willkommen gewesen. Und er hätte auch niemals die Unverfrorenheit besessen, den Sheldrakes das Haus abzukaufen.

Zum Teufel, vielleicht war genau das Grund, aus dem sie sich so zurückhaltend gaben: dass er ihr Haus erstanden und ihnen übereignet hatte. Aber was hätte er sonst tun sollen, nachdem er herausgefunden hatte, dass sie die Pacht aus eigener Kraft nicht mehr aufbringen konnten? Er hatte gehandelt, ohne sich Gedanken über die möglichen Auswirkungen zu machen. Immerhin hatte die Tür zu ihrem Heim für ihn offen gestanden, als er kein Dach mehr über dem Kopf gehabt hatte. Er hatte nicht zulassen können, dass sie aus ihrem Heim vertrieben wurden.

Als er merkte, dass die beiden noch immer auf eine Antwort von ihm warteten, räusperte er sich und stellte die Teetasse ab. »Ich vermute, dass der Mann ein ausgezeichneter Reiter war. Aber es handelt sich dabei nicht um meinen Cousin.«

Stecknadel-Stille. Miss Sheldrake kroch die Röte in die Wangen. »Wer ist der Reiter denn dann?«

»Ich muss gestehen, dass ich es nicht weiß. Ich habe das Haus herrichten lassen, ehe ich einzog.«

»Aber weshalb?« Mrs Sheldrakes Gesicht verriet deutlich, was sie dachte, nämlich dass sie seine Vorgehensweise zutiefst verwirrte. »Hat der verstorbene Earl denn keine Einrichtung hinterlassen?«

Phin zögerte. Allem Anschein nach lasen die beiden nicht die Klatschpresse, denn sonst wüssten sie von seiner Entscheidung, das Haus seines Cousins an eine Familie aus dem Ausland zu vermieten. Gegen William hegte er keinerlei Groll, nein, war es doch dessen Vater gewesen, der das Haus für ihn unerträglich gemacht hatte. Der siebte Earl of Ashmore hatte ihm eine gute Ausbildung angedeihen lassen, wofür er dankbar war, aber der Mann hatte ihn auch kräftig dafür bezahlen lassen. Phin war ihm nie willkommen gewesen, und die wenigen Male, die er der Familie einen Besuch abgestattet hatte, hatte er sich stundenlange Moralpredigten über die Vergehen seines Vaters anhören müssen. Und das, wo er auch ohne fremde Hilfe bestens in der Lage gewesen wäre, selbst ein ganzes Buch darüber zu schreiben.

Die Sheldrakes waren die ganze Zeit über die schwierigen Verhältnisse im Bilde gewesen, und als er Eton wegen seines Disputs mit Tilney verlassen musste, war er bei ihnen untergekommen, nachdem sein Onkel sich geweigert hatte, ihn bei sich aufzunehmen. Wenn er sich entschied, ihnen die Gründe für seine Entscheidung zu erläutern, lief er Gefahr, eine Lawine unbequemer Erinnerungen loszutreten. Seine Salonmanieren waren zwar eingerostet, aber er ahnte, dass die Schilderung dieser erbitterten Fehde keine gute Beilage zu Tee und Gebäck sein würde. »Es sollte ein kompletter Neubeginn sein«, sagte er schließlich. Doch kaum hatte er zu Ende gesprochen, wurde ihm die Absurdität dieser Aussage bewusst. Die Damen für ihren Teil nickten jedoch, als stünde der Ausdruck »Neubeginn« nicht im direkten Widerspruch zu der Tatsache, dass die Grafschaft mehr als drei Jahrhunderte alt war.

»Ein Neubeginn ist immer etwas Wunderbares«, sagte Miss Sheldrake.

»O ja«, pflichtete ihre Mutter ihr bei. »Und überaus weise.«

Wenn das so weiterging, würden die beiden auch noch seine Sparsamkeit loben, wenn er ihnen erzählte, dass er die Möbel seines Onkels zu Anmachholz verarbeitet hatte.

Seufzend rieb er sich die Augen. Er hatte wieder einmal nicht gut geschlafen, und seine Gedanken wanderten beunruhigend oft zu der kleinen, so wohlduftenden Katastrophe, die er in einer der Zimmerfluchten des Obergeschosses gefangen hielt. Sie war eingesperrt. Drei Mal hatte er sich davon überzeugt, dass ihre Tür verschlossen war, ehe er die Sheldrakes empfangen hatte. Doch allein ihre Anwesenheit in seinem Haus reichte aus, um seine Nerven zu strapazieren. Er fühlte sich nicht einmal ansatzweise für den Besuch der Sheldrakes gewappnet – und schon gar nicht dafür, den Verehrer zu mimen. Er riss sich am Riemen, als die Damen zu ihren Stühlen zurückkehrten, und konzentrierte sich auf die wohltuende Unaffektiertheit der Bewegungen Lauras, als sie Platz nahm. Hier sollte er genauer hinsehen. Welch ein himmelweiter Unterschied zwischen ihren guten Manieren und dem auffälligen Benehmen von Miss Masters. Laura hatte es erst gar nicht nötig, sich primitiver Tricks zu bedienen. Sie gab sich, wie sie war. Das dunkelgrüne Kleid, das sie trug, betonte weder ihre Kurven noch verbarg es sie zu sehr. Der Mann, der sie einmal heiratete, würde zwar nicht Sinnlichkeit und Leidenschaft, dafür aber Fürsorge und Stabilität bekommen. Sie würde ihn nie vom rechten Weg abbringen, sondern im Gegenteil dafür sorgen, das er stets auf dem Pfad der Rechtschaffenheit blieb.

Die beiden Frauen waren dazu übergangen, das Brokatpolster in höchsten Tönen zu bewundern. Nur mit Mühe gelang es Phin, sich seine wachsende Gereiztheit nicht anmerken zu lassen. »Ich freue mich sehr über Ihren Besuch«, sagte er, denn er würde den Teufel tun, ihnen dafür zu danken, dass sie seine Polstermöbel bestaunten.

»Es ist doch selbstverständlich, dass wir Ihnen unseren Dank persönlich überbringen«, sagte Mrs Sheldrake. *Durch Ihr Handeln lassen Sie uns ja keine andere Wahl,* suggerierte ihr Unterton. »Und ich hoffe sehr, dass Sie viel Freude an dem Globus haben werden. Mr Sheldrake hätte gewollt, dass Sie ihn bekommen, auch wenn ich fürchte, dass das in keinem Verhältnis zu dem steht, was Sie für uns getan haben.«

»Sie müssen sich nicht bedanken«, erwiderte Phin. »Aber ich weiß das Geschenk zu schätzen.« Er würde den Globus in der hintersten, dunkelsten Ecke verstauen, die er finden konnte. Würde sein Gewissen es ihm nicht verbieten, er würde das Ding in tausend Stücke schlagen.

Ein ernster Ausdruck schlich sich in Miss Sheldrakes grüne Augen. Ihrem etwas zu flächigem Gesicht wohnte eine wohltuende Schlichtheit inne, und Phin hatte das Gefühl, auf ihren großen Wangen problemlos eine Landkarte zeichnen zu können. »Es stand außer Frage, dass wir ihn dir geben.«

»Ganz richtig.« Mrs Sheldrake klang alles andere als froh darüber.

Eine unbehagliche Stille senkte sich über den Salon. »Nun denn«, hob Phin an. »Ich hoffe inständig, dass Sie beide einige Tage bleiben können.« Er betete zu Gott, dass es nicht dazu kam. Zumindest, bis Miss Masters weg war.

»Das geht bedauerlicherweise nicht«, sagte Mrs Sheldrake, die klang, als bereitete ihr allein schon dieser Gedanke Magenschmerzen. Laura errötete. Hatte er womöglich gegen die Etikette verstoßen? Vielleicht war es lediglich in den Kolonien gang und gäbe, Besuche mit Übernachtungen nicht anzukündigen.

Ja, das musste es sein. Verflixt und zugenäht. Von Unruhe ergriffen rutschte er auf seinem Stuhl hin und her. Diese kleinen, aber feinen Details kehrten langsamer zurück, als ihm lieb war. »Ein anderes Mal dann«, sagte er.

Die Frauen tauschten einen undefinierbaren Blick aus. »Es läge uns fern, Ihre Gastfreundschaft zu strapazieren«, sagte Mrs Sheldrake.

»Das würde Ihnen auch nicht gelingen«, antwortete er. »Gemessen daran, wie oft ich im Laufe der Jahre Ihre Gastfreundschaft beansprucht habe, ist allein schon der Gedanke absurd.« Seine nächsten Worte wählte er mit Bedacht. »Es liegt mir viel daran, Sie wissen zu lassen, dass Sie beide für mich mehr als normale Gäste wären. Ich möchte, dass Sie dies als Ihr Haus betrachten, wenn Sie in London sind.« Mrs Sheldrake presste die Lippen zusammen, entweder weil sie schockiert war oder weil sie seinen Vorschlag missbilligte. Laura hingegen senkte den Kopf, um ein Lächeln zu verheimlichen, was ihn ermutigte. »Ich hoffe«, sagte er froh, »dass Ihnen die Antiquitäten meines Onkels nicht zu sehr fehlen werden.«

»Oh, nein«, antwortete Laura mit leiser Stimme. »Ganz und gar nicht.«

Sehr gut, jetzt wusste er wieder, woran er war. Und dasselbe schien bei Laura der Fall zu sein. Während seiner Zeit in Eton hatte sie eine leidenschaftliche Zuneigung für ihn entwickelt und hatte nichts unversucht gelassen, seine Aufmerksamkeit zu erregen. So hatte sie ihm zum Beispiel gesagt, sie würde ihren Erstgeborenen Anaximander nennen – nach dem ersten historisch belegten Kartografen. Was für ein Erbe! Aber Phin hatte – bei der Erinnerung an seinen nüchternen, strengen Ton musste er unwillkürlich lächeln – sie davor gewarnt. *Als Ehefrau gehört es zu deinen Pflichten, dich gegen derartige Flausen zur Wehr zu setzen, nicht, sie in die Welt zu setzen. Anaximander! Gütiger Gott, da würde er ja jeden Tag in der Schule Prügel kassieren.* »Sagen Sie mir«, ergriff Phin jetzt das Wort. »Sind Sie noch immer entschlossen, Ihre Söhne mit abscheulichen Namen zu strafen?«

Laura wusste sofort, worauf er anspielte. Erklärungen waren also nicht nötig. Ihre Wangen röteten sich, und sie schaute zu Boden. »Philip oder Stephen wären angemessener, würde ich sagen.«

Mrs Sheldrake stieß ein vernehmliches Schnauben aus und erhob sich. »Nun denn, wir müssen uns auf den Weg machen, fürchte ich. Wir wollen uns noch die Crace-Sammlung ansehen, ehe unser Zug fährt.«

Laura, die ein wenig erstaunt dreinblickte, stand ebenfalls auf. Auch Phin hatte sich erhoben. Der Blick aus Mrs Sheldrakes zusammengekniffenen Augen verriet ihm, dass sie ihn mit klarerem Blick sah als ihre Tochter. *Mag sein, dass Sie uns ein Haus gekauft haben*, sagten ihre Augen, *aber uns haben Sie nicht miterstanden.* »Ich verstehe«, sagte er und fügte nach einer kurzen Pause hinzu: »Eine wahrlich exzellente Ausstellung.«

»Hallihallo!«

Gütiger Gott. Wie zum Teufel war sie aus dem Zimmer herausgekommen?

Mit ihrer vergnügten Begrüßung zog sie augenblicklich die Aufmerksamkeit der beiden Damen auf sich, die jetzt weit die Augen aufrissen. Phin drehte sich um. Miss Masters hatte es sich nicht nehmen lassen, sich in Szene zu setzen. Ein schlankes, in scharlachrote Seide verpacktes Paket mit sinnlichen Kurven stand sie an den Türrahmen gelehnt da. »Miss Masters«, sagte er gedehnt. Es blieb ihm nichts anderes übrig, als sie vorzustellen. Das wusste sie und das wusste er, und vermutlich hatte sie es genau darauf abgesehen. »So treten Sie doch näher.«

Während Mina sich vom Türrahmen abstieß und auf die kleine Gruppe zuschlenderte, fiel Phins Blick auf den armseligen, inkompetenten und tölpeligen Gompers, der vor der Tür schlitternd zum Stehen kam. Mit einem kaum sichtbaren Kopfschütteln gab er dem Diener zu verstehen, der Szene fernzubleiben. Erst beim zweiten Hinsehen bemerkte Phin, was für ein Kleid Miss Masters da eigentlich trug. Wie aus heiterem Himmel erkannte er, dass sein früheres Unbehagen nur der Vorbote einer ausgewachsenen Katastrophe gewesen war. Sah man von dem hoch sitzenden, rechteckigen Ausschnitt und den überschnittenen Ärmeln ab, hatte das Kleid keinen erkennbaren Schnitt. Die goldene Schärpe, die sie wie einen Gürtel um die Taille trug, presste den dünnen Stoff eng um ihre Hüften, sodass sich mehr als deutlich erkennen ließ, dass sie kein Korsett trug.

Beim nächsten Schritt, den sie tat, wurde klar, dass sie ebenfalls auf Unterröcke verzichtet hatte.

Phin warf Laura, die Mina mit offenem Mund anstarrte, einen flüchtigen Blick zu. »Mrs Sheldrake«, sagte er schnell. »Miss Sheldrake. Gestatten Sie mir, Ihnen meine Cousine vorzustellen.«

»Sehr erfreut«, sagte Laura kraftlos, während Mrs Sheldrake sich zu einem Nicken herabließ und Phin einen Blick zuwarf, in dem er einen ganzen Roman an maßloser Enttäuschung und die Bestätigung trauriger Verdachtsmomente las.

»Wie reizend«, sagte Miss Masters. »Ich glaube, ich habe Ihren Globus. Sehr schön, sehr … rund.«

Laura warf Phin einen entsetzten Blick zu. Beim Allmächtigen, dachte sie womöglich, dass er sich so schnell von ihrem mit Bedacht ausgesuchten Geschenk getrennt hatte? »Miss Masters Gepäck ist heute erst eingetroffen«, sagte er. »Die Dienerschaft hat vermutlich Ihr Geschenk den Reisetruhen zugeordnet.«

»Ja«, gluckste Miss Masters. »Das vermute ich auch.« Mit

einer koketten Handbewegung strich sie sich eine Strähne hinter das Ohr. Um den exotischen Eindruck zu untermauern, trug sie das Haar offen, sodass es ihr einem schimmernden Seidentuch gleich bis auf die Hüften fiel. Die Farbe erinnerte ihn an das Sonnenlicht eines kalten Wintertages. Noch immer starrten die beiden Damen Miss Masters ungläubig an, und Phin konnte es ihnen noch nicht einmal verübeln. Wie es schien, war dieses Weibsbild eine gewieftere Geschäftsfrau, als er vermutet hätte. Eine bessere Werbung für ihr Tonikum als ihre Haarpracht gab es schlichtweg nicht.

Phin zwang sich, den Blick abzuwenden. Laura schaute zwischen ihm und dem unverhofft in Erscheinung getretenen Familienmitglied hin und her. »Aber ich dachte …« Nachdenklich legte sie die Hand auf die Wange. »Wie wundervoll, dass du dich mit deiner Familie versöhnt hast.«

»Laura«, tadelte Mrs Sheldrake ihre Tochter, wenngleich auch mit wenig Nachdruck. Ihr Blick klebte förmlich am Türrahmen, vermutlich in Erwartung einer Anstandsdame, die, wie es die Etikette verlangte, jeden Moment auftauchen musste. *Verdammt noch mal.*

Miss Masters hingegen schien die Komplexität des Moments nicht bewusst zu sein. Und ihr schien auch zu entgehen, dass die beiden Damen eine zunehmend steifere Haltung zeigten, als keine Anstandsdame auftauchte. »Ja«, sagte er. »Die Versöhnung war auch für mich eine Überraschung.«

»Und eine glückliche obendrein«, ergriff Miss Masters das Wort und hakte sich bei ihm unter. Jetzt war es amtlich: Sie trug definitiv kein Korsett. Deutlicher als ihm lieb war, spürte Phin den leichten Druck ihrer Brust gegen seinen Ellbogen. Für den Bruchteil einer Sekunde vergaß er alles andere um sich herum und gab sich voll und ganz diesem Gefühl hin. Dann zwang er sich, sich auf ihre Worte zu konzentrieren, statt auf die Wärme ihres Körpers und der damit auf ihn einstürmenden Erinnerung an den Geschmack ihrer Haut. »Wir sind überein gekommen, die Gründe für das törichte Verhalten unserer Eltern zu ignorieren. Blut ist ja bekanntermaßen dicker als Wasser, nicht wahr?« Plötzlich hielt Mina wie vom Blitz getroffen inne. Einzig ihr Gesicht ließ Phin ahnen, was als Nächstes kommen würde. »Welch wunderbare Formulierung«, sagte sie staunend. »Und so eingängig, finden Sie nicht auch?« Düster beglückwünschte Phin sich selbst: Wenigstens eine ihrer zirkusreifen Nummern hatte er in den Griff bekommen. »Ich sollte mir etwas Passendes einfallen lassen, um es in meine Anzeigenkampagne einbauen zu lassen.«

Laura gab ein leises Geräusch von sich, das theoretisch von Interesse herrühren, aber genauso als Ausdruck ihres Zweifels ausgelegt werden konnte. »Wie originell, Miss Masters.« Mit hochgezogenen Augenbrauen blickte sie zu Phin.

Phin seufzte. Wenn Miss Masters entschieden hatte, den Familienidioten zu mimen, stand seine Rolle ebenfalls fest. Als der gemarterte Adlige, der er nun war, deutete er ein Schulterzucken an.

Leider verfehlte es die beabsichtigte Wirkung, und Laura zog die Stirn in Falten. »Ich hatte ja keine Ahnung, dass du *amerikanische* Verwandte hast.«

»Laura«, sagte Mrs Sheldrake etwas schärfer. Dass ihre Tochter die Nationalität betont hatte, ließ es wie eine Beleidigung klingen.

Phin räusperte sich. »Genau genommen …«

»Und ich wusste gar nicht, dass du Freunde *vom Land* hast«, sagte Miss Masters, die Laura von Kopf bis Fuß musterte. Das Kleid schien keinen nachhaltigen Eindruck auf sie zu machen. »Wie entzückend! Wo hast du die beiden denn kennengelernt?«

Phin schloss die Finger um ihr Handgelenk und drückte zu, um sie zu warnen. Als Antwort kuschelte sie sich noch enger an ihn, woraufhin er sie zähneknirschend losließ. Es war ohnehin besser, beide Hände frei zu haben – für den Fall, dass er sie spontan erdrosselte.

Beleidigt spannte Laura die Schultern an. Auch das noch. »Wir sind aus *Eton*.«

»So ist es«, sagte er. »Ich bin überrascht, Cousinchen, dass du dich nicht daran erinnern kannst, wie oft ich dir Geschichten über die liebenswerten Sheldrakes erzählt habe.«

Als Miss Masters daraufhin so vehement mit den Achseln zuckte, dass ihre Brüste gut sichtbar zu hüpfen begannen, wandte Phin den Blick ab und merkte, dass er nicht als Einziger sprachlos war. Mrs Sheldrake rückte sich die Brille zurecht, während ihr der Mund vor Staunen offen stand.

»Du kannst doch nicht allen Ernstes erwarten, dass ich mich an *alles* erinnere, was du mir erzählst«, erwiderte Miss Masters leichthin. »Also« – mit einem Lachen in der Stimme richtete sie das Wort jetzt an Laura – »Eton, sagen Sie? Ich kenne keinen Ort, der so heißt, aber bitte verwenden Sie das nicht gleich gegen mich, schließlich weiß ich nur sehr wenig über England.«

»Ich dachte, jeder kennt Eton«, entgegnete Mrs Sheldrake fassungslos. »Zumindest die Schule.«

Laura bedachte ihre Mutter von der Seite mit einem schiefen Lächeln. »Vielleicht legt man in Amerika nicht so viel Wert auf Bildung«, sagte sie, nahm ihre Mutter beim Arm und richtete ihre nächsten Worte auf einen Punkt weit oberhalb Phins Kopf. »Wenn Sie uns dann entschuldigen, Sir. Wir haben einen recht engen Zeitplan, da wir uns vor der Abfahrt unseres Zuges noch besagte Ausstellung ansehen wollen.«

»Aber natürlich doch.« So viel zu dem Thema, eine alte Zuneigung wiederzubeleben. Wie eine Kanonenkugel war Miss Masters im Salon eingeschlagen. Phin konnte sich glücklich schätzen, wenn die Trümmer der Freundschaft mit den Sheldrakes einen gequälten Austausch von Briefen zu Weihnachten überlebten.

Phin wartete, bis die Tür hinter den beiden ins Schloss fiel, ehe er sich umdrehte.

Minas Gesichtsausdruck war sachlich. »Jetzt bloß nicht die Beherrschung verlieren«, warnte sie ihn. »Ich wollte mit Ihnen reden, aber ihr komischer Diener hielt es wohl gestern Abend nicht mehr für nötig, Ihnen meine Nachricht zu überbringen.«

Phin konnte nicht anders, er starrte sie noch immer ungläubig an: ihre herausfordernden Brüste, das offene Haar, die großen Augen und die kleinen, habsüchtigen Hände. Er spürte, wie sein Ärger sich zu Argwohn wandelte. Er wurde den Verdacht nicht los, dass sie alles daransetzte, ihn dazu zu bringen, komplett die Fassung zu verlieren.

»Doch, das hat er«, entgegnete er durch zusammengebissene Zähne. »Und ich habe entschieden, die Nachricht zu ignorieren.« Eigentlich sollte sie ihm dankbar dafür sein, dass er sich dazu durchgerungen hatte, ihr keine Beachtung zu schenken. Der Gedanke, ihr einen mitternächtlichen Besuch abzustatten, hatte ihn gereizt, aber nicht, um sich mit ihr zu unterhalten. Seine Beweggründe waren um einiges abtrünniger. »Ich werde dem Diener und dem Hausmädchen sagen, dass sie sich bei Ihnen für ihre Entlassung bedanken können.«

Seine Worte schienen keinen großen Eindruck zu hinterlassen. »Die beiden trifft keine Schuld, Ashmore.« Als sie mit den Schultern zuckte, war es einzig einem Anfall puren Verdrusses zu verdanken, dass er nicht wie ein brünstiger Hund den Blick senkte. »Wenn Sie wirklich derart uneinsichtig sind, werde ich die beiden in meine Dienste nehmen. Aber bis es so weit ist, könnten Sie mir verraten, ob es Sie denn gar nicht interessiert, was ich Ihnen zu sagen habe.«

»Nein«, antwortete er. »Ich wünsche mir nur eines: dass Sie in Ihren Räumlichkeiten bleiben. Ist das so schwer zu begreifen?« Herrgott noch mal. Er klang beinahe, als würde er sie anflehen. Sogleich legte er mehr Härte in seine Stimme: »Vielleicht werde ich ein Loch in die Tür schneiden lassen, durch das man Ihnen Ihre Mahlzeiten reichen wird. Was meinen Sie?«

Mina schwieg, doch dann legte sich ein sarkastisches Lächeln auf ihre Lippen. »Ich meine, Sie sollten Ihrer verloren geglaubten Cousine endlich einen Kuss geben.«

9

Phins Blick konzentrierte sich auf ihre lächelnden Lippen. Doch es lag nicht nur an seiner Lust, dass er diesen Anblick genoss; vielmehr setzte Mina alles daran, ihn zu reizen. »Amüsieren Sie sich?«

Seine Frage konnte ihrem Lächeln nichts anhaben. »Was das angeht, schöpfe ich gern jede sich mir bietende Möglichkeit aus.«

Ungläubig schüttelte Phin den Kopf. Nach dem Intermezzo in seinem Arbeitszimmer, bei dem sie am eigenen Leib gespürt hatte, wozu er fähig war, war die Tatsache, dass sie ihn herausforderte, über alle Maßen dumm. Andererseits war die Geschichte im Arbeitszimmer nur eine Erfahrung von vielen, und womöglich hatten die anderen sie in die Irre geführt. Wie damals, als sie mit ihm auf der Tanzfläche zusammengestoßen war, als sie ihn in einem dunklen Korridor attackiert hatte, ihn an ein Bett gefesselt und ihn aus dem Fenster gestoßen hatte – ja, es war durchaus denkbar, dass sie einen vollkommen falschen Eindruck von ihm bekommen hatte. Doch all ihre Triumphe über ihn hatte sie Umständen zu verdanken, die gegen ihn gesprochen hatten. So, wie auch die gegenwärtigen gegen ihn sprachen.

Phin machte einen Schritt auf sie zu, woraufhin sie den Kopf schief legte, als sei sie neugierig. Als er noch einen Schritt näher kam, reckte sie das Kinn in die Höhe. Beim dritten Schritt wurde klar, dass sie viel zu stur war, um sich einschüchtern zu lassen. Er packte sie an den Handgelenken und zog sie zu sich. »Hören Sie mir zu«, brummte er und schenkte weder ihren Wimpern, mit denen sie klimperte, noch dem hübschen, sarkastischen O, das ihre Lippen formten, Beachtung. »Dies ist mein Haus. Solange Sie sich unter meinem Dach aufhalten, werden Sie sich meinen Regeln beugen. Entweder Sie benehmen sich, oder ich werde mich nicht scheuen, Sie die entsprechenden Konsequenzen spüren zu lassen.«

Ihr Puls, den er unter den Fingerspitzen spürte, raste, dennoch lächelte ihn dieses mit allen Wassern gewaschene Frauenzimmer verschmitzt an. Sie war so klein, dass sie den Kopf weit in den Nacken legen musste, um ihm in die Augen zu blicken. Ihr Antlitz glich einem perfekt geformten Herzen. Das winzige Muttermal am rechten Augenwinkel schien der Teufel persönlich ihr auf die samtene Haut geküsst zu haben, ehe er sie auf die Menschheit losgelassen hatte. Würde sie nicht so mädchenhaft zart aussehen, würde ihr niemand den Unsinn verzeihen, den sie pausenlos anstellte. Doch damit war jetzt Schluss. Es war an der Zeit, dass sie von den Früchten zu kosten bekam, die ihr Handeln trug.

»Ich habe Ihre Regeln nicht gebrochen«, sagte sie.

Als er den Druck seiner Hände verstärkte, war sie gezwungen, einen Schritt zurückzuweichen. Ihre kurze Gegenwehr freute ihn; die Woge der Lust, die seinen Körper ergriff, war so intensiv, dass sie alle seine Sinne weckte. Das wiederum bewog ihn, innezuhalten und seine Strategie zu überdenken.

Doch dann lächelte Mina ihn an und zog sich von sich aus einen Schritt weit zurück. Ihr Lächeln brachte unmissverständlich ihren Kampfeswillen zum Ausdruck. Und ja, beim Allmächtigen, er würde diese Herausforderung annehmen. Er verstärkte abermals den Druck seiner Hände und hatte das Gefühl, imstande zu sein, damit Dinge anzustellen, an die sein Verstand nicht einmal im Traum dachte. *Ab heute werde ich ein ehrenwertes Leben führen*, sagte er sich jeden Morgen. Doch sein Körper wusste, dass Ehre ein Luxus wie jeder andere war; sie brauchte die richtigen

Umstände, um zu gedeihen, und Mina Masters schien darauf aus zu sein, ihm die Gelegenheit zu verwehren, sich ehrenhaft zu zeigen. Sollte sie es genießen.

Als er einen Schritt nach vorne machte, inszenierte sie ihr eigenes Zurückweichen wie eine sarkastische Spielerei. Sie tänzelte den ersten Schritt zurück, wiegte sich in den Hüften, um das Gleiche noch einmal zu tun. Sie bewies nicht mehr Verstand als ein Kind; leider konnte er sie nicht einfach übers Knie legen und ihr den Po versohlen. Der Gedanke lenkte ihn ab, sodass er es kaum mitbekam, als sie mit dem Rücken gegen die Wand stieß.

»Oh, wie langweilig«, sagte sie und verzog das Gesicht. »Ich hatte gehofft, wir könnten auf diese Weise eine ganze Runde durch den Raum drehen. Es ist so lange her, dass ich getanzt habe.«

Ihre Frechheit verblüffte ihn. »Sie sind dümmer als dumm.«

»Sie sagten doch, Sie wollten jederzeit wissen, wo ich mich aufhalte.« Sie stellte sich auf die Zehenspitzen und reckte sich, um ihm über die Schulter zu sehen. »Ich glaube«, sagte sie feierlich und ließ sich wieder auf die Füße zurücksinken, »dass dies der Salon ist.«

Dieser Frau fehlte jeglicher Selbsterhaltungstrieb. Ihre Handgelenke fühlten sich so zart an, als würden sie so leicht brechen wie dünne Äste.

Verdammt! Was für Gedanken waren das denn?

Mit einer kraftvollen schwingenden Bewegung ließ er ihre Hände los.

Sie prallten rechts und links neben ihrem Kopf gegen die Wand, wo sie sie verharren ließ. Sie hielt sie in dieser pseudounterwerfenden Pose erhoben, als wäre sie die Magd des Teufels persönlich.

»Sehen Sie sich vor«, zischte er.

Ein Lächeln huschte über ihre Lippen. »So furchterregend«, murmelte sie. »Tun Sie mir bitte nicht weh.«

Phin sah zu, dass er auf Abstand zu ihr ging. Das waren die Worte, von denen er geschworen hatte, dass niemand sie jemals wieder zu ihm sagen sollte. Und ausgerechnet diese Frau flüsterte sie ihm zu, als wollte sie ihn zu einem Duell herausfordern. Dachte sie, er hätte in Hongkong geschauspielert? War ihr womöglich entfallen, dass seine Rolle das von ihm abverlangt hatte? Hatte sie wirklich schon vergessen, wie unsanft er sie im Arbeitszimmer angepackt hatte? »Sie spielen mit einem hohen Einsatz«, sagte er, nachdem er sich geräuspert hatte, um die Heiserkeit aus seiner Stimme zu vertreiben. »Es gibt Männer, die würden Sie in einer solchen Situation verprügeln, wenn nicht gar Schlimmeres im Schilde führen.« Er schwieg kurz. »Sie würden es vermutlich nicht nur im Schilde führen.«

In ihren meerblauen Augen lag nichts als Arglosigkeit. »Damit liegen Sie vermutlich gar nicht so falsch. Aber ich weiß, dass ich bei Ihnen nicht die Angst haben muss, Sie könnten so etwas tun.«

»Sicher?« Er gab sich keine Mühe, die Belustigung aus seiner Stimme fernzuhalten. »Wenn Sie meine Gedanken lesen könnten, wären Sie davon nicht mehr so überzeugt.«

Sie zog eine Augenbraue hoch. »Was denn? Wollen Sie etwa die Hand gegen mich erheben? Oder sich gar an mir vergehen? Sie können es ruhig laut aussprechen, ich werde schon nicht in Ohnmacht fallen.«

Seine Lenden reagierten auf ihre Worte, als hätte sie ihn an seiner intimsten Stelle gestreichelt. Er fuhr sich mit der Hand über das Gesicht. Wenn es etwas gab, das hier fehl am Platz war, dann erotische Gefühle. Mochte Gott ihm helfen, seine Perversität zu kontrollieren. Angenommen, Ridland wollte sich an ihm rächen, indem er Miss Masters auf ihn ansetzte, dann war der Kerl noch ausgebuffter, als er es vermutet hätte. Was Phin jedoch am meisten verblüffte, war ihre Aufforderung an ihn. Schlagen, töten oder vögeln – das schienen die einzigen Fantasien zu sein, die sie auszulösen schien. Sie forderte sie geradezu heraus. Sie wollte sie *hören*.

Für den Bruchteil einer Sekunde drang die Erinnerung an die Wärme, die von ihrer blassen Haut ausging, in sein Bewusstsein ein. Blumen … sie roch nach Lavendel. Im Grunde ein viel zu harmloser Duft für eine Frau ihres Kalibers. Sie sollte etwas Schweres und Schwüles tragen wie Patschuli, Sandelholz oder Ambra. Das würde jedem Mann, der Absichten auf sie hatte, eine Warnung sein.

Aber er hatte keine Absichten auf sie. Dazu war er viel zu wütend. Allein schon die Vorstellung, Ridland könnte sie auf ihn angesetzt haben, damit sie ihn verführte, machte Phin rasend. Er beugte sich zu ihr, um sie spüren zu lassen, wie viel größer als sie er war, und dass es ihm ein Leichtes wäre, sie zu beherrschen. »Ich habe Sie gewarnt«, sagte er ihr ins Ohr. Ihr Haar, das seine Lippen berührte, fühlte sich weich an. Er blies leicht hinein, um ihren Duft fernzuhalten. »Ich kann es nicht ausstehen, manipuliert zu werden.«

Als sie den Kopf wegdrehte, berührte ihre Wange sein Kinn. Phin beugte den Kopf zurück, um den Kontakt zu unterbrechen. Er sah, wie sie nach unten blickte. »Ein Teil von Ihnen scheint es aber zu mögen.«

Schockiert stellte Phin fest, dass er sich unbewusst gegen sie gedrängt und eine eisenharte Erektion hatte. Gütiger Gott. Ihm brannten die Ohren, als er einen Schritt zurückwich. »Haben Sie eigentlich überhaupt kein Schamgefühl?«

»Im Moment nicht, nein«, entgegnete sie. »Dazu ist noch zu viel Kleidung im Spiel.«

Sein Blick glitt über ihren Körper. »Wenn ich mir Ihr Kleid ansehe, könnte sich dieser Umstand in Windeseile ändern.«

Mina schaute jetzt ebenfalls an sich herab. »Sie unterschätzen, wie kompliziert diese Liberty-Kleider sein können. Es gibt eine Menge Schnüre und Haken und Ösen.«

Phin atmete laut aus. Es gab einen besseren Weg, mit dieser Situation fertigzuwerden. Er konnte sie zum Beispiel in ihr Zimmer schicken, schließlich zwang ihn niemand, sich mit ihr abzugeben. Dass er es dennoch tat, zeugte von immenser Schwäche, und er wusste genau, wo diese Schwäche saß: an der Stelle, auf die sie ihn eben hingewiesen hatte.

In einem bewundernswert ruhigen und gottverdammt heroisch vernünftigen Tonfall sagte er schließlich: »Miss Masters, ich werde Sie jetzt nach oben in ihre Räume begleiten. Und dort werden Sie bleiben, selbst wenn ich gezwungen sein sollte, Sie an einem Stuhl festzubinden.«

Sie blinzelte ihn an. »Ich glaube, dass Ridland für meinen Stiefvater arbeitet.«

Es dauerte einige Pulsschläge, bis er dieser absurden Worten eine Bedeutung zuordnen konnte. Doch dann brach er in schallendes Gelächter aus. »Ridland.« Er schnaubte. Dieser machthungrige Bastard hatte schon die größte Mühe, den Anweisungen der Regierung zu folgen, und da sollte er sich einem dahergelaufenen amerikanischen Schnösel unterordnen? »Wenn ich geahnt hätte, welch ausufernde Erzählgabe in Ihnen schlummert, hätte ich Sie mit Papier und Feder versorgt. Oder war es vielleicht das, wonach Sie in meinem Arbeitszimmer gesucht haben? Das hätten Sie mir doch sagen können. Sie hätten diktiert, und ich hätte alles niedergeschrieben.«

Mina ließ die Arme sinken. »Machen Sie sich ruhig über mich lustig«, sagte sie ernst. »Außer Ihnen gab es noch einen Agenten in Hongkong, der im Dienste Ihrer Regierung stand.«

»Natürlich«, erwiderte er. »Vermutlich sogar mehr als nur einen. Immerhin war es ein recht großer Einsatz.«

»Wie dem auch sei, *einer* von ihnen steckte mit Collins unter einer Decke.« Mina sprach, als handelte es sich um sensationelle Neuigkeiten.

»Ja, Ridland hat so etwas erwähnt. Und weiter?«

Zum allerersten Mal in ihrer Bekanntschaft, die unter keinem guten Stern zu stehen schien, wirkte sie, als hätte er sie auf dem falschen Fuß erwischt. Sie drückte sich enger an die Wand, hob die Hand zum Mund und begann, an einem der Handknöchel zu lutschen. Welch eine grässliche Angewohnheit. Phin konnte nicht anders, als die Kiefer fest aufeinanderzupressen, damit er sie nicht in barschem Ton aufforderte, damit aufzuhören. Das Geräusch machte ihn verrückt. Er spürte, dass er unbedingt seine Beinkleider richten musste, würde es aber auf keinen Fall in ihrer Gegenwart tun. Der Anblick würde ihr viel zu viel Vergnügen bereiten. »Aber das verstehe ich nicht«, sagte sie. Er dankte Gott, dass sie die Hand wieder sinken ließ. »Ridland wusste davon? *Ich* habe ihm nichts davon gesagt.«

Fast hätte er ihren Kommentar unbeachtet gelassen. Natürlich hatte Ridland von diesem Verräter gewusst. Jeder, der bei klarem Verstand war, vermutete eine undichte Stelle, da Collins die Flucht aus dem Gefängnis ohne Dynamit nie gelungen wäre.

Als Phin zu einer Antwort ansetzte, rief ihm ihre Bemerkung seine eigene Überraschung über Ridlands Unachtsamkeit ins Gedächtnis. *Ich glaube, Miss Masters hat Gründe für die Annahme, dass wir einen Verräter in unseren Reihen haben*, hatte Ridland zu ihm gesagt. *Sie weigert sich, offen mit mir zu reden. Ich frage mich, ob sie womöglich die Hoffnung hegt, ihr Wissen gegen die sichere Rückkehr ihrer Mutter einzutauschen*. Seinerzeit hatte Phin die Informationen als unwichtig abgetan und sich darüber geärgert, dass Ridland ihn damit behelligte. »Aber Sie haben ihm doch selbst gesagt, Sie hätten Beweise für diese Vermutung«, sagte er langsam.

»Das habe ich nicht.« Ihre blauen Augen sahen ihn unverwandt an. »Mit Sicherheit habe ich das nicht zu ihm gesagt. Weil ich nicht ausschließen konnte, dass er der Verräter war. Deshalb schien es mir klüger, es unerwähnt zu lassen.«

Ihre Worte zupften an seiner Intuition und brachten sie wie einen tiefen Ton zum Klingen. Wenn sie die Wahrheit sagte, gab es nur einen einzigen Grund für Ridland vorzugeben, sie würde über Informationen verfügen: um den Verräter zu ihr zu locken.

Phin fuhr sich mit der Hand über das Gesicht. Brillant. Bei diesem miesen Bastard musste man stets damit rechnen, dass er noch einen Trumpf im Ärmel hatte. Ridland benutzte Mina Masters als Köder, wenn auch auf eine andere Weise, als er alle glauben machen wollte.

Mich eingeschlossen, begriff Phin mit ein wenig Verzögerung. Es war ein höchst effektiver Weg, seine Loyalität auf die Probe zu stellen: Blieb Miss Masters am Leben, bewies das seine Unschuld. Starb sie, war klar, dass er in Collins' Diensten stand.

Phin sah sie an. Es war von größter Wichtigkeit, dass sie am Leben blieb. »Haben Sie denn einen Grund, Ridland zu verdächtigen?«

Falls ihr die Veränderung in seinem Tonfall aufgefallen war, ließ sie es sich nicht anmerken. »Nur, dass er ebenfalls in Hongkong war. Ich habe ihn einmal im Club getroffen.«

Das war ihm neu und verhieß nichts Gutes. »Wann?«

»Kurz, bevor Sie angekommen sind.«

Er nickte. Hier ging es um ein gefährlicheres Spiel, als er geahnt hatte. »Woher wissen Sie das mit dem Verräter?«

Mina presste die Lippen fest aufeinander, als versuchte sie, die Antwort zurückzuhalten. Aber er war es gewohnt, zu warten. Es war Teil der Wahrheit über die menschliche Natur, dass nichts grausamer war als die eigenen Ängste. In einem Verhör erreichte man oft mehr mit eisigem Schweigen, in dem sich die Fantasie des Verhörten austoben konnte, als damit, dem Verdächtigen ein Messer unter den Fingernagel zu rammen.

Wo auch immer ihre Gedanken sie hinführten, dort schien keine Sonne. Ihr Gesichtsausdruck verfinsterte sich. Sie atmete kräftig, als wollte sie die lästigen Gedanken wegschieben. »Nach Ihrer Flucht hatte ich die Gelegenheit, eine Menge dazuzulernen. Collins ist in seiner Wut so einiges herausgerutscht.« Ihr Mund verzerrte sich, und während der Sekunde, in der sie zögerte, spürte er, wie eine dunkle Neugierde sich in seinem Innern regte und so schnell und tief Wurzeln schlug, dass er keine Chance hatte, sich dagegen zu wehren. Jetzt war es in ihm und würde dort unweigerlich weiterwuchern. Jetzt wollte er doch wissen, wie es mit ihr weitergegangen war.

Phin spürte grundlose Wut aufflackern, die allerdings in erster Linie seiner eigenen Person und nicht ihr galt. Was jetzt kam, würde ihn nur noch tiefer darin versinken lassen.

»Es war nicht Collins, der Ihnen das Gift verabreicht hat«, sagte sie. »Ihr doppelzüngiger Komplize war es. Ich vermute, er ist davon ausgegangen, dass Sie ihn entlarvt hätten. Collins hat das nicht weiter ausgeführt. Nur, dass ihm erst später klar geworden ist, dass Sie kein Amerikaner sind. Und er war sauer, dass sein Komplize ihm keinen reinen Wein über Sie eingeschenkt hatte, ganz zu schweigen davon, dass er versucht hatte, Sie umzubringen.«

Er tat einen tiefen Atemzug. »Kennen Sie Namen?«

»Da muss ich passen. Ich war beileibe nicht in der Position, Derartiges zu fragen.« Für einen kurzen Moment brach sie den Augenkontakt ab. Etwas in Phins Innern zog sich zusammen. Eine Erinnerung tauchte vor ihm auf: Ihr Gesichtsausdruck, als sie sich aus dem Fenster gelehnt und zu ihm heruntergeschaut hatte. Er glaubte, wieder den starken Duft der Rosen wahrzunehmen. Was auch immer ihr nach seiner Flucht widerfahren war, es musste schlimm gewesen sein. Und die Erinnerung hatte sie kreidebleich werden lassen.

Er sprach schnell, um sie in die Gegenwart zurückzuholen. »Haben Sie je jemand anderem davon erzählt? Sie müssen mir jetzt die Wahrheit sagen, das ist von größter Bedeutung, Miss Masters.«

»Nein. Wer außer Ihrer Regierung würde sich dafür interessieren?«

Damit war alles klar. Er wandte sich von ihr ab und presste die Hand vor den Mund. Der Siegelring grub sich kalt und hart in seine Lippen.

Er ließ die Hand sinken, um den Ring zu betrachten. Die meiste Zeit seines Erwachsenendaseins hatte er keinerlei Schmuck, keine grellen Farben und auch sonst nichts Auffälliges getragen, an das andere sich allzu leicht würden erinnern können. Es beunruhigte ihn noch immer, wenn Fretgoose ihm ein Kleidungsstück herauslegte, mit dem er in der Menge auffallen würde. An den Ring hatte er sich mittlerweile gewöhnt und hatte ihn seit dem Tag, an dem er ihn das erste Mal übergestreift hatte, nicht abgelegt.

Die Erinnerung an das Triumphgefühl an jenem Tag, die schwindelerregenden Möglichkeiten, die sich vor ihm ausgebreitet hatten, als er sich den Ring angesteckt hatte, kamen ihm mit einem Mal so dünn wie das Blattgold vor, das auf die Wände aufgebracht war. Wenn Ridland schuldig war und es ihm gelang, Collins zuerst ausfindig zu machen, würde der Mann es niemals lebendig zurück nach London schaffen. Würde Collins hingegen von ehrlichen Beamten gefangen genommen werden – was durchaus im Bereich des Möglichen lag, weil an diesem Fall mehr Männer arbeiteten, als Ridland kontrollieren konnte –, würde er womöglich den Namen seines Verbündeten preisgeben. Wenn er schuldig war, würde Ridland präventiv tätig werden müssen. Indem er Miss Masters in Phins Obhut gegeben hatte, hatte er sich ein Alibi verschafft. Wenn sie jetzt starb, würde Ridland sagen: »Glauben Sie Collins kein Wort, setzen Sie auf die Fakten. Ich habe Ashmore gesagt, dass Miss Masters im Besitz von Beweisen ist, die den Verräter überführen können. Er hat sie umgebracht, um sich zu schützen.«

Bei genauer Betrachtung war ihr Tod in mehrerlei Hinsicht für Ridland von Nutzen. Er bekam dadurch zusätzlich die Möglichkeit, den Mann zu vernichten, der sich erdreistet hatte, sich dagegen aufzulehnen, sein Schützling zu werden, und der es sich jetzt zum Freizeitvertreib gemacht hatte, seine Macht zu untergraben.

Nachdenklich drehte Phin sich wieder um und ertappte Miss Masters dabei, wie sie sich mit den Daumen über den Handteller scheuerte. Das war jetzt schon die zweite unverfälschte Geste binnen einer Minute.

Ein wenig zu spät merkte Mina, dass er sie beobachtete. Sogleich entspannte sie die Hände und setzte ein breites Lächeln auf. Ihre Maske war bühnenreif, und ihre Waffen waren für Salon-Spiele bestens geeignet. Aber nicht für seinen Salon. In diesem Spiel war sie das Pfand auf dem Spielbrett, das am meisten gefährdet war. Nachdem er sich noch einmal alles hatte durch den Kopf gehen lassen, war er zu der Überzeugung gekommen, dass sie die Wahrheit sagte. Sie war unschuldig und spielte keine aktive Rolle in diesem Drama, was auf den Schluss hinauslief, dass er sie zu unrecht so schlecht behandelt hatte. Wenn er jetzt noch einmal alles Revue passieren ließ, erkannte er, dass noch viel mehr dahintersteckte. Es bedeutete, dass sie über einen messerscharfen Verstand verfügte, dass sie erschreckend intelligent, ausgesprochen tollkühn und so unbesonnen war, dass es fast schon wehtat.

»Ich muss mich bei Ihnen entschuldigen«, sagte er.

Sie zog die Augenbrauen hoch, als Ausdruck dafür, dass es sie nicht sonderlich beeindruckte, weil er so lange dafür gebraucht hatte. »Und das nicht nur einmal, würde ich meinen.«

Er nickte. »Nein, gleich mehrere Male.« Und dann, weil diese dunkle Blume Wurzeln in ihm geschlagen hatte und alle Ranken sich in ihre Richtung streckten, hörte er sich fragen: »Weshalb haben Sie mir in Hongkong das Leben gerettet?«

Sie zuckte die Achseln. »Weil ich wusste, dass Sie hinter Collins her waren. Es hatte definitiv nichts mit Ihnen zu tun.«

Nein, natürlich nicht. Phin ertappte sich bei dem Wunsch, dass dem nicht so wäre. Sie war, ohne jeglichen Zweifel und allen Widrigkeiten zum Trotz, ganz offensichtlich und urplötzlich die außergewöhnlichste und faszinierendste Frau, der er je begegnet war.

Als er sie anlächelte, blickte sie fast schon ein wenig erschrocken drein, woraufhin sein Lächeln noch an Intensität gewann. Wie unendlich erleichtert war er zu wissen, dass er nicht so pervers war, wie er befürchtet hatte. Seine Instinkte hatten ihn also doch nicht im Stich gelassen. Im Gegenteil, sie hatten die Weisheit besessen, sich zu ihr hingezogen zu fühlen, und das in einer Stärke, dass sie das eine oder andere Mal seinen Verstand außer Kraft gesetzt hatten.

Er sah, wie ihr eine Haarsträhne über die Wange fiel. Wie von selbst fasste seine Hand danach und strich sie ihr hinter das Ohr. Es war eine Geste, der keine Absicht zugrunde lag; er sagte sich nachträglich, dass sie einzig von Mitleid herrührte. Von der Contenance, die Miss Masters gezeigt hatte, hätten sich die meisten Menschen täuschen lassen, er jedoch kannte sich aus, was raffinierte und notorische Täuschung betraf.

Als Phin spürte, wie weich ihre Wange war, entschied er, ehrlich zu sich selbst zu sein. Er hatte sie schlicht und ergreifend berühren wollen. Jetzt, da er wusste, dass an diesem Wunsch nichts falsch war, gab es keinen Grund, es nicht zu tun, und zwar so oft wie möglich. Er ließ die Hand ein wenig sinken, um mit dem Fingerknöchel das Amulett zwischen ihren Brüsten zu streifen.

Ihr Mundwinkel zuckte.

Bei jeder anderen Frau hätte er dem keine Bedeutung beigemessen, in ihrem Fall hingegen ließ sich diese winzige Regung wie ein Sprung mit vollem Körpereinsatz werten. Und genau diese kleine verräterische Geste war es, die Phins Gedanken in eine neue Richtung lenkte. Sie war längst nicht so immun ihm gegenüber, wie sie vorgab. Seine Berührung hatte bewirkt, dass ihre Maske einen feinen Riss bekommen hatte.

Diese Erkenntnis sickerte mit einer solchen Intensität in seinen Verstand ein, dass sich sein ganzer Körper anspannte. Ihm war, als dehnten sich seine Sinne aus und würden an Schärfe gewinnen. Er versuchte sich einzureden, dass seine Motive in erster Linie auf Zweckmäßigkeit beruhten. Immerhin war er in den nächsten Tagen auf ihre Kooperation angewiesen. Wenn er ihr jedoch erklärte, dass er sie schützen musste, um zu verhindern, dass man ihm in einer dunklen Gasse die Kehle aufschlitzte, würde sie es als Aufforderung auffassen, ein Chaos anzuzetteln – wohl wissend, dass er sie weder wegschicken noch schlecht behandeln konnte. Wenn die Vernunft sie jedoch nicht dazu brachte, sich zu benehmen, so gab es noch eine Reihe anderer Methoden, derer er sich bedienen konnte. So wie die, die er als Nächste anwenden würde.

Zumindest sagte er sich das, wenngleich er sich keine Mühe gab, es auch zu glauben. Sie besaß das eigenartige Talent, eine gewisse Habgier in ihm ins Leben zu rufen, so wie alte Landkarten unweigerlich den Wunsch in ihm weckten, sie zu besitzen. Wenigstens war sie um Längen zuträglicher als Opium oder Pistolenkugeln, zudem war sie vergnüglicher und weniger lebensgefährlich. Er suchte nach möglichen Skrupeln in sich, stieß aber stattdessen nur auf das Erstaunen darüber, dass er nach endlosen Monaten endlich wieder Gefallen an etwas fand.

In mancher Hinsicht war es gar nicht so schlimm, der Sohn seines Vaters zu sein.

Er legte die Hand auf ihre sanft geschwungene Hüfte. »Sie haben keine Ahnung, wie wenig Schutz Sie in diesem Moment haben«, murmelte er.

Mina brauchte nur den Bruchteil einer Sekunde, um den ursprünglichen Gesprächsfaden wieder aufzunehmen. »Es wird schon von Nutzen sein. Liberty verwendet nur die besten Stoffe für seine Kleider.«

Keck wie eh und je, dachte er bei sich, während er mit der Hand über ihre Brust strich, die von keinem Korsett eingezwängt wurde. Als sein Daumen die leichte Erhebung ihrer Brustwarze ertastete und sie liebkoste, schluckte Mina. »Nutzt es was? Für welchen Zweck, was meinen Sie?«

Gott im Himmel, wie wunderbar es war, sie zu berühren. Ihre blauen Augen fingen seinen Blick mit einer fast schon unerträglichen Selbstbeherrschung auf. »Auch dafür, nehme ich an.«

Er lachte. Selbst in Hongkong, unter dem Einfluss von Drogen und Gift und getrieben von dem Gedanken an Flucht, hatte er wahrgenommen, über welch unglaubliche Selbstbeherrschung sie verfügte – eine Tugend, die bei einer Frau oft nicht gewürdigt wurde. Aber die meisten Männer waren nun mal Idioten, ihn eingeschlossen; zumindest bis jetzt.

Ein Lächeln lag um seinen Mund, als er ihre Brustwarze streichelte. Anders als jetzt hatte er vor vier Jahren keine Verwendung für Mina Masters gehabt. Und sie, sie wusste, mit wem sie es zu tun hatte, nachdem er beim Aufeinandertreffen im Arbeitszimmer seine Maske hatte fallen lassen und sie sein wahres

Gesicht gesehen hatte. Sie stellte keine Erwartungen an ihn, die er erfüllen oder nicht erfüllen würde. Allein dieses Wissen hatte eine erregende Wirkung auf ihn. »Sie scheinen das zu genießen«, sagte er, als er spürte, wie sich ihre Brustwarze verhärtete.

Sie bog den Kopf in den Nacken und sah ihn an. »Das könnte man so sagen.«

»Ich werte das als Aufforderung, weiterzumachen.«

»Das habe ich noch nicht endgültig entschieden«, sagte sie atemlos. »Lassen Sie mich noch ein wenig länger darüber nachdenken.«

Mit wie wenig Aufwand es ihr gelang, ein Gefühl der Unzulänglichkeit in ihm wachzurufen, sodass er sich wie ein tölpelhafter Diener vorkam, der seiner Herrin zu Diensten sein musste. »Entscheiden Sie sich schnell. Meine Geduld neigt sich langsam dem Ende zu.« Die Worte klangen in seinen Ohren noch nicht einmal nach einer Lüge. Ihr weicher Körper unter seinen Händen, gepaart mit ihrer Dickköpfigkeit und dem frechen Mundwerk, entfachte sein Mitleid für jeden Leibeigenen. Er konnte einer von ihnen werden, wenn es das war, was sie von ihm wollte. Es wäre nicht das erste Mal. Konnte es sein, dass sie nach einer Herausforderung suchte?

Als Mina den Kopf drehte und die Wange gegen die Wand drückte, fiel ihr eine Haarsträhne über die Schulter und legte sich kühl und sanft über ihr Handgelenk. »Ja«, sagte sie und schmiegte sich tiefer in seine Hand. »Vielleicht«, korrigierte sie sich mit leiser Stimme. »Wenn Sie ein wenig anders vorgehen, sind Sie womöglich so gut wie Hans.«

Hans? Phin umfasste ihr Kinn und drehte ihren Kopf zu sich. »Sehen Sie mich an.«

Mina öffnete die Augen, die sich sogleich weiteten und ihn unschuldig ansahen.

»Ich bin keiner von Ihren verdammten Liebhabern.«

»Gewiss nicht«, sagte sie bedächtig. »Nicht, wenn ich es mir aussuchen könnte. Doch für gewöhnlich verlange ich ein wenig mehr Geschick bei Annäherungsversuchen.«

Noch vor fünf Minuten hätte ihr Hohn ihn rasend gemacht. Jetzt hingegen betrachtete er ihre Worte als guten Anknüpfungspunkt. »Hier haben Sie mehr Geschick«, sagte er und küsste sie.

Ihre sinnlichen Lippen waren wie eine Offenbarung. Kaum hatte sein Mund sie berührt, teilten sie sich, und ihre Zunge schoss hervor, als wollte sie ihn herausfordern, sie zu jagen. Ihr Mund schmeckte so kühl und frisch wie eine köstliche Eisspezialität bei sengender Hitze. So wunderbar hatte er es sich nicht vorgestellt, jetzt, da er es sich erlaubt hatte, Gefallen an dem körperlichen Kontakt mit ihr zu finden. Er wollte mehr von ihr kosten und fuhr mit der Zunge über ihre Lippen.

Unvermutet ging ihm der Gedanke durch den Sinn, dass sie das vermutlich längst wusste, dass sie darauf baute, die Zügel in der Hand zu halten. Und dass sie aus genau diesem Grund mit solcher Gelassenheit auf ihn reagierte.

Dieses Mal jedoch würde sie ihren Willen nicht bekommen. Dieses Mal würde *er* die Führung übernehmen.

Entschlossen drängte er sich an sie, hielt sie zwischen sich und der Wand gefangen und neigte den Kopf. Ihre Brust unter seiner Hand war heiß und weich, das Hämmern ihres Herzens lieferte den Beweis dafür, dass sie verletzlicher war, als sie zugeben wollte. Phin spürte, wie sie ihren Fuß auf seinen stellte und sich streckte. Ihre Brüste pressten sich gegen seinen Oberkörper. Fast schien es, als wollte sie sich darüber lustig machen, dass er versuchte, die Spielregeln vorzugeben. Sie festzuhalten kam dem Versuch gleich, elektrischen Strom einzufangen. Hinzu kam das unbändige Verlangen, das durch ihn hindurchpulsierte und ihn das Gleichgewicht verlieren ließ. Er war steifer als ein gottverdammtes Schmiedeeisen, sein Hoden war zum Bersten prall und schwer, weil ihr warmer, weicher Körper förmlich darum bettelte, genommen zu werden. Ihre Fingernägel gruben sich in seinem Po. Du hast gegen sie keine Chance, raunte ihm sein Verstand zu, aber Phin störte das nicht weiter. Er dachte nur eines – dass sie ihm Ehrfurcht einflößte.

Anfänglich hatte der Kuss sich nicht sonderlich vielversprechend angefühlt. Da er nicht von Herzen kam, war Minas Verstand der einzige Teil ihres Körpers, der auf ihn reagiert hatte. Sie hatte es kommen sehen und sich darauf eingestellt. Ashmore versuchte augenscheinlich, sie von etwas zu überzeugen. Und egal, wie anziehend seine Augen oder seine Lippen auch sein mochten, eine Frau mit einem Kuss fügsam zu machen, war in ihren Augen kaum besser, als sie dazu zu prügeln. Da Mina Originalität bevorzugte, war sie alles andere als beeindruckt.

Als er von ihr abließ, um durchzuatmen, spürte Mina, wie seine Wimpern ihre Stirn streiften und dass sein gesamter Körper zitterte: seine breiten Schultern, sein muskulöser Rücken und selbst sein kraftvolles Gesäß. Sie hatte die Kraftverhältnisse umgekehrt, sodass sie ihn jetzt wieder lenkte.

Das Wissen darum war so lieblich wie ein Finger, der sie zwischen den Schenkeln liebkoste. *Jetzt habe ich dich,* dachte sie triumphierend, zog seinen Kopf zu sich herunter und küsste ihm sanft das Salz von den Lippen. Wenn seine Schulden schon nicht ausreichten, ihn zur Kooperation zu veranlassen, so würde sie eben auf die Waffen einer Frau zurückgreifen. Das hatte sie längst beschlossen, und jetzt bot sich die exzellente Gelegenheit für einen Test seiner Standhaftigkeit. Seine Lippen klebten förmlich an ihren, und seine Hände konnten nicht von ihr lassen, sie strichen ihr von der Brust zur Taille bis zur Hüfte und wieder zurück, so als müsste er sich davon überzeugen, dass sie echt war.

Mit einer gehörigen Portion Kraft stemmte sie sich gegen seine Schulter und schob ihn von sich weg, bis er es war, der mit dem Rücken zur Wand stand. Er ließ sie widerstandslos gewähren. Wie ein Hundewelpe unterwarf sich der mächtige Earl ihren Wünschen. Als sie einen Schritt zurücktrat und ihn von Kopf bis Fuß musterte, streckte er die Hand nach ihr aus. Muskulös, breitschultrig und komplett unterlegen. Am liebsten hätte Mina lauthals losgelacht – oh, dieser arme Mann, sie hätte ihm gern die Brauen geküsst und über die Wange gestreichelt. Stattdessen umfasste sie sein Gesicht und entlockte seinen Lippen einen weiteren Kuss. Urplötzlich verstand sie den Sinn von Groschenromanen und erkannte, woher das pikante Vergnügen rührte, wenn sich das Gegenüber ein wenig zierte. Aber natürlich würde er ihr helfen. Er hatte kaum eine andere Chance, so tief saß sein Verlangen. Seine Hände glitten zu ihrem Po und umschlossen ihn. In weniger als einer Minute würde er es bereuen, sehr sogar, und sie würde sich daran weiden, ihn zu trösten: *Regen Sie sich nicht auf, es ist schon in Ordnung.* Aber erst einmal behielt sie die Zügel in der Hand. Eine Erfahrung, die er nicht so schnell vergessen würde.

»Moment noch«, flüsterte er an ihrem Mund.

»Nein«, raunte sie. Und er gehorchte, während sich seine Zunge wieder um ihre bemühte. »Berühren Sie mich«, verlangte sie und empfand ein Gefühl des Triumphs, als sie merkte, wie seine Hand sich trotz des Kleides problemlos zwischen ihre Oberschenkel schob. Es war zwar nicht das erste Mal, dass ein Mann sie dort berührte, aber dieses Mal war es eine gefügige Hand, was etwas völlig anderes war und ihr ein Gefühl der Macht verlieh. Mina ließ von seinem Mund ab und wandte sich seinem Hals zu, um ihm sachte, aber bestimmt in den Adamsapfel zu beißen. Sie spürte, wie sich sein Bizeps anspannte und ihm ein kehliges Raunen entfuhr. *Ja!* Als sie abermals zubiss, ergänzte sie es durch ein leichtes Saugen, woraufhin er jedoch stumm blieb und sie ihm anschließend ein wenig Luft auf die feuchte Stelle blies. Da, jetzt hatte er es wieder getan, hatte fast gegurrt und seinen eifrigen Fingern den Befehl gegeben, mit mehr Druck ans Werk zu gehen, sich einem zeitlosen Rhythmus hinzugeben, der ihr die Knie weich werden ließ und der ein Verlangen weckte, das wie ein straff gespanntes Band von ihren Brüsten über ihren Bauch bis zu ihrer Weiblichkeit zwischen den Beinen verlief.

Es war an der Zeit, ihn wieder anzulachen. Als Mina sich dazu anschickte, spürte sie plötzlich jedoch nur noch das brennende Verlangen, sich fester gegen seine Hand zu pressen und sich dem Takt hinzugeben, den er vorgab. Wie muskulös dieser Mann war, dessen Oberschenkel Granitblöcken glichen. Wie weit konnte sie ihr Spiel mit ihm treiben, wie lange würde es dauern, bis er sie von sich stieß und sie beschimpfte? Bei Henry war es einfach gewesen. Nicht ein einziges Mal war es ihm gelungen, sie zu überraschen. Er hatte seinen Zweck erfüllt, aber nie mit einer Überraschung aufwarten können. Ganz anders als dieses Exemplar Mann.

Der Gedanke traf Mina wie der Blitz. Ja, dieser Phin Ashmore konnte ihr immense Probleme bereiten. Handelte sie eigentlich wirklich noch aus purer Notwendigkeit oder aus dem Verlangen nach mehr, weil seine Hand auf ihrem Venushügel ihr den Verstand zu verwirren drohte? Lust war die eine Sache, aber sie musste dringend achtgeben, sich auf keinen Fall in diesem Gefühl zu verlieren.

Mit einem leichten Gefühl der Panik riss Mina sich von ihm los. Ihre Blicke trafen sich, und sehr zu ihrem Missfallen vernahm sie den viel zu intim anmutenden Klang ihres und seines Keuchens, das die Luft erfüllte. Sie zwang sich, ihn anzustarren und abzuwarten, bis sie wusste, was er im Schilde führte.

Sie beobachtete, wie er sich mit dem Handrücken über den Mund fuhr.

»Sind Ihnen Ihre moralischen Grundsätze wieder in den Sinn gekommen? Wie enttäuschend«, sagte er.

Die eher sanfte Reaktion überraschte Mina so sehr, dass sie einen Augenblick brauchte, um die Absurdität der Frage zu begreifen. Moralische Grundsätze? Er hatte *sie* doch geküsst. Und wo waren eigentlich die moralischen Grundsätze abgeblieben, als man von ihr erwartet hatte, dass sie sich brav einsperren ließ, während die Suche nach ihrer Mutter in den Händen eines möglichen Verräters lag?

Mina war zumute, als säße sie zwischen zwei Stühlen, weshalb sie ein brennendes Streichholz an das Dynamit gehalten hatte, das er ihr gegeben hatte. »Muss ich mich denn an sie erinnern?«

Lüstern wanderte sein Blick an ihr herunter, sein Mundwinkel begann zu zucken. »Gütiger Gott, nein.«

Doch als Ashmore die Hand nach Mina ausstreckte, wich sie vor ihm zurück. Dass sie ihre Möglichkeiten auslotete war die eine Sache, dass er ihr Optionen diktierte jedoch eine gänzlich andere. »Ist es das, was Sie dazu bringen kann, mich nicht mehr einzusperren?«

Das Gesicht zu einer Grimasse verzogen stieß er sich von der Wand ab. »Nein«, sagte er schroff. Als er an ihr vorbeiging, drehte sie sich um und sah ihm nach. Während die meisten seiner Landsleute steifbeinig und mit durchgedrückter Brust daherkamen, waren Phineas Granvilles Bewegungen glatt und geschmeidig. Wie eine große Katze, dachte Mina. Und genauso launisch. Nichtsdestotrotz juckte es ihr in den Händen, nach ihm zu greifen und seine Oberschenkel zu berühren, um das faszinierende Spiel seiner Muskeln zu ergründen, das sich einstellte, wenn er sich bewegte. Dass sein Gesäß sich bei jedem Schritt voller Anmut anspannte, bildete sie sich definitiv nicht ein. Ein Hoch auf seinen Schneider! Der Mann hatte ein begnadetes Händchen dafür, die Vorzüge seiner Kunden gekonnt in Szene zu setzen.

Ich bin in der Tat schamlos, dachte sie und stellte erstaunt fest, wie heiß ihr plötzlich war. Vielleicht sollte es so und nicht anders sein. Nicht kalt und mechanisch, sondern vergehend vor Verlangen; fast so, als habe man keine Knochen mehr.

Der Gedanke ließ sie innehalten. Keine Knochen, ja, das war es. Genau da fingen die Probleme an: wenn man begann, sich zu beugen und zu verbiegen, um es einem Mann recht zu machen. Ashmore würde ohne Zweifel ein großes Maß an Unterordnung verlangen; sie wusste schon jetzt, dass er von dieser Sorte war. Die meisten Männer waren das. *Meine Regeln, wie auch immer die lauten.* Wenn sie den eingeschlagenen Weg weiterging – es würde garantiert ein riskantes Unterfangen werden.

Er griff nach einer verwaisten Teetasse und führte sie zum Mund. Doch der Schluck, den er daraus nahm, schien ihm nicht sonderlich zu schmecken. Er verzog das Gesicht und stellte die Tasse zurück. Dann schaute er über die Schulter zu ihr und bedachte sie mit einem unergründlichen Blick. Sein Verdruss schien verflogen zu sein, wenngleich ein Muskel an seinem Kinn noch immer zuckte. »Wir müssen eine vernünftige Vereinbarung treffen«, sagte er.

Das klang doch ermutigend. Die einzige Vereinbarung, die er bisher ins Auge gefasst hatte, war recht einseitig ausgefallen. »Ja, das sollten wir«, stimmte Mina ihm zu und machte sich daran, sich das Haar zu richten, das ein wenig in Unordnung geraten war. Als sie es sich über die Schulter legte, glatt strich und zu einem Zopf verdrehte, folgte sein Blick jeder ihrer Bewegungen. Er schien ihr Haar zu mögen, sonst hätte er vorhin nicht sein Gesicht darin vergraben. Als sie seinen Atem auf der Kopfhaut gespürt hatte, war ihr zum ersten Mal klar geworden, dass es etwas zwischen ihnen gab, das sie nicht kontrollieren konnte. »Obwohl es überflüssig wäre, ein Abkommen zu treffen, wenn Sie sich endlich dazu bereit erklären könnten, die Suche nach meiner Mutter aufzunehmen. Dann würde ich mich so mustergültig und vorbildlich benehmen wie ein braves Schulmädchen.«

Er schnaubte. »Das würde ich nur zu gern miterleben.«

Sie warf sich den Zopf über die Schulter. »Wenn ich einen triftigen Grund habe, kann ich mich sehr gut benehmen.«

Ashmore setzte sich – nein, drapierte sich sozusagen in einem der Sessel –, und streckte die langen Beine von sich, die er an den Knöcheln überkreuzte. Ein weiteres vielversprechendes Indiz. Noch vor einer Stunde hätte er nicht so entspannt dagesessen. »Es schmeichelt mir, dass Sie eine so hohe Meinung von meinen Fähigkeiten haben, aber eine große Zahl von Regierungsbeamten ist bereits fieberhaft damit beschäftigt, nach Ihrer Mutter zu suchen«, sagte er und fügte schnell noch einen Satz hinzu, um ihren Protest abzuwehren: »Und nein, nicht alle davon unterstehen Ridland. Sie können sogar davon ausgehen, dass einer oder zwei der Beamten vermutlich ehrlicher sind als der Namensgeber Ihrer räudigen Katze.«

Mina seufzte. Vergleiche mit diesem Tier konnten sie nicht wirklich beruhigen. Ehrlichkeit hin oder her, allen, die nach Collins suchten, fehlte eine wichtige Information. Es war jetzt wohl an der Zeit, alles zu sagen, was sie wusste. Immerhin hatte sie Ashmore heute gleich mehreren aufschlussreichen Prüfungen unterzogen: Sie hatte seine Gäste beleidigt, sich über seine Disziplin lustig gemacht und beim Küssen sämtliche Register gezogen. Im Gegenzug hatte er weder die Hand gegen sie erhoben noch sich ihr unsittlich aufgedrängt. Und er hatte auch nicht versucht, sie zu strangulieren. Was für ein berauschendes Fazit, dachte sie trocken. Ein wahrhaftiger Ritter in einer glänzenden Rüstung.

Doch dann meldete sich ihre Skepsis zu Wort. Wenn sie ihn verführen musste, gab es das eine oder andere, das sie zuvor in Erfahrung bringen musste. »Es würde mich interessieren, ob Sie denken, dass ich die Schuld an unserem Kuss trage.«

Die meisten Männer spannten sich an, wenn sie auf der Hut waren. Ashmore hingegen schien davon weit entfernt, denn er griff in seine Tasche und holte eine Taschenuhr hervor. Wie beiläufig er einen Blick darauf warf. Nachdem er die Uhr wieder verstaut hatte, sagte er: »Warum ist das wichtig?«

»Pardon, ich wollte nicht philosophisch werden. Ich wollte lediglich ein simples Ja oder Nein als Antwort.«

»Und ich hatte nicht vor, Ihnen eine Antwort schuldig zu bleiben«, entgegnete er. »Ich war einfach nur neugierig, warum Ihnen das wichtig ist.«

»Aber Sie werden mir dennoch nicht antworten?«

»Nein«, sagte er.

Sein kühler Unterton irritierte sie. »Nein, Sie werden mir nicht antworten?«

Ihre Blicke trafen sich. »Nein, der Kuss geht auf mein Konto. Unglaublich, aber nicht jeder Zug auf dem Spielbrett trägt Ihre Handschrift. Wollen Sie womöglich eine weitere Kostprobe?«

Mina zögerte. Sie hatte nicht erwartet, dass er die Verantwortung für den Kuss übernahm. Dass er von Spielen sprach, erschien ihr nicht unbedingt aussichtsreich. Henry hatte versucht, sie mit dem Liebesspiel zu kontrollieren. Bis zu dem Tag, an dem sie ihn in ihr Bett eingeladen hatte, hatte sie ihn für einen vernünftigen Zeitgenossen gehalten. Und dann, sprichwörtlich über Nacht, hatte er ihr gegenüber eine Erwartungshaltung angenommen, die sie salopp gesprochen umgehauen hatte. Fast so, als hätte sie eingewilligt, seine Fehler zu akzeptieren und seine Launen zu ertragen, nur weil sie ihm ihre Jungfräulichkeit geschenkt hatte. »Sie haben mich schamlos genannt«, rief sie ihm in Erinnerung.

»Und Sie haben mir versprochen, mir mehr davon zu zeigen.« Er lächelte. »Lassen Sie es mich wissen, wenn Sie dazu bereit sind.«

Wenn Sie dazu bereit sind – die Formulierung gefiel ihr. Etwas zuversichtlicher sagte sie: »Aber der Kuss war Ihre Schuld. Da sind wir uns einig.«

»Aber Sie haben mich dazu gebracht, auch daran besteht kein Zweifel.« Seine in die Höhe gezogene Augenbraue ließ seine Worte überaus ironisch klingen. »Aber ich habe die Initiative ergriffen und dafür entschuldige mich in aller Form, wenn es das ist, worauf Sie aus sind.« Er zuckte die Schultern. »Wenn Sie das Schlimmste in einem Manne zum Vorschein bringen, heißt das nicht, dass Sie auch für seine Sünden verantwortlich sind.«

Sie runzelte die Stirn. Für ihn war ein einziger Kuss schon schamlos? Entweder war er ein Mann von eigentümlichem Ehrgefühl, oder er vertrat eine entsetzlich mönchische Überzeugung. Letzteres würde sein Desinteresse an ihr in Hongkong erklären, aber Mina war sich nicht sicher, was sie empfinden sollte, entspräche das den Tatsachen. Verärgerung machte keinen Sinn, und Verlegenheit schien ihr viel zu plump und anspruchslos zu sein. Sie hatte keinen Grund, sich zu schämen oder sich wegen dieser Peu-à-peu-Verführung unzulänglich zu fühlen. »Sie haben es auf jeden Fall genossen«, konterte sie gereizt. »Dessen bin ich mir sicher.«

Seine dunklen Augen musterten sie durchdringend. »Ja. Das habe ich. Wie entzückend, dass es ihnen aufgefallen ist. Gibt es sonst noch Fragen, die Sie mir gerne stellen würden? Vielleicht könnten wir uns darüber austauschen, wie steif mein Schwanz war oder ob Ihre Brustwarzen roséfarben oder eher bräunlich sind. Ich denke, sie sind rosé, aber Sie können mich gern eines Besseren belehren, falls ich mich irre.«

Mina öffnete den Mund, blieb aber stumm. Ein heißkalter Schauer lief ihr über die Haut. O nein, sie würde nicht zulassen, dass er sie schockierte. Wie arrogant er dasaß und sie fast im selben Atemzug als Trottel verspottete, in dem er ihr seine Entschuldigung anbot – aber nur, wenn sie eine *wollte*. »Sie haben ein dreckiges Mundwerk«, sagte sie. »*Das* ist mir bereits in Hongkong aufgefallen.«

Er lachte. »So, habe ich das? Dann verraten Sie mir doch, Miss Masters, wie mein dreckiges Mundwerk denn so schmeckt. Wenn ich mich recht entsinne, war ich nicht der Einzige, der den Kuss genossen hat.«

»Ich hatte Spaß an der Sache, weil ich Sie dazu gebracht habe, wie ein Baby zu zittern«, erwiderte sie und erkannte noch im selben Moment, dass sie einen Fehler begangen hatte. Mit dem Feuer zu spielen war schön und gut, aber gleich einen Großbrand auszulösen war dumm.

Er antwortete nicht. Das musste er auch nicht. Der unverhohlene Ausdruck in seinen Augen, gepaart mit dem Lächeln, ließen sie rot anlaufen. »Ich bin überzeugt, dass Sie diese Bemerkung schon bald bereuen werden«, sagte er mit leiser Stimme. »Meinen Sie nicht auch?«

Mina fürchtete, dass er recht hatte, würde ihm aber nicht die Freude machen, ihm noch eine weitere Genugtuung zu verschaffen. Stattdessen stieß sie ein Schnauben aus, das einigermaßen unverfroren anmutete. »Oh, ich zittere schon jetzt vor Angst. Und Sie haben recht, sie sind roséfarben. Aber ich denke nicht, dass ich Ihnen das je beweisen werde.«

Sein Blick glitt zu ihren Brüsten und zurück zu ihrem Gesicht. »Ich fürchte, ich muss darauf bestehen.«

Sie öffnete den Mund, doch zu ihrer eigenen Überraschung

ließ sie ihre Schlagfertigkeit im Stich. Ihre fantasievollen heißen Gedanken ließen einfach keinen Raum für eine Antwort.

Sie wandte den Blick ab und schaute auf die Wand. Die Verführungsstrategie, die sie sich zurechtgelegt hatte, schien alles andere als sicher zu sein. Wenn sie sich nicht mehr auf sich und ihre Selbstbeherrschung verlassen konnte, verlor sie ihre stärkste Waffe. »Einverstanden«, sagte sie. Er hatte sie besiegt; sie konnte es selbst kaum begreifen. Aber sie war im Besitz von Informationen, die sie beide auf andere Gedanken bringen würde. »Aber zuerst werde ich Ihnen ein echtes Geheimnis verraten.« Die Zeit war reif. Er hatte sich als würdig erwiesen, wenngleich auf eine Weise, die ihr nicht sonderlich behagte. »Ich verrate Ihnen, warum Sie der ideale Kandidat sind, um meine Mutter ausfindig zu machen.« Leicht nervös fuhr sie sich mit der Zunge über die Lippen, während ihr Magen rebellierte, als befände sie sich auf einem schwankenden Schiff. Als sie wieder zu Ashmore schaute, hatte er sich etwas aufgesetzt und sah sie abwartend an. Ja, was jetzt kam, würde für sie beide eine Ablenkung sein.

»Ich weiß, wo Collins sich aufhält.«

10

Kurz vor Mittag des nächsten Tages saß Mina in einem Zug, der sie über Plymouth und Penzance nach Providence bringen würde. Sie hatte noch nicht einmal dafür kämpfen müssen, dass sie Ashmore begleitete. »Ich kann kaum von Ihnen verlangen, dass Sie zurückbleiben, schließlich geht es um Ihre Mutter«, hatte er achselzuckend erklärt und ihr sogar die Pistole wieder ausgehändigt, die sich jetzt in dem Pompadour auf ihrem Schoß befand. Es war eine Seltenheit in ihrem Leben, dass ein Mann ihren Wünschen voll und ganz nachkam, wenn er selbst kaum einen Vorteil davon hatte. Genau genommen war es das erste Mal. Sogleich hatte sich ein Gefühl des Triumphes und der Dankbarkeit bei ihr eingestellt, wenn auch gekoppelt mit einer gehörigen Portion Unbehagen.

So unauffällig wie möglich blickte sie zur Seite und betrachtete sein Profil. Er hatte es sich in dem Sitz neben ihr gemütlich gemacht und las die Zeitung. Eingedenk der Tatsache, dass dieser Mann vor noch nicht einmal vierundzwanzig Stunden die Unverfrorenheit besessen hatte, sich lauthals Gedanken über die Farbe ihrer Brustwarzen zu machen, wirkte er jetzt wie die Tugend in Person. Bei dem Gedanken an seine Spekulationen kroch ihr die Röte in die Wangen, und ihr Blick wanderte wie von selbst zu seinen Lippen.

Sein Mund verzog sich. Er wusste, dass sie ihn beobachtete.

Mina wandte den Kopf ab und sah aus dem Fenster.

Warum ermutigte er sie? Das ließ vermuten, dass er ein neues Motiv hatte, eines, das sie erst noch in Erfahrung bringen musste, um sich einen Plan zurechtlegen zu können. Nahm er diese Reise womöglich nicht ernst? Dabei hatte es den Anschein gehabt, als hätte er ihr interessiert zugehört. Ein einziger Satz im Brief ihrer Mutter hatte sie aufhorchen lassen: *Ich überlasse mein Wohlergehen der Vorsehung und um meinetwillen bitte ich dich, es mir gleichzutun*. Der Satz an sich barg nichts Besonderes. Da er jedoch aus der Feder ihrer Mutter stammte, mutete er ein wenig seltsam an. Ihre Großmutter väterlicherseits hatte diesen Spruch sehr geschätzt und nach dem Tod von Minas Vater, der die beiden Frauen verarmt zurückgelassen hatte, wuchs er sich zur Antwort auf jede Sorge aus, mit der ihre Mutter aufgewartet hatte. Schon nach kurzer Zeit war er zu einer spöttischen Redensart geworden. »Die Vorsehung hat noch nie jemandem Geld zugesteckt«, hatte ihre Mutter manches Mal gesagt. Doch erst in dem Moment, in dem Mina zufällig in Ridlands Atlas gesehen hatte, war ihr die Bedeutung des Satzes klar geworden. Unweit von Land's End im Süden Englands gab es ein Küstendorf mit dem Namen Providence, was so viel wie *Vorsehung* oder *Schicksal* bedeutete.

Ashmore für seinen Teil hatte keinerlei Einwände erhoben, hatte sich aber eingehend danach erkundigt, ob ihre Mutter für eine solche Botschaft gewieft genug war. Eine Frage, die Mina nicht sonderlich erfreut hatte. Noch im selben Moment hatte er sich bei ihr in aller Form entschuldigt. *Entschuldigt!* Der besserwisserische, tyrannisierende Autokrat hatte sich bei ihr entschuldigt – und sie anschließend eingeladen, mit ihm das Dinner einzunehmen. Sie hatten das Esszimmer im Erdgeschoss benutzt, und das Gespräch bei Tisch hatte sich sehr angenehm gestaltet. Es hatte Mina daran erinnert, wie charmant er anfangs in Hongkong gewesen war.

Dass er sein Verhalten so grundlegend geändert hatte, mutete höchst verdächtig an.

Mina warf einen weiteren verstohlenen Blick auf ihn. Es konnte ihm wahrlich nicht schaden, ihr Haartonikum zu benutzen. Vielleicht lag es an dem wirren Zustand seines dunklen Haars, dass er von der älteren Dame auf der anderen Seite des Ganges schiefe Blicke erntete. Womöglich beruhte das Starren der Dame aber auch auf Neugierde. Ashmore hatte sich eine Krawatte umgebunden, die einen interessanten Kontrast zu seiner gebräunten Haut bot und sein Grübchen am Kinn betonte, bei dessen Anblick jede Frau – selbst hochgeschnürte beleibte Damen mit einem spöttischen Grinsen auf den Lippen – den Wunsch verspürte, ihn dort zu berühren, sei es auch nur, um sich davon zu überzeugen, dass es so tief war, wie es aussah. Seine Krawatte war zugleich unsäglich altmodisch. Mina hätte sich mit der fremden Dame gern darüber ausgetauscht, warum Ashmore modisch auf die 1870er Jahre zurückgegriffen hatte, aber sie war sich nicht sicher, ob diese das schätzen würde. Zudem war Mina fast überzeugt, dass er sich einzig aus einem Grund für diese grässliche Halsbinde entschieden hatte: Er wollte die Blutergüsse an seinem Hals kaschieren, die ihre Zähne dort hinterlassen hatten. Als er Mina gestern Abend zurück zu ihrem Zimmer eskortiert hatte, waren die Abdrücke bereits dabei gewesen, sich violett zu färben.

Die Vorstellung, dass er den Abdruck ihrer Zähne auf dem Hals trug, gefiel ihr. Er war groß und gut gebaut, und obwohl er von schlanker Statur war, füllte er den gepolsterten Sitz komplett aus. Seine breitschultrige Präsenz ließ das Abteil kleiner wirken, und vermutlich fühlte sich jeder, der Ashmore begegnete, im Vergleich zu ihm irgendwie unbedeutend. Unter anderen Umständen hätte sie das geärgert. Aber sie hatte diesem Mann, der einen Kopf größer war als sie und der sie ohne großen Kraftaufwand festhalten konnte, Wunden zugefügt. Ja, das gefiel ihr. Böte sich abermals so eine Gelegenheit, sie würde ihn wieder beißen, dann jedoch noch ein wenig stärker und an einer Stelle, die er nicht verdecken konnte.

Mina schlug ihre Modezeitschrift auf, die sie jedoch kaum in ihren Bann zu ziehen vermochte. Trotz der geografischen Nähe zu Paris bestachen englische Modeschöpfer vor allem durch ihre Einfallslosigkeit.

Gelangweilt sah Mina sich im Abteil um. Die anderen Reisenden – die Matrone und ihr Sohn, der seinen ersten Oberlippenflaum präsentierte, sowie der schlicht gekleidete rothaarige Mann mit der großen Warze auf dem Kinn, der jedes Mal zusammenzuckte, wenn die Matrone sich räusperte – vermieden geflissentlich ihren Blick. Nachdem Phin und Mina Platz genommen hatten, hatte Ashmore sich zu ihr herübergebeugt und ihr ins Ohr geflüstert: »Ich habe versucht, den Zugbegleiter zu bestechen, damit wir unter uns sind. Doch das Glück war uns nicht hold, die erste Klasse ist heute ausgebucht.« Aus seinem Tonfall hatte sie geschlossen, dass er sich für die Umstände entschuldigen wollte, dabei wurde doch eine Zugfahrt durch die Gesellschaft der Mitreisenden viel interessanter. Das Schweigen der anderen Passagiere stützte jedoch eher seine These: Keiner der Anwesenden machte sich die Mühe, sich vorzustellen. Alle waren sichtlich bemüht, einander zu ignorieren.

Draußen waren die stark verdreckten Häuser der Stadt sonnendurchfluteten Feldern gewichen. Es war ein Anblick, der an eine von betrunkener Hand genähte Patchworkdecke erinnerte: unregelmäßige grüne, braune und gelbe Flecken, die durch im Zickzack verlaufende Hecken zusammengehalten wurden. Die Worte ihrer Mutter kamen Mina in den Sinn: *Als die Hörner erklangen, konnte uns nichts mehr aufhalten. Ich bin furchtlos über jede Hecke gesprungen, die sich mir in den Weg stellte.*

Jetzt, da die Entfernung zu ihrer Mutter dahinschmolz, fiel es Mina leichter, an sie zu denken, zumal sich nicht jedes Mal ihr

Hals zusammenzog. Tief in ihrem Innern spürte sie, dass sie nicht zu spät kamen. Der Mut ihrer Mutter war subtil, und in Hongkong hatte sie ihre Fähigkeit zur Ausdauer unter Beweis gestellt. Ashmore hatte ihr versichert, dass sie noch vor sieben Uhr am Abend in Plymouth und spätestens morgen Mittag in Providence eintreffen würden. Kaum hatte er sie das wissen lassen, hatte sie ein Gefühl tiefster Dankbarkeit erfüllt. Es mochte sein, dass er ihr nicht vertraute, aber wenigstens nahm er sie ernst

Als Mina den Blick vom Fenster abwandte, senkte der junge Bursche ihr gegenüber blitzschnell den Blick. Sein stumpfes blondes Haar war so fettig, dass es an ein Wunder grenzte, dass es ihm nicht vom Kopf glitt. Schlugen sechzehnjährige Knaben in diesem Land keinen Radau? Unterband die lähmende britische Gesellschaft jeglichen jugendlichen Tatendrang? Als er ein weiteres Mal zu ihr schaute, lächelte sie ihm aufmunternd zu, jedoch ohne den gewünschten Erfolg. Der Jüngling lief rot an, schluckte und starrte zornig auf seine Knie.

Ach, wie unsinnig das alles war. Es war ihr einfach nicht möglich, so dicht bei diesen Menschen zu sitzen und vorzugeben, dass sie nicht existierten. Sie hielt die Zeitschrift in die Höhe: »Ich hätte nie gedacht, dass ich das einmal sage, aber dem hier ziehe ich *Godey's Lady's Buch* allemal vor.«

Phin seufzte in seine Zeitung hinein. Seit mindestens einer halben Stunde wartete er darauf, dass sie irgendeinen Unfug anstellte, und konnte dafür noch nicht einmal dem Jüngling die Schuld geben, der mit anzüglichen Blicken um sich warf. Miss Masters hatte versprochen, sich für die Reise dezent zu kleiden, was ihr aber nicht einmal im Ansatz gelungen war. Sie hatte sich für ein Kleid mit einem hohen Kragen und langen Ärmeln entschieden und trug – dem Himmel sei dank – ein Korsett darunter. Doch die roten und weißen Nadelstreifen setzten die Wölbung ihrer

Brüste mit schwindelerregender Präzision in Szene. Womöglich wäre das noch hinnehmbar gewesen, wenn es ihr gelungen wäre, unauffällig ihren Platz einzunehmen. Doch obwohl sie so klein war, zog sie alle Aufmerksamkeit auf sich. Als Erstes scheuerte der Saum ihres Kleides über seine Schuhe. Als Nächstes nahm ihr Ellbogen die Armlehne zwischen ihnen in Beschlag. Jedes Mal, wenn sie sich bewegte, berührte sie ihn sanft, und bei Gott, sie bewegte sich alle Nase lang.

Wenigstens hatte sie sich heute für Unterröcke entschieden. Er wusste es, da das permanente Rascheln, das von ihnen ausging, Bilder von scharlachrotem Taft, schwarzen Schleifen, Strumpfhaltern und Seidenstrümpfen, glatten weißen Oberschenkeln und das, was zwischen ihnen zu finden war, hervorrief. Und natürlich Brustwarzen. Roséfarbenen Brustwarzen. Er würde nie erfahren, welcher Teufel ihn geritten hatte, sie nach der Farbe zu fragen. Doch seitdem er wusste, dass sie rosé waren, erinnerten ihn seine Gedanken in schöner Regelmäßigkeit daran. Roséfarbene, wohlduftende, vollbusige, raschelnde, regsame Miss Masters – sie war der Stoff, aus dem pubertäre Fantasien gemacht waren, und je mehr sie sich bewegte, desto jünger und abgelenkter fühlte Phin sich. Später, so war er sich sicher, würde er sich darüber köstlich amüsieren, aber er verspürte nicht den Wunsch, sich in einem Zug zum Narren zu machen. Unterdessen bestand sein Verstand bei jeder neuen Berührung immer beharrlicher darauf, dass sie mit Absicht den Körperkontakt zu ihm suchte. Da sie teuflisch gut küsste, wäre es nicht verwunderlich gewesen, wenn auch Folter zu ihrem festen Repertoire gehörte. Wenn sie schon einen erwachsenen Mann verrückt machte, welche Chancen hatte da wohl ein Jüngling?

Der Junge hatte auf jeden Fall seine Mutter neben sich sitzen, so viel stand fest. Die Lady sog laut die Luft ein und warf den Ball zurück in Miss Masters Feld: »Die Zeitschrift kenne ich nicht.«

Als wäre sie taub auf dem Ohr, verwechselte Miss Masters Ablehnung mit Interesse: »Es handelt sich um eine amerikanische Publikation«, erklärte sie. »Ich bin nämlich Amerikanerin, müssen Sie wissen.«

Der Junge hüpfte fast aus dem Sitz. »Das habe ich mir gleich gedacht!«

Stille, gepaart mit einem strengen Blick seiner Mutter, bereitete seinem Ausbruch ein jähes Ende. Widerwillig fügte er sich und saß still da.

Doch Miss Masters konnte diese Zurückweisung durch Schweigen nicht hinnehmen. Sie hatte die schlechte Angewohnheit, mit Menschen zu reden, die sie nichts angingen; zum Beispiel mit einem Hausmädchen namens Sally. Erst heute Morgen, als Phin in der Eingangshalle an der mageren Blondine vorbeigegangen war, hatte er sie überrascht gefragt, ob es sein könnte, dass sie nach Gardenien duftete. Das kreidebleiche Gesicht des Hausmädchens hatte Bände gesprochen. Miss Masters gab sich nicht damit zufrieden, ihm zu drohen, seine Dienerschaft abzuwerben, o nein. Vorher würde sie sie noch einparfümieren. Er konnte selbst kaum glauben, dass er den Wunsch verspürte, lauthals darüber zu lachen.

Miss Masters' Stimme riss ihn aus den Gedanken. »Ich muss schon sagen, das britische Eisenbahnnetz unterscheidet sich doch gewaltig von dem unseren.« Es war nicht offensichtlich, an wen aus dem unfreiwilligen Publikum sich diese Bemerkung richtete. »Ich will Ihnen ein Beispiel geben. Wieso ist es nicht möglich, das Gepäck vor der Abfahrt aufzugeben? Nachdem man einen Fahrschein gelöst hat, kommt in Amerika eine Gepäckkutsche nach Hause und nimmt jeden Koffer im Austausch gegen eine Kupferplakette in Empfang. Das ist doch …«

Phin schnitt ihr das Wort ab. »Gewiss. Sie erwähnten es bereits auf dem Bahnhof.« Lang und breit hatte sie es ihm erklärt. Er vermutete, dass sie darauf aus war, seine Geduld auf die Probe zu stellen, wenngleich ihr Motiv ihm nicht klar war.

Sie sah ihn gekränkt an. Ob dieser Blick echt war oder ob sie in der Öffentlichkeit das einfältige Dummchen mimte, zählte ebenfalls zu den Dingen, die er noch nicht ganz durchschaute. »Aber ich rede doch jetzt mit den anderen Fahrgästen. Es kann doch sein, dass sie noch gar nichts von den amerikanischen Weiterentwicklungen wissen. Und wenn man nicht weiß, dass ein besseres System existiert, wie in Gottes Namen soll man sich dann gegen das eigene auflehnen?«

Dass sie von Auflehnung sprach, versetzte zwei Drittel der gegenüberliegenden Sitzbank in Alarmbereitschaft. Der rothaarige Mann verdrehte krampfhaft den Oberkörper in Richtung Fenster, als interessierte er sich für die vorbeiziehenden Weizenfelder. Die Matrone starrte zornig drein, während der Jüngling Mina wie in Trance mit offenem Mund anstarrte.

Phin faltete die Zeitung zusammen und erhob sich, um sie in dem Gepäcknetz über ihren Köpfen zu verstauen. »Miss Masters. Würden Sie kurz mit mir vor die Tür treten? Ich möchte Ihnen etwas Interessantes zeigen, über das nur die englische Eisenbahn verfügt.«

Sie traten auf den schmalen Gang hinaus, der neben den Abteilen verlief. Um nicht das Gleichgewicht zu verlieren, musste Mina die Hände gegen die Wände stemmen, wobei sie etwas über die Überlegenheit der amerikanischen Eisenbahnen murmelte. »Wir befinden uns auf einer 12er-Spurweite«, erklärte Phin stirnrunzelnd. »Da können wir locker mit den Amerikanern mithalten. Was ich aber eigentlich sagen möchte: Es wäre dem Zweck unserer Reise dienlicher, wenn Sie damit aufhörten, ständig die Aufmerksamkeit der anderen Fahrgäste zu erregen.«

Wie der Zufall es wollte, fuhr der Zug in diesem Moment durch ein Wäldchen, sodass Sonnenlicht und Schatten in einem wilden Tanz über ihre Gestalt huschten – was Phins Blick wie magisch angezogen auf ihre Brüste lenkte.

»Lassen Sie mich raten«, sagte sie, als seine Augen begierig dem Schatten folgten. »Das Interessante an Ihrer Eisenbahn ist die Langeweile. Ich kann nichts Schlimmes dabei finden, wenn ich mich ein wenig mit unseren Mitreisenden unterhalte. Ist es wirklich so, dass Sie hier gar nicht über die Züge sprechen? Ich vermute, das ist so, weil Sie in diesen muffigen kleinen Abteilen sitzen. In Amerika haben wir Großraumwagen, sodass jeder …«

»Und in Amerika regnet es vermutlich auch Gold vom Himmel.« Sie schien es wahrhaftig darauf anzulegen, kein gutes Haar an England zu lassen. Warum, war ihm jedoch schleierhaft. »Aber Sie befinden sich derzeit in England und das nicht aus Spaß an der Freude.«

Sie zögerte. »Sie machen sich Sorgen, Collins' Männer könnten hinter uns her sein.«

Genau genommen dachte er weniger an Collins' Handlanger als an die Ridlands. Aber das machte keinen Unterschied. »An eine geschwätzige Amerikanerin erinnert man sich leicht.« Er hielt kurz inne. »Meinen Sie nicht auch?«

Dass er nach ihrer Meinung fragte, besänftigte sie ein wenig. »Vielleicht«, räumte sie mit einem vornehmen Nicken ein. Ein kurzer Moment der Stille senkte sich über die beiden, ehe er sich mit einem Mal bewusst wurde, dass das rhythmische Geräusch, das durch das Überfahren der Bahnschwellen entstand, auf ihrer Haut sichtbar war. Die vielen kleinen Erschütterungen brachten ihren Körper in Bewegung. Ihre Glieder zuckten in regelmäßigen Abständen. Ihm war bislang nicht bewusst gewesen, dass das Leben umso anstrengender sein musste, je kleiner und zierlicher der Körper war.

Sie hatte die Stirn leicht gerunzelt und musterte ihn, wie sie es in den letzten vierundzwanzig Stunden häufiger getan hatte.

Es war ihr anzumerken, dass sie sich im Zustand der Feindseligkeit um einiges wohler fühlte. Es konnte aber auch sein, dass Mutter Natur so zierliche Persönchen wie sie mit einem besonders starken Selbsterhaltungstrieb ausstattete, der sie schon früh vor verdächtigen Absichten eines größeren Gegenübers warnte, selbst wenn dieses noch gar nichts getan hatte. Durch seinen Körperbau hatte Phin keinerlei Probleme, das Gleichgewicht zu halten, während sie an den Wänden des Gangs nach Halt suchen musste, damit die Schlingerbewegungen des Zuges ihr nicht den Boden unter den Füßen wegrissen. Dabei hatte er sowieso vor, sie bei nächster Gelegenheit von den Füßen zu reißen. Das war jetzt schon eine Weile überfällig. Vier Jahre und fünf Monate, um genau zu sein. Es fiel ihm schwer, seine Vorfreude im Zaum zu halten. »Haben Sie etwa Einwände?«

»Nein«, antworte sie. »Nur, dass wir ohnehin nicht in der Lage wären, die Männer zu erkennen, die uns verfolgen. Einen Mann aus der Reserve zu locken, ist eine gute Möglichkeit, ihn einzuschätzen, oder nicht?«

»Beim Allmächtigen.« Er schluckte ein Lachen herunter. »Jetzt sagen Sie nur noch, es gehörte zu Ihrer Strategie, auf das *Godey's Lady's Buch* zu verweisen.«

Als Mina lächelte, wurde Phin klar, dass es keinen Grund gab, mit seiner Belustigung hinter dem Berg zu halten. Inzwischen glaubte er zu wissen, dass sie einem guten Scherz nicht abgeneigt war. »Sie würden mir ja sowieso nicht glauben«, entgegnete sie. »Und das ist auch genau der Grund, warum die Strategie aufgeht. Niemand würde dahinter eine Absicht vermuten.«

Ihre Überlegung faszinierte ihn. Vielleicht hatte sich gerade ein weiterer Riss in ihrer Maske gezeigt, was er direkt herausfinden wollte. »Ja, natürlich«, sagte er. »Gespräche über Modemagazine bewegen Bösewichte nahezu immer zu Geständnissen.«

Seinen Sarkasmus überhörte sie geflissentlich und erwiderte

einfach sein Lachen. »Sie müssen schon zugeben, dass es sich um eine weitaus subtilere Methode handelt, als eine Waffe zu zücken.«

Was für ein bizarrer und charmanter Spleen. Sie spann seinen Scherz weiter, wenngleich er auf ihre Kosten ging. »Vielleicht sollten Sie gleich auf den Kern der Sache zu sprechen kommen. Lassen Sie die Zeitschrift einfach weg, versuchen Sie es doch stattdessen mit einem Kleid aus ihrem Koffer und fragen Sie nach Meinungen.«

Als ihr Gesicht wie ein Kronleuchter aufstrahlte, machte sein Herz einen Aussetzer. »Ja«, sagte sie. »Je hässlicher, desto besser. Etwas Braunrotes oder … Magenta und Orange.«

Ein Blick über Minas Kopf hinweg verriet Phin, dass der Schaffner bereits auf der Lauer lag. Großartig. Ihr sagte er, sie solle keine Aufmerksamkeit auf sich ziehen, nur um sie auf den Flur zu zerren und dort mit ihr zu scherzen. Es behagte ihm ganz und gar nicht, wie mühelos sie seinen Humor auf den Plan rufen konnte. Genau das hatte ihn in Hongkong zu Fall gebracht und konnte sich jetzt wiederholen. Keiner von ihnen ging mit niedrigem Einsatz in das Spiel. »Genug jetzt der Flachserei. Meine Bitte ist mehr als simpel. Gehen Sie zurück ins Abteil, setzen Sie sich hin und verhalten Sie sich ruhig. Ich und die anderen Mitreisenden werden es Ihnen danken.«

Als ihr Gesicht einen leeren Ausdruck annahm, meldete sich sogleich sein schlechtes Gewissen. »Das glaube ich Ihnen aufs Wort«, murmelte sie.

Er öffnete die Tür zum Abteil. Der rothaarige Mann, der schräg gegenüber von Miss Masters gesessen hatte, stand jetzt an der Tür und kramte in einer Tasche im Gepäcknetz. Die Matrone hatte den Platz eingenommen, auf dem der Rotschopf gesessen hatte. Phin beäugte den Mann, als er Miss Masters Platz machte, damit sie an ihm vorbeigehen konnte. Die Jacke des Mannes spannte unter den Armen. Eigentlich sollte man meinen, dass jemand, der eine Fahrkarte erster Klasse löste, sich eine bessere Garderobe leisten konnte. Seine Schuhe waren solide gearbeitet, wenngleich die Sohlen bereits fast durchgelaufen schienen.

Nicht sehr professionell, dass ihm das erst jetzt auffiel. Nur zu gern würde Phin den flirtenden Ellbogen die Schuld daran geben, aber er musste sich eingestehen, dass er allein bei dem Gedanken daran einiges an Selbstachtung verlor.

Genau wie ihm war auch Miss Masters aufgefallen, wie nah der Mann an der Tür gestanden hatte. Als sie sich wieder setzte, warf sie Phin einen beredten Blick zu, ehe sie abermals in die Richtung des Mitreisenden blickte. *Nein*, flehte er sie in Gedanken an. *Nicht hinsehen, keine Bemerkung.*

»Oh!«, richtete sie fröhlich das Wort an die ältere Lady. »Haben Sie entschieden, mir gegenüber zu sitzen? Wie schön. Wollen Sie vielleicht einen Blick in meine Zeitschrift werfen?«

»Nein«, erwiderte die Frau knapp. »Es war nicht meine Idee, die Plätze zu tauschen.«

Zugegeben, das war nicht schlecht gewesen. Leider Gottes ließ Miss Masters es sich nicht nehmen, ihren Triumph zu feiern, indem sie den »Yankee Doodle Dandy« summte, während sie es sich abermals mit ihrer Zeitschrift gemütlich machte.

Phin nahm indes seine Tasche und seine Zeitung aus dem Gepäcknetz, setzte sich wieder hin und schlug die Zeitung mit einer Entschiedenheit auf, von der er hoffte, dass sie Miss Masters nicht entging. Auf ihre Koffer, die sich im Gepäckabteil befanden, konnten sie zur Not verzichten. Nicht umsonst befand sich seine Pistole in der Ledertasche.

»Was für ein herrlicher Tag«, sagte Miss Masters. »Ist es nicht eine Schande, dass wir hier drinnen eingesperrt sind?«

Selbst jetzt konnte sie sich nicht dazu durchringen, ihm die Führung zu überlassen. Vermutlich zog sie ihr Selbstvertrauen aus ihrem geschäftlichen Erfolg in New York. Er dachte an ihre Mutter, die sich schlaff und kraftlos in Collins' Schatten bewegt hatte, und fragte sich, ob Miss Masters eigentlich bewusst war, dass zwischen den beiden Extremen auch noch andere Möglichkeiten existierten, zum Beispiel ein *Miteinander*. »Reisen kann recht langweilig sein«, sagte er sanft und ließ den Blick über die Worte gleiten. Als er fand, wonach er suchte, sagte er: »Ist Ihnen langweilig? Erlauben Sie mir, Sie ein wenig zu unterhalten. Hier, sehen Sie sich das an.«

Sie reckte den Hals, während er ihr verschiedene Worte zeigte. *Weggehen ... ohne ... Vorankündigung*.

»Oh, das ist in der Tat höchst interessant«, pflichtete sie ihm bei. »Wann denken Sie, wird es dazu kommen?«

»Sehr bald schon, vorausgesetzt, der Premierminister schafft es, sich durchzusetzen.« Der Zug erzitterte, als der Lokführer die Geschwindigkeit drosselte, weil der nächste Halt in einem Bahnhof unweigerlich bevorstand. »Manchmal kann so etwas sogar sehr schnell gehen.«

Sie lächelte. »Eigentlich widerstrebt es mir, eine fremde Macht anzuerkennen, aber in diesem Fall mache ich eine Ausnahme und werde mich nicht in Diskussionen ergehen. Das Urteil, das er gefällt hat, scheint mir höchst plausibel zu sein.«

Wie clever sie war. Als Phin merkte, dass er den Wunsch verspürte, ihr in die Wange zu kneifen, schreckte er innerlich hoch. »Das ist Musik in meinen Ohren«, sagte er und machte sich daran, die Zeitung zusammenzufalten. Doch ihre Hand fing sein Handgelenk ab.

»Die Geschichte hier sieht auch vielsagend aus.« Ihr behandschuhter Finger landete auf dem Wort *wie*. »Haben Sie davon schon etwas gehört?«

»Dabei handelt es sich um klassischen Betrug«, improvisierte er. »Im Grunde ganz einfach. Ein Mann sorgt für Ablenkung, während die anderen mitsamt den Juwelen die Flucht antreten. Ich gehe nicht davon aus, dass die Polizei der Bande habhaft wird.«

Die Matrone stieß ein lautes Schnauben aus, um ihr Missfallen an der Unterhaltung kundzutun.

»Ich frage mich nur, wie der Mann entkommen sein mag, der das Ablenkungsmanöver inszeniert hat. Oder befindet er sich in Untersuchungshaft?«

»Nein«, antwortete er. »Ich nehme an, dass er auf seinem Gebiet ein Experte ist.«

»Verstehe.« Als er die Zeitung zusammenfaltete, legte sie ihre Zeitschrift auf den Boden und verschränkte brav die Hände im Schoß, während ihre Lippen tapfer gegen ein Lächeln ankämpften. »Es war mir gar nicht bewusst, Sir, welch profundes Wissen Sie über kriminelle Machenschaften haben. Ich muss schon sagen, so langsam mache ich mir große Sorgen.«

Phin versuchte erst gar nicht, mit seinem Grinsen hinter den Berg zu halten. Dieser privaten Verschwörung wohnte etwas ungemein Charmantes inne. »Ich bin nicht derjenige, dem der Sinn nach einem Kleid mit magenta- und orangefarbenen Streifen steht.«

Das laute Quietschen der Bremsen und die am Fenster vorbeiziehenden Dampfschwaden, die das Abteil in ein schummeriges Licht tauchten, kündigten an, dass sie in den Bahnhof eingefahren waren. Minas Blick glitt erst nach draußen, dann zu Phin. Das Lächeln, das ihre Lippen erobern wollte, entfaltete sich wie die aufgehende Sonne. Er spürte, wie etwas in seinem Inneren einen Hüpfer machte. Er täte besser daran, einen kühlen zu Kopf bewahren und sich nicht ablenken zu lassen.

»Shrivenham«, rief der Schaffner. »Alle Passagiere mit dem Ziel Shrivenham bitte aussteigen.«

»Einen Moment«, sagte Phin an Mina gewandt, erhob sich und wollte auf den Flur hinaustreten.

Überrascht starrte der Rothaarige ihn an und machte ebenfalls Anstalten, sich zu erheben. Als er jedoch sah, dass Miss Masters sitzen blieb, nahm er Abstand davon. Mehr brauchte Phin nicht als Beweis. Er drehte sich um und tat als würde er stürzen, damit er einen Vorwand hatte, dem Mann mit dem Ellbogen einen kräftigen Hieb in die Seite zu versetzen.

Laut keuchend klappte der Rothaarige zusammen. Mit raschelnden Röcken und in eine Lavendelwolke eingehüllt zwängte Mina sich an Phin vorbei. Ein kurzer Blick bestätigte, dass sie im nächsten Augenblick bereits den Korridor hinabeilte.

»Beim Allmächtigen!«, murmelte die Matrone.

»Ich bin untröstlich«, sagte Phin. »Mein Gott, geht es Ihnen gut?«

Der Mann rang nach Luft. »Ich … Zur Hölle mit Ihnen.«

Die Matrone zog hörbar die Luft ein. Doch da ahnte sie noch nicht, dass ihr gleich ein um Längen größerer Schock bevorstand. Wenn der Bursche noch reden konnte, war der Job noch nicht erledigt. Phin legte dem Mann die Hand auf die Schulter, als wollte er sich entschuldigen und drückte mit aller Kraft zu. Er war ein wenig aus der Übung, und als er ein Stechen in seiner Armmuskulatur spürte, überfiel ihn zu seinem Schrecken für den Bruchteil einer Sekunde die Angst, das Manöver womöglich nicht durchzustehen.

Das Gesicht des Mannes verfärbte sich tiefrot, ehe er nach vorne gebeugt zusammenklappte.

»Gütiger Gott«, sagte Phin und wich nach hinten. »Er ist bewusstlos. Ich gehe und rufe Hilfe.«

Doch wie der Zufall es wollte, hatte der Schaffner den Tumult mitbekommen und näherte sich mit zügigen Schritten dem Abteil. Phin ließ ihn passieren, schnappte sich seine Tasche, hastete den Flur entlang und sprang aus dem Zug, was Miss Masters mit einem freudigen Applaus quittierte.

»Wunderbar!«, rief sie entzückt. »Ich habe alles durch das Fenster mit angesehen.«

Eilig packte Phin sie beim Arm und führte sie vom Bahnsteig herunter, vorbei an dem schmalen Garten des Bahnhofvorstehers, in dem ein Meer aus weißen und roten Blüten in der Brise wogte. Die sonnendurchflutete Szene wirkte so surreal, als stammte sie von der Hand eines Künstlers, der nur die Primärfarben kannte und noch nie etwas von Schattierungen gehört hatte. Eigentlich sollte es Phin zutiefst beunruhigen, dass er sich so gottverdammt lebendig fühlte. Ob er es je lernen würde, subtilere Freuden zu schätzen?

Miss Masters zumindest schien dafür zugänglich zu sein. Sie riss sich los, lief hüpfend weiter und drehte sich freudig zu ihm um. Ihre Augen leuchteten so blau wie der Himmel hinter ihr, ihr Haar strahlte mit der Sonne um die Wette. Sie war alles andere als eine subtile Freude. »Den Trick müssen Sie mir unbedingt beibringen«, sagte sie. »Jemanden zu kneifen, bis er ohnmächtig wird.«

Ihr Enthusiasmus wirkte wie ein Gegengift, und Phin spürte, wie seine Hochstimmung bröckelte. »Wenn man es falsch angeht, kann der Gegner zu Tode kommen.« Das hatte er aus allererster Hand erfahren. Besser als ihm lieb war, erinnerte er sich an das leise Seufzen, das der Mann im Augenblick des Todes von sich gegeben hatte. Der Mann war ein Verbrecher gewesen, der viele Menschen ins Elend gestürzt und kräftig daran verdient hatte. Doch irgendwo auf der Welt hatte vermutlich jemand um ihn geweint. So war es eigentlich fast immer.

Ich habe um ihn geweint. Seine Tränen hatten ihn damals verblüfft. Ihm selbst zuliebe und in dem Wissen, dass solche Dinge immer wieder passieren konnten, hatte Phin sich nicht eingestehen können, dass er im Grunde auch um sich selbst geweint hatte.

»Vielleicht wüsste ich aber gern, wie man jemanden tötet.«

Hätte sie diese Worte nicht so ruhig ausgesprochen, hätte er womöglich eine beißende Antwort gegeben. Stattdessen musterte er sie eingehend und glaubte, den Anflug eines Schattens auf ihrem Antlitz zu entdecken. »Wen würden Sie denn gern ins Jenseits befördern?«

Auf der anderen Seite des Bahnwärterhäuschens zog sich eine Eichenallee hin, die Baumkronen filterten das Sonnenlicht, das den Boden sprenkelte. Der Duft wilder Rosen, von Geißblatt und Heu erfüllte die Luft und irgendwo ganz in der Nähe sang eine Nachtigall.

Das gellende Pfeifen der Lokomotive scheuchte eine Vogelschar auf, die sich in einer der Eichen niedergelassen hatte. »Niemanden im Besonderen«, antwortete Mina. »Eher eine Kategorie ganz allgemein. Es ist unwahrscheinlich, dass ich je einen Mord verübe, aber wenn man wüsste, dass ich es könnte, wäre das doch recht nützlich. Wo gehen wir eigentlich hin? Und weshalb warten wir nicht einfach auf den nächsten Zug?«

Phin rief sich die Landkarte ins Bewusstsein, die er in seinem Gedächtnis abgespeichert hatte. Mit dem Entschluss, eine Kutsche im Dorf anzumieten und eine Abkürzung nach Bristol zu nehmen, griff er nach Minas Hand und führte sie die Straße hinunter. »Es ist schwer abzuschätzen, wie lange die Ohnmacht anhält. Was, wenn der Kerl am nächsten Bahnhof aussteigt, zurückläuft und uns doch noch erwischt, während wir am Bahnsteig warten? Nein, wir bleiben besser ein wenig auf der Landstraße und umgehen Swindon. Was meinen Sie eigentlich mit *Kategorien*?«

Sie seufzte. »Damit meine ich euch Männer. Zumindest die meisten. Nicht alle, nein. Aber Männer wie Collins.« Sie stieß ein

Geräusch der Belustigung aus. »Männer, die mich in Zimmern einsperren.«

Phin sah sie von der Seite aus an. Wenn sie ihn tatsächlich in dieselbe Schublade wie Collins steckte, wusste er, wie er vorgehen würde. »Da kann ich von Glück sagen, dass ich Sie wieder herausgelassen habe.«

»Genau genommen haben Sie das gar nicht«, entgegnete sie. »Ich habe mich selbst befreit und Sie anschließend mit Informationen versorgt, auf Basis derer Sie entschieden haben, mir meine Freiheit zu lassen. Das *Lassen* ist es, gegen das ich mich hier wehre.«

»Dann entschuldige ich mich dafür«, sagte er. »Zum wiederholten Mal.«

Mina schenkte ihm ein Lächeln. »Worte sind billig, Ashmore. Und wir beide verfügen über eine Menge Geld.«

Ja, dachte er mit einem Seufzen. Die nächste Gelegenheit, sie kurzerhand von den Füßen zu reißen, würde wohl doch nicht so bald kommen, wie er gehofft hatte.

11

In Shrivenham gab es lediglich eine einzige Mietkutsche, die vor allem dadurch bestach, dass sich die Fenster nicht schließen ließen und dass die Federn jeden Augenblick ihren Geist aufgeben konnten. Mina war von Anfang an skeptisch, wie weit sie mit dem klapprigen Gefährt kommen würden, und als hätte sie es geahnt, brachen bereits nach fünf Meilen die Achsen, sodass eine Weiterfahrt unmöglich war.

»Das Twin Elms is' gleich um die Ecke«, versicherte ihnen der mürrische Fahrer. »Und wenn's da keine Kutsche nich' gibt, fress' ich 'n Besen.«

Das besagte Twin Elms entpuppte sich als ein weiß verputztes Haus, dessen Eingang zwei Ulmen flankierten. Ihre knorrigen Wurzeln, die wie Finger aus dem Boden wuchsen, erweckten den Eindruck, als wollten sie nach Passanten greifen. In der ebenfalls weiß getünchten Eingangshalle trafen sie auf ein halbes Dutzend Gentlemen und eine junge Dame, die um einen dreibeinigen Tisch in der Nähe des Kamins saßen, Beefsteaks aßen und aus Bierkrügen tranken.

Als die Gruppe Phin und Mina erblickte, verstummte sie schlagartig. Während die Männer Mina unverhohlen anstarrten, erhob sich die junge Frau und wischte sich die Hände an der Schürze ab, während sie auf die Neuankömmlinge zusteuerte. Wie sich wenig später herausstellte, war sie die Tochter des Wirts. Ein hübsches Mädchen mit einem etwas zu breiten Gesicht, dessen rosiger Teint einen interessanten Kontrast zu ihrem ebenholzfarbenen Haar bildete. Mina mochte sie auf Anhieb, wenn auch nur wegen der Tatsache, dass sie allein mit den Männern zusammensaß und mit ihnen aß, trank und plauderte, als wäre es das Normalste von der Welt. Wie es schien, gab es so manches, das Mina noch über moderne englische Mädchen lernen konnte.

Leider Gottes war besagte junge Frau jedoch nicht in der Lage, ihr direkt in die Augen zu sehen. Nachdem sie mit weit aufgerissenen Augen Minas Gesicht und Kleid gemustert hatte, schluckte sie und richtete das Wort lediglich an Ashmore.

»Ach du ahnst es nicht«, sagte sie, nachdem Ashmore ihr kurz geschildert hatte, was vorgefallen war. »Morgen sieht die ganze Sache bestimmt schon wieder anders aus. Allerdings haben wir hier nur eine einzige Kutsche, und die ist draußen bei der Holladay-Hochzeit. Vermutlich sind sie gerade dabei, das Brautpaar durch die Nachbarschaft zu fahren. Aber …« Sie warf einen flüchtigen Blick in Minas Richtung und begann zu stammeln: »K-Kein G-Grund, sich zu ärgern. Zum Abendessen werden sie wieder hier sein, es gibt ein Festessen zu ihren Ehren. Und John Marsh, der Kutscher, fährt anschließend zurück nach Swindon.« Als ihr Blick abermals für den Bruchteil einer Sekunde zu Mina glitt, verlagerte sie das Gewicht auf das andere Bein, als fühlte sie sich nicht wohl, und steckte sich eine Haarsträhne hinter das Ohr.

Dein Haar sieht wunderschön aus, hätte Mina ihr am liebsten gesagt. Wir befinden uns hier doch nicht im Wettstreit. Aus Erfahrung wusste sie jedoch, dass solche Versicherungen das Gegenüber oft eher peinlich berührten, statt den erhoffen Zuspruch zu spenden.

»Mehr kann ich Ihnen leider nich' bieten«, murmelte das Mädchen. »Aber besser als nix.«

»Das klingt doch gut«, ergriff Mina das Wort.

»Schön.« Das Mädchen senkte abermals den Blick. »Wenn

Sie mir eine Stunde Zeit geben, mach ich den Herrschaften was zu essen.«

Die Vorstellung, es sich in der Fensternische mit einem Glas Wein gemütlich zu machen, gefiel Mina. Sie fand, das hatten sie sich nach dem langen Marsch durch die Sonne auch redlich verdient. Ein Waschtisch und ein kaltes Tuch auf der Stirn klangen auch nicht schlecht. Warum gönnte sie sich nicht beides? Auf ihre Bitte hin errötete das Mädchen, hastete in die Küche, um den Wein zu holen, ehe sie die beiden nach oben führte und ihnen das letzte freie Zimmer zeigte. Wegen der Hochzeit, so erklärte sie, seien die Gäste sogar eigens aus Wiltshire angereist.

»Wie weit ist das denn entfernt?«, erkundigte sich Mina, als sie das Zimmer betraten und die Tür schlossen.

»Ungefähr fünf Meilen«, sagte Ashmore mit dem Anflug eines Lächelns.

Das Zimmer war sehr geräumig. An den Wänden hingen Rosmarinzweige, die einen angenehmen Duft verbreiteten. Durch die geöffneten Fenster wehte eine leichte Brise herein. Mina war dankbar, endlich wieder einen weichen Teppich unter ihren müden Füßen zu spüren, und ließ sich in einen weich gepolsterten Lehnsessel fallen. Ashmore zog es offensichtlich vor, im Zimmer hin und her zu gehen. Schließlich blieb er stehen und schaute mit einer Miene, die er sich für gewöhnlich vorbehielt, um sich nähernden Feinde entgegenzusehen, in den Garten. Womöglich war er entsetzt, dass die Apfel- und Pflaumenbäume kreuz und quer ohne sichtliche Anordnung wuchsen. »Das alles ist höchst bedauerlich«, sagte er.

»Drei Stunden«, entgegnete Mina. »So lang ist das nun auch wieder nicht.« Gegen ihren Willen fielen ihr immer wieder die Augen zu. Der Duft des Rosmarins war so bodenständig, dass er statt Luxus das Gefühl von Wohlbehagen und Zufriedenheit vermittelte. Wie ungerecht, dass derartig wunderbare Kräuter das eher trostlose Klima Englands bevorzugten. Hatte sie nicht neben der Eingangstür des Wirtshauses gar einen üppig wachsenden Lavendelstrauch entdeckt? Mit einem Mal schien ihr der Vertrag, den sie mit Whyllson's geschlossen hatte, nicht mehr so vorteilhaft zu sein, wie sie gedacht hatte. Wenn sie sich dazu überwinden konnte, einige Monate im Jahr in diesem Land zu verbringen, konnte sie mit eigenen Händen eine Lavendelplantage anlegen und so der Firma eine Menge Geld sparen.

Sprungfedern ächzten. Mina öffnete die Augen und sah, dass Ashmore sich auf das Bett gesetzt hatte. Da es für ihn ein wenig zu niedrig war, musste er die Beine ausstrecken, wenn er vermeiden wollte, dass seine Knie weit auseinanderklafften. »Sie haben mich nicht richtig verstanden«, sagte er. »Der Kutscher geht davon aus, dass wir nach Swindon wollen. Bis wir eine Transportmöglichkeit finden, die uns weiter wegbringt, stecken wir fest.«

»Hier?«

»Ja, zumindest für die Nacht.«

»Für die Nacht?« Verdutzt setzte Mina sich auf. Plötzlich wirkte der Raum um einiges kleiner, und selbst ein anregender Schluck Wein änderte nichts daran. Das Bett war viel zu klein für sie beide, vorausgesetzt, sie hatten vor, es sich wie ein Liebespaar zu teilen. Der bloße Gedanke reichte aus, Minas Körper in eine gewisse Erregung zu versetzen. Es dauerte einen Augenblick, bis sie merkte, dass sie Ashmores Krawatte anstarrte. *Nehmen Sie sie ab,* hätte sie um ein Haar gesagt, so stark war der Wunsch, den Schaden zu sehen, den sie angerichtet hatte.

Als Ashmore ein wenig wippte, ächzte das Bett. Sein Lächeln hatte etwas Jungenhaftes an sich und veranlasste Mina, die Augenbrauen hochzuziehen. Er hätte gut daran getan, sein Benehmen besser zu kontrollieren. Ihr hatte er vorgeworfen, sie würde ihn herausfordern, dabei war er selbst auch nicht besser.

Mina schloss die Augen und verzichtete darauf, eine Bemerkung über seine Anzüglichkeit zu machen. Ein falsches Wort konnte sie womöglich eine voreilige Entscheidung treffen lassen. Der Gedanke, dass die Bewahrung ihrer Jungfräulichkeit sie nicht mehr einschränkte, war für sie noch immer neu und interessant. Jane hatte Minas Entscheidung, mit Henry zu schlafen, von Anfang an missbilligt. Mina hatte daraufhin Massen an Literatur zusammengetragen, um die Freundin von ihrer Meinung abzubringen: Aufsätze von Suffragetten, Flugblätter einer Gruppe, die sich für »freie Liebe« und das Ideal einer »Neuen Frau« einsetzte, medizinische Abhandlungen über Empfängnisverhütung (Henry war vor der Benutzung eines Präservativs aus Kautschuk zurückgeschreckt, aber sie hatte darauf bestanden – in dem Wissen, dass er darauf aus war, sie zu schwängern, damit sie ihn heiraten musste). Das alles hatte Jane jedoch nicht von ihrer Meinung abbringen können. »Die Jungfräulichkeit ist ein heiliges Geschenk«, hatte sie dagegengehalten. »Und es ist eine entsetzliche Sünde, es außerhalb der Ehe zu verschenken. Was, wenn du dich später doch einmal fürs Heiraten entscheidest?«

Sünde und Heiligkeit – beides waren Begriffe, die Mina nicht besonders interessierten. Scheidung zählte ebenfalls zu den Sünden, und als Folge dessen befand sich ihre Mutter nun in der Macht eines Kriminellen, der in den Augen des Gesetzes kein Recht auf Freiheit, wohl aber jedes Recht der Welt hatte, mit ihr das Bett zu teilen und sie zu schänden, bis er gefangen wurde. (Verdammte Sünde, dachte sie und lächelte über dieses Wortspiel.) Letzten Endes hatte Janes Hinweis sie in ihrem Entschluss bestärkt, hatte er ihr doch vor Augen geführt, zu welcher Last die Jungfräulichkeit für sie geworden war. Solange sie existierte, war es für Außenstehende ein Leichtes, sie in aller Vertraulichkeit und möglicherweise auch mit einer Spur von Selbstgefälligkeit zu fragen: *Nun, Mina, willst du nicht eines Tages vielleicht doch heiraten*?

Nein, eine gefallene Frau zu werden, war die richtige Entscheidung gewesen. Mina hatte dafür gesorgt, dass sie gesehen wurde, als sie Henrys Haus zu verräterischer Stunde verlassen hatte. Gleichsam über Nacht hatte es damit aufgehört, dass ambitionierte Eltern ihre wunderbaren Söhne im heiratsfähigen Alter in Minas Richtung schubsten. Jene Männer jedoch, die ihr nach wie vor Avancen machten, taten das in aller Offenheit und hatten kein Interesse daran, Mina zu ihrem Eigentum zu machen. Sie hatte sich noch nie so frei gefühlt.

Selbstverständlich galt es, diese Freiheit auch zu leben. *Die Freuden des Körpers sind das größte Geschenk, mit dem uns Mutter Natur ausgestattet hat*, so propagierten es die Anhänger der »freien Liebe«. Henry hatte nicht viel getan, diese Behauptung zu bestätigen. Als er jedoch ins Feld führte, dass der Fehler bei ihr läge, hatte sie ihm nicht geglaubt. Sie war ihm nichts schuldig, und es hatte ihn erzürnt, dass sie sich nicht dazu verpflichtet gefühlt hatte, die Schuld auf sich zu nehmen.

Wie dem auch sei, es gab eine Menge zu lernen, und Ashmore schien genau der richtige Lehrer zu sein. Ein Mann von Welt, den sie in derartigen Angelegenheiten für überraschend fügsam hielt. Überdies schienen ihre Körper gut miteinander zu harmonieren. Ein wenig Herumexperimentiererei, gefolgt von der erfolgreichen Rettung ihrer Mutter, ehe sie dafür sorgte, dass ein Ozean zwischen ihnen lag – so wäre es ganz nach ihrem Geschmack gewesen. Das war zumindest eine Option, denn so langsam hatte sie Grund zur Annahme, dass Ashmore eine Verführung nicht forcieren würde. Und was die Risiken betraf, so waren diese eher gering.

»Dann sieht wohl alles danach aus, als würden wir die Nacht hier gemeinsam verbringen«, sagte sie. Die Zuversicht in ihrer Stimme überraschte sie selbst.

»Sie scheinen sich darüber ja fast zu freuen.«

Konnte es ein, dass er mädchenhafte Aufregung erwartete? »Zumindest versuche ich es.«

»Ich dachte, Sie vergingen vor Sorge um Ihre Mutter.«

Sie riss die Augen auf und schleuderte ihm einen stechenden Blick zu. »Denken Sie etwa, ich mache mir keine Sorgen?«

»Es lag mir fern, Ihnen Vorwürfe zu machen.« Sein Erstaunen schien echt. Sie entspannte sich ein wenig. »Aber Sie wirken ganz und gar nicht ungeduldig. Nach meinem Eindruck war das in London ganz anders.«

Ungeduld war eine entsetzliche Verlockung. Es behagte Mina nicht, dass Ashmore ausgerechnet dieses Wort benutzt hatte, schien es doch dieses Gefühl mitten in dieses Zimmer zu tragen. Die Ungeduld war wie ein Tier, das dem Menschen die Klauen in die Lungen schlug und ihm das Atmen fast unmöglich machte. »Was würde ich damit gewinnen, ungeduldig zu sein?« Es war sinnlos, sich in etwas zu verbeißen, das man ohnehin nicht ändern konnte. In ihrem Leben hatte es bereits mehrere grässliche Situationen gegeben, in denen sie keine andere Chance gehabt hatte, als abzuwarten. Taten waren das Einzige, was zählte. Und waren diese nicht möglich, entwickelte sich eine besondere Form der Folter: das Grübeln. Sich das Gehirn zu zermartern, war nicht minder effektiv als Schreie, Dunkelheit, Hitze und Hunger. Oh nein, an dergleichen wollte sie nicht denken. »Ungeduld ist vollkommen fehl am Platz«, sagte sie scharf.

»Aber dadurch bleiben Sie fokussiert«, hielt er dagegen, wenngleich sein Gesichtsausdruck nahelegte, dass er willens war, sich das Ganze noch einmal durch den Kopf gehen zu lassen. »Wir wissen jetzt, dass bereits in London jemand unsere Verfolgung aufgenommen hat. Dieser Jemand wird dorthin zurückkehren und seinen Auftraggeber darüber informieren, wo sich unsere Spur verloren hat. Das ist wohl kaum der geeignete Zeitpunkt für ein Nickerchen, wie ich finde.«

»Im Gegenteil, der Zeitpunkt ist perfekt.« Mina sah ihn verwundert an, stand sein Handeln doch im krassen Widerspruch zu seinen Worten, weil er vollkommen entspannt auf dem Bett lag »Sie meinen also, es wäre das Beste, gut ausgeruht zu sein, falls und wenn sie uns aufspüren?« Und weshalb musste ausgerechnet sie ihm das erklären? »Ein Mann, der jahrelang mit politischen Ränken zu tun hatte, sollte sich in derartigen Dingen eigentlich auskennen.«

Ein seltsamer Ausdruck schob sich über sein Gesicht. Es war nicht das erste Mal, das sie diesen Blick an ihm heute registrierte. Ein Blick, der ihr ein warmes und eigenartiges Gefühl bescherte, das in keinerlei Zusammenhang mit dem Verlangen stand, das er in ihr entfachte. Sie war es gewohnt, angestarrt zu werden, jedoch nicht auf so nachdenklich-interessierte Weise, die fast schon wissenschaftlich anmutete. »Ist was?«, fragte sie mit leicht defensivem Unterton. Um nicht rot anzulaufen, atmete sie tief durch.

Die Brise, die durch das offene Fenster hereinwehte, verfing sich in seinem langen Haar. »Mir schwant, Sie könnten besser geeignet sein für meine ehemalige Arbeit als ich.«

Dieser Gedanke zauberte ein Lächeln auf ihr Gesicht. Es gefiel ihr, dass er sie sich als eine Entfesslungskünstlerin vorstellen konnte, die kreuz und quer durch die Welt reiste, um Rüpeln zu zeigen, was Gerechtigkeit bedeutete. Dergleichen verlangte Geschicklichkeit sowie eine gehörige Portion Verschlagenheit. Das Kompliment – so fühlten sich seine Worte zumindest an, vor allem, weil sie annahm, dass er sie nicht als solches gemeint hatte – rührte sie zu Großzügigkeit. »In Hongkong haben Sie kein schlechtes Bild abgegeben; Sie haben uns alle an der Nase herumgeführt. Das war sehr schlau eingefädelt.« Zumindest bis zu dem Abend, an dem er vergiftet worden war, hätte sie Stein und Bein geschworen, dass er Amerikaner war.

Er zuckte die Achseln. »Ich habe nicht gesagt, dass ich nicht gut war. Aber ich habe mir den Job nicht ausgesucht und ihn deshalb nie gemocht.«

Was für ein Unsinn! Als er heute aus dem Bahnhof gestürmt war, hatte sein Gesicht gestrahlt, und als sie applaudiert hatte, war er sogar in Lachen ausgebrochen. Sie stellte den Trinkkrug auf dem Boden ab und gab sich alle Mühe, seine veränderte Haltung zu entschlüsseln. »Nicht einmal heute? Sie haben also nicht einmal beim Sprung aus dem Zug den Anflug von Nervenkitzel verspürt?«

Ashmore hob die Hand, drehte sie um und betrachtete den Handteller. Selbst die Haltung seiner Finger zeugte von Eleganz, und sein Sprung aus dem Zug hatte an die Anmut eines Tänzers erinnert. Wäre Mina Wissenschaftlerin, sie hätte ein großes Interesse daran, an ihm die optimalen Bewegungsabläufe des menschlichen Körpers zu erforschen.

»Heute …« Er tat einen langen Atemzug. »Zugegeben, ein wenig Spaß hat es mir schon gemacht.«

Dass er sich im Moment jedoch nicht sonderlich wohlfühlte, war unverkennbar, sonst würde er die Finger nicht ständig anspannen und wieder entspannen. Fast so, als wollte er sein Zugeständnis widerrufen. Wieder einmal wanderten ihre Gedanken zu seiner Bemerkung über ihren Kuss zurück; er hatte sie der Sünde bezichtigt. Vielleicht war es eine Eigenart der englischen Seele, die ihn dazu brachte, die Lust infrage zu stellen, die er empfunden haben musste … Ihre Mutter gehörte ebenfalls zu der Sorte Mensch, die jegliche Form von Amüsement unter Generalverdacht stellte. War ein Kleid hübsch, fand sie einen Weg, ihre Bewunderung herabzusetzen, indem sie kritisierte, wie es an ihr aussah. Lachte Mina einmal zu laut, nahm sie sie beiseite und rügte sie wegen ihres undamenhaften Benehmens. Es ging meist um kleine Dinge, die kritisiert wurden. Doch die

Kritik summierte sich, tagaus, tagein, und verfolgte nur ein Ziel: dem Leben jeglichen Spaß zu nehmen.

Welche Motivation mochte sich dahinter verbergen? Grausamkeiten waren auf dieser Welt an der Tagesordnung: Vermögen gingen verloren, Kinder litten unter ihren Eltern, Krankheiten befielen Männer im besten Alter, deren Frauen und Töchter dann an deren Bett saßen und sinnlos beteten. Fast grundlos fügten Menschen einander Leid zu, nur um ihre Macht zu demonstrieren. Angesichts der Vielzahl drohender Gefahren machte es kaum Sinn, sich selbst zu kasteien, oder? Bereite dich auf das Schlimmste vor, suche aber stets nach dem Vergnügen, lautete ihre Philosophie, die bei ihrer Mutter jedoch auf völliges Unverständnis stieß. Manchmal fragte Mina sich, ob es die Erwartung auf die vorhersehbare quälende Unterdrückung gewesen war, die ihre Mutter in Collins' Arme getrieben hatte. Womöglich eröffnete seine entsetzliche Forderung nach Disziplin und Gehorsam ihr eine perverse Form der Freiheit – da sie sich seiner Züchtigung sicher sein konnte, musste sie sich nicht selbst bestrafen.

Obwohl es ihr widerstrebte, verspürte Mina ein gewisses Maß an Mitleid für Ashmore. Er hatte sie in ein Zimmer gesperrt, ja, aber immerhin hatte ihr Gefängnis Mauern aus Stein und Fenster gehabt, die eingeworfen werden konnten. Menschen wie ihre Mutter und er, vorausgesetzt, seine Natur war ähnlich angelegt, trugen ihr Gefängnis stets mit sich. Ihnen gelang es nie zu flüchten, einerlei, wie sehr Außenstehende auch versuchen mochten, ihnen dabei behilflich zu sein.

Wie dem auch sei, in Anbetracht seiner Erfolge hatte Ashmore heute wahrlich keinen Grund, niedergeschlagen zu sein. »Dank Ihnen konnten wir aus dem Zug fliehen«, sagte sie. »Nur Ihretwegen konnte er uns nicht mehr verfolgen. Der Trick mit der Zeitung war genial. Ich finde, Sie haben allen Grund, stolz auf sich zu sein.«

Ashmore stimmte ein Lachen an, das freundlich klang. Es schien ihn zu freuen, dass sie ihn bestärkte. »Sind Sie es denn?«

»Ich *bin* unendlich stolz auf mich«, sagte sie lächelnd. »Sie müssen zugeben, dass die Frage, die ich der Lady gestellt habe, ziemlich clever war, oder?«

»Sehr clever. Sie sind ein wahres Naturtalent.«

»Genau wie Sie«, sagte sie.

Sein Mund verzog sich, als schmeckte das Lob bitter. »Ich denke, es gibt weitaus wichtigere Dinge, die Stolz verdienten.«

Der Wunsch, sich neben ihn auf das Bett zu setzen und ihm das Haar aus dem Gesicht zu streichen, wurde mit jedem Herzschlag stärker. Die Aussicht darauf bereitete ihr auf unergründliche Weise Freude. Die Vorstellung, dass dieser verschlossene, arrogante Mann, der sie in Hongkong wie ein Stück Treibgut behandelt hatte, merkte, dass er etwas von ihr lernen konnte, gefiel ihr.

Zufrieden griff sie abermals nach dem Wein. »Stolz und Vergnügen sind zweierlei Paar Schuhe«, sagte sie. Wie oft ging ein Spaß auf Kosten des Stolzes eines anderen? Angenommen, sie setzte sich neben ihn aufs Bett, streichelte ihm die Wange und bot ihm ihren Rat an, würde er dann seine Vernünftigkeit vergessen und sich über sie lustig machen? Erst würde sie sich töricht, dann peinlich berührt und entblößt fühlen, und sie würde wütend auf sich selbst sein, wegen der offenen Worte, die sie gefunden hatte. Was war es, das seine Augen ausstrahlten und ihr sagte, sie könne ihm vertrauen? Selbst jetzt noch, nachdem er sich als unberechenbar erwiesen hatte.

Risiken, dachte sie. Dieses Risiko zumindest musste sie nicht eingehen. Mit einem Zug leerte sie den Weinkrug.

»Vielleicht«, sagte er so gedehnt, als spräche er mit sich selbst, »hat es mir Spaß gemacht, weil es nichts mit früher zu tun hat.

Weil es etwas war, das ich für mich getan habe. Mein Handeln, meine eigene Entscheidung.«

Ein eigenartiger Gedanke schoss Mina durch den Kopf – dass er etwas sehr Bewusstes tat, dass er sich wie eine Zwiebel vor ihr häutete, um ihr sein wahres Ich zu zeigen. »Ja«, sagte sie zögerlich. »Das klingt plausibel.« Sie konnte sich gut daran erinnern, wie sehr es ihr gegen den Strich gegangen war, in Collins' Gegenwart die Dumme zu mimen. Es hatte ihr einen fast körperlichen Schmerz bereitet. In New York hingegen war alles ganz anders gewesen. Sie hatte mit den Wimpern geklimpert und mädchenhaft-schüchtern mit ihren Haaren gespielt und hatte sie damit an der Nase herumgeführt: all diese Schnösel und Emporkömmlinge, die ein wenig Geld in die Marotte eines naiven Püppchens investieren wollten, weil sie sich Vorteile von dieser Beziehung versprachen. Jedes Mal, wenn wieder einmal einer dieser Männer auf ihr Spiel hereingefallen war, hatte Mina sich mit sich im Reinen gefühlt. »Genau das macht den Unterschied aus. Es ist wie Tag und Nacht, könnte man sagen.«

Er nickte. »Um eigene Entscheidungen zu treffen, bedarf es natürlich eines großen Maßes an Selbstvertrauen. Deshalb gebe ich auch zu, dass Sie seinerzeit recht hatten. Mehr als einmal habe ich mich gefragt, ob Sie es bereut haben, mir in Hongkong das Leben gerettet zu haben.« Er sah sie an und fing ihren Blick auf. »Und welchen Preis Sie dafür womöglich bezahlt haben. Auch diese Frage habe ich mir gestellt.«

Minas gute Laune war wie weggeblasen. Mit einem Mal wurde ihr die Luft knapp, und Ashmore und sein durchdringender Blick waren ihr viel zu nahe. Seine Fragen hatten also doch einem Zweck gedient. Irgendwie war es ihm gelungen, sie in einen Hinterhalt zu locken. Der Blick, mit dem er sie gefangen hielt, war mit einem Mal entsetzlich intim. Sie fühlte sich, als würde er ihre nackte Haut berühren. »Wenn Sie das wirklich interessiert, wieso haben Sie sich dann nicht die Mühe gemacht, es schon vor Jahren herauszufinden?«

»Womöglich, weil ich mich der Antwort nicht gewachsen gefühlt habe«, entgegnete er leise. »Damals zumindest nicht, als ich nichts tun konnte, um Ihnen zu helfen.«

Minas Finger verkrampften sich um den leeren Weinkrug. Ashmores Worte hörten sich an, als wollte er die Beichte ablegen. Aber die würde sie ihm nicht abnehmen. Er wusste doch gar nichts von seinen Sünden, hatte er doch alles dafür getan, sich nicht mit ihnen auseinanderzusetzen. Nein, der Grund dafür interessierte sie nicht und würde auch nichts an ihrer Meinung ändern. »Das alles gehört der Vergangenheit an.« Aber es lebte in ihren Träumen weiter. Und in der Dunkelheit, der sie sich jede Nacht stellen musste. »Jetzt wieder darüber zu reden, macht keinen Sinn.«

»Das sehe ich anders.«

»Weshalb?« Sie spürte Wut in sich aufsteigen und machte auch keinen Hehl daraus. »Damit Sie Ihre Schuldgefühle loswerden? Indem Sie ein wenig Interesse zeigen und mir Mitgefühl vorheucheln können? Ziemlich spät, würde ich sagen.«

Ashmore musterte sie, als hätte er es mit einem tollwütigen Hund zu tun. »Oder mein Bedauern.«

»Dafür habe ich keinerlei Verwendung.« Der Bodensatz des Weines, der ihr noch auf der Zunge lag, fühlte sich nicht minder grobkörnig und unangenehm an als das einengende Gefühl in ihrem Hals. Sie fuhr sich mit der Zunge über die Zähne und schluckte. »Ich und meine Mutter sind auch gut allein zurechtgekommen. Mehr müssen Sie nicht wissen.«

»Dann verraten Sie mir wenigstens eines.« Er wartete, bis sie ihn wieder ansah. »Hat sich am Ende alles zum Guten gewendet?«

Ohne den Blick von ihm abzuwenden, schleuderte sie den Krug von sich, der mit einem lauten Krachen gegen eine Kommode prallte. Sie wartete einen Moment, ehe sie weitersprach. »Ja, bis er entkommen ist. Fragen Sie mich morgen in Providence noch einmal. Ich bete inständig, dass meine Antwort genauso lauten wird wie jetzt.«

Mit einer geschmeidig-eleganten Bewegung erhob er sich, während er gleichzeitig seine Jacke ablegte und auf das Bett warf. Es überraschte sie selbst, dass sie zurückschrak; aus Angst – *Angst!* –, er würde sich auf sie stürzen, als wollte er sie dazu zwingen, von der Vergangenheit zu erzählen. Doch selbst wenn er sie würgte, würde sie stumm bleiben. Als er im nächsten Augenblick an ihr vorbeiging, fühlte Mina sich töricht und besorgt zugleich. Sie nahm seinen Duft wahr, den Geruch nach Lorbeer und den Hauch seines Schweißes. Bei ihrem zweiten Kuss hatte sich ihr Körper an seinen Geruch erinnert. Jetzt schrie er förmlich danach, sich an ihn zu schmiegen, damit sie ihre Lungen mit seinem Duft füllen konnte. Statt auf ihren Körper zu hören, biss Mina sich auf die Fingerknöchel und wandte sich leicht zur Seite, um Ashmore zu beobachten.

Er stand vor dem Waschtisch und krempelte sich die Ärmel hoch. Mina sah die feinen dunklen Härchen, die seine muskulösen Unterarme bedeckten. Nur zu gut konnte sie sich an das Gefühl der Bewunderung erinnern, das in ihr aufgestiegen war, als sie das erste Mal das Spiel seiner Muskeln gesehen hatte, damals, als er ans Bett gefesselt und ihr ausgeliefert gewesen war. Ein Umstand, der ihm ganz und gar nicht geschmeckt hatte.

Womöglich wähnte er sich jetzt in Sicherheit, weil er derjenige war, der das Kommando übernommen hatte. Doch dass er sie in seine Geheimnisse einweihte, gab ihm noch lange nicht das Recht, das Gleiche von ihr zu fordern. *Ich werde ihn verführen,* entschied Mina. Dieser Entschluss ging mit dem Aufwallen einer unerklärlichen Wut einher. Wenn Ashmore alle ihre Sinne mit einem Bann belegte, würde sie diesen brechen, indem sie deren Forderungen nachgab. Wie er unter ihren Händen gezittert hatte, als sie ihn ausgelacht hatte. Nicht alle Vorteile waren auf seiner Seite.

Er nahm den Krug zur Hand und goss ein wenig Wasser in die Schüssel, sodass es spritzte. Als er nach dem Lappen griff, der an einem Wandhaken hing, spannte sich der Stoff seines Hemdes, und seine schmale Taille zeichnete sich darunter ab. Ehe er den Lappen sorgfältig faltete und auswrang, tauchte er ihn kurz in das kalte Wasser. Wie pedantisch er vorging. Mina war überzeugt, dass er ein festes Ritual hatte, wenn er sich morgens die Socken anzog.

»Ich wollte Sie nicht aus der Fassung bringen«, sagte er leise.

Mina starrte auf sein breites Kreuz und schwieg. *Du Feigling*, dachte sie, *dreh dich wenigstens um und sieh mich an.* »Jetzt tun Sie bloß nicht so, als würden Sie sich Sorgen machen«, platzte es aus ihr heraus. Ihre Worte erschreckten sie, und sie schlug die Hand vor den Mund. Doch gesagt war gesagt. Sie wurde rot bis unter die Haarspitzen. »Eine Woche noch, und danach werden Sie mich nie wiedersehen«, schob sie nach.

»Richtig – aber bis dahin müssen wir zusammenarbeiten.«

Mina beobachtete, wie er sich mit dem Lappen Arme und Hände wusch. Seine Bewegungen waren so methodisch und gleichmäßig, dass sie ihm in Fleisch und Blut übergegangen sein mussten. Sie fragte sich, ob er dieses Gespräch womöglich vorbereitet hatte, und ob das, was sie als Drehungen und Wendungen empfunden hatte, Teil eines sorgfältig inszenierten Manövers war. Dachte er wirklich, sie ließe sich so leicht zurechtformen wie ein Waschlappen? Wenn sie sich in seine Hände begab, würde er schnell feststellen, dass dem nicht so war. »Wir arbeiten doch bereits zusammen«, sagte sie. »Ich habe Ihnen im Zug geholfen.«

Mit einem lauten Klatschen landete der Lappen im Wasser. Eine Hand auf die Marmorplatte des Waschstandes gestützt drehte Ashmore sich zu Mina um; seine Miene verriet nichts. »Das war genau der Moment, in dem mir klar wurde, dass die kommenden Tage nur dann erfolgreich sein werden, wenn wir einander vertrauen.« Als er sich mit der Hand durch das Haar fuhr, dachte sie darüber nach, warum ein Mann, der Ordnung über alles liebte, Gefallen an einer wilden Haarmähne fand. »Lassen Sie mich den ersten Schritt machen. Ich denke, Sie könnten recht damit haben, wenn Sie sagen, dass Ridland der Verräter ist.« Er schenkte ihr ein rätselhaftes Lächeln, in dem für ihren Geschmack ein wenig zu viel Fröhlichkeit mitschwang. »Sollte das der Fall sein, so versuchen wir nicht nur, Ihrer Mutter das Leben zu retten, Miss Masters. Wir müssen auch unsere eigene Haut retten.«

Den Tee nahmen Mina und Phin in der Wirtsstube ein. Sie hatten sich für einen Tisch im Erker entschieden, vor dem eine majestätische Eiche stand, deren Blätter sachte im Wind wogten. Als die Magd das Geschirr abräumte, erfüllte unvermittelt lautes Getöse den Garten. Eine Horde Kinder, die mit Zimbeln bewaffnet waren und diese lautstark betätigten, bahnten sich ihren Weg durch das Grün. Ihnen folgten ein junger Mann im eleganten Anzug samt Hut und ein Mädchen, das ein üppig dekoriertes weißes Kleid trug. Ihr offenes Haar wurde von einem Kranz aus Orangenblüten geschmückt.

»Und da kommt auch die Kutsche«, merkte Ashmore trocken an, als das Gefährt im Schneckentempo in Sicht kam. Vier junge Burschen hockten auf dem Kutschbock, während eine Vielzahl von Armen und Händen aus den Fenstern herauslugte und dem frisch vermählten Paar Reis auf den Weg warf.

Lachend stellte sich die Tochter des Wirts vor das nächste Fenster. An Mina und Ashmore gewandt sagte sie: »Wir schließen jetzt, um mitzufeiern. Wenn Sie beide mitkommen, kann ich Sie gleich mit John Marsh bekannt machen.«

»Wir haben unsere Meinung geändert und bleiben nun doch über Nacht«, ließ Ashmore sie wissen.

»Nichtsdestotrotz kommen wir gerne mit«, sagte Mina und erhob sich. Ashmore zog eine Augenbraue in die Höhe, was Mina mit einer Grimasse quittierte. »Ich bin neugierig. Meine Mutter ist auf dem Land aufgewachsen, müssen Sie wissen, und hin und wieder ergeht sie sich in Schwärmereien über Dorfwiesen und Maibäume. Und vergessen Sie nicht, was ich über die Ungeduld gesagt habe.«

Überraschend folgsam, wenn auch mit einem Achselzucken, erhob Ashmore sich. Mina beschloss, diese Fügsamkeit zu belohnen und hakte sich bei ihm unter. Er zog daraufhin auch noch die andere Augenbraue hob, ließ aber zu, dass sie ihn nach draußen führte.

Der Hochzeitsumzug schlängelte sich den Pfad entlang, der in einer stattlichen Allee mündete. Rechts und links davon befanden sich reetgedeckte Katen, deren Gärten von niedrigen Trockenmauern begrenzt wurden, auf denen Malven und Goldlack wuchsen. Der Dorfanger befand sich unweit einer steinernen Brücke, die sich über einen kleinen Fluss spannte und auf der sich bereits eine Traube schwatzender und trinkender Hochzeitsgäste eingefunden hatte.

Ashmore und Mina nahmen auf einem der Strohballen Platz, die auf der Wiese verstreut standen. An einem Ende der Fläche stand ein Tisch, an dem die Getränke ausgegeben wurden. Mina sah, wie die Tochter des Wirts zu ihnen herüberblickte, ehe sie einen Mann am Ellbogen festhielt und eine Kopfbewegung in ihre Richtung machte. Wenig später brachte der Mann, der Mina von Kopf bis Fuß musterte, zwei Trinkkrüge herüber. »Feiern Sie doch mit«, sagte er.

Das Bier war dunkel und sämig. Mina verzog das Gesicht, so bitter schmeckte es. Ashmore lachte. »Champagner wäre Ihnen lieber, nicht wahr?«

»Normalerweise trinke ich …«

»… nichts außer Champagner«, beendete er den Satz an ihrer statt. Sie lächelten einander an, ehe er hinzufügte: »Ich hoffe inständig, dass Sie nicht vorhaben, Ihre Langeweile in Bier zu ertränken.«

Röte schoss ihr in die Wangen. »Das war gemein von mir.«

Sein Lächeln wurde breiter. »Ich vermute, dass Sie genau das damit beabsichtigt haben. Mich im Ungewissen zu lassen, war schon eine ziemlich starke Leistung.«

Sie lachte. »Stimmt, das müssen Sie mir lassen. Aber Sie haben es sich ja nicht verkniffen, mir eine Standpauke zu halten, die es in sich hatte.« Um seine Schroffheit nachzuahmen, senkte sie die Stimme. *»Die Leute denken noch, Sie sind trunksüchtig.«*

Nachdenklich verzog Ashmore den Mund. »O ja, ich war ein ziemlicher Schweinehund. Aber nur, weil Sie sich zu einer Art Störenfried entwickelt hatten. Mir war, als bliebe mir kaum eine andere Wahl.«

»Genau wie mir. Bonham«, fügte sie hinzu, als er fragend dreinblickte. »Er war vollkommen versessen darauf, mich zur Frau zu nehmen. Und ich wollte alles daransetzen, ihn von dieser fixen Idee abzubringen beziehungsweise einen adäquaten Ersatz aufzutun, gegen den Collins nichts einzuwenden hatte.«

Einträchtiges Schweigen senkte sich über die beiden. Die meisten Hochzeitsgäste flanierten über die Wiese, die vielen Kinder tollten lachend und kreischend zwischen den Erwachsenen umher und rissen hier und da eine Handvoll Stroh aus den Ballen, um sich damit zu bewerfen. Braut und Bräutigam hatten sich auf einer primitiven Bank am Rande der Wiese niedergelassen, um die Glückwünsche jener entgegenzunehmen, die sich in einer Schlange davor aufgebaut hatten.

»Ist Ihre Neugierde damit befriedigt?«

Sie seufzte. »Ehrlich gesagt glaube ich nicht, dass meine Mutter jemals ein Fest wie dieses besucht hat. Wenn es um Anstand geht, ist sie über die Maßen pingelig.« Minas Mutter hatte sich mit der Tatsache abgefunden, dass ihre Tochter in dieser Hinsicht recht widerspenstig war, was aber nicht bedeutete, dass sie das jemals gutheißen würde.

»Ist es in Amerika denn so viel anders? Können die Menschen sich dort ohne Rücksicht auf ihre gesellschaftliche Stellung benehmen?«

Mina warf ihm einen flüchtigen Blick zu. Sah man einmal von seiner wilden Haarmähne ab, würde niemand erraten, was für ein aufregender Vormittag hinter den beiden lag. Sein gestärkter Kragen stand wie eine Eins, und die Manschettenknöpfe saßen tadellos. Eine Fahrt mit dem Zug so unbeschadet zu überleben, erforderte schon ein gewisses Maß an Talent, denn während er wie aus dem Ei gepellt aussah, war ihr Kleid völlig verknittert. Trotz seines makellosen Äußeren war Ashmore sich nicht zu fein, es sich auf einem Heuballen bequem zu machen. Mina bezweifelte, dass er sich in vornehmer Gesellschaft je so salopp geben würde. »Geht es wirklich darum, wie sich Leute im Allgemeinen benehmen?«, fragte sie. »Oder sprechen wir hier über das Benehmen von Frauen? Sie scheinen sich hier pudelwohl zu fühlen, aber ich gehe nicht davon aus, dass es Ihrer Gemahlin ebenso ergehen würde.«

Er lächelte so zögernd, als amüsierte ihn die Vorstellung, sich zu vermählen. »Vielleicht doch, Miss Masters. Allerdings läge die Kunst darin, wie man die Bühne betritt. Treten Sie auf wie die gute Fee, die sich dazu herablässt, sich auf dem Anger blicken zu lassen; die ein paar Münzen unter das Volk bringt, um danach zu entschwinden.«

»Und Sie? Wie würde Ihre Rolle aussehen?«

Die Wolken am Himmel flirteten mit der Sonne, sodass Ashmores Gesicht in einem Moment im gleißenden Schein badete, ehe dunkle Schatten über sein Antlitz huschten, um sogleich wieder dem hellen Licht zu weichen. Mina war sich nicht sicher, ob der Schatten, der sich jetzt auf sein Gesicht legte, von den Wolken oder von Ashmores dunklen Gedanken herrührte. »Ich fürchte, dass ich daran noch arbeiten muss. Viele Jahre lang bestand die Kunst für mich darin, stets unbemerkt aufzutauchen. Und jetzt ist es die Aufmerksamkeit, die ich suchen muss.«

»Weil blaues Blut durch ihre Adern fließt«, sagte sie. »Das ist übrigens der Grund, warum mir Ihr Vaterland nicht so sehr zusagt.«

»Aber unterscheidet es sich denn wirklich so sehr von New York? Geld oder Herkunft … oder Schönheit«, fügte er mit einem knappen Nicken hinzu. »Wo liegt da der Unterschied?«

»Komplimente«, sagte sie argwöhnisch. »Ashmore, kann es sein, dass der Mann im Zug Ihnen eins über den Schädel gezogen hat?«

Phin lachte. »Ich bin doch nicht blind, sondern lediglich ein wenig zurückhaltend darin, Ihnen zu sagen, was Sie ohnehin schon wissen.«

Seine Offenheit gefiel Mina, gelang es ihm doch, ihr auf eine Art und Weise zu schmeicheln, die keine falsche Bescheidenheit ihrerseits erforderte. Wenn doch nur andere sich diesen Kniff aneignen würden, wäre es beileibe nicht so ermüdend, mit Schönheit gesegnet zu sein. Ihr fielen ohnehin kaum Gründe ein, weshalb Schönheit ihr je eine große Freude bereitet hatte. Ja, sie zog die Aufmerksamkeit von Männern auf sich, die sie, wenn es nach ihr ginge, lieber ignorieren sollten. Zudem war sie jenen gegenüber, die ihr ein Kompliment machten, im Nachteil, da diese im Gegenzug eine gehörige Portion Demut oder Dankbarkeit erwarteten; beides Dinge, die Mina als herabwürdigend empfand. »Ich habe schon daran gedacht, es abzuschneiden.«

Er runzelte die Stirn. »Ihr Haar?«

»Ja. Aber das hätte nichts gebracht. New York macht es Frauen, die in der Geschäftswelt Fuß fassen wollen, alles andere als leicht. Geld allein reicht nicht aus, man braucht Verbündete. Und jene Gentlemen, die Bedenken haben, mit einem verrückten Blaustrumpf in Verbindung gebracht zu werden, sind mehr als willens, in die Rolle des Mentors zu schlüpfen, um sich eines fehlgeleiteten, flatterhaften Mädchens mit mehr Geld als Verstand anzunehmen. Und Haare flattern ziemlich effektiv, müssen Sie wissen.«

»Selbst ohne Ihre Haarpracht wäre es meiner Meinung ein Leichtes für Sie, einen nachhaltigen Eindruck zu hinterlassen«, sagte er trocken. »Und einen Mann nach dem anderen um den Finger zu wickeln. Schade, dass Sie da anderer Meinung sind.« Er hob die Hand und fuhr mit dem Finger an ihrem Haaransatz entlang, von der Mitte der Stirn bis zur Schläfe, ehe er zärtlich über ihr Kinn glitt und die Hand wieder sinken ließ. »Mir würde es fehlen«, sagte er sanft.

Minas Herz machte einen Satz, und schlagartig wurde ihr Mund trocken. »Aha.« Sie räusperte sich. »Wie dem auch sei, der Firma wegen trage ich das Haar lang.«

»Ridland erwähnte einmal, dass Sie eine Firma besitzen. Eine bemerkenswerte Leistung für eine Frau.«

Seine Bemerkung entlockte ihr ein Seufzen. »Für *jeden*.«

»Ja«, erwiderte er. »Aber für eine Frau ganz besonders.«

»Damit wären wir wieder bei dem Thema England gegen Amerika. Geld ist weitaus egalitärer. Wenn es vor der Herkunft die Augen verschließt, dann auch vor dem Geschlecht. Hier kommt man nur mit Cleverness weiter.«

»Cleverness«, dachte er laut nach. »Ich halte Sie für ziemlich ausgebufft, Mina. Um das zu erreichen, was Sie erreicht haben, muss man ein ziemliches Genie sein.«

Nichts weiter als Worte. Um nicht rot anzulaufen, versuchte Mina, ihnen nicht zu viel Beachtung zu schenken. »Was wird das? Geht es um Bewunderung?«

»Und wenn dem so wäre? Nach meiner Meinung hätten Sie eine gehörige Portion davon verdient.«

»Obacht«, entgegnete sie. »Sie kennen mich doch gar nicht. Vielleicht bewundern Sie gerade den Teufel in Person.« Sie untermalte ihre Worte mit einer schiefen Grimasse.

Doch Phin ließ die Gelegenheit ungenutzt, das Gespräch auf eine humorvollere Ebene zu lenken. »Ich denke, dass ich genug weiß.«

»Ich bin überzeugt, dass Sie das denken.« Das dachten sie doch immer. *Heirate mich, und du wirst ein Leben ohne Sorgen führen,* hatte Henry ihr versprochen. Was er jedoch als Sorgen eingestuft hatte, waren genau die Gründe, die sie morgens aus dem Bett trieben. Doch sie machte ihm keinen Vorwurf. Die Welt erzog die Männer so, dass sie die Arbeit einer Frau, ihren Stolz und ihre Ambitionen als Bedrohung ansahen.

»Ich weiß, dass Sie alles daransetzen, Ihre Mutter wohlbehalten zurückzubekommen und dass Sie in Whitechapel sogar Ihr Leben riskiert haben, um sie zu finden.« Er hielt kurz inne. »Ich weiß, dass Sie ungeachtet Ihrer Ängste in aller Seelenruhe hier sitzen und darauf warten, dass die Hochzeitsfeier zu Ende geht.«

Sie zögerte. Das waren nicht die Worte, die sie erwartet hatte – genau genommen fielen ihr keinerlei Gründe für eine derartige Großzügigkeit seinerseits ein. »Weshalb reden Sie so mit mir?«

Er lächelte verhalten. »Weil ich selbstsüchtig bin und mich frage, was Ihr Geheimnis ist. Ich hätte bestimmt eine Verwendung dafür.«

»Sie?« Der Ausruf mutete unhöflich an, und als er loslachte, konnte sie ihm noch nicht einmal einen Vorwurf daraus machen.

»Ja, ich.« Er las einen Strohhalm auf, steckte ihn sich zwischen die Lippen und ließ den Blick über den Anger schweifen. »Vergnügen der einfachen Art«, sagte er. »Die Kunst der Gelassenheit.« Er sah zu ihr. »Womöglich die Gabe zur Glückseligkeit.«

Verächtlich verzog sie die Lippen. Die Stille, die statt einer Antwort ihrerseits ihren Raum forderte, war zerbrechlich und zugleich geladen. Unruhig rutschte Mina auf dem Strohballen hin und her. Sie war sich nicht sicher, ob sie etwas derart Komplexes wie die Stille zwischen ihnen mit ihm teilen wollte. Sie waren gemeinsam auf einer Reise, um ihre Mutter ausfindig zu machen, und unter Umständen würde sie sich ein wenig mit ihm vergnügen, ja. Aber da hörte es auch schon auf. Zweifelsohne dürfte es ausreichen, ihm ungezügelte Lüsternheit vorzuspielen, damit er einen Riegel vor seine Bewunderung schob. Sie hatte die Erfahrung gemacht, dass Sex und Bewunderung nicht lange Hand in Hand gingen.

Um ihn nicht ansehen zu müssen, richtete sie ihre Aufmerksamkeit wieder auf Braut und Bräutigam, die sich in der Zwischenzeit unter die Gäste gemischt hatten. »Ich werde Ihnen das Geheimnis der weiblichen Glückseligkeit verraten«, sagte sie. »Setzen Sie sich niemals Risiken aus, die Sie meiden können.«

Er folgte ihrem Blick. »Sprechen Sie von der Ehe?«

»Unter anderem.«

»Niemals, sagen Sie?«

Mina zuckte die Schultern. Sie war der Überzeugung, dass sie, hätte sie das Risiko jemals eingehen wollen, es direkt nach ihrer Ankunft in New York hätte tun sollen, als sie gleich mehrere Angebote hatte, die auf einen Schlag ihre finanziellen Probleme gelöst hätten. Doch bei dem Gedanken an eine Ehe war sie stets ein klaustrophobisches Gefühl überkommen, ein Gefühl der Hilflosigkeit. Wie damals, als sie eingeschlossen gewesen war und mit anhören musste, wie ihre Mutter litt. Daraufhin hatte sie sich geschworen, niemals den Fehler ihrer Mutter zu wiederholen. Nein, sie würde es nie so weit kommen lassen, darauf zu bauen, dass ein Mann sich als ihr Retter aufspielte. Wenn doch, kam es auf dasselbe heraus. Sie wäre eingesperrt, setzte ihre Zukunft aufs Spiel und müsste die ganze Zeit über bangen, dass ihr persönlicher Wärter großzügig mit dem Schlüssel zur ihrem Kerker verfuhr.

»Niemals«, versicherte sie ihm.

»Collins ist ein Bastard«, sagte er leise. »So sind nicht alle.«

Sie lächelte. »Nein, sind sie nicht.« Doch es gab genug Miniaturausgaben von Collins, die frei herumliefen. »Und Sie? Ich schätze, von Ihnen wird ebenfalls erwartet, dass Sie sich eine Frau nehmen, um den Titel vererben zu können.« Er bedachte sie mit einem schroffen Lächeln, woraufhin sie mit einem Augenrollen nachschob: »Welch törichte Frage, wie könnte es anders sein?«

»Nein«, entgegnete er. »Ich dachte lediglich, dass ich unverheiratet bleiben sollte, wenn ich Ihrer Philosophie folge.« Er drehte die Hand, die bis dahin flach auf seinem Knie gelegen hatte, nach oben und machte sich an seinem Manschettenknopf zu schaffen. Erst jetzt bemerkte Mina, dass die Haut vom Daumenballen ausgehend gerötet war, dass die Rötung bis zum Handgelenk reichte, wo sie im Ärmel verschwand. »Eine unliebsame Begegnung mit einem heißen Herd«, sagte er. »Mein Vater entwickelte einen eigenartigen Humor, wenn er zu tief ins Glas gesehen hatte. Und mir blieb nichts anderes übrig, als klein beizugeben.«

Mina hielt den Atem an. In seinem Lächeln las sie, dass er nicht auf ihr Mitleid aus war. Nein, in seinem Blick lagen Reue und etwas Entschuldigendes. »Das ist etwas anderes«, brachte sie hervor.

»Wirklich?« Er zuckte die Schultern. »Er war Collins nicht unähnlich, wenn auch nicht ganz so boshaft. Aber er hat meine Mutter nicht weniger enttäuscht als Collins Ihre. Der Alkohol hat die Dämonen in seinem Inneren freigesetzt, ein Phänomen, das ich das eine oder andere Mal schon bei mir selbst erlebt habe.«

»Nein«, sagte Mina entschieden. »Sie würden niemals etwas Derartiges tun. Und selbstredend ist das etwas anderes, schließlich waren sie ein Kind.«

»Genau wie Sie, als Ihre Mutter Collins das Jawort gegeben hat«, antwortete er. »Sie hat einfach schlechten Geschmack bewiesen, anders als Sie.« Er beugte den Kopf und schloss den Manschettenknopf wieder. Als sie beobachtete, wie flink und gekonnt seine sonnengebräunten Finger ans Werk gingen, überkam sie der Wunsch, seine Hand zu berühren.

Als er aufblickte, legte sich abermals ein Lächeln auf seine Lippen. Er schien überrascht zu sein, dass sie ihm zusah. »Es ist in Ordnung«, sagte er. »Ich habe nie klein beigegeben.«

Genau wie ich, dachte Mina, brachte es aber nicht fertig, es laut zu sagen. Stattdessen steckte sie die Hände unter den Rock und spürte, wie ihr mit einem Mal und ohne sichtlichen Grund das Herz bis zum Hals schlug. Doch es gab einen Grund, einen triftigen, einen durch und durch irrationalen Grund, denn wenn sie Ashmore jetzt berührte, würden sich ihre Körper und ihre Haut an die des anderen erinnern. Sogleich schossen ihr die wildesten Gedanken durch den Sinn: Diese Wunden, seine und ihre, würden miteinander kommunizieren, würden Intimitäten austauschen, und das würde auf ewig in ihnen beiden nachhallen.

Minas Finger krallten sich tief in die raue Oberfläche des Strohs. Sie brannte darauf, Ashmore zu berühren, wenn auch nur aus diesem einzigen Grund: Wie beiläufig er von seinem

Leiden gesprochen hatte, um es dann nicht minder beiläufig abzutun und von seinem Bier zu trinken, als wäre nie etwas geschehen. Er ließ nicht zu, dass die Narbe ihn störte. Warum auch? Sie war verheilt, war zu einem Zeichen seines Triumphs geworden. Sie hatte dasselbe versucht, wenngleich Henry es nie verstanden hatte. *Deine wundervolle Haut*, hatte er geflüstert, doch seine Fingerspitzen waren vor den vielen kleinen Narben zurückgeschreckt, als könnte er es nicht ertragen, sie zu spüren. Mina hatte sich eingeredet, seine Empfindlichkeit diente dazu, sie zu bestärken – ein Mann, der sich vor Narben scheute, würde ihr keine weiteren zufügen.

Urplötzlich fragte sie sich, ob sie sich geirrt hatte. Ein Mann, der frei von Narben war, würde stets die Verletzungen anderer unterschätzen, sie nie als Zeichen des Triumphs anerkennen. Woher sollte sie wissen, ob er das Zufügen von Narben nicht als eine geeignete Form der Bestrafung ansah?

»Sie sind so still«, riss Ashmore sie aus den Gedanken und lächelte sie an.

Mina erwiderte sein Lächeln nicht. Es fühlte sich plötzlich falsch an, ihn anzulächeln, wenn ihr nicht danach zumute war. Er half ihr, und sie fühlte, dass ihre Wut auf ihn jetzt vielleicht vorüber war.

Als Ashmore die Stirn runzelte, sah sie ihm sofort an, dass er sich für seine Aufrichtigkeit entschuldigen würde, was sie nur schwer ertragen könnte. Um es nicht so weit kommen zu lassen, sagte sie schnell: »Ja, Ashmore, ich kann Ihnen nur dringend zur Ehe raten«, und bedachte ihn mit einem breiten Grinsen. »Aber gehen Sie bitte pfleglich mit den ältlichen Jungfern um.«

Phin legte den Kopf schief. Für den Bruchteil einer Sekunde dachte Mina, er würde die andere Sache noch einmal zur Sprache bringen, doch er sagte: »Und was ist mit Liebe?«

Erleichtert darüber, dass sie sich einfacheren Themen zuwandten, atmete sie kräftig aus. »Da für eine Heirat Liebe nicht unbedingt notwendig ist, sollte Liebe auch ohne Eheschließung möglich sein. Bei genauer Betrachtung würde ich sogar sagen, dass eine Heirat das Gegengift zur Liebe ist.«

»Ich ändere meine Meinung«, murmelte er. »Vielleicht ist Glückseligkeit in Ihrem Zusammenhang nicht das richtige Wort. Dazu klingen Sie hin und wieder doch ein wenig zu zynisch.«

Sie zuckte die Achseln, wenngleich das leichte Stechen in der Brust gegen ihren Willen nahelegte, dass es ihr lieber war, wenn er seine Meinung nicht über sie änderte. »Ich lerne durch Beobachten. Wollen Sie mir etwa weismachen, Sie seien kein Zyniker?« Wie von selbst glitt ihr Blick zu seinem Handgelenk. Und es war aus und vorbei mit ihrer Selbstbeherrschung. Sie konnte nicht mehr anders, sie musste ihn spüren. Mina streckte die Hand aus und berührte die Narbe. »Kann es sein, dass Sie ein Idealist sind? Als Sie mich in Ihrem Arbeitszimmer ertappt haben – entsprang Ihr erster Impuls da Optimismus?«

»Wir haben beide einen steinigen Weg hinter uns«, sagte er. »Aber ich würde gern glauben, dass es heilvollere Möglichkeiten gibt als jene, die mir gezeigt wurden.«

»Heilvoller?« Sie lachte. »Das klingt, als wollten Sie ein Medizin gegen Schnupfen unters Volk bringen. Aber gegen eine laufende Nase und einen kratzenden Hals ist ja schließlich niemand gefeit, oder?«

Seine Hand drehte sich unter ihrer Berührung um, ehe sich seine Finger mit den ihren vereinten. »Es gibt keinen Grund, ein solch burschikoses Verhalten zu zeigen. Ihnen ist schon klar, dass wir beide von nun an dasselbe Ziel verfolgen, oder?«

Obwohl Mina saß, begannen ihr die Knie zu zittern. »Sie haben wohl beschlossen, heute die Wahrheit und nichts als die Wahrheit zu sagen.« Nicht einmal aus ihrer Stimme konnte sie das Zittern verbannen.

Seine dunklen Augen musterten ihr Gesicht. »Vielleicht habe ich beschlossen, meinen Zynismus in Ihrer Gegenwart abzulegen.«

Mina rang sich ein schwaches Lachen ab. »Am besten, Sie lassen sich mit der Entscheidung noch ein paar Tage Zeit. Schließlich kennen Sie mich so gut wie gar nicht.«

»Das haben Sie jetzt schon einige Male gesagt.« Er lächelte träge. »Aber ich kann mich auf meine Instinkte verlassen.«

Ein befremdliches Kältegefühl pulsierte plötzlich durch Mina. Es war, als konnte er ihre Gedanken lesen, als wusste er, was sie mit ihm vorhatte. Sie brach den Blickkontakt ab und nahm die Hochzeitsgäste in Augenschein, die sich zu Paaren zusammenfanden und darauf warteten, dass die kleine Gruppe Musikanten, die auf einem Heuballen Stellung bezog, einen Reigen erklingen ließ.

Eine Erinnerung eroberte Minas Gedächtnis und zauberte ihr ein warmes Lächeln auf die Lippen. Sie stand auf. »Tanzen Sie mit mir, Mr Monroe«, sagte sie und zog ihn in hoch.

Phin stellte den Bierkrug beiseite. »Nichts lieber als das, Miss Masters.«

12

Als Mina seine warmen Hände spürte, die sie führten, war sie froh, in Hongkong nie mit ihm getanzt zu haben. Mit Ashmore zu tanzen hätte sie für jeden Tanz verdorben, der danach gekommen wäre, mit Männern die sich nicht so leichtfüßig bewegten wie er. Er führte sie geschickt zwischen den Paaren hindurch, und nach dem ersten Reigen hörte Mina auf, sich Sorgen zu machen, sie könnten mit jemandem zusammenstoßen. Sie schloss die Augen und überließ sich seiner Führung – und dachte über ihr weiteres Vorgehen nach.

Wenn er nach Freundlichkeiten suchte, musste er sich anderswo umsehen. Das würde sie ihm unmissverständlich klarmachen. Sie hob die Arme über den Kopf, als sie eine Drehung von ihm weg machte, was er mit einem leisen anerkennenden Pfeifen quittierte, als die Schrittfolge sie wieder zu ihm führte. Ihre Gefühle für ihn waren tiefer, als sie je gedacht hätte, und das nicht nur, weil er sie mit einem Messer ohne Futteral verglichen oder von Instinkten gesprochen hatte. Ihre Instinkte hatten ihn von Anfang an akzeptiert – ein Umstand, der ihre Wachsamkeit eigentlich sofort auf den Plan hätte rufen müssen. Schließlich war sie nicht auf der Suche nach einer Liaison. Doch die Gefahr bestand ohnehin nicht. Schließlich befand sie sich in einem fremden Land, dem sie eher früher als später wieder den Rücken zukehren würde.

Und ja, während sie so tanzten, genoss Mina ihre Sorglosigkeit und fühlte sich gelöster denn je. Sie würde ihre Mutter finden und die Freude, die in ihrer Brust brodelte, rührte nicht nur von der Aussicht auf das Wiedersehen her, sondern auch von dem Triumph, den sie sich auf die Fahnen schreiben konnte: Sie war kompetenter, als Ridland es sich hätte träumen lassen. Sie hatte ihn ausgetrickst und Ashmore dazu überredet, ihr zu helfen. Morgen würde sie ihre Mutter finden, und sie würde frei sein. Dann würde alles wieder gut werden, eine Tragödie würde sich zu einem großen Abenteuer mit einem guten Ende gewandelt haben. Der Gedanke beflügelte Mina, und sie barst geradezu vor Selbstvertrauen in die eigenen Fähigkeiten. Sie fühlte sich imstande, einen Berg mit den bloßen Händen zu versetzen, wenn er ihr im Weg war. Ashmores vor Bewunderung leuchtende Augen verkündeten es: Sie war stark.

Als der Tanz vorbei war, drückte ihnen einer der Dorfbewohner ungefragt neue Krüge in die Hände, die sie in einem Zug leerten, ehe sie sich mit einem Blick darüber verständigten, noch einmal zu tanzen.

Doch die Atmosphäre zwischen ihnen hatte sich verändert. Mina, die sich vorgenommen hatte, ihn in dieser Nacht zu verführen, erschien es mit einem Mal nicht mehr nötig, sich noch länger in Geduld zu üben. All ihre Euphorie konzentrierte sich jetzt auf Ashmore. Wie konnte sie sich über einen Mann ärgern, der sich so geschmeidig bewegte? Seine Bewegungen glichen der kraftvollen Anmut eines Löwen auf der Jagd. Seine starken Hände hielten sie und legten sich um ihre Taille, und immer wieder blitzte das strahlende Weiß seiner ebenmäßigen Zähne auf. Wenn er lachte, haftete ihm etwas Jungenhaftes an, fast so, als wäre er auf Dorffesten und in den kleinen Weilern zu Hause. In einem solchen Moment war es Mina unmöglich, den fröhlichen Ausdruck auf seinem Gesicht mit ihrem einstigen Eindruck von Arroganz in Einklang zu bringen. Je länger sie jedoch darüber nachdachte, desto mehr musste sie zugeben, dass sie Gefallen an seiner Vielschichtigkeit fand. Als Ashmores

Lachen kehliger wurde, verspürte Mina den Wunsch, sich an ihn zu schmiegen.

Wenn sie sich nicht täuschte, schien er ähnlich zu empfinden, denn seine Hand ruhte länger als nötig auf ihrer Hüfte, und sein Gesichtsausdruck spannte sich trotz seiner Fröhlichkeit leicht an. Und dann, als die Geige eine langsamere Weise zu spielen begann, hielten seine Hände sie gefangen, sodass sich in der schmalen Schlucht zwischen ihren Körpern ein Sturm zusammenbraute. Es war ein schwindelerregendes Gefühl, das Mina immer tiefer in seinen Bann zog und sie noch näher an ihn heranrücken ließ. Selbst wenn sich der Boden unter ihren Füßen aufgetan hätte, nichts hätte sie mehr von ihm fortreißen können. Die warme Brise, die über die Gästeschar hinwegwehte, trug einen faszinierenden Geruch mit sich: nach gebranntem Zucker, würzigem Bier und warmem, trockenem Heu. Dass sich das Leben ausgerechnet hier von seiner schönsten Seite präsentierte, überraschte Mina. Es rief ihr in Erinnerung, dass sich so mancher sorgfältig geschmiedete Plan als unnötig erwies, weil sich ab und an alles von selbst fand. Es schien, als folgte das Universum einem sich stetig ändernden Muster, das sich letztlich zu Minas Wohlgefallen ausrichtete.

Sie blickten einander an, und als die Musik abermals einsetzte, verharrten sie reglos. Bis Phin die Hand hob und ihr eine Haarsträhne aus der Stirn strich. Als er das tat, stockte Mina für den Bruchteil einer Sekunde der Atem, und sie fürchtete, er würde nicht weitermachen. Doch sein Finger wandte über ihr Kinn, über ihren Hals. Überall dort, wo er sie berührte, spürte sie kleine Flammen aufzüngeln, und ein wohliges Schaudern durchströmte sie. »Sie sind ein einziges Rätsel«, murmelte er.

»Ja, das bin ich.«

»Aber ich muss Sie warnen, Miss Masters. Ich habe vor, es Stück für Stück zu enthüllen.«

Später, wenn Mina an diesen Moment zurückdachte, wunderte sie sich jedes Mal, wie leichtfertig sie seine Warnung in den Wind geschlagen hatte. Jetzt hingegen brachten seine Worte sie dazu, die Luft anzuhalten. Dies war die Gelegenheit herauszufinden, wie er das anzustellen gedachte, auch wenn sie natürlich vermutete, dass er es mithilfe seiner Lippen, seiner Zunge und anderer Körperteile tun würde. Sie fragte sich, ob er mit ihr reden würde, während er sie berührte, so wie er es in seinem Arbeitszimmer getan hatte; so als gäbe es nichts, das zu anstößig war, um in Worte gekleidet zu werden.

»Versuchen Sie es doch«, sagte Mina, ehe sie sich auf die Zehenspitzen stellte und ihn küsste.

Phin zögerte keinen Augenblick. Er umfasste ihre Ellbogen und erwiderte den Kuss. Sogleich brandete Jubel um sie herum auf, in den sich einige nicht zu ernst gemeinte Ermahnungen mischten. Da der Alkohol in Strömen floss, schienen selbst die Moralapostel nicht alles so streng zu sehen. *Es gibt keine redlichere Gesellschaft als in England auf dem Lande.* Ha! Ihre Mutter wäre entsetzt.

Als Minas Knie zu zittern begannen, zog sie sich von ihm zurück. Doch Phin legte die Hand um ihren Nacken. »Das Zimmer in der Wirtschaft gehört uns«, sagte er.

»Ja«, wisperte sie und dachte an den Lavendel vor dem Fenster, das nach Rosmarin duftende Zimmer und an die Freuden, die das einladend weiche, saubere Bett versprach.

Genau genommen wusste Mina nicht mehr, was sie eigentlich von Ashmore erwartet hatte. Ihre Liaison mit Henry hatte vornehmlich im Dunkeln stattgefunden, in einem Schlafzimmer mit Seidentapeten und bei geschlossenen Vorhängen. Er hatte es verlangt, dass ihre Treffen in größtmöglicher Stille stattfanden, damit weder seine Bediensteten noch seine Schwester, weder sein Neffe noch sonstige Ohren etwas mitbekamen. Der Beischlaf mit Henry hatte in Minas Erinnerung den schalen Beigeschmack von Schamhaftigkeit, von Dunkelheit und seiner wachsenden Frustration, weil sie sich weigerte, »ehrbar« zu werden und seinen Ring zu tragen, damit er sich mit ihr betten konnte, ohne das Licht verlöschen zu müssen.

Im Gegensatz dazu ließ das Zimmer im Wirtshaus, als Ashmore es aufschloss, bereits ahnen, dass es dieses Mal gänzlich anders verlaufen würde. Das sanfte Licht der frühabendlichen Sonne, das dem Holzboden dort, wo kein Teppich lag, ein zauberhaftes Leuchten entlockte, erfüllte den Raum. Als Mina sich umdrehte, sah sie, dass Phin noch immer bei der Tür stand und keinerlei Anstalten machte, das Tageslicht zu verbannen. Genau genommen bewegte er sich gar nicht, sondern stand einfach nur da und starrte sie aus dunklen Augen an. Es waren jedoch weder ihre Brüste noch ihr Schoß, auf die er sich konzentrierte. Nein, er betrachtete sie als Ganzes, und es schien, als dächte er über etwas nach. Im Gegensatz zu ihrem Verstand, der noch ein wenig verunsichert war, schwelgte ihr Körper bereits in der Vorfreude auf das Ergebnis seiner Überlegungen. Je länger er sie betrachtete, desto stärker wurde das Kribbeln, das sich in ihrer tiefsten Weiblichkeit regte.

»Warten Sie etwa auf eine Einladung?« Angesichts ihrer butterweichen Knie grenzte es an ein Wunder, dass ihre Stimme so fest klang.

»Nein«, sagte er. »Aber das Licht auf Ihrem Gesicht ist so unbeschreiblich schön. Als wären Sie in Gold getaucht.«

Mina atmete tief durch. Da Komplimente wegen ihrer Schönheit an der Tagesordnung waren, gab es keinen Grund, seinen Worten etwas Wunderbares abzugewinnen. Immerhin war es ihr aber dadurch ein Leichtes, ihm eine Antwort zu geben. »Dann kommen Sie her und küssen mich.«

Phin lächelte. Mit einer Hand öffnete er die Knöpfe seines Jacketts und ließ es zu Boden fallen. Als Nächstes war die Weste an der Reihe. Es war eine Schande, dass selbst das edelste Kleidungsstück seine imposante Gestalt zu sehr verhüllte und dass Mina sich erst jetzt so richtig am Anblick seiner breiten Schultern und seiner schmalen Taille weiden konnten. Wie von selbst wanderte ihr Blick in die Tiefe, hin zu der gut sichtbaren Beule in seinen Beinkleidern. Als sie errötete, kam sie sich töricht vor. Es war schließlich nicht so, als würde der Anblick seiner Erregung sie überraschen. Sie wusste, dass er bereits seit geraumer Zeit für sie bereit war, hatte sie doch beim Kuss auf dem Anger seine pulsierende Männlichkeit gespürt.

»Jetzt Sie«, sagte er leise.

Mina zuckte zusammen. Er war noch nicht völlig nackt. Doch ihr Zögern währte nur kurz, schließlich verfügte sie über einen gewissen Schatz an Ideenreichtum, aus dem sie schöpfen konnte, auch wenn sie auf diesem speziellen Gebiet noch nicht so bewandert war. Sie entschied, mit den Handschuhen anzufangen und zog der Reihe nach an den Fingern, während Phin sich gegen die geschlossene Tür lehnte und ihr dabei zusah. Wie lässig er dastand, beinahe schon ein wenig zu entspannt, als handelte es sich um ein Spiel, das einzig seiner Belustigung diente. Aus diesem Grund beschloss Mina, keine gesteigerte Eile an den Tag zu legen und zog mit den Zähnen so behutsam an jedem Finger, dass sich der Handschuh nur Stück für Stück löste. Es hatte jedoch den Anschein, als wartete Phin gerne. Erst, als sie sich ins Haar griff, um die Nadeln zu lösen, stieß er einen kehligen Laut aus. »Lassen Sie mich das machen«, sagte er, woraufhin Mina sich umdrehte und den hellblauen Himmel durch die Äste vor dem Fenster betrachtete, während sie Phin näher kommen hörte.

Seine Finger umfingen ihren Nacken – eine Berührung, die warm und fest zugleich war. Mina spürte, wie seine Lippen über ihren Nacken streiften und sich öffneten. Sein heißer Atem strich über ihre Haut, während seine Hand langsam tiefer glitt und ihre Brust umschloss. Ganz sacht gruben sich seine Zähne in ihre Haut. Eine kleine Weile verharrte er so regungslos, als wollte er sie warnen, dass sie ihre Entscheidung jetzt getroffen hatte, als wollte er ihr unmissverständlich klarmachen, dass der Blick aus dem Fenster sie nicht mehr zu interessieren hatte, weil ab jetzt nur noch eines für sie wichtig war: dass sie sich voll und ganz in seiner Hand befand.

Seine andere Hand tastete nach ihrem Dutt, um ihn zu lösen. Wie ein schwerer weicher Wasserfall ergoss sich ihr Haar über eine ihrer Schultern, ehe Mina fast sofort spürte, wie sich seine Finger darin vergruben und es nach hinten strichen, es der Länge nach kämmten. Überrascht von seiner Behutsamkeit schloss Mina die Augen. Sie hatte das nicht von ihm erwartet und war nicht sicher, ob es das war, was sie wollte. Das Ganze war ihr eine Nummer zu zärtlich, denn das, was sich draußen zwischen ihnen entwickelt hatte, war elementarer und ungestümer gewesen und hatte nur wenig mit Einfühlsamkeit zu tun gehabt.

Nichts zwischen ihnen hatte mit Einfühlsamkeit zu tun. Sie riss die Augen auf und legte die Stirn in Falten. »Lassen Sie mein Haar los«, sagte sie.

Sanft und heiß spürte sie sein Lachen an ihrem Hals. Es klang verrucht und verführerisch zugleich, und Mina empfand ein köstliches Prickeln auf der Haut.

»Nein«, entgegnete er mit einer Schärfe in der Stimme, die in einem faszinierenden Kontrast zu seinen langsamen kämmenden Bewegungen durch ihr Haar stand.

»Und ob.« Am liebsten hätte Mina sich umgedreht, um ihn anzusehen, was ihr jedoch unmöglich gemacht wurde, weil er ihr Haar blitzschnell um seine Hand gewickelt hatte und daran zog, sodass sie den Kopf nicht mehr bewegen konnte.

Seine Lippen berührten ihre Ohren. »Nein«, wiederholte er eine Nuance leiser als zuvor. Seine freie Hand legte sich um ihre Brust, ehe er sie langsam nach unten über ihren flachen Bauch gleiten ließ und sie in den Stoff ihres Kleides zwischen den Schenkeln grub. Er legte die Hand auf ihren Venushügel und zog Mina nach hinten, sodass sich seine harte Erektion gegen ihren Po drängte. Als er die Finger leicht krümmte, spürte sie, wie sie feucht wurde und hörte, wie ein Stöhnen in ihrer Kehle erstarb.

Sie zwang sich, zu schlucken. »Einverstanden«, sagte sie so gelassen, wie es ihr möglich war. »Machen Sie doch, was Sie wollen. Mal sehen, ob es Ihnen gelingt, mich in irgendeiner Weise zu beeindrucken.«

»Das hoffe ich doch sehr«, lautete seine Antwort, ehe Mina spürte, wie er an ihrem Haar zog, sodass sich ihr Kopf wie von selbst nach links drehte. Sie schloss abermals die Augen und ließ Phin gewähren. Sie spürte, wie seine Zunge über ihren Hals glitt. Als er die Hand von ihrer Scham nahm, befiel Mina ein eigenartiges Gefühl des Verlustes, das jedoch schnell verebbte, als sie merkte, dass er sich stattdessen an den Haken ihres Kleides zu schaffen machte. Vielleicht wäre es besser gewesen, doch kein Korsett zu tragen, dachte sie im hintersten Winkel ihres Bewusstseins. Das machte das Ganze unnötig kompliziert. Hätte sie sich für eines ihrer raffinierteren Kleider entschieden, wäre sie längst nackt und die Neugierde befriedigt – dann wüsste sie endlich, wie sich seine Lippen auf ihren Brüsten anfühlten.

Doch Mina hatte seine Geschicklichkeit unterschätzt. Das Kleid gab nach und glitt mit einem sanften Rascheln in die Tiefe, als wollte es gegen den fehlenden Anstand der Trägerin protestieren, weil die es zuließ, dass ein Mann den Stoff so rüde handhabte. Kurz darauf war zu hören, wie die Bänder gelöst wurden. Phin legte die Hände um ihre Taille, um ihr zu helfen, sich aus dem Gewirr der Verschnürungen zu befreien, ehe er Mina zu sich umdrehte.

Sein Gesichtsausdruck wirkte konzentriert und im Sonnenlicht fast ein wenig wild. Das dunkle Braun seiner Augen und seiner Haare schien immun gegen die Helligkeit der Sonne zu sein, wirkte es doch fast schwarz. Die feinen Konturen seiner Lippen hingegen empfand Mina als noch formvollendeter, als wären sie mit einer Präzision aus Stein gemeißelt worden, die selbst Berninis sorgenvoll dreinblickende Heilige in den Schatten stellte. Als Mina die Hand hob, um sie zu berühren, nahm Phin ihre Fingerspitzen in den Mund und sah ihr dabei in die Augen, als wollte er ergründen, was sie in diesem Moment dachte. Ihre Lippen öffneten sich leicht. Am liebsten hätte sie ihm eingestanden, dass sie glaubte, zu zerfließen, dass sich ein Zittern in ihr ausbreitete, das ihr fremd war. Phin griff jetzt nach ihren nassen Fingern und führte sie zu seinem Kinn und über seinen Adamsapfel. Er sah Mina dabei unverwandt an, und ihr wurde langsam bewusst, dass sie sich womöglich überschätzt und keine Ahnung von den Dingen hatte, die sein Lächeln andeuteten.

»Wir werden viel Spaß miteinander haben«, murmelte er.

»Ja«, flüsterte sie zurück. Es kam gar nicht infrage, dass sie jetzt einknickte und die Herausforderung nicht annahm.

Beherzt befreite sie sich aus seiner Umarmung, schob seine Hosenträger beiseite, zog die Hemdschöße aus der Hose und streifte ihm das Hemd über die Schultern. Sein entblößter Oberkörper war eine Augenweide: golden schimmernde Haut, unter der formvollendete Muskeln spielten. Entzückt über seinen flachen Bauch fuhr sie mit der Hand darüber. Bislang hatte sie immer gedacht, dass die wellenförmigen Wölbungen, die den männlichen Bauch formten, einzig auf Hirngespinsten von Künstlern beruhten. Als Phin den Bauch anspannte, folgte Minas Blick dem faszinierenden Spiel seiner brettharten Muskeln, ehe sie noch einmal die Hand darübergleiten ließ. »Sie sind wunderschön«, flüsterte sie. Sie hatte so etwas noch nie zu einem Mann gesagt und hätte auch nie für möglich gehalten, dass dieses Wort überhaupt zu einem Mann passen würde. »Mehr als nur wunderschön«, verbesserte sie sich, weil ihr dieses Wort so gefiel und weil es genau das ausdrückte, was sie empfand. Und dann, aus einer Laune heraus und weil sie sich an die vielen Komplimente bezüglich ihrer Vorzüge erinnerte, fügte sie hinzu: »Sie sind die männliche Ausgabe der Venus in Vollendung, Ashmore.«

Zu ihrem Erstaunen stieß Phin ein Lachen aus. Als sie zu ihm aufblickte, wandelte sich ihr Erstaunen in verdutzte Genugtuung: Er verstand genau, was sie meinte. »Das Kompliment werde ich nicht zurückgeben«, sagte er. »Venus war um einiges pflegeleichter als Sie. Helena hingegen …« Statt den Satz zu beenden griff er nach ihrem Hemd. Bereitwillig hob Mina die Arme, damit er sie von dem Kleidungsstück befreien konnte. Ein Atemzug streifte ihre Stirn, als er sie ansah. »Helena«, bekräftigte er noch einmal leise, ehe er sich vor sie kniete, um ihre Brüste und Taille zu küssen.

Sie legte die Arme um seinen Kopf und spürte die Weichheit seiner zersausten Haarmähne. Sie schloss die Augen, öffnete sie jedoch sofort wieder, nachdem ihr schlagartig schwindelig geworden war. Sie beobachtete ihn, als seine Zunge zärtlich über ihre Brustwarze fuhr, ehe sich seine Lippen darum schlossen und ihr ein intensives, fast surreales Gefühl bescherten. Ihre Arme schlossen sich enger um ihn und drückten ihn so fest an sich, als gäbe er ihr Halt, obwohl sie doch auf ihren eigenen Beinen stand. Von einer Sekunde auf die andere überkam sie der Wunsch, neben ihm zu liegen, oder nein, noch besser, ihm dabei zuzusehen, wie er sich vollkommen nackt dem Bett näherte. »Ziehen Sie sich aus«, verlangte sie mit heiserer Stimme.

Phin stand auf, um seine Hose zu öffnen, doch Mina hatte

ihre Meinung geändert. Entschieden schob sie seine Hände beiseite, löste den Haken und streifte die Hose herunter. Es gab keinen Grund, ihre Neugier noch länger zu zügeln, sagte sie sich. Schließlich erwartete er nicht, dass sie die Schüchterne mimte. Es war jedoch das erste Mal, dass Mina bei hellem Tageslicht einen gänzlich nackten Mann zu Gesicht bekam, und der Anblick faszinierte sie. Als sie die Hand um seinen pulsierenden Schaft schloss, wurde ihr bewusst, wie verschieden Männer sein konnten. Anders als bei Henry würde sie vielleicht Probleme haben, ihn in sich aufzunehmen, was die Vorfreude ihres Körpers nicht im Geringsten trübte.

Als Mina den Druck ihrer Finger leicht verstärkte, stöhnte Phin lustvoll. Seine heiße harte Erektion in ihrer Hand zu spüren, fachte die Glut an, die tief in ihrem Schoß schwelte. Wie von selbst öffnete sie sich für ihn und war bereit, ihn zu empfangen. Sie wollte es ihm sagen und fragte sich, ob sie den Mut dazu aufbrachte. Die Worte an sich waren ihr gewohnt und vertraut, aber die Bedeutung, die sie dieses Mal haben würden, war Neuland für Mina … Ihre Finger schlossen sich fester um seine pulsierende Pracht. »Ich will es«, sagte sie. Es war das Beste, das ihr in diesem Moment einfiel und das sie ohne zu stocken sagen konnte.

Es erfüllte seinen Zweck. Phin hob sie hoch – und es gefiel ihr nicht, erinnerte es sie doch daran, wie leicht sie war und wie mühelos er sie tragen konnte. Als er sie jedoch auf das Bett legte und sie fasziniert auf seine gestählten Beinmuskeln blickte, verflog ihr Unmut. *Ich bin eine Frau von Welt, die das Bett mit diesem Mann teilt,* dachte sie und musste lächeln. Es war nichts Falsches daran, mit sich selbst zufrieden zu sein. Sie spürte seine Zunge, die ihren Mund eroberte, vielleicht wollte er von ihrem Lächeln kosten. Er schmeckte herb wie Bier und dunkel wie die Pfade, die sie gegangen war, bevor sie begonnen hatte, die

Dunkelheit zu fürchten. In jener Nacht war sie voller Pläne und Hoffnungen gewesen; sie hatte ihn gewollt, auch wenn er sie nicht gewollt hatte.

All das schien sich jetzt miteinander zu verbinden, ihre Glieder, die sich umschlangen, sein leises Stöhnen, ihre gemurmelten Worte, dieser Hunger in ihr, der immer größer wurde, während seine Hand sie zwischen den Beinen streichelte. Vergangenheit und Gegenwart, Hongkong und dieses Zimmer – alles verschmolz miteinander, wurde eins. Sie berührte seinen Schaft und schob sich zu ihm, bis seine feuchte stumpfe Spitze ihre Nässe berührte. Mina sehnte sich danach, sein pralles Glied in sich zu fühlen. *Lust,* dachte sie, *es ist nicht einfach nur Sehnsucht, es ist Verlangen.* Ein Verlangen, das fast zu stark für ihren Körper war. Bei einem derartigen Gefühl, was spielte es da für eine Rolle, ob es im Zimmer taghell oder dunkel war? Sie drängte ihm ihre Hüften entgegen und überraschte ihn damit. Er murmelte etwas, das Mina nicht verstand. Sie umfasste seinen festen Po und zog Phin an sich, während ihr ein seltsamer Gedanke durch den Kopf ging: *Halt mich für immer fest. Ich habe so lange darauf gewartet.*

Langsam drang Phin in sie ein. Einzig die Anspannung in seinem Gesicht verriet Mina, wie viel Selbstbeherrschung es ihn kostete, sich im Zaum zu halten. Für den Bruchteil einer Sekunde zuckte ein Schmerz durch Mina, der fast so stechend war wie der bei ihrem ersten Mal. Damals war der Schmerz geblieben. Kein Wunder, dass man von Deflorieren spricht, hatte sie gedacht, schließlich empfanden Blumen auch keine Freude daran, wenn ihnen die Blüte abgerupft wurde. Dieses Mal jedoch war alles anders. Ein heißes Gefühl zuckte in ihr auf und steigerte sich zu unglaublichem Entzücken. Wie von selbst schlangen sich ihre Beine um seine Hüften. Phin schloss die Augen. Sie bewunderte seine Wimpern, die – wie könnte es bei ihm anders sein? – gerade und dicht seine Wangen beschatteten. Es war absurd, aber sie dachte, dass er in diesem Moment wie ein unschuldiger Junge aussah. Doch der Körper, den sie auf sich spürte, war alles andere als jungenhaft. Als Mina die Arme um ihn schlang, war ihr, als berührte sie warmen Granit, er war härter als alles, mit dem sie je in Berührung gekommen war. Sie küsste ihn auf die Schulter und passte sich seiner Bewegung an. Der stoßende Rhythmus traf sie bis ins Mark. Ein Schweißtropfen fiel von seiner Stirn auf ihre Schulter. Mina empfand es wie ein Streicheln. Sie spürte mit jeder Faser, dass sie auf etwas Großes zutrieb und zog ihn tief in sich, wieder und wieder.

Doch unvermittelt empfand Mina das wachsende Entzücken als zu flüchtig, als zu wenig greifbar, um darauf vertrauen zu können. Sie erkannte, dass Angst in ihr hochstieg; es war die unerklärliche Angst, sie könnte in Abermillionen von Splittern zerspringen, die sie nie wieder würde zusammenfügen können. *Ich kenne dich doch gar nicht,* schoss es ihr in den Sinn. Jetzt war die Zeit der Dunkelheit, dann konnten sie wie Fremde sein. Erschrocken, fast mit Furcht, bemerkte sie, dass er die Augen geöffnet hatte und sie ansah. Selbst in diesem Moment erwartete er etwas von ihr. Sie wollte das nicht. Sie würde es ihm nicht geben. »Komm«, raunte er. Mina wusste nicht, was er von ihr wollte. Was sollte sie ihm denn noch geben? »Mina«, keuchte er, obwohl er nicht das Recht hatte, noch mehr von ihr zu verlangen. Schließlich hatte sie sich ihm doch aus freien Stücken hingegeben.

Vielleicht las er die Antwort in ihrem Gesicht, denn der tiefe Kuss, den er ihr gab, war intensiver und ruhiger als der ungestüme Angriff zuvor. Gleichzeitig wurden seine Stöße fordernder, als wäre er der Sache überdrüssig geworden und wollte sie so schnell wie möglich zu Ende bringen. Mina grub die Fingernägel in seinem Rücken und wartete ab. Als sich seine Lenden hart gegen ihren Leib pressten, empfand sie plötzlich Schmerz. Es war, als gäbe ihr Körper ihr einen Vorgeschmack darauf, wie sie sich nach dem Akt fühlen würde: wund, leer und verloren. Als hätte sie etwas weggegeben, ohne etwas dafür zu bekommen, als würde sie etwas vermissen und sich danach sehnen.

Und dann war es vorbei. Ashmore zog sich aus ihr heraus und ließ sich neben sie auf das Bett fallen. Sein Atem ging schnell und heftig und streifte ihre Schulter. Mina starrte an die weiß getünchte Decke, auf den langen, von Regenwasser verfärbten Riss, der sich darüber hinzog. Wie töricht von mir, mich enttäuscht zu fühlen, dachte sie. Sie hatte es darauf angelegt, sich lüstern zu geben und die Gelegenheit beim Schopf zu packen, und genau das hatte sie getan. Im Gegenzug hatte sie eine neue Erfahrung gemacht. Eine, die ihr bei Henry versagt geblieben war: In dem Moment, in dem Ashmore sie am Haar gepackt und ihr zwischen die Beine gegriffen hatte, hatte sie Kleopatra, Eva und alle unmoralischen Frauen der Welt verstanden.

Als Mina sich aufsetzen wollte, hielt sein Arm sie zurück. »Wir sind noch nicht fertig«, sagte Phin leise.

Wie ein gefangenes Tier wehrte sie sich gegen seinen Griff und versetzte ihm einen Stoß gegen die Hüfte, sodass er sich auf die Seite drehte und sich mit dem Ellbogen abstützte. Als ihr Blick auf den nassen Fleck im Laken fiel, zog sie eine Augenbraue hoch. »Und ob wir das sind.«

Ashmore sah keine Veranlassung, aus seiner Belustigung einen Hehl zu machen. »Sie halten sich wohl für allwissend, kann das sein?«

Warum zog er sie auf? »Vielleicht bin ich das auch.« Entnervt griff Mina nach der Decke, die vom Bett geglitten war, und bedeckte damit ihre Blöße. »Was soll das? Hat es Ihnen etwa nicht gefallen?«

»Ganz im Gegenteil«, antwortete er leichthin. »Aber mir scheint, dass Sie noch nicht zu Ihrem Recht gekommen sind. Sie hatten keinen Höhepunkt, nicht wahr?«

Verlegen wandte Mina den Blick ab und schaute wieder auf den Riss an der Decke. Jetzt, da ihr Körper sich ein wenig beruhigt hatte, war es sehr viel schwieriger, sich nicht dumm und verwirrt zu fühlen. Ihr war, als stünde sie nach einer Vorführung, von der sie dachte, sie hätte sie gut gemeistert, vor ihrem Publikum und musste erleben, dass es nicht applaudierte, sondern sie verdutzt anstarrte. In Ashmores Blick lag ein Hauch von Fassungslosigkeit, weil sie gedacht hatte, alles mit Bravour über die Bühne gebracht zu haben. Was für ein Fiesling!

»Es tut mir leid, wenn es Ihnen nicht gefallen hat«, sagte sie.

»Sieht man einmal von dem Schlag gegen meine Eitelkeit ab, könnte man argumentieren, dass es nichts mit mir zu tun hat.« Er hielt inne. »Oder geht es genau darum? Sie denken, es hat damit zu tun, was *ich* möchte?«

»Ich weiß nicht, worauf Sie hinauswollen.« Vielleicht wusste sie es wirklich nicht, und je länger er sie ansah, desto störrischer und wütender wurde sie. Sie wollte ihn für irgendetwas an den Pranger stellen. Während er sie dazu zu bringen versuchte, über ihren Schatten zu springen. Aber das hatte sie doch längst getan. Sie war nackt, und er hatte seinen Spaß gehabt. Sollte er sich doch anderswo umsehen, wenn ihm nach zusätzlicher Belustigung gelüstete.

»Setzen Sie sich auf«, sagte er.

»Sie hatten doch bereits die Gelegenheit, sich an meinem Anblick zu erfreuen.«

»Eine so weltgewandte Frau wie Sie hat Angst, mir ihre Titten zu zeigen?«

Mina warf ihm einen empörten Blick zu, richtete sich aber zum Sitzen auf. »Sie sollten sich den Mund mit Seife auswaschen. Was für eine schmutzige Ausdrucksweise.«

Phin zuckte die muskulösen Schultern. »Es geht noch schmutziger.«

»Kein Grund, so viel Stolz in die Stimme zu packen.«

Er lächelte. »Jetzt tun Sie doch nicht so, als würde Ihnen das nicht gefallen.« Ehe sie es sich versah, entriss er ihr die Decke, und sie saß wieder splitterfasernackt vor ihm. »Spreizen Sie die Beine, Mina.«

Ein Kribbeln erfasste Minas Magen. Ob seine leise, kehlig klingende Stimme es hervorrief, die sich wie Samt um ihren Namen wickelte oder ob es daher rührte, dass er ihr etwas befahl, war ihr nicht klar. »Warum? Sie sind doch fertig.«

»Ich schon, Sie aber nicht.«

Aha. War er also doch darauf aus, Eindruck bei ihr zu schinden. Als Phin sie am Knie berührte und ihre Beine auseinanderdrückte, duldete sie es. Unverhohlen interessiert studierte er ihren intimsten Bereich. »Um noch eine Spur schmutziger zu werden«, sagte er nachdenklich. »Ich wüsste noch das ein oder andere Wort, das Ihren wunderhübschen Spalt beschreibt. Haben Sie besondere Vorlieben?«

Mina spürte, wie ihre Wangen Feuer fingen. »Nein«, brachte sie mühsam hervor. Sie kannte kaum Worte, die diese Region ihres Körpers beschrieben. Henry hatte immer nur von sich und seinem Genital gesprochen. »Es ist mir auch egal«, schob sie nach. »Nehmen Sie sich, wonach Ihnen der Sinn steht, wenn Sie darauf bestehen.«

»Nur, wenn *Sie* darauf bestehen.« Ihre Blicke trafen sich. »Wieso sollten wir davor zurückscheuen? Sie sind doch ein kultivierter Mensch mit einem Hang zur Unanständigkeit. Es besteht kein Grund, nicht zu sagen, was man will. Berühren Sie sich.«

Es dauerte einen Augenblick, bis sie das Ausmaß seiner Worte verstand, die ihr den Hals zuschnürten. Was er verlangte, sprengte die Grenzen dessen, was sie sich in ihren kühnsten Träumen ausgemalt hatte. »Ich lasse mir von Ihnen nichts befehlen«, sagte sie mit belegter Stimme.

»Als ob mir das nicht schon aufgefallen wäre«, entgegnete er. »Sie haben Angst, auch nur einen Fingerbreit Platz zu machen. Deshalb sitze ich hier und halte trotz des wundervollen Anblicks schön brav meine Hände bei mir. Machen Sie es sich selbst, Mina.« Phin hielt kurz inne. »Es sei denn … Ihnen war bislang nicht bekannt, dass Sie keinen Mann brauchen, um in den Tiefen körperlicher Freuden zu schwelgen.«

Sein durchdringender Blick und das Feuer, das in seinen Augen schwelte, machten Mina nervös. Er schnurrte mehr, als dass er sprach. Zudem übte seine Stimme eine Art klebrigen Zauber auf sie aus, der es ihr unmöglich machte, den Blickkontakt zu unterbrechen. Doch es war Mina schlicht und ergreifend nicht möglich, ihre Hände zu bewegen. Sich in seiner Gegenwart intim zu berühren, überschritt jegliche Schamgrenze.

Doch die Scham war es nicht, die ihr Sorge bereitete, oder? Scham war ein Gefühl, um das sie sich sonst auch nicht scherte. Als sie nach kurzem Zögern die Hand auf sich legte, wurde ihr bewusst, dass sie vom Zusammensein mit ihm noch immer erregt und feucht war. Als sie seiner Anweisung nachkam, tat sie es in aufsässiger Manier und streckte das Kinn vor. Ihr war bewusst, dass er den Blick keine Sekunde von ihr nahm. Welch eine schreckliche Erfahrung. Ihre Wangen brannten, und hätte man ihr die Haut abgezogen, so wie die Italiener es beim Frühstück mit saftigen Trauben taten, wäre sie sich nicht entblößter vorgekommen.

»Welch entzückender Anblick«, sagte Ashmore mit sanfter Stimme. »Sie scheinen sich aber nicht sonderlich gut zu fühlen, kann das sein?« Er lächelte, als er seine Hand auf ihre legte und sie auf ihren Venushügel presste. Die Berührung bereitete Mina einen kleinen Schock. Und das, obwohl es sich um eine Berührung handelte, die ihr nach den Intimitäten, die sie eben ausgetauscht hatten, eigentlich nicht solch ein Gefühl bescheren sollte. Mit sanftem Druck legte er ihren Mittelfinger auf ihre empfindlichste Stelle. Als sie einen leisen Ton von sich gab, sagte er: »Ja, und jetzt streicheln.«

Er hatte sie in einen Schockzustand versetzt. Eine Frau zu verblüffen, die es darauf anlegte, sich unbewegt zu zeigen, war ein Vergnügen der pikanten Art. Später würde er sich daran erinnern und es genießen: ihren Gesichtsausdruck, die feuerroten Wangen, die Zungenspitze, die zwischen ihren leicht geöffneten Lippen hervorschaute. Jetzt jedoch war seine Aufmerksamkeit zu sehr auf sie gerichtet, als dass er sich Gedanken über bedeutungslose Siege machen wollte. Es gab nur eines, das wichtig war: das nicht eingelöste Versprechen ihrer Lust, ihr störrisches Weigern, sich der Freude am eigenen Körper hinzugeben und seine wachsende Überzeugung, dass ein weiteres Stück ihrer Maske an einem seidenen Faden hing und von ihr abfallen würde, wenn er es darauf anlegte.

Entschlossen nahm er Minas Hand und führte sie.

Ihre Hitze und ihre Nässe zu spüren, ließ ein Stöhnen in seiner Kehle aufsteigen, das er herunterschluckte. Er strich mit ihren Fingern über ihre Klitoris und empfand einen Moment heftiger Befriedigung, als ihre Hüften leicht zu zucken begannen.

Urplötzlich wurde sie blass und biss sich auf die Unterlippe. Phin wusste, dass sie einen Kampf ausfocht, und er war entschlossen, sie ihn nicht gewinnen zu lassen. Als sie ihn ansah, entdeckte er eine gehörige Portion Entschlossenheit in ihrem Blick. Er führte ihre Hand von ihrem Schoß weg neben ihren Oberschenkel.

Ihre Schultern fielen in sich zusammen. Vielleicht war es Erleichterung, die ihre Muskeln lockerte, aber ihre Haltung drückte auch Enttäuschung aus. Es war nichts, worauf er sich etwas einbildete. Mina war eine leidenschaftliche Frau, deren

Körper noch immer vor Erregung bebte. Es mochte sein, dass sie sich einredete, das Bedürfnis wäre lediglich physischer Natur und hätte nichts mit ihm zu tun. Vielleicht stimmte das sogar. Aber nicht mehr lange. Er würde dafür sorgen, dass ihre Bedürfnisse Erfüllung fanden – und eine nicht unerhebliche Rolle dabei spielen.

»Wir wären dann wohl fertig«, flüsterte sie.

»Nicht ganz«, sagte er sanft und legte ihr die Hand auf die Schulter. Mina ließ es geschehen, dass er sie in die Kissen zurückdrückte. Ihr weißblondes Haar breitete sich wie ein hell leuchtendes Meer um sie aus. Einen Augenblick lang sah sie ihn an; als er jedoch regungslos verharrte, schloss sie seufzend die Augen.

Für einen kurzen Moment genoss Phin die Privatheit, die sie ihm damit gab. So konnte er sie unbeobachtet betrachten – ihre cremefarbene Haut, die einen hübschen Kontrast zu den roséfarbenen Brustwarzen bildete und das platinblonde Haar zwischen ihren Beinen. Der Anblick wirkte auf ihn, als würde er mit voller Wucht gegen eine Wand geschleudert werden: Er verschlug ihm den Atem. So großartige Anblicke wie tosende Wasserfälle, scharlachrote Sonnenaufgänge und die Vollkommenheit einer Frau, die weicher und süßer war als ein Ideal es je wäre, verlangten stets Demut vom Betrachter sowie die Einsicht, im Vergleich zu den vielfältigen Wundern, die das Leben anzubieten hatte, selbst nur eine winzige Nebenrolle zu spielen.

Doch Phin fühlte sich nicht demütig. Denn es gab da einen feinen, aber bedeutenden Unterschied: Mina war so etwas wie ein Wunder, ja, aber es stand der Welt nicht zu, sie so anzusehen, wie er es in diesem Moment tat. Sie war sein Wunder, und seine Absichten waren selbstsüchtig und ebenso sorgfältig durchdacht wie eine trigonometrische Gleichung. Er beugte sich über sie, spreizte ihre Beine und ließ seine Zunge über ihren feuchten Spalt gleiten.

Sie keuchte. Er nahm es wie aus der Ferne wahr, als er sie leckte. Ihre Hüften zuckten, und sie versuchte, sich zurückzuziehen, aber er hielt sie fest, damit sie still hielt und er sich um die Stelle ihres Körpers kümmern würde, die ihre Entschlossenheit im Nu brechen würde: ihre *Vulva, Grotte, Muschi, Ritze, Fotze*. Als sie danach gefragt hatte, hätte er ihr eine Vielzahl derber Synonyme aufzählen können, jetzt jedoch kreiste sein Denken um die schöneren Begriffe: *Honigtopf, Nektar, Himmel, Herz, Paradies, alles meins*. Hätte er ihr diese Worte genannt, hätte sie ihn vermutlich laut ausgelacht.

Ihre Hüften zuckten wieder, und sie bäumte sich gegen Phin auf. Doch diese Bewegungen bedeuteten keinen Widerstand mehr. Ihre Hände krallten sich in sein Haar und zerrten daran. Der leichte Schmerz machte ihm nichts. Im Gegenteil, er ermutigte sie sogar noch, indem er ihr zärtlich in den Oberschenkel biss, während sich sein Daumen um ihre Klitoris kümmerte. Mina schrie leise auf, als er sie wieder zu lecken begann und mit der Zungenspitze in sie eindrang. Heiser, fast schon flehend perlte sein Name von ihren Lippen, und er tauchte seine Finger in sie und füllte sie aus, wie er es zuvor mit seinem Schaft getan hatte.

Mit einem lauten Stöhnen kam sie für ihn. Ihr Körper wurde von einem Beben erfasst, das aus ihrem tiefsten Innern kam und auch dann nicht abebbte, als er seine Zunge zärtlich über die Innenseite ihres Schenkels zur sanften Rundung ihres Bauches gleiten ließ. Ihr Bauchnabel zog sich zusammen, als er ihn mit der Zungenspitze streichelte.

Erst als das letzte Zucken abgeebbt war, ließ Phin von ihr ab. Er stützte sich auf die Ellbogen und sah Mina an.

Ihr Gesicht war gerötet, und wie ein hypnotisiertes Kaninchen starrte sie ihn mit weit aufgerissenen Augen an. Ihre Mundwinkel zuckten, und sie hatte die Hände in das Bettlaken gekrallt.

Ihm war bewusst, wie groß die Verlegenheit sein musste, die sie empfand. Phin hob die Finger hoch, die ihr so große Lust bereitet hatten, und leckte ihren Geschmack von ihnen ab, der an ihnen haftete.

Mina wandte den Blick ab. Sie schluckte.

Was auch immer sie vor ihm geheim halten wollte, er würde es nicht bekommen. Er beugte sich über sie, drang mit der Zunge in ihren Mund ein und holte es sich mit einem Kuss. Als er sich wenig später von ihr löste, klammerten sich ihre Finger um seine Schultern.

Mina wollte nicht, dass er aufhörte, sie zu küssen, und versuchte, sich das zurückzuholen, was er ihr, wie sie glaubte, genommen hatte. Doch die Gefühle in ihr entlarvten die Lüge: Sie war längst nicht so stark, wie sie angenommen hatte, oder womöglich war er nicht der Mann, für den sie ihn gehalten hatte. Sie zitterte noch immer am ganzen Leib. Was er mit ihr gemacht hatte! Und wie leicht es ihm gefallen war, ihre Entschlossenheit zu überwinden. Beim Allmächtigen, so etwas hatte Henry nie fertiggebracht!

Phin, der noch immer ein wenig außer Atem war, lehnte sich zurück und beobachtete sie. Mina fing seinen Blick auf und erwartete, dass er irgendetwas tat. Aus den Augenwinkeln sah sie, wie seine Erregung zurückkehrte, wie sich sein Glied Stück für Stück aufrichtete, als wollte es seinen Bauchnabel berühren. Doch Phin blieb reglos sitzen.

Es gab nur zwei Möglichkeiten: Entweder er war unvorstellbar großzügig oder teuflisch berechnend. Mina war sich nicht sicher, was von beidem zutraf.

»Ich bin kein Junge mehr«, beendete er schließlich das Schweigen. »Ich kann mich beherrschen. Kein Grund zur Sorge.«

»Von Sorge kann hier keine Rede sein«, antwortete sie schnell.

»Und ob Sie besorgt sind.« Er hielt kurz inne. »Sie sollten wissen, dass mein Interesse an Ihnen nicht einfach nur einer Laune entspringt, Mina. Hilft Ihnen das als Erklärung?«

Sie bewegte sich unruhig. Ihr fehlte der Mut nachzuhaken, was genau er damit meinte. »Danke, aber ich brauche keine Hilfe.«

»Schon gut«, antwortete er beschwichtigend. »Ich verstehe. Ziemlich gut sogar. Bei all dem kommt es vor allem darauf an, was Sie daraus machen.« Als er auf das zerwühlte Laken deutete, wäre Mina am liebsten im Erdboden versunken.

Sie würde gar nichts daraus machen. Warum redete er überhaupt noch darüber? Mina räusperte sich und stimmte ein helles Lachen an. »Das ist mir längst klar. Sie halten mich für naiver als ich bin. Selbst jetzt, nachdem wir …«

Er schüttelte den Kopf, und als ihm eine Strähne über die Augen rutschte, ballte Mina die Hände zu Fäusten, um sich davon abzuhalten, sie ihm aus der Stirn zu streichen.

»Was ich damit sagen will …« Er zögerte. »Das Ganze hat nichts mit Kontrolle zu tun, es sei denn, Sie wollen, dass dem so ist oder dass wir uns gemeinsam dafür entscheiden«, fügte er eine Spur leiser hinzu.

Dass wir uns gemeinsam dafür entscheiden. Mina stockte der Atem. Er sprach, als wären das zerwühlte Laken, seine Nacktheit, das sanfte Licht und ihr zersaustes Haar nicht die Zeugen eines sexuellen Intermezzos, das vorbei und erledigt war. Er tat ja fast, als säßen sie sich an einem Verhandlungstisch gegenüber. *Wir können entscheiden, wie es sein soll.* Gemeinsam etwas tun.

Sie richtete sich auf und fragte sich, warum dieser Gedanke sie so sehr berührte. Hatte er das wirklich so gemeint, wie sie es aufgefasst hatte? Worte ließen sich auf millionenfache Weise interpretieren; schließlich war das der Grund, warum Poesie die Menschen so faszinierte. Dass jede getätigte Aussage in mehrerlei Hinsicht gedeutet werden konnten, war schließlich auch der Grund dafür, warum sich so viele Menschen für Lyrik begeisterten.

Sie griff so beiläufig wie möglich nach der Bettdecke und verhüllte ihre Blöße damit. »Ich weiß beim besten Willen nicht, wovon Sie sprechen«, sagte sie schließlich.

Vielleicht wusste sie es doch. Zumindest schien er das zu denken, wie sie an dem leisen Lächeln um seine Lippen zu erkennen glaubte. »Wieso erlauben Sie es sich nicht einfach, mich ein klein wenig zu mögen?«

»Aber ich mag Sie doch«, entgegnete Mina und zog dabei spöttisch die Augenbraue hoch. »Daran besteht doch wohl kein Zweifel; oder benötigen Sie noch weitere Beweise, Ashmore?«

Einige Augenblicke lang musterte Phin ihr Gesicht. »Lassen Sie endlich Ihre Maske fallen, Mina. Aus freien Stücken.«

Mina atmete scharf aus. Doch es waren weniger seine Worte, die sie betroffen machten. Zweifelsohne wusste er jetzt, dass sie ihm etwas vorgespielt hatte. Nein, das elektrisierende Gefühl, das in ihr pulsierte, rührte daher, dass er überhaupt auf den Gedanken kam, das zu ihr zu sagen. Und dass er allen Ernstes glaubte, sie würde seinetwegen darüber nachdenken, es zu tun.

Dass sie es womöglich wollte.

Sie atmete noch einmal hörbar aus. »Ich bin, wer ich bin.«

»Ja«, antwortete er. »Genau das.«

Nein, wollte sie ihm entgegenschleudern. *Sie verstehen rein gar nichts. Ich bin, wer immer ich sein möchte, auch für dich. Du darfst dabei nicht mitreden, geschweige denn entscheiden.* Doch ihre Lippen blieben stumm. Der eigentliche Grund für ihr Schweigen war, dass sie unentwegt an die Narbe an seinem Handgelenk dachte, die sein Vater ihm zugefügt hatte. Er war so aufrichtig ihr gegenüber gewesen. Und dieses Wunder, das er für sie gewirkt hatte, so selbstlos –

Mina hüllte sich in Schweigen, bis sein Blick sie freigab. Als er sich tatsächlich abwandte und begann, seine Kleider zusammenzusuchen, wunderte sie sich über die Enttäuschung, die sich wie ein schwerer Stein auf ihre Brust legte.

Als sie zum Abendessen nach unten in die Wirtsstube gingen, kam Mina das, was sich im Bett zugetragen hatte, wie ein Traum vor. Anfänglich beobachtete Phin sie amüsiert, bis sich eine leichte Enttäuschung über seine Freude legte, als sie wieder in ihre vertraute Rolle zurückfiel. Mina tat es mit wohlbedachter Gründlichkeit. Sie plapperte wie ein Wasserfall wild drauflos, während sie ihre Lammhaxe aß. Sie ließ sich darüber aus, wie hinterlistig Katzen sein konnten, wie prächtig sein Haar aussähe, wenn er doch nur ihre Produkte benutzte. Wieder oben im Zimmer machte sie keinerlei Anstalten, ihn zu sich ins Bett einzuladen.

Und Phin unternahm nichts, um sie dazu zu überreden. Er schlief in dieser Nacht auf dem Boden – das heißt, er versuchte vergeblich, etwas Schlaf zu bekommen, hielten ihn doch die sanften Geräusche davon ab, die Mina im Schlummer von sich gab. Sie hatte heute eine Selbstbeherrschung gezeigt, die ihn sehr beeindruckt hatte. Um diese Selbstbeherrschung zu wahren, hatte sie sogar versucht, sich körperliche Freuden zu versagen. Im Schlaf jedoch, so schien es, rächte sich ihr Körper für diese Disziplin. Seufzen, wortloses Wispern, unruhiges Hin-und-her-Wälzen – diese kleinen Rebellionen, so sagte er sich, zeugten von angenehmen Träumen. Doch je länger er ihr zuhörte, desto skeptischer wurde er.

Wären seine eigenen Absichten weniger klar gewesen, hätte er sie womöglich geweckt. Aber er wusste, dass er besser daran tat, sie nicht zu berühren. Denn wenn er sie wieder berührte, würde er sich und seine Lust nicht mehr im Zaume halten können.

Allmählich verstand er, wer diese Mina Masters war. Wie ein Buch, das in einer Sprache geschrieben war, die man nur halb beherrschte, erschloss sich ihm ihr Wesen immer klarer. Auch wenn jede neue Seite darauf hinwies, dass die Geschichte länger und komplexer war, als er gedacht hatte. Mina Masters verfolgte Pläne und Strategien, und der heutige Nachmittag hatte sie vor die Überlegung gestellt, ob er in diese Pläne passte. Phin freute sich darüber. Er hatte nicht vor, sich von ihr in die aktuelle Erzählung einfügen zu lassen. Ließ er das zu, würde das Ende eintreten, das sie bereits ausformuliert hatte: *Eine Woche noch und danach werden Sie mich nie wiedersehen.*

Vor wenigen Tagen hatte er genau das gehofft. Doch in der Zwischenzeit war es diesem wundervollen Geschöpf gelungen, sein Interesse zu wecken. Mehr als nur sein Interesse, wenn er ehrlich war.

Deshalb lag er jetzt hier auf dem Fußboden des Fremdenzimmers und lauschte still der Sinfonie ihres Schlummers: ihr Seufzen, das unverständliche Murmeln, das leise Geräusch, wenn ihre Hand über das Kissen glitt, das Knistern des gestärkten Lakens, wenn sie ihre wundervollen Glieder bewegte. Sie war wie eine Bergkette, die sich nicht erklimmen lassen wollte. Nein, eher wie ein See, der zu tief zu sein schien, um ihn ausloten zu können. Doch Phin war Experte auf diesem Gebiet, hatte er doch Jahre damit zugebracht, schwer zugängliche Regionen zu erforschen. Der Prozess, der damit einherging, war vor allem von Mühsal geprägt. Unzählige Einzelheiten wollten zusammengetragen und richtig zusammensetzt werden, ehe sie ein großes Ganzes ergaben. Hinzu kam die Disziplin, die man aufbringen musste, um im Falle eines Fehlers alles wieder auseinanderzunehmen und von Neuem zusammenzufügen. Doch Phin war für eine solche Aufgabe gut gerüstet. Immerhin war er Stephen Granvilles Sohn, und einen Großteil seines Lebens hatte er bis jetzt damit zugebracht zu versuchen, eine obsessive Neigung zu einem sinnvolleren Zeitvertreib als Alkohol und Kartenspiel umzumünzen. Sheldrake war der Erste gewesen, der ihm aufgezeigt hatte, wo er seine Talente um einiges sinnvoller einsetzen konnte. Ridland hatte ihm einen weiteren Weg aufgezeigt, und jetzt hatte er seinen ganz eigenen Zugang zu seinen Vorzügen gefunden. Er wandte sein Können bei *ihr* an. Ein Bild begann sich in langen Stunden der Dunkelheit zu formen. Ein Bild, das sich nur dann zu einem Ganzen zusammenfügen ließ, wenn er ein Teil davon wurde.

Während er grübelnd wach lag, schien es ihm, dass Mina Masters Landkarte mit seiner eigenen mehr Überschneidungen aufwies, als ihm anfänglich bewusst gewesen war. Eine andere Erklärung für die tiefgreifenden Gefühle, die er empfand, wenn er sie berührte, gab es nicht. Und dann dieses unerklärliche Gefühl der Übereinstimmung. Wann immer er sich an sie schmiegte, war ihm, als würde er endlich in seine eigene Haut passen. All das erinnerte ihn an ein Phänomen, von dem er als Junge gelesen hatte – dass sich der Magnetismus der Pole vor Urzeiten umgekehrt hatte und die Welt sich neu hatte ausrichten müssen. Das Bild einer derartigen Unordnung hatte ihn als Kind so sehr in Angst und Schrecken versetzt, dass er von Kompassen geträumt hatte, deren Nadeln sich wild um die eigene Achse drehten. Jetzt fragte er sich fasziniert, ob sein eigener Kompass womöglich schon länger nicht mehr gewusst hatte, worauf er sich ausrichten sollte.

Für Phin stand fest, dass seine persönliche Polumkehr nicht mit dem Öffnen von Ridlands Brief begonnen hatte. Seine Gedanken wanderten zu jenem Moment in Hongkong zurück, als er Mina das erste Mal begehrt hatte, nur um dann doch einen Rückzieher zu machen. Womöglich war das der entscheidende Moment gewesen. Seinerzeit hatte er die kleinen Zeichen geflissentlich übersehen und sich auf andere Ziele konzentriert, er hatte sich selbst verunglimpft, weil er Gefühle für sie entwickelt hatte. Gefühle, die er als Zeichen seiner Schwäche interpretiert hatte. Wäre ihm damals aufgegangen, dass sie das Warten wert war, hätte er womöglich den Mut aufgebracht, das zu tun, was ihr im Blut lag: sich in einem Raum, in den man gesperrt worden war, umzuschauen und nach Möglichkeiten zu suchen, für die es sich lohnte, das Fenster einzuschlagen.

Phin setzte sich auf und erfreute sich daran, wie das Mondlicht durch die dünnen Vorhänge fiel, sich im Spiegel brach und Minas Antlitz in kühlem Licht badete. War es möglich, dass Verlangen sich genau wie das Licht brach und stärker wurde, wenn es von der Vergangenheit in die Gegenwart leuchtete? Denn je länger er Mina ansah, desto bedeutsamer schien alles zu sein: sein falsches Verhalten in Hongkong ihr gegenüber, all die Augenblicke, in denen sie ihn wütend gemacht und verwirrt hatte, ihn gereizt und seine Verachtung und sein Verlangen geweckt hatte. Und jetzt hatte sich all das untrennbar mit den Ereignissen der jüngsten Zeit verbunden, hatten sich das Gestern und das Heute nahtlos vereint. Diese neue Sichtweise auf Mina verdeutlichte Phin, welch langen Weg er gegangen war und wie sehr er sich verändert hatte, seitdem er von hübschen Mädchen wie Miss Sheldrake geträumt hatte.

Warum reden Sie so mit mir, hatte Mina ihn gefragt. Die Antwort, die ihm auf der Zunge gelegen hatte, die er aber niemals ausgesprochen hätte, war denkbar einfach: *Ich spreche so mit Ihnen, weil ich weiß, dass Sie mich verstehen. Auch wenn es mir ein Rätsel ist, mit welcher Leichtigkeit Sie alles ertragen haben.*

Mina Masters verstand, was es bedeutete, den unbezähmbaren Wunsch zu haben, etwas zu tun. Hilflosigkeit war für sie ein Fremdwort. Auf der einen Seite interessierte es sie, wie man das Leben eines Menschen auslöschen konnte, empfand aber keinerlei Scham ob dieses Interesses, weil sie sich auf ihr Urteilsvermögen verließ. Der Blutrünstigkeit einer Frau mit Bewunderung zu begegnen mutete seltsam an und zeugte, gemessen an konventionellen Maßstäben, von schlechtem Geschmack. Nicht jedoch nach den Maßstäben, die er seiner Welt anlegte. *Ich bin ich*, hatte sie gesagt – aber nicht, um damit zu prahlen. Sie meinte es genau so, wie sie es sagte und entschuldigte sich nicht für die Maßnahmen, die sie ergriff, um ihr Terrain zu verteidigen.

Nein, die Bewunderung, die er ihr entgegenbrachte, war mehr als berechtigt. Wenn überhaupt, war sie untertrieben, oder das Wort *Bewunderung* war einfach nicht stark genug, um das auszudrücken, was er empfand. Mit anderen Worten: Wenn er sie ansah, empfand er Begehren. Das Problem war nur, dass sie sich gut tarnte, damit niemand genau hinsah und sie entdeckte. Phin saß noch lange so da und sah sich an ihr satt.

13

In Providence lief alles schief. Vielleicht hatte Mina die ganze Zeit über geahnt, dass es so kommen würde. Am Morgen, als sie in dem von Rosmarinduft erfüllten Zimmer aufgewacht war und festgestellt hatte, dass sie allein war, hätte sie eigentlich erleichtert darüber sein müssen, Ashmores Argusaugen einmal nicht ausgesetzt zu sein. Sie hatte in der Nacht intensiv geträumt, und als sie sich aufgesetzt und sich die Augen gerieben hatte, war in der Stille und im sanften Licht des Morgens, das langsam über die schweren Eichenmöbel kroch, die Panik zurückgekehrt, die sie bereits im Reich der Träume verfolgt hatte. Ihr war, als hätte sie in der Nacht etwas versäumt, als hätte sie eine entscheidende Gelegenheit verpasst. Doch die Sonne war wie jeden Morgen aufgegangen und stand an einem wolkenlosen Himmel.

Das Gefühl der Panik ergab keinen Sinn, doch Mina merkte, dass sie die Morgentoilette in einer für sie ungewohnten Geschwindigkeit verrichtete, ehe sie, auf der Suche nach Phin, den Flur herunterlief. Es gab durchaus Gründe, Ashmores Gegenwart etwas Positives abzugewinnen, sehr gute Gründe sogar, die allesamt nichts mit der Art und Weise zu tun hatten, wie er sie berührt hatte. Allein konnte sie gegen Collins nichts ausrichten. Ashmore verfügte über das bessere Waffenarsenal, besaß militärische Fähigkeiten und kannte die Gegend besser als sie. Aber er brauchte sie genauso wie sie ihn, das hatte ihr das Dilemma aufgezeigt, in dem er sich befand. Wenn sie starb, stünde er als Verräter da. Was sich zwischen ihnen im Bett abgespielt hatte, war lediglich eine Erweiterung des Übereinkommens zwischen ihnen. Es war kein Grund zur Beunruhigung, kein Anlass, die Balance zwischen ihnen zu stören.

Und tatsächlich machte er es ihr unerwartet einfach, sich wieder zu entspannen. Als Mina die Wirtsstube betrat, begrüßte er sie mit einem Lächeln und bestellte ihr ein Frühstück, nachdem er ihr – so als wäre nie etwas passiert und als hegte er kein weiteres Interesse an ihr – in die bereits wartende Kutsche half. Er verhielt sich wie ein guter Freund oder wie jemand, den die Umstände dazu zwangen, sich freundlich zu geben und der darüber hinaus keinerlei Absichten hegte.

So machten sie sich auf den Weg ins zwanzig Meilen entfernte Chippenham, wo sie kurz vor Mittag und gerade noch rechtzeitig eintrafen, um den Zug nach Penzance zu erreichen. Während der langen Zugfahrt – die Felder wichen endlosen, mit Ginster bewachsenen Mooren, in denen sich zerzauste Bäume den rauen Winden beugten – unterhielt er sie königlich. Anfänglich war Mina seiner guten Laune mit Skepsis begegnet, doch nach und nach ließ sie sich davon anstecken. Zumindest hielt das angeregte Gespräch sie davon ab, darüber zu sinnieren, was sie fühlte, wenn er ihr hin und wieder vielsagende Blick zuwarf. Unter anderem fragte Ashmore sie über New York aus, und es stellte sich, sehr zu Minas Verwunderung, heraus, dass er noch nie dort war. Ihre Verwunderung wiederum amüsierte Phin. »Vielleicht fahre ich eines Tages dorthin«, sagte er. »Wie Sie wissen, war ich in den letzten zehn Jahren anderweitig beschäftigt.«

»Mit dem Zeichnen von Karten«, antwortete sie. »Von Hause aus sind Sie Kartograf, wenn ich mich nicht irre.«

»Ja«, sagte er. »Irgendwann werde ich Ihnen davon in Ruhe erzählen.«

»Irgendwann nächste Woche«, erwiderte sie.

Sein Lächeln bereitete ihr Unbehagen. Um ihre Nervosität zu überspielen, fragte sie ihn im Gegenzug über London aus. Er gab vor, dank alter Freunde jeden Tag Neues in der Stadt zu entdecken. Einige der Geschichten, die er ihr von seinen Freunden erzählte, insbesondere von einem gewissen Viscount Sanburne, überraschten Mina, die sich nicht hätte träumen lassen, dass er sich mit so wilder Gesellschaft umgab. Was die Kapriolen seines Freundes betraf, schien Ashmore recht tolerant zu sein. Der Stadt London hingegen, die bei derartigen Kapriolen ein Auge zudrückte, begegnete er mit einer gewissen Skepsis.

»Im Gegenteil«, sagte sie. »Meines Erachtens spricht das sogar für eine Metropole wie London. In einer Großstadt sollte auch Raum sein, sich mal danebenzubenehmen.«

»Dann wäre es ja genau das richtige Pflaster für Sie«, entgegnete er.

»Das dachte ich auch, aber Mr Ridland hat meine Einschätzung ins Wanken gebracht.«

»Ja, dafür hat er eine Begabung,«, pflichtete Ashmore ihr bei. »Ich habe versucht, die zuständige Behörde davon zu überzeugen, ihn in den Ruhestand zu schicken. Wer weiß, vielleicht gelingt es uns, Ihre Meinung über die Stadt zu ändern, wenn all das hier vorüber ist.«

Und schon wieder machte er eine Bemerkung, die implizierte, dass ihre Verbindung noch länger als eine Woche andauern würde. Als Mina merkte, wie sie errötete, zwang sie sich, an die fein säuberlich arrangierten Federkiele zu denken.

Kurz hinter der Grenze nach Cornwall kam ein Verkäufer vorbei, der Pasteten feilbot und sie dazu beglückwünschte, sich jetzt im sichersten Teil des Königreiches zu befinden. »Nicht einmal der Teufel hat die Traute, Cornwall zu betreten, aus Angst, in einer meiner Pasteten zu enden«, versicherte er ihnen. Mina war anderer Ansicht – mit Collins hatte auch der Teufel diese Grenze passiert. Aber sie war zu hungrig, um sich zu streiten, und machte sich begierig über das Essen her. So sehr, dass hier und da Krümel zu Boden gingen, was sie aber nicht weiter störte. Ashmores Herangehensweise an die Pastete war um Längen eleganter. Nach jedem Bissen, den er abbrach, schnipste er störende Krümel mit dem Finger weg, sodass sich in einer Ecke des Abteils ein kleiner ordentlicher Hügel aus Teigresten ansammelte. Ja, Mina mochte Ashmore, schließlich fand er selbst einen Weg, Krümel zu disziplinieren. Doch sie ließ es sich nicht nehmen, den Fuß auszustrecken und den kleinen Berg einzuebnen. »Was ist?«, fragte sie und fügte hinzu, nachdem er die Achseln gezuckt hatte: »Muss bei Ihnen denn alles immer in Reih und Glied sein?«

»Auf dem Gegenteil zu bestehen ist nicht weniger zwanghaft«, entgegnete er.

Der Punkt ging an ihn. Als Mina merkte, dass die Panik, die sie am Morgen ereilt hatte, sich abermals zu einem Sturm auf sie bereit machte, wechselte sie schnell das Thema und kam auf Katzen und ihre generelle Undankbarkeit zu sprechen.

Bei ihrer Ankunft in Penzance war es bereits später Nachmittag. Die Menschen des Küstenorts sahen anders aus als die in London, sie wirkten größer und dunkler, als wäre es der Zeit nicht gelungen, ihr keltisches Blut zu verdünnen. Eine Kutsche zu organisieren war kein Problem, befanden sie sich doch in einer aufstrebenden Kleinstadt samt protzigem Markthaus mit Marmorkuppel, das vor dem Bahnhof thronte und förmlich dazu einlud, wichtige Geschäfte zu tätigen. Durch die klappernden Fenster der Postkutsche betrachtete Mina die bis zum Rand mit Feldfrüchten oder Sardinen gefüllten Karren, die sich auf den Straßen drängten. Am Rande der Stadt dominierten Invaliden das Bild, die auf der aus Granit gebauten Uferstraße die meersalzgeschwängerte Luft genossen. Immer weiter wand sich die Straße an der Bucht entlang, vorbei an Granitfelsen, die der tosende Wind blank geputzt hatte. Der Ozean jenseits der Bergkette war überraschend aufgewühlt und glich in seinen vielen Blau- und Grüntönen einem riesigen, sich kräuselnden Laken.

Nicht mehr lange, und sie würde ihre Mutter endlich wiedersehen. Diese Zuversicht legte sich wie ein warmer weicher Mantel um Mina. Das Gefühl hielt jedoch nur so lange an, bis sie das Wirtshaus von Providence betraten. Als sie sich dort nach einem Amerikaner irischer Abstammung und seiner blonden Begleiterin erkundigten, wurde der untersetzte Wirt schlagartig blass und erzählte etwas von einem Feuer.

Auf dem anschließenden Weg zum Haus des Friedensrichters war Mina zumute, als liefe sie geradewegs in einen Albtraum. Ihre Sinne funktionierten nicht mehr richtig und spielten ihr Streiche; Tast- und Hörsinn überlagerten ihr Sehvermögen. Dem stetig wachsenden Tross neugieriger Anwohner, der sich ihnen tuschelnd anschloss, war sie sich dennoch bewusst. Bereitwillig lieferte der Wirt Erklärungen, worauf die Dorfbewohner mit gedämpften und aufgeregten Stimmen antworteten. Ein Geheimnis stand kurz davor, gelöst zu werden. Ein Geheimnis, das ihr ganz und gar nicht behagte.

Ashmore hatte sie beim Ellbogen genommen, was ihr erst auffiel, als er den Druck auf ihren Arm erhöhte, um sie zu stützen. Als sie eine von einem niedrigen Steinwall gesäumte Straße entlanggingen, wollte sie ihm sagen, dass es ihr gut ging, brachte aber keinen Ton heraus. Stattdessen spürte sie den Sprühregen, den die Gischt erzeugte, und der ihr wie kalter Atem ins Gesicht wehte. Das war der Moment, in dem ihr aufging, dass die Schönheit der Landschaft eine Bedeutung haben könnte, dass sie sich ihren Lebtag daran würde erinnern müssen, dass dies der Ort war, an dem ihre Mutter den Tod gefunden hatte.

Dieser Gedanke brachte einen Vorgeschmack auf den Kummer, der sie für lange Zeit in die Knie zwingen würde. Sie hatte nur noch ihre Mutter gehabt. Ihr Mutter war der Grund für alles, was sie getan hatte.

Als der Friedensrichter, den sie beim Tee störten, in feierlicher Manier jene Gegenstände hervorholte, die man aus dem Feuer gerettet hatte – einen Spiegel, einen Löffel und einen Ring –, verschlug es Mina die Sprache. Sie erkannte den Ring mit dem Brillanten wieder. Diamanten zählen zu den Härtesten aller Edelsteine, hatte ihre Mutter einmal erklärt, woraufhin Mina gedacht hatte, wie passend es doch war, dass Männer Frauen Diamanten schenkten, um ihrer Liebe Ausdruck zu verleihen. *Mein Herz ist so hart wie ein Diamant; es wird weder für dich brechen noch sich verändern.* Ja, das ergab Sinn. Keinen Sinn hingegen ergab das, was Mina vor sich sah, auch nicht, als man ihr erklärte, man hätte in dem Haus hoch auf den Klippen, das von einem Mann und einer Frau gemietet worden war und das vor zwei Tagen in Flammen gestanden hatte, Knochen gefunden. Bislang hatte niemand eine Erklärung für den Brand finden können.

Als der Mann sich weigerte, ihr den Ring auszuhändigen, da sie sich nicht ausweisen konnte, fand Mina ihre Stimme wieder. »Sie lügen«, sagte sie. »Sie wollen den Stein für sich behalten.«

Dem beleibten Friedensrichter, der in seinem roten Mantel wie ein gemästeter Gockel aussah, kroch die Röte ins Gesicht. Mina machte auf dem Absatz kehrt und lief hinaus in die wartende Menge, die sich bei ihrem Anblick teilte, als hätte sie eine ansteckende Krankheit.

»Mina.« Eine Hand auf ihrem Arm: schon wieder Ashmore, der jedoch nicht versuchte, sie aufzuhalten, sondern ihr lediglich Geleit geben wollte. »Hier«, sagte er, nahm ihre Hand und legte etwas hinein. Der Brillantring, dem noch die Wärme seiner Hand anhaftete. Der Anblick holte sie schlagartig in die Gegenwart zurück. Abermals brandete Getuschel hinter ihnen auf. Ihr war, als könnte Ashmore etwas Dramatisches getan haben, dass womöglich die Wut, die eigentlich sie empfinden müsste, auf ihn übergesprungen war und sich darin entladen hatte, dass er dem Friedensrichter die Faust ins Gesicht geschlagen hatte. Als sie über die Schulter zurückschaute, sah sie, dass der Gockel in ein ernstes Gespräch mit jemandem vertieft war. Er hob den Kopf, um ihnen nachzublicken, ehe sein Gesprächspartner es ihm gleich tat. Aus der Entfernung war es ihr nicht möglich, den Ausdruck auf den beiden Gesichtern zu erkennen. Klar war nur, dass sie über sie sprachen.

»Was haben Sie ihm gegeben?«, fragte sie.

»Nur das, was er verdient hat.«

»Ein gutes Geschäft war das aber kaum.« Ihre Stimme klang alarmierend verträumt. Sie gab sich Mühe, mit mehr Nachdruck zu sprechen. »Collins hat ihr diesen Ring geschenkt.« Jetzt klang sie, als wäre sie stolz auf den Umstand. Ihre Finger schlossen sich um die scharfen Kanten des Steins. »Sie trug ihn Tag und Nacht.«

»Dann gehörte er ihr«, sagte er. »Und aus dem Grunde sollen Sie ihn haben.«

Wie freundlich er war. Sie traf diese sachliche Feststellung, während sie ihre Aufmerksamkeit auf die Straße vor sich richtete. Die weißen Fassaden der Häuser, die die Hauptstraße säumten, wirkten leicht gräulich, die Dächer waren allesamt so flach, als hätte ein riesiger Daumen sie platt gedrückt. Eine Schar krächzender Krähen ließ sich, die glänzenden Flügel schwingend, auf einem der Dächer nieder. Alles war so deprimierend, einen effektiveren Weg, eine Landschaft zu verschandeln, gab es nicht. Weit und breit war jedoch kein niedergebranntes Haus zu entdecken. »Ich würde gern das Haus sehen, ehe wir abreisen.«

»Mina.«

»Ich bestehe darauf.« Sie musste wissen, ob ihre Mutter die Aussicht auf das Meer gehabt hatte.

Ashmore half ihr in die Kutsche, ehe er sich entfernte, um

nach dem Weg zu fragen. Mina blieb allein zurück. Sie öffnete die Hand und starrte auf den Ring, bei dem es sich, genau wie bei dem Medaillon, um ein Geschenk von Collins handelte. Ihre Mutter hatte beides aus einem bestimmten Grund getragen. Nicht, um sich etwas Bestimmtes in Erinnerung zu rufen, wie Mina zuerst vermutet hatte. *Du bist viel zu sentimental, Mina. Das ist bildschöner Schmuck, der bei anderen pure Bewunderung auslöst. Wieso sollte ich ihn ablehnen*?

Anfänglich hatte dieser kalte Pragmatismus Mina ein wenig verwundert. Erst später ging ihr auf, dass es sich um ein Zeichen für die Stärke ihrer Mutter handelte.

Gedankenverloren steckte Mina sich den Ring an. Ihre Mutter hatte ihn getragen, als der Tod sie ereilt hatte. Welch eigenartiger Wunsch, ihn tragen zu wollen. Sie und ihre Mutter hatten dieselbe Ringgröße.

Im selben Moment befiel sie eine abgrundtiefe Übelkeit. Hektisch griff sie nach ihrem Pompadour und stopfte den Ring hinein. In diesem Augenblick wurde der Schlag aufgerissen. Minas Finger streiften den Kolben der Pistole, als sie den Blick hob und in ein Gesicht sah, das nicht Ashmore gehörte. Es dauerte einige Sekunden, bis sie dem Antlitz einen Namen zuordnen konnte. Dann setzte jäher Schock ein. Nein, dieses Lächeln würde sie nie vergessen. Wie auch, wenn sein Mund aussah, als wollte er seine Lippen verschlucken. Vor ihr stand der Mann, der in Hongkong um sie geworben hatte: Bonham.

Im selben Moment, in dem er seinen Fuß in die Kutsche setzte, schloss sich Minas Hand um den Kolben der Pistole. Sie hob den Pompadour, zielte mit der Mündung auf Bonhams Kopf und machte die Waffe mit einer oft geübten Bewegung scharf. Er hielt ebenfalls eine Pistole in der Hand.

»Falsch«, sagte sie. Er irrte, wenn er dachte, dass Trauer sie lähmte und er sie leicht überwältigen konnte.

In leicht gebückter Haltung verharrte Bonham im Türrahmen, halb in der Kutsche, halb draußen. »Warten Sie.«

Minas Finger am Abzug zuckte. Bonham, Collins' ganz spezieller Protegé. *Mr Bonham bewundert dein Temperament; lass ihn damit fertigwerden.* »Werfen Sie die Waffe weg«, sagte Mina mit ruhiger Stimme.

»Sie verstehen nicht ganz«, entgegnete er. »Ich will Ihnen einen Handel vorschlagen.«

»Ich sagte *wegwerfen*.«

Wie befohlen schleuderte Bonham die Pistole außer Sicht, er war ein wenig blass um die Nase geworden.

In wenigen Augenblicken würde er noch blasser werden. Dieses Scheusal würde lernen, was es hieß, sich mit ihr anzulegen. »Sie sind der Verräter.« Eine andere Erklärung gab es nicht. »Haben Sie sie umgebracht?«

Er schüttelte hektisch den Kopf. »Sie ist nicht tot.«

»Lügner«, entgegnete Mina tonlos. »Ich habe ihren Ring.«

»Womöglich will er damit bezwecken, dass Sie denken, sie sei nicht mehr am Leben.« Speicheltropfen flogen umher. »Ich biete Ihnen ein besseres Geschäft an. *Sie* haben die Informationen gestohlen, nicht wahr? Granville hatte keine Ahnung, Sie waren es die ganze Zeit. Im Austausch für den Geheimcode verrate ich Ihnen, wo sie sich befindet.«

Als sein Blick zu der Pistole in ihrer Hand schoss, spannte Mina sich an. *Diese Männer agieren blitzschnell.* »Zurück mit Ihnen, Hände über den Kopf.«

Brav stellte Bonham einen Fuß auf die Trittleiter an der Außenseite der Kutsche. Mina konnte unmöglich riskieren, ihn zu töten. Was, wenn das, was er über ihre Mutter gesagt hatte, stimmte?

»Was für einen Code?«, fragte sie. Als sie sah, dass er die Hand nach hinten nahm, als wollte er sie im nächsten Moment schlagen, zielte sie auf sein Bein und drückte ab.

Nichts. Nur das hohle Schnappen des Hammers. Bonhams Körper zuckte. Eine Krähe krächzte, und von einem auf den nächsten Augenblick brach die Sonne durch die Wolken und beschien sein Gesicht.

Er machte einen Satz auf sie zu.

Die Wucht des Aufpralls schleuderte Mina gegen die Sitzbank. Ihr Kopf schlug gegen die Wand. Bonham schlang ihren Arm um seine Taille und zog sie in Richtung Tür. Während sich ihre Finger in seine Haut bohrten, versuchte sie, sich mit den Beinen gegen die Wand zu stemmen. Mit einem dumpfen Geräusch landete der Pompadour auf dem Boden. Mina riss ihn hoch, schwang ihn mit einem Aufschrei gegen Bonham und traf ihn am Kopf. Da, endlich löste sich der Schuss aus dem vermaledeiten Ding, und es regnete kleine Holzsplitter auf Mina herunter. Im selben Moment riss Bonham sich los, machte einen Satz nach hinten.

Frei! Mina setzte sich auf. »Warten Sie«, keuchte sie. Doch schon war er außer Sicht gesprungen, vermutlich befürchtete er, sie würde abermals schießen. Mühsam kam sie auf die Füße und wollte die Kutsche verlassen, zog sich aber sofort wieder ins Innere zurück. Gerade noch rechtzeitig hatte sie gesehen, dass Bonham sich nach seiner Waffe bückte. »Wovon reden Sie eigentlich? Was für einen Geheimcode meinen Sie?«

Ein Schuss zerriss die Luft. Bonham fuhr herum. Mina streckte den Kopf nach draußen und sah, wie Ashmore die Straße entlanglief und die Pistole herunternahm, mit der er in die Luft geschossen hatte. Alles deutete darauf hin, dass er verhindern wollte, dass Mina getroffen wurde, auch wenn er damit Bonham die Flucht ermöglichte. So konnte er besser auf ihn zielen. »Nein!«, schrie Mina, doch es war bereits zu spät. Bonham verschwand in einer Seitengasse, und Ashmore rannte an ihr vorbei, um ihn zu verfolgen. »Sie dürfen ihn nicht erschießen!«, schrie sie, doch er war bereits fort.

Keuchend, benommen und mit einem Gefühl des Schwindels verließ sie die Kutsche und sank neben ihr in die Knie. Sie hielt noch immer die verdammte nutzlose Pistole in der Hand. Hätte sie ihm doch nur ins Bein geschossen, dann hätte er nicht fliehen können. Eine kleine Menschentraube versammelte sich um sie. Es waren dieselben Aasgeier, die schon zuvor auf eine Tragödie gehofft hatten. Minas Gedanken wanderten zu Bonham und dem, was er in Hongkong gesagt hatte: *Bringen Sie Monroe ins Krankenhaus, nur für den Fall, dass er etwas Ansteckendes hat.* Sie hatte damit recht behalten, dass er lediglich nach einer geeigneten Gelegenheit gesucht hatte, Phin loszuwerden – ein für alle Mal.

Sie haben die Informationen gestohlen. Meinte er damit den Stapel Papiere, den sie aus Collins' Arbeitszimmer in Hongkong entwendet hatte? Jene Dokumente, in denen sich die Beweise für seinen Waffenschmuggel befanden? Aber Bonhams Name tauchte doch gar nicht darin auf, das wäre ihr aufgefallen. Was konnte er dann meinen?

Als jemand Mina am Arm berührte, zuckte sie zusammen. Eine Frau, die nervös auf die Pistole schaute, wollte sie wegführen und sagte etwas von einer Tasse Tee und einer Decke. Als Mina daraufhin ein hysterisches Lachen ausstieß, wichen die Umstehenden zurück. Minas Augen fixierten die Seitenstraße, in der Ashmore verschwunden war. *Bring ihn nicht um,* flehte sie.

Irgendwann – ein Tag, eine Stunde, eine halbe Ewigkeit später – kehrte Ashmore zurück. Zum Glück konnte Mina kein Blut auf seinem Hemd entdecken, als er sich ihr im Laufschritt näherte.

»Die Höhlen unten an der Bucht«, keuchte er.

»Haben Sie ihn erschossen?«

Ein wenig außer Atem stützte Phin sich mit den Händen auf den Knien ab. »Nein«, sagte er, gefolgt von einem leisen frustrierten Geräusch. »Eine Schar Kinder, die wohl aus der Schule kam, war im Weg und hat mir die Schusslinie verstellt.«

»Gott sei Dank.«

Einer der Dorfbewohner setzte an, um etwas zu sagen – vielleicht, um den lächerlichen Vorschlag mit dem Tee noch einmal aufzugreifen –, doch Ashmores finsterer Blick brachte ihn augenblicklich zum Schweigen. Als er sich wieder aufrichtete, warf er Mina einen strengen Blick zu. *»Gott sei Dank?«*

»Er hat gesagt, Mutter würde noch leben. Und dass er wüsste, wo sie ist.«

»Und Sie haben ihm geglaubt?«

Mina verspürte einen Anflug von Wut. »Schon klar, dass *Sie* keine Probleme damit haben, alles und jeden infrage zu stellen.«

Ohne den Blick von ihr zu nehmen, fuhr Phin bedächtig mit der Hand durchs Haar. »Er kennt die Gegend«, sagte er schließlich. »Wir müssen dafür sorgen, dass Sie von hier wegkommen.«

Ein Teil der Umstehenden murmelte zustimmend. »Wir müssen ihn finden«, hielt Mina dagegen. »Er muss irgendwo hier sein.« Verzweifelt fügte sie hinzu: »Egal, ob Sie ihm glauben oder nicht, er ist der Verräter.«

»Alles deutet zumindest darauf hin.« Ein verbissenes Lächeln legte sich um Ashmores Lippen. »Der schöne Bonham steht also in Ridlands Diensten. Eigentlich logisch.« Er blickte die leere Straße entlang. »Er war es, der mir den Brandy in die Hand gedrückt hat. Vermutlich, weil er dachte, ich wäre seinen betrügerischen Machenschaften auf die Schliche gekommen.«

Doch für Vergangenes war jetzt nicht die Zeit. »Worauf warten Sie noch? Suchen Sie ihn. Dann sind Sie all Ihre Sorgen los.«

Als Ashmore sie wieder ansah, verriet sein Gesichtsausdruck nichts. »Es hat keinen Sinn, sich an seine Fersen zu heften. Er ist hinter *Ihnen* her, Mina. *Er* wird *uns* folgen.« Entnervt blickte er in die Runde der Schaulustigen, die augenblicklich zu tuscheln begann, und seufzte. »Am besten wäre, er würde uns zu einem Ort folgen, der *uns* zum Vorteil gereicht.«

Das zerstörte Cottage thronte auf einer Klippe, von der aus sich ein guter Blick auf das Meer bot. Viel war von dem Gebäude nicht mehr übrig; überall lagen verkohlte Holzreste und geschmolzenes Glas, das in der Sonne funkelte. Einzig der weiße Zaun um das Grundstück sowie die Fuchsien und die Myrte, die sich sachte in der Brise wogen, waren unbeschadet geblieben – ein wahrhaft grotesker Anblick vor einer so idyllischen Landschaft. Überlagert wurde das Ganze von dem beißenden Geruch nach Verbranntem, den auch der Wind noch nicht hatte vertreiben können. Es war ein grässlich penetranter Geruch, der Mina auch noch drei Stunden später, als sie in einem Privatabteil saßen und auf die Abfahrt nach Plymouth warteten, zu riechen glaubte. Sie konnte den Geruch einfach nicht abschütteln, obwohl sie nun überzeugter denn je war, dass Bonham die Wahrheit sprach. »Der Ring wäre durch das Feuer gewiss in Mitleidenschaft gezogen worden«, sagte sie zum wiederholten Mal.

Ashmore, der ihnen ein wenig Privatsphäre erkauft hatte, indem er den Schaffner bestochen hatte, setzte sich neben sie. »Das scheint in der Tat wahrscheinlich.«

Seine Antwort stellte sie nicht zufrieden. »Er hat keinen Grund zu lügen.«

»Und ob er den hat. Unzählige Gründe sogar. Wir haben es Ridland zu verdanken, dass er denkt, Sie könnten einen Beweis dafür haben, dass er den Geheimdienst betrogen hat.«

»Vielleicht bin ich ja tatsächlich im Besitz von Beweisen«, entgegnete sie scharf. »Wir können uns noch immer auf einen Handel einlassen. Ich schicke einfach ein Telegramm nach New York, in dem ich nach den Unterlagen frage. Jane könnte eine Transkription schicken.«

Ashmore hüllte sich in tiefes Schweigen.

»Das ist das Einzige, das er gemeint haben könnte«, sagte sie.

Als seine Hand sich um ihre Wange legte und er ihren Kopf zu sich drehte, blinzelte sie, weil eine unerwartete Wärme von seinen Fingern ausging. »Wir werden ein Telegramm schicken«, sagte er sanft. »Und wir gehen einfach davon aus, dass er die Wahrheit sagt. Aber machen Sie sich nichts vor, Mina. Er hat Grund genug, uns anzulügen.«

Mina riss sich los. »Aber meine Mutter *war* hier. So viel steht fest. Der Friedensrichter hat es bestätigt.«

»So scheint es zumindest.«

»Glauben Sie etwa, dass er auch lügt?«

Einen Moment lang schwiegen beide. »Nein«, sagte Ashmore schließlich. »Aber andererseits …«

Andererseits. Mina atmete zitternd ein, drehte sich weg und sah aus dem Fenster. Für gewöhnlich mied sie diesen Ausdruck. Für alle jene, die auf sich selbst gestellt sind, war Zweifel der schlimmste Feind, den es gab. Nein, sie würde nicht an sich zweifeln. Bonham hatte die Wahrheit gesagt.

Mina warf einen verstohlenen Blick in Ashmores Richtung, der finster dreinblickte. Doch er war nicht der Einzige, dem man hier einen Vorwurf machen konnte. *Vor zwei Nächten.* Vor zwei Nächten war das Cottage noch intakt gewesen. »Ich hätte es Ihnen früher sagen sollen.« Die Worte brannten. »Schon in Whitechapel. Dann hätten wir keine wertvolle Zeit verloren.«

Ashmore schüttelte den Kopf. »Nein. Ich habe es Ihnen ja auch nicht leicht gemacht, mir zu vertrauen. Schließlich habe ich Sie mit zu Ridland genommen … Sie hatten keinen Grund, mir Ihr Vertrauen zu schenken.«

Wie großzügig von ihm. Wie immer, wenn es um seinen Stolz ging, schien er großzügig. Das machte ihn, was ihre Erfahrung mit Männern betraf, einzigartig.

Mina wollte es wiedergutmachen, indem sie ihm reinen Wein einschenkte, indem sie zugab, dass es nicht darauf angekommen wäre. Selbst, wenn er in der Nacht in Whitechapel auf die Knie gefallen wäre und ihr geschworen hätte, dass er die ganze Welt nach ihr abgesucht, dass er jede Nacht in den letzten vier Jahren vor Sorge um sie und was aus ihr geworden war, nicht hatte schlafen können, hätte sie ihm dennoch nicht über den Weg getraut. *Die Welt ist nicht dein Feind,* hatte ihre Mutter immer gesagt – aber sie hatte nie darauf gehört.

Doch im Moment gab es schlichtweg keinen Raum für Wohlwollen, sondern nur für diese schwarze, immer größer werdende Wut, die sich hinter ihren Augen sammelte, sodass sie sich heiß und geschwollen anfühlten. Mina holte zittrig Luft. *Es ist nicht dein Fehler, ich hätte dir vertrauen sollen,* dachte sie. Er war ihr jetzt so nahe, dass sein Geruch eine willkommene Abwechslung zu Asche und Ruß darstellte, auch wenn er dieses Mal nicht nach Myrrteseife roch. Sie nahm Moschus und Schweiß wahr. Schweiß, der von der Jagd nach einem Verbrecher herrührte. Ashmore hatte es zumindest versucht. Genau wie sie.

Mina legte die Stirn an seine Schulter. Phin legte seine Hand um ihren Hinterkopf. Wie groß sein Handteller war, wie beschützt sie sich fühlte.

Der gellende Pfiff der Lokomotive zerriss die Luft. Weshalb klang das Pfeifen eines Zuges eigentlich immer wie ein Schrei des Entsetzens? Es war, als kreischte der Zug in dem Wissen, dass ihm unerträgliche Schmerzen bevorstünden, als fürchtete er den Moment, in dem er gezwungen war, den Bauch auf die Schienen zu legen. Vielleicht täte auch sie besser daran, sich auf Höllenqualen einzustellen. Die Worte eines Lügners hatten ausgereicht, sie ihren Schmerz verdrängen zu lassen …

Als sie merkte, dass sie einen Laut ausgestoßen hatte, presste sie schnell die Lippen aufeinander. Die Welt war voller entsetzlicher Erlebnisse, und diese Zugreise schickte sich an, ein ebensolches zu werden.

Statt etwas zu sagen, strich er ihr über das Haar. In Hongkong hatte er Gefallen daran gefunden, sie zu belehren. Doch immer, wenn sie von Grund auf ehrlich zu ihm gewesen war, hatte er davon Abstand genommen.

»Sie haben recht«, murmelte sie. »Ich habe keinen Grund, Bonham Glauben zu schenken.«

»Bei einer Sache liegen Sie jedoch goldrichtig«, antwortete er. »Angesichts der hohen Temperatur des Feuers hätte der Ring eigentlich schmelzen müssen.«

Tränen schossen Mina in die Augen. Ihre Hand wanderte an seinem Oberkörper nach oben, glitt unter seine Jacke und krallte sich in sein Hemd. Wie warm und lebendig er war. Sie spürte, wie er den Arm um sie legte und sie fest an sich drückte. Keuchend und kreischend machte der Zug einen Satz nach vorne. Eigentlich hatte sie angenommen, dass dieser Albtraum jetzt längst vorbei wäre, dass sie in der Begleitung ihrer Mutter aus Providence abgereist wäre. Wie naiv sie doch gewesen war. Ein Schluchzen stieg in ihr auf, das sie nur mit Mühe und Not herunterschlucken konnte. Draußen auf dem Gang waren Schritte zu hören.

»Weinen Sie ruhig«, murmelte Ashmore. »Schon in Ordnung.«

»Sie …« Ihre Stimme versagte. Sie schluckte und setzte abermals an. »Sie werden uns hören können. Und S-Sie haben gesagt, w-wir dürften k-keine Aufmerksamkeit erregen.«

»Ist schon gut.«

»Wieso?«, krächzte sie. »Es gibt keinen Grund zu weinen. Wenn der Ring nicht geschmolzen ist, heißt das, dass Bonham die Wahrheit sagt. Zumindest besteht die Chance dazu.«

»Selbst wenn er nicht lügt, gibt es noch genug andere Gründe, ihm nicht zu glauben.«

Als Mina abermals den Mund öffnete und das keuchende würgende Geräusch hörte, das sich ihren Lippen entriss, erschrak sie. Sie versuchte, tief durchzuatmen, um sich zu beruhigen, konnte jedoch nicht atmen, ohne dass das schauderhafte Geräusch tief in ihre Lungen drang und ihr das Atmen unmöglich machte. Jetzt wusste er um ihren Hang zur Hässlichkeit.

Der Gedanke entspannte sie ein wenig. Er hatte sie gehört. Wie es schien, war sie doch nicht so gewieft, alles vor ihm verborgen halten zu können.

Seine Hände wanderten zu ihrer Taille, hoben sie aus dem Sitz und setzten sie auf seinen Schoß, wo er sie fest an sich drückte. *Weine*, befahl sie sich, woraufhin ihr heiße salzige Tränen über die Wangen liefen. Einen Augenblick lang fragte Mina sich, ob sie ohnmächtig werden würde, weil ihr das Atmen so unendlich schwerfiel und die Welt um sie herum so schwankte. Das Einzige, das gleich blieb, war die lauernde Dunkelheit hinter ihren Augen.

Als Ashmore die Hand in ihr Haar gleiten ließ und etwas zu ihr sagte, nahm sie seine Stimme wie durch eine dicke Watteschicht wahr. Das leise, warme und weiche Murmeln an ihrer Stirn erinnerte sie an Sonnenstrahlen. In London würde alles wieder gut werden. In London würden sie alles wieder ins Lot bringen. Wie oft hatte sie versucht, die Tränen ihrer Mutter mit eben diesem Trost zu trocknen? Sie hatte nichts unversucht gelassen, doch ihre Stimme war lange nicht so wundervoll wie seine und ihr Schoß nicht annähernd groß genug, als dass ihre Mutter sich darauf hätte zusammenrollen können. Kein einziges Mal hatte sie ihrer Mutter den Kummer nehmen können; erst jetzt verstand Mina, wonach sich ihre Mutter in Wahrheit gesehnt hatte. Es war nichts Schlimmes dabei, gehalten zu werden, klein genug zu sein, um gehalten zu werden. Als sich Ashmores Arme um sie schlossen, fand Mina in ihrem Innern einen Ort der Ruhe – einen Ort, von dem sie stets gedacht hatte, er wäre unerreichbar, und dass sie nie würde geheilt werden können.

Ich kann mich selbst trösten, hatte sie stets zu ihrer Mutter gesagt. Und so war es auch, wenn es sein musste. Aber warum sollte sie nicht zulassen, dass ein anderer ihr Trost spendete? Bislang hatte er jedes Versprechen, das er ihr gegeben hatte, auch gehalten. In jener Nacht, als er sie aus Whitechapel geholt hatte, hatte er die Wahrheit gesagt: Er hatte nie versprochen, dass man Collins vor Sonnenuntergang verhaften würde. Womöglich hatte sie diese Art der Haarspalterei verabscheut, weil sie so wenig Übung darin hatte, die Wahrheit in Worte zu fassen. Die Wahrheit war nicht immer angenehm und brachte Menschen zuweilen dazu, anderen mit abgrundtiefem Hass zu begegnen, bis sie es besser wussten und Dankbarkeit empfinden konnten. *Ich wünschte, Mutter hätte jemanden wie Sie.*

Die Worte drängten nach außen, doch als sie sie aussprach, klangen sie anders, als sie erwartet hatte. Vermutlich, weil die Kraft, die in ihnen steckte, seltsam und erschreckend anmutete. *Ich möchte jemanden wie Sie.* »Sie wollten mich nicht berühren«, sagte sie.

»Nein«, sagte er. »Ich habe es gewollt.«

Mina musste kräftig schlucken. »Nein. Ich spreche von Hongkong.«

Seine Lippen streichelten ihre Stirn. »Doch, Mina«, murmelte er. »Schon damals.«

Er log. Vielleicht hatte er damals einfach nur ein wenig Ablenkung gesucht, doch sein Auftrag hatte es ihm nicht erlaubt. »Sie haben mich für ein Dummchen gehalten.« Ihre Stimme klang verzerrt, weil ihr Atem in Schüben ging. »Sie hielten mich für ein Flittchen. Einen vorlauten, hohlköpfigen Flirt.«

Unter ihrer Hand spürte Mina das kraftvolle Schlagen seines Herzens. Jemand, der stets den Wunsch nach Wachsamkeit verspürte, vergaß schnell, dass andere aus Blut und Fleisch und nicht aus Stein gemeißelt waren. Selbst so manche Grausamkeiten wurden durch warmes Blut angetrieben – Collins hatte nach dem Tod seines Bruders getrauert, und Bonham hatte es geschafft, sie ein- oder zweimal zum Lachen zu bringen. Selbst der ärgste Verbrecher seufzte in der Nacht und sehnte sich nach Zuneigung. Ihre Mutter hatte recht: Sie war kaltherzig geworden, was sie daran erkannte, dass sie sich derlei erst wieder in Erinnerung rufen musste.

Wie ein Kätzchen schmiegte Mina sich an seine warme starke Brust und spürte, wie sich sein Puls beschleunigte. Für gewöhnlich lag ein Schleier über seinen dunklen Augen. Als sie sich jetzt jedoch von ihm löste, ließ er sie alles sehen, sein Bedauern und sein Zögern, ihr gegenüber ehrlich zu sein. »Ja«, sagte er. »Sie haben recht. Genau das habe ich gedacht.« Er legte die Hand um ihre Wange, und sein Daumen strich ihr über den Mundwinkel.

Seine Aufrichtigkeit erleichterte sie, und sie hatte den Wunsch, ihn zu küssen. »Danke«, raunte sie, während ihre freie Hand nach seinem Arm tastete, ihn zu sich heranzog und über die Narbe am Handgelenk fühlte. »Wussten Sie, dass ich auch Narben habe?«

»Ja«, sagte er.

Es verwunderte sie nicht, dass er davon wusste, bislang aber kein Wort darüber verloren hatte. Manchmal besaß er ein ziemliches Talent für Diskretion. »Sie waren so sehr überrascht, als ich Sie mit dem Koka aus der Bewusstlosigkeit geholt habe.«

Mina legte die Hand an seinen Mund und fuhr mit dem Finger über das angedeutete Lächeln auf seinen Lippen, ehe er an ihrem Finger vorbei sagte: »Wenn ich überrascht war, dann nur, weil es Ihre Absicht war. Sie wollten nicht, dass ich Sie sehe.«

»Ja.« Wie clever sie sich vorgekommen war. Sie hatte gedacht, ihrer Mutter einen Riesengefallen zu erweisen, indem sie Ashmore das Leben rettete. Damals hatte sie tatsächlich geglaubt, ihre Waghalsigkeit würde ihnen die Flucht vor Collins ermöglichen. Eine Zeit lang war sie felsenfest davon überzeugt gewesen, eine neue Tür aufgestoßen zu haben. Vier Jahre lang. Nur vier Jahre lang. Mina lehnte den Kopf an seine Brust, als ihr von Neuem Tränen in die Augen stiegen. War es das wert gewesen? Eine Antwort auf diese Frage würde sie erst finden, wenn sie die Wahrheit über ihre Mutter erfuhr.

Aber hätte sie damals anders gehandelt, dann wäre Ashmore jetzt vielleicht tot. Man konnte nie wissen, ob eine kleine Tat nicht womöglich eine Lawine lostrat, eine völlig neue Welt schuf, in der sich bis dahin ungeahnte Möglichkeiten boten.

Das Gefühl des Aufbruchs, das sie plötzlich erfüllte, wirkte vollkommen unangemessen. Was, wenn ihre Mutter tot war? Dann würden diese Gedanken, dieses Gespräch, in einem entsetzlich egoistischen Licht erscheinen. Dass sie hier mit ihm saß, Gespräche über ihn und über sich führte, dass sie von längst vergangenen Momenten sprachen, als würden solche Lappalien noch Bedeutung haben, wenn ihre Mutter tot war … »Vielleicht hatten Sie doch recht«, sagte sie und ließ von seiner Hand ab. »Sie haben mich durchschaut. Ich bin noch immer ein hohlköpfiges Püppchen. Sehen Sie sich an, was ich mit *Ihnen* angestellt habe.«

Er antwortete so leise, dass sie kaum etwas verstand, spürte aber dort, wo ihre Wange an seiner Brust lag, die Resonanz seiner Worte. »Bitte nicht«, sagte er etwas lauter. »Sie müssen das nicht tun. Der Ring hätte schmelzen müssen.«

Damit hatte er recht. Immerhin hatte das Feuer das gesamte Gebäude zerstört. »Ich *sollte* das nicht tun«, korrigierte sie ihn, tat es aber eher für sich als für ihn. So langsam gewöhnte sie sich daran, so gehalten zu werden.

»Es spielt keine Rolle.«

Wenngleich er diese Bemerkung nicht als Antwort auf ihre Gedanken verstanden haben wollte, fragte sie sich, ob er womöglich recht haben konnte. Ihre Mutter hatte sich stets von einem Mann aussuchen lassen. Vielleicht war es sinnvoller, wenn Frauen das selbst in die Hand nahmen. *Sie* konnte *ihn* auswählen.

Bei der Vorstellung erfüllte sie ein eigenartiges Prickeln. Sie schlang die Arme fest um ihn, um sich angesichts dieses beunruhigenden Gefühls an ihm festzuhalten. Er reagierte sofort darauf, was Mina ungemein gefiel. So, als bräuchte er sie genauso wie sie ihn. *Ich brauche ihn nicht*, dachte sie bei sich. *Ich begehre ihn*. Und was, wenn dem wirklich so war? Brachte das mit sich, dass sie sich ergeben musste?

Sie saßen einige Minuten lang still da. »Ich habe mir immer geschworen, mich nicht zu bestrafen«, sagte sie schließlich. »Deshalb habe ich mich entschieden, Bonham zu glauben. Ich werde Jane ein Telegramm senden. Sollte ich später herausfinden, dass er gelogen hat, dann …«

»Denken Sie nicht jetzt schon so weit im Voraus.«

»Aber …«

»Still.«

Wie einfach es war, seinen Befehlen Folge zu leisten, sich einfach gegen ihn fallen zu lassen. Sie war wie gelähmt vor Angst. Erst jetzt dämmerte ihr, dass sie nicht annähernd so mutig war, wie sie immer gedacht hatte. Weshalb sonst fühlte es sich so ungewohnt an, in den Armen eines Mannes zu liegen? Seit Jahren war die Furcht ihre ständige Begleiterin. Die Angst davor, sich eingesperrt zu fühlen, hatte sie bewogen, niemanden zu nahe an sich herankommen zu lassen. Fühlte sich so Freiheit an? Oder handelte es sich vielmehr um eine immerwährende Flucht? In den Momenten, in denen sie felsenfest vom Tod ihrer Mutter überzeugt gewesen war, war ihr aufgegangen, dass ihre Flucht kein Ziel hatte. New York reichte ihr nicht.

»Sie grübeln ja noch immer«, sagte er dicht bei ihrem Ohr.

Mina erlaubte sich, die Augen zu schließen. Mit einem Mal

fühlte sie sich hundemüde. »Sind Sie allen Ernstes ein Zyniker, Ashmore?«

Seine Lippen, die dicht an ihrem Ohr lagen, verzogen sich zu einem Lächeln. »Ich finde«, sagte er, »du solltest mich ab jetzt Phin nennen.«

Sie verbrachten die Nacht in Bristol, wo ihr erster Weg sie zu einem Telegrafenamt führte, ehe sie sich auf die Suche nach einem Gasthof machten. Beim Abendessen war Mina auffallend schweigsam. Jetzt, da das Telegramm abgeschickt war, blieb ihnen nichts anderes übrig, als abzuwarten – eine Aufgabe, die ihr nicht sonderlich leichtfiel. Als sie jedoch die Treppe hinaufgestiegen waren und der Gastwirt ihnen die Tür zu ihrem Quartier aufgeschlossen hatte, als Mina aufging, dass Ashmore zwei Einzelzimmer bestellt hatte, veränderte sich das Gefühl der Müdigkeit, sammelte sich in ihrer Brust, wo es nach außen drückte, sodass sie Gefahr lief, dass ihr die Luft wegblieb.

»Nein«, sagte sie an Ashmore gewandt. »Sie schlafen bei mir.«

Der Gastwirt, ein runzeliger Alter jenseits der siebzig, riss die Lampe in die Höhe und beobachtete mit hochgezogenen Augenbrauen die Szene: Mina, wie sie Ashmore mit einem unerbittlichen Blick traktierte, und Ashmore, der sich gegen die Wand lehnte und amüsiert dreinblickte. »Sehr schmeichelhaft«, sagte er schließlich. »Aber ich finde, wir brauchen beide dringend etwas Schlaf.«

Der Wirt murmelte etwas Unverständliches und warf Ashmore den Schlüssel für das zweite Zimmer zu, ehe er mit schweren Schritten davonstapfte. Mina legte die Hand auf die Türklinke. »Dann schlafen Sie wenigstens neben mir.«

Phin strich ihr über das Gesicht. »Nicht heute Nacht«, sagte er. »Nicht nach solch einem Tag wie heute.«

Mina stieß einen ungeduldigen Laut aus. »Schon klar, und

als Nächstes werden Sie mir sagen, dass ich wegen des Feuers, wegen Bonham und was weiß ich noch durcheinander bin und dass der Schock, den ich erlitten habe, meine weiblichen Befindlichkeiten gehörig aus dem Lot gebracht hat. Ich werde nicht mit Ihnen streiten – aus dem einfachen Grunde, weil ich weiß, dass ich alle Sinne beisammenhabe. Sollte dem nicht so sein, gebe ich Ihnen hiermit die Erlaubnis, über mich herzufallen.«

Phins Lippen zuckten, als hätte ihre kleine Ansprache seine Fantasie beflügelt. Er blieb jedoch reglos stehen. »Dann hätte ich gerne die Gründe dafür gewusst«, sagte er.

Mina blickte an ihm vorbei, den dunklen Flur entlang, dessen Holzvertäfelung nur dort, wo Gaslampen angebracht waren, in einem satten Rot schimmerte. Was, wenn sie jemand hörte? Doch darum hatte sie noch nie viel gegeben. »Um mich abzulenken.« Da er nicht sonderlich beeindruckt wirkte, wagte Mina sich weiter vor und sagte: »Weil ich … ich mag es, wenn Sie mich berühren.« Keine Sekunde später schob sie nach: »Mehr nicht, selbst, wenn Sie darauf bestünden. Sie haben mir selbst gesagt, dass Sie kein Junge mehr sind, dass Sie sehr wohl in der Lage sind, sich zu beherrschen.«

Er nickte. »Außerdem habe ich gesagt, dass mein Interesse an Ihnen nicht nur auf einer Laune beruht. Wenn ich mich recht erinnere, haben Sie das als naiv abgetan.«

Seine Bemerkung traf einen Nerv. »Ich habe gelogen«, sagte sie. Um gegen die aufsteigenden Tränen anzukämpfen, schluckte sie kräftig und atmete tief durch. Sie wollte unter keinen Umständen Wasser auf seine Mühlen gießen, wenn er ohnehin schon dachte, dass sie sich ihrer Wünsche genau genommen nicht sicher war. »Ich habe mich auch selbst belogen. Den Blick aus dem Fenster habe ich immer verstanden.« Das war schon in Hongkong so gewesen, als ihre Mutter weinend in ihren Armen gelegen hatte. Und dann wieder bei Ridland, als sie nach Tarbury Ausschau gehalten hatte und ihr Blick lediglich auf leere Dächer gefallen war. Sie wollte einfach nicht allein sein;, sie war die ständige Einsamkeit leid. »Ich sehe etwas Besseres, wenn Sie mich anschauen, und ich verstehe, wie …« Sie atmete tief durch. »Ich weiß, dass Sie etwas in mir gesehen haben, das Sie gern hätten. Wenn Sie es noch immer wollen, sollten Sie das Bett mit mir teilen.«

»Eigentlich hatte ich Sie für gewiefter gehalten«, sagte er sanft. »Gab es etwas, das Hans besitzen wollte?«

Es dauerte einen Augenblick, bis sie den Namen einzuordnen wusste. Sie hatte ihn während ihres Streits in seinem Arbeitszimmer erwähnt. »Ich kenne niemanden, der so heißt«, sagte sie mit einem gequälten Lachen.

»Ich wollte Sie lediglich ein wenig in die Irre leiten.«

Er stieß sich von der Wand ab und kam ihr so nahe, dass Mina sich bereits als Siegerin wähnte. So zart wie eine Feder strich er mit dem Handrücken über ihre Wange. »Habe ich es mir doch gedacht«, sagte er leise. »Dann meinten Sie jemand anders. Wen, ist ja auch einerlei.«

Mit einem tiefen Atemzug sog sie den Duft des Mannes ein, der nicht davor zurückschreckte zu erröten und der ihr erlaubte, dass sie ihn mit dem Rücken gegen die Wand presste. Ein Mann, der nicht davor zurückschreckte, seine Fehler einzuräumen, selbst wenn es auf Kosten seines Stolzes ging. Ohne den Anflug eines Gewissens hatte er sie in seinem Arbeitszimmer in die Enge getrieben, doch sobald sie ihm gegenüber Ehrlichkeit an den Tag gelegt hatte, hatte er es ihr gleichgetan. Heute hatte er sie in den Armen gehalten, als wäre sie ein kostbarer Schatz. Henry schien im Zusammenhang mit diesem Gespräch vollkommen irrelevant. »Er spielte nur eine kurze Rolle in meinem Leben«, sagte sie. »Ich muss Sie davor warnen, dass das Gesamtpaket nur selten ständig Grund zur Freude gibt. Ich …« Sie spürte, wie sie rot anlief. »Ich bin nicht immer so unterhaltsam. Ich kann stur wie ein Esel sein.«

Er zog die Augenbrauen hoch. »Tatsächlich? Dass Sie mal etwas zugeben, klingt wie Musik in meinen Ohren.«

Sein offener Humor machte ihr Mut. »Es stimmt. Und ich bin sogar ein bisschen stolz darauf. Aber das ist noch nicht alles.« Sie atmete durch. »Ich bin außerdem unbesonnen. Schamlos und maßlos. Vor allem, wenn ich Champagner trinke«, ergänzte sie mit einem aufreizenden Blick.

Sein Mund zuckte. »Ganz zu schweigen davon, dass ich extrem hohe Ansprüche an meinen Leibwächter stelle, auch wenn ich mich zuweilen so gebe, dass manch einer dazu verleitet wird, mich für begriffsstutzig zu halten … Ist das alles?« Sie blickte zu den Dachsparren empor. »Schrill«, fuhr sie fort und richtete den Blick wieder auf ihn. »Aber nur, wenn mir der Sinn danach steht. Manchmal ist mir einfach danach, zu schreien. Außerdem bin ich stolz. Und gerissen, aber das wissen Sie ja. Hin und wieder auch manipulierend. Und dann wäre da noch etwas …« Sie lachte. »Meine Katze kann mich nicht ausstehen.«

Phin schenkte ihr ein schiefes Lächeln. »Glauben Sie wirklich, ich bräuchte all diese Warnungen? Korrigieren Sie mich, falls ich mich irre, aber mir ist, als würden Sie meine Worte zitieren.«

»Mag sein.« Doch tief in ihrem Innern spürte Mina mit einem Mal einen Anflug von Unsicherheit. »Wenn Ihr Interesse an mir … nicht nur auf einer Laune beruht, dann sollten Sie wissen, dass ich an meiner Sturheit hänge. Um ehrlich zu sein, ist das mein Hauptfehler – ich bin unendlich stolz auf meine Fehler und habe nicht vor, mich zu ändern.«

»Klingt für mich, als würden Sie versuchen, sich selbst zu warnen.«

»Vielleicht, wer weiß«, flüsterte sie und stieß die Tür auf. »Kommen Sie mit.«

Er seufzte. »Ich finde, Sie sollten nach New York zurückkehren.«

Im ersten Moment war sie sich nicht sicher, ob sie ihn richtig verstanden hatte. »Wie bitte? Aber Bonham …«

»Ich kümmere mich darum«, sagte er. »Bonhams Vorgehensweise lässt darauf schließen, dass er mit seiner Weisheit am Ende zu sein scheint.«

»Aber was, wenn ich doch etwas in den Unterlagen habe, das …«

»Die kann auch jemand anders überbringen. Ich möchte Sie so weit wie möglich von hier fort wissen. In New York haben Sie mehr Möglichkeiten. Davon abgesehen könnte ich ohne großen Aufwand dafür sorgen, dass Sie Personenschutz bekommen.«

»Also hat Ihr Interesse doch nur mit einer Laune zu tun.«

»Was? Nein.« Seine Stimme klang plötzlich weicher.

»Vertrauen Sie mir, Mina. Nur für die Dauer einiger Wochen. Nach vier Jahren dürfte das nicht schwer sein, oder?«

Mina verspürte den heftigen Wunsch, sich vor Lachen zu schütteln. Falls er versuchte, sie mit Zärtlichkeiten zu ködern, war er auf dem Holzweg – und ihre Hoffnungen unbegründet. »Ich soll Ihnen vertrauen, indem ich mich verstecke? Wie ein empfindliches Blümchen, das alles Ihnen und meiner Mutter überlässt?«

»Sie sollen mir *vertrauen*«, sagte er mit mehr Schärfe in der Stimme. »Sie sollen sich nicht verstecken. Wie Sie wissen, bin ich auf diesem Gebiet sehr erfahren. Erfahrener als Sie. Überlassen Sie mir die Angelegenheit, ohne dass ich mir auch noch Sorgen um Sie machen muss.«

»Ich verlange gar nicht, dass Sie sich um mich sorgen. So etwas schmeichelt mir ganz und gar nicht. Ich will nur Sie.«

Kaum hatte sie zu Ende gesprochen, nahm er sie beim Arm und zog sie in das Zimmer, für dessen Ausstattung – nackter

Holzfußboden, durchgelegene Matratze, abgewetzter und im schwachen Schimmer des Lichtes dreckig wirkender Ohrensessel – Mina dieses Mal keinen Blick übrig hatte. Nein, sie hatte nur Augen für ihn, während sie sich innerlich auf einen Kampf einstellte, den sie mit aller Macht für sich entscheiden wollte. Mit wenigen routinierten Handgriffen hatte er sich der Jacke entledigt, ehe er mit ungeduldigen und schnellen Bewegungen den Knoten der antiquierten Krawatte löste. »Oh«, sagte sie, ohne sich zu bemühen, den anzüglichen Ton aus ihrer Stimme zu verbannen. »Kann es sein, dass Sie sich nun doch entschieden haben, dass wir uns ausziehen sollten?«

Er schleuderte die Krawatte von sich, die sie geschickt auffing und sich um das Handgelenk wickelte, damit ihre Finger etwas zu tun hatten. »Für den Fall, dass Sie in London bleiben wollen, werden Sie wieder in den Räumlichkeiten leben, die Sie bereits kennen.«

»Nein.«

»Darüber diskutiere ich nicht mit Ihnen«, brummte er.

»Das wird nicht funktionieren. Nicht, wenn Sie sich so geben wie in diesem Augenblick.« Ihr kam es vor, als wären ihr ungeweinte Tränen in den Hals gerutscht, sodass sie kaum noch Luft bekam. »Und bevor Sie mir antworten, sollten Sie wissen, dass mein Interesse an Ihnen ebenfalls nichts mit einer Laune zu tun hat.«

Phins Gesichtsausdruck wandelte sich. Die Wut verpuffte, und mit einem Mal sah er aus, als würde er jeden Moment nach ihr greifen. Mina errötete und wich einen Schritt zurück, was sie augenblicklich bereute.

Auf sein Mitleid konnte sie gut verzichten. Sie wollte sich nicht schämen müssen, weil sie hektische Flecken im Gesicht trug und sich wie ein Frosch anhörte. Sie war es leid, immer das Gefühl in sich herumzutragen, sie müsse ständig hübsch sein.

Als sie spürte, wie sich das kalte Bettgestell in ihre Unterschenkel bohrte, sank sie auf die Matratze und starrte auf das Stück Stoff in der Hand, dem sein Geruch anhaftete und in das sie am liebsten ihre Nase vergraben würde. »Das ist doch vollkommen absurd«, murmelte sie.

Einen Moment lang herrschte Stille. »Was meinen Sie damit?«

Mit einem verzagten Lachen entledigte Mina sich der Krawatte und warf sie von sich. Einzig der Mut, ihn anzusehen, fehlte ihr. »Wie lässt sich mein Interesse beschreiben, wenn nicht als launenhaft? Wir sind doch nichts weiter als Fremde. Fremde mit einer interessanten Vergangenheit.«

Als er sich neben sie setzte, sackte die Matratze ein wenig in die Tiefe. Auf Höhe der Knie waren seine Beinkleider staubig. »Sie sind eine kluge Frau, aber heute Abend haben Sie sich in jeder Hinsicht geirrt.« Er lachte rau. »Ihre Katze hasst Sie nicht.«

Mina fuhr sich mit dem Handrücken über die Nase. »Sie wissen doch gar nichts über Katzen. Das haben Sie selbst zugegeben.«

»Das war eine Lüge. Die Sheldrakes hatten immer Katzen, die mich alle geliebt haben.«

»Das sieht ihnen ähnlich«, murmelte sie. »Perverse Kreaturen.«

Phin legte die Hand auf Minas Oberschenkel, sodass sein Handteller nach oben zeigte. Bereits im nächsten Augenblick legte Mina ihre Finger hinein. Als sich seine Hand um ihre Finger schloss, spürte sie, wie diese Berührung sie augenblicklich beruhigte. »Wir können dem hier nicht vertrauen«, wisperte sie.

»Wenn wir Fremde wären, würde ich nicht wollen, dass Sie nach New York gingen.«

Sie runzelte die Stirn. »Natürlich würden Sie das wollen. Es wäre Ihnen einerlei.«

»Im Gegenteil. Unter den Umständen wäre es sehr bequem,

Sie hier zu wissen. Schließlich bin ich hinter Bonham her. Und Sie wären mein Köder. Das zu sagen, rückt mich in kein gutes Licht, Mina, aber würde ich nichts für Sie empfinden, würde ich keine Sekunde davor zurückschrecken, Sie als Mittel zum Zweck zu benutzen. Das sage ich Ihnen, weil es vielleicht angezeigt ist, auch einmal über meine Fehler zu sprechen. Ich bin alles andere als ein Vorzeigemensch. Mein Gewissen ist mir im Laufe der Jahre abhandengekommen. Ich versuche, mich zu ändern, aber …«

Mina schnaubte. »Glauben Sie wirklich, dass Sie mir all das erzählen müssen? Mir ist längst aufgefallen, dass Sie sich so gut wie nicht darum scheren, Ihre Verpflichtungen in Ehren zu halten. Zumindest nicht in einer manierlichen Art und Weise.«

Phin lachte leise und drückte ihre Hand. »Dann sollten Sie mir lieber glauben, finden Sie nicht auch? Schließlich sind Sie im Besitz von erstklassigen Beweisen. Wenn ich mir Sorgen um Sie mache, hat das schon etwas zu bedeuten.«

Mina ließ die Absätze ihrer Schuhe über den Holzfußboden schrammen. »Was Komplimente angeht, haben Sie auf jeden Fall starken Nachholbedarf, so viel steht fest.«

Er räusperte sich. »Wollen Sie, dass ich Ihnen Komplimente mache?«

»Nein.«

»Das konnte ich mir auch nicht vorstellen. Sie trauen Schmeicheleien nicht, kann das sein?« Als Mina lediglich die Schultern zuckte, sagte Phin mit sanfter Stimme: »Habe ich es mir doch gedacht. Und weshalb habe ich recht? Weil wir keine Fremden sind.« Er schwieg so lange, bis sie ihm geradewegs in die Augen sah. »Lassen Sie es mich anders sagen«, murmelte Phin. »Kann man in nur einem Tag lernen zu hassen?«

Mina ahnte, worauf er hinauswollte. Was für eine verrückte Idee. Um ein Haar hätte sie ihre Hand weggezogen. Doch die

Ehrlichkeit, die aus seinen dunklen Augen sprach, erforderte Courage, und sie wollte ihm in Sachen Mut in nichts nachstehen. »Vielleicht«, sagte sie achselzuckend. Ihre Antwort mochte ein wenig feige wirken, doch eine bessere fiel ihr nicht ein.

»Ich kenne die Antwort«, erwiderte er mit fester Stimme. »Und ich versichere Ihnen, dass ich es binnen eines Tages gelernt habe und dass der Hass mich mein Lebtag begleiten wird. Interessiert es Sie, wie aus einem Kartografen ein Spion wurde?«

Ihr war bewusst, worauf er anspielte. Vor ziemlich genau vier Jahren hatte das Leben ihre Biografie umgeschrieben, und hierbei ging es nicht um Geschichten, die sich so nebenbei erzählen ließen. Nein, sie waren vielmehr der Schlüssel zur Seele des jeweiligen Menschen. »Ja«, sagte sie leise.

Er strich behutsam über ihre Hand. »Als Landvermesser in der Armee hatte ich den Auftrag, den Himalaja zu kartografieren. Diese Aufgabe führte mich an Orte, an die sonst kaum ein Mensch kommt. Einer meiner Vorgesetzten zeigte ungewöhnlich starkes Interesse an meinen Ergebnissen. Ich habe mir nichts dabei gedacht, zumal wir einen gemeinsamen Bekannten hatten, einen alten ehemaligen Kartografen und Astronomen, der während meiner Jahre in Eton mein Mentor gewesen war. Selbst in den Momenten, in denen ich so etwas wie Zweifel an besagtem Offizier hatte und mich ein ungutes Gefühl befiel, verschwand es schnell wieder, sobald ich mir in Erinnerung rief, dass wir einen gemeinsamen Freund hatten, der ihn in höchsten Tönen lobte. Eines Tages beorderte mich ebendieser Offizier, der inzwischen so etwas wie mein neuer Mentor geworden war, nach Simla. Dort erklärte er mir, einer seiner Verbündeten hätte sich im Gebiet an der westlichsten Grenze zu Afghanistan verirrt. Das war eine ziemlich schlechte Nachricht, weil Disraeli bereits Druck auf den Vizekönig Northbrooke ausgeübt und ihm nahegelegt hatte, er und Sher Ali sollten eine härtere Gangart gegen die Russen einschlagen. Northbrooke hatte das jedoch abgelehnt. Es gab keinen Grund für einen Engländer, sich ohne offiziellen Befehl ins Zentrum des Chaos zu begeben. Das wäre fast so gewesen, als würde man ein brennendes Streichholz auf Zunder werfen. Aber mein neuer Mentor konnte sehr überzeugend sein. Er sagte, ich hätte von allen seinen Leuten die besten Voraussetzungen, den verirrten Kameraden zu finden und zurückzubringen, ohne dass jemand davon Wind bekäme. Im Falle meines Scheiterns wäre mit dem Ausbruch einer handfesten internationalen Krise zu rechnen.«

»Welch noble Mission«, sagte Mina.

»Richtig.« Seine Lippen verzogen sich zu einem düsteren Lächeln. »Sehr nobel, um nicht zu sagen brandgefährlich. Aber es war genau das, worauf ich bei meinem Eintritt in die Armee gehofft hatte. Die ultimative Chance, der Welt zu beweisen, dass ich aus anderem Holz geschnitzt war als mein Vater.«

Als Mina spürte, dass er die Hand wegziehen wollte, umfing sie sein Handgelenk, woraufhin sie unweigerlich wieder an seine Narbe erinnert wurde. »Sie sind nicht einmal ansatzweise wie er.« Dessen war Mina sich sicher. Männer wie sein Vater erkannte sie bereits aus der Ferne, eine Fähigkeit, die sie einzig und allein Collins zu verdanken hatte.

»Ich habe alles darangesetzt, um anders zu sein«, erklärte er. »Aber Ridland hat mir das sehr schwer gemacht.«

»Der Offizier war also Ridland.«

»Ja.« Phin starrte auf die Wand, als er weitersprach. »Was er mir jedoch verschwiegen hat, war, dass der Mann absichtlich in das Gebiet eingedrungen war, um die Autorität des Vizekönigs zu untergraben. Der Mann hatte alles getan, die Suche nach ihm so schwer wie möglich und sein Auffinden so öffentlich wie möglich zu machen. Er hoffte, dadurch einen Krieg vom Zaun brechen zu können. Außerdem hatte man mir seinerzeit verschwiegen, dass die Regierung als auch die in diese Sache involvierten Stellen abstreiten würden, mich in das Krisengebiet entsandt zu haben, sollte ich festgenommen werden. Dadurch wäre ich als Verräter gebrandmarkt gewesen, und die Tatsache, dass ich die Grenze überschritten hatte, wäre als Beweis für meine Illoyalität gewertet worden.« Er seufzte. »Selbst wenn ich all das gewusst hätte, wäre mir dennoch nichts anders übrig geblieben, als mich dem Befehl zu beugen. Wenigstens hatte ich die Chance, ein Team zusammenzustellen. Ich habe zwei Assistenten mitgenommen, die leider den Tod fanden, ehe uns bewusst wurde, dass wir in eine Falle getappt waren.«

Als Mina spürte, wie sich seine Finger verkrampften, drückte sie seine Hand fester, um ihm zu zeigen, dass sie für ihn da war. Es gab Situationen, in denen brauchte das Gegenüber genau das. Das hatte sie heute im Zug gelernt. »Das tut mir sehr leid.«

Er zuckte die Achseln. »Was ich eigentlich damit sagen will – mir hat ein einziger Tag gereicht, um Ridland aus vollem Herzen hassen zu lernen. Der Hass hat die nächsten zehn Jahre begleitet und ist immer größer geworden.« Er wandte den Blick von der Wand ab und sah Mina an. »Tag für Tag. Vor allem an jenem Tag, an dem ich Sie in Hongkong am Fenster zurückließ.«

»Sie haben gezögert«, entgegnete Mina sanft. Und Sie haben versucht, mir das Messer wegzunehmen.«

»Ein Augenblick des Mutes. »Und dann habe ich einfach meine Instinkte ignoriert.«

»Sie sagten doch, Sie hätten keine andere Wahl gehabt.«

»Das habe ich mir im Nachhinein auch gesagt. Aber es ist schwer, das zu rechtfertigen, wenn man weiß, dass man eine Frau in der Höhle des Löwen zurückgelassen hat.« Mina spürte, wie sie errötete, woraufhin sich der Hauch eines Lächelns um seine Lippen legte. »An jenem Tag habe ich mich entschieden, nicht auf meine Instinkte zu hören; genau wie damals, als ich Ridland mein Vertrauen schenkte. Deshalb hoffe ich inständig, dass Sie mir glauben, wenn ich sage, ich werde diese Instinkte nicht noch einmal ignorieren. Genau genommen grenzt es fast schon an ein Wunder, wie gut sie funktionieren.«

Er streckte die Hand aus und strich ihr zärtlich eine Strähne aus dem Gesicht. Die Berührung war so sinnlich, dass Mina sich in sie hineinfallen ließ und die Augen schloss.

»Ihre Instinkte sind auch nicht schlecht.« Seine Fingerspitzen berührten sanft ihre Wange. »Wenn sie Ihnen etwas mitteilen wollen, Mina, sollten Sie unbedingt hinhören.«

Mina blieb regungslos sitzen. Ihre Instinkte waren kaum der Sprache mächtig, von der er redete, aber sie spürte, dass sie es mit aller Kraft versuchten. Wie eigenartig. Sie hätte nie gedacht, dass sie sich verlieben würde. »Und was, wenn meine Instinkte etwas anderes sagen als Ihre?«

»Wenn es um Kleinigkeiten ginge, würde ich mich mit Ihnen streiten«, kam die prompte Antwort. »Und bei wichtigeren Fragen? Wenn unsere Instinkte nicht übereinstimmten, würden wir dieses Gespräch jetzt gar nicht führen.«

Mina öffnete die Augen. »Aber was, wenn sie bei größeren Fragen verschiedene Sprachen sprächen?«

»Dann würde ich Ihnen keinesfalls vorschreiben, was Sie zu glauben haben. Mir wurde jahrelang eingebläut, mir selbst nicht zu trauen. Ich werde mich davor hüten, Ihnen so etwas einzureden.«

Mina sah Phin lange an. Sie hatte immer auf sich selbst vertraut, bis sie angefangen hatte, sich nach ihm zu sehnen. Das machte es einfach, seinen Ratschlag anzunehmen. Und sollten sie in vermeintlich wichtigen Fragen nicht auf einer Linie liegen, konnten sie deren Klärung auf den nächsten Tag verschieben. »Schlaf mit mir«, sagte sie und zog ihn zu sich.

Er folgte ihr widerstandslos.

Vielleicht war Phin töricht gewesen anzunehmen, sie wolle wirklich nur *schlafen*. Als sie ihn zärtlich in den Hals biss, stieß er einen überraschten Laut aus und lag für einen Moment ganz still da. Sie erinnerte ihn an einen Wolf, der kurz davor war, seine Beute zu töten. Als sie denn Kopf hob, streifte ihr heißer Atem seine Haut. »Vertrauen müsstest du mir schon, Phin.«

Phin drehte sich um, und ehe Mina wusste, wie ihr geschah, lag er auf ihr, packte sie bei den Handgelenken und streckte ihr die Arme über den Kopf. »Das Gleiche könnte ich sagen«, raunte er und biss sie ähnlich zärtlich ins Kinn.

Für einen Moment lag Mina reglos da und kämpfte gegen den Impuls an, seinen Biss abzuwehren. Sie würde einen Weg finden, ihm zu vertrauen, aber es musste ihr eigener sein.

Als er sie freigab, fasste sie nach seinem Hemd und zog daran. »Ich ziehe es vor, wenn du nichts anhast.« Sie hörte, wie er den Atem anhielt. Als sie die Augen öffnete, sah sie, dass er auf sie herabstarrte. Dass er lächelte, entsprach nicht der Reaktion, die Mina gewollt hatte. »An der Stelle müsstest du jetzt sagen, dass …«

»Dass Kleidung nicht zwangsläufig stören muss.« Mina stöhnte leise, als sein Mund ihre Lippen streichelte. Ihr Stöhnen wurde lauter, als Phins Kuss fordernder wurde und seine Zunge in ihren Mund eindrang. Seine Zunge schmeckte wie Honig, sie füllte ihren Mund und machte ihr bewusst, wie groß ihr Hunger auf ihn war. Sie richtete sich halb auf, um sich an ihn zu drängen. Sie wollte ihn ganz, wollte ihn mit Haut und Haar. Dieser Mann war einzigartig, und alles an ihm faszinierte sie. Sein Verstand, sein Körper, sein Sinn für Humor und vor allem seine Sensibilität, die sie immer wieder in Erstaunen versetzte. Es war kaum zu glauben, mit welch klarem Blick er sie sah.

Phin drückte sie auf das Bett und schob seine Hand unter ihr Mieder. Als er ihre Brust umfasste und ihre Brustwarze zu streicheln begann, vergaß Mina alles Denken. Sie spürte, wie sie sich immer mehr entspannte. Es gefiel ihr, ihn auf sich zu spüren. Zu wissen, dass sie nicht unter ihm zusammenbrach, gab ihr das Gefühl, stark zu sein. Andächtig glitten ihre Hände über seinen breiten Rücken und erkundeten ihn, ehe sie seine Pobacken umfasste und sich an dem Spiel seiner Muskeln erfreute. Doch Mina wollte mehr als das und ließ die Finger in seinen Hosenbund gleiten. Als sie sich um seinen samtweichen Hoden legten und ihn zu streicheln begannen, löste Phin den Kuss mit einem lauten Aufstöhnen.

Das Ganze erinnerte sie an ihre ursprünglichen Pläne, in denen allerdings seine und nicht ihre Zustimmung eine Rolle gespielt hatte. Wie eine Schlange glitt sie unter ihm hinweg und packte ihn bei der Schulter, bis er sich freiwillig auf den Rücken drehte. Als sie nach der Krawatte griff, die am Fuße des Bettes lag, fing er ihren Arm ab und zog sie mit einer raschen, kraftvollen Bewegung wieder auf sich. Ihr Hals landete auf Höhe seines Mundes, der sogleich damit begann, einen Pfad heißer Küsse darauf zu hinterlassen. Einen Pfad, der immer weiter in die Tiefe führte, bis seine Lippen sich um eine ihrer Brustwarzen legte und er zärtlich an ihnen zu saugen begann. Mina spürte, wie ihre Beine erschlafften und sich gehorsam spreizten, wenngleich sie sich sagte, dass sie das nur für einen Moment zulassen würde. Stück für Stück schob Phin ihren Rock in die Höhe, ehe sein Fingernagel über ihren Unterschenkel nach oben fuhr und auf die Innenseite des Oberschenkels wechselte. Als wollte er das Ganze hinauszögern, statt sich dem Ziel zu nähern, zogen seine Finger ihre Bahnen. Wenn er so weiter machte, würde es nicht mehr lange dauern, und er würde sie überwältigen. Aber so hatte Mina es sich nicht vorgestellt.

Sie schob ihn weg und streckte sich nach hinten, wo ihre Hände nach Halt suchten und auf die Krawatte stießen. Mit gerunzelter Stirn beobachtete er sie. »Nein«, sagte er.

Sie lächelte ihn freundlich an. »Angst?«

Phin ließ die Hände um ihren Po herum zwischen ihre Beine gleiten und tastete durch den Stoff hindurch nach ihrer Weiblichkeit. Als er fand, wonach er gesucht hatte, begann er, sie sanft, aber bestimmt zu streicheln. »Nein«, antwortete er, als sie sich wand. »Und du?«

»Nicht im Geringsten«, keuchte sie und richtete sich leicht auf, um die Krawatte um seinen Nacken zu legen. Phins Finger hatten inzwischen den offenen Schritt ihrer Unterhose ertastet, und mit seinem Streicheln sorgte er dafür, dass Mina mit jeder Berührung feuchter wurde. »Dein Ablenkungsmanöver kannst du dir sparen«, hauchte sie. Das Lächeln, mit dem er sie daraufhin bedachte, war nach ihrem Empfinden ein wenig zu selbstgefällig. Einem Impuls folgend griff sie nach der Krawatte und verband ihm damit die Augen. Als er die Hand heben wollte, hinderte sie ihn daran, indem sie seinen Arm auf das Bett drückte. »Benimm dich!«, befahl sie ihm, ehe sie sich gegen ihren Willen aufbäumte, weil seine Finger sie halb verrückt machten.

»Wenn ich im Dunkeln vögeln kann«, sagte er heiser, »kann ich es auch mit verbundenen Augen.«

Mina hielt kurz inne. So hatte sie das Ganze noch gar nicht betrachtet. Dann kam ihr eine Idee. Sie glitt an seinem Körper herunter, schob ihm das Hemd hoch und fuhr mit der Zunge über seine Brust. Augenscheinlich gefiel es ihm, denn seine Hände legten sich um ihren Nacken und massierten ihn, als wollte er sie auffordern, nicht aufzuhören. Ihm seine Beinkleider abzustreifen, gestaltete sich nicht weiter schwierig. Als Mina seine pulsierende Männlichkeit freigelegt hatte, ließ sie ihre Zungenspitze mit Wonne seine gesamte Länge erkunden.

Phin fluchte, und seine Hände spannten sich an, ehe er von ihr abließ. »Mina«, sagte er. Da Mina sich nicht sicher war, ob er sie ansporen oder warnen wollte, machte sie das Gleiche noch einmal. Allerdings mit dem Unterschied, dass sie die Lippen leicht um seine Eichel schloss, sodass sie den leicht salzigen und moschusartigen Geschmack für sich hatte. Nicht minder genüsslich als er von ihren Brustwarzen gekostet hatte, leckte sie seine Speerspitze. Aus dem Zucken, das seinen Unterleib erfasste, schloss sie, dass er sie wohl doch hatte anspornen wollen. Entzückt über seine heftige Reaktion, nahm sie ihn tiefer auf und streichelte ihn mit ihrer Zunge. Wie wenig es bedurfte, ihn aus der Reserve zu locken. Er war wie Wachs unter ihren Händen.

Doch dann verlor Phin die Geduld. Er riss sich die Krawatte von den Augen, packte Mina an den Schultern und drehte sie auf den Rücken. Sein Gesicht sprach Bände. »Ich habe eine bessere Verwendung für die Krawatte«, sagte er und fing ihre Handgelenke ein.

»Warte«, sagte Mina, der das Herz jetzt bis zum Hals schlug. »Ich will nicht, dass du mich …«

»Und ob du das willst.« Er führte ihre Hände über den Kopf, legte die Krawatte darum und verknotete sie. »Ich habe dein Gesicht gesehen«, murmelte er ihr ins Ohr. »Den Ausdruck in deinen Augen, als ich vor einiger Zeit einen ähnlichen Vorschlag gemacht habe.«

»Und ich habe mir vorgenommen, dir mit aller Kraft in den Hals zu beißen«, sagte sie heiser.

Lachend arbeitete Phin sich nach unten, und Mina war schnell klar, wo er hinwollte. Ehe sie wusste, wie ihr geschah, hatte er ihre Röcke so weit hochgeschoben, dass ihre Augen verdeckt wurden. Jetzt war sie nicht nur gefesselt, sondern konnte zudem nichts mehr sehen. »Das ist unfair«, keuchte sie, hörte jedoch auf zu protestieren, als sein Mund die Stelle zwischen Oberschenkel und Hüfte berührte. Wie ein begnadeter Tänzer schwebte seine Zunge über ihre Haut, glitt über ihre Knospe, ließ von ihr ab und kehrte zurück, als wollte er sie necken. Das heftige Ziehen zwischen den Beinen, gegen das sie machtlos war, stand in keiner Relation zu dem, was er mit ihr machte. Für einen Augenblick empfand Mina Angst, doch im selben Moment begriff sie, dass sie noch immer die Wahl hatte: Keine Krawatte und keine Augenbinde konnte sie dazu bringen, etwas von sich zu geben. Wenn sie wollte, konnte sie sich ihm noch immer verweigern. Aber warum sollte sie das wollen?

Sie spreizte weit die Beine, um sich ganz seinem begierigen Mund hinzugeben. Ein wohliges Gefühl begann sich in ihr auszubreiten, wanderte an den Hüften vorbei bis hinauf zu den Schultern und wandelte sich zu einer fast unerträglichen Anspannung. Als sie spürte, wie ein süßer Druck sich tief in ihr aufbaute, kämpfte sie nicht dagegen an, sondern ließ sich davon mit in die Freiheit reißen.

Behutsam küsste Phin sich seinen Weg an ihrem Körper hinauf, befreite ihre Handgelenke von der Fessel und biss ihr zärtlich in jeden Finger. Ihr Handteller schien es ihm besonders angetan zu haben, denn hier verweilte er länger und ließ seiner Zunge freien Lauf. Dass er sich so viel Zeit nahm, obwohl er noch keine Befriedigung erfahren hatte, machte Mina stutzig. Immerhin spürte sie mehr als deutlich, wie erregt er war. »Ich will dich in mir spüren«, sagte sie.

Phin drückte noch einen Kuss in ihre Hand, ehe er sie um die Hüften fasste und sie mit sich zog, als er sich auf den Rücken drehte. Mina saß auf ihm und zögerte einen Moment angesichts der ungewohnten Stellung. Begehrte er sie womöglich doch nicht?

Phin fing ihren Blick auf. »Dann nimm mich doch«, sagte er und stieß seine Hüften hoch. Die Berührung seines Gliedes eröffnete ihr plötzlich Möglichkeiten, die ihr noch nie in den Sinn gekommen waren. Um ein wenig Zeit zu gewinnen, kniete sie sich mit gespreizten Beinen über ihn.

Zu spät ging ihr auf, dass sie Hilfe brauchte. Als könnte Phin ihre Gedanken lesen, schlossen sich seine schlanken braun gebrannten Finger um seinen harten Schaft und hielten ihn für sie bereit. Er sah ihr mit loderndem Blick tief in die Augen, als sie sich langsam auf ihn senkte und in sich aufnahm.

Das Gefühl, das sich in ihr ausbreitete, als sie spürte, wie stark er sie ausfüllte, raubte Mina den Atem. Ein Prickeln durchströmte sie, als seine Hände sich auf ihre Hüften legten und sie leicht hochhoben und wieder heruntergleiten ließen. Zwei Mal ließ Mina sich so von ihm helfen, dann stützte sie die Hände auf seine Schultern und bewegte sich allein auf ihm weiter.

Phin schloss die Augen, seine Lider flatterten. Ein leises Stöhnen kam ihm über die Lippen. Ein Gefühl des Staunens floss heiß über Mina hinweg und machte sie schwach: dass Phin sich so rückhaltlos der Lust hingab! Dabei konnte er doch mit einem Körper wie dem seinen alles verlangen, sich alles *nehmen*. Sie bewegte sich auf und ab und rieb sich an seinem Schaft. Ihr Hunger war zurückgekehrt und pulsierte in ihr, gewann zwischen ihren Oberschenkeln mehr und mehr an Kraft. Ein tollkühner Gedanke schoss ihr durch den Kopf, und im selben Moment griff sie sich zwischen die Beine, dorthin, wo sich ihre Körper vereinten.

Phin stieß einen kehligen, erstickten Laut aus und umfasste ihr Becken, damit sie innehielt. Im ersten Moment dachte Mina, sie hätte etwas falsch gemacht, aber dem war nicht so. Er hielt sie in dieser Stellung, weil es ihm Lust bereitete. Der Druck seiner Hände wuchs, und während er sie nach unten drückte, bäumte er sich auf, sodass er tief in sie eindringen konnte.

Mina spürte, wie sie sich zusammenzog – eine Reaktion, die sie für den Bruchteil einer Sekunde beunruhigte, sie aber dann mit unbeschreiblicher Lust erfüllte. Wieder und wieder stieß Phin in sie, trieb sich tiefer und tiefer hinein, bis es Mina nicht mehr möglich war, sich aufrecht zu halten. Sie ließ sich auf ihn sinken, ihre Stirn ruhte in seiner von Schweiß feuchten Halskuhle. Sie lag mit gespreizten Beinen auf ihm, als er sie nahm und sie sich ihm ergab.

Er hatte recht, mit Einseitigkeit hatte dies nichts zu tun. Ihr Keuchen antwortete seinem; ihre Körper reagierten aufeinander, um dasselbe Ziel zu erreichen. Phin ließ den Kopf auf Minas Schulter sinken und stöhnte wohlig. Es war ihm egal, was sie in diesen Laut hineininterpretieren könnte. Und Mina dachte: *Liebe, ja. Ich habe keine Angst mehr davor.*

14

In der Nacht schliefen sie so eng umschlungen, als wären sie ein Körper. Phin wachte kurz nach Mitternacht auf und betrachtete Mina, die friedlich schlummerte. Er freute sich am Anblick ihrer weichen Lippen, die leicht geöffnet waren und vom Mondlicht zu trinken schienen, das durch das Fenster hereinfiel. Heute Nacht gab es keinen Hinweis darauf, dass schlimme Träume sie quälten. Vielleicht lag das zum Teil an ihm, zumindest wollte Phin das gern glauben. *Die Liebe hat die Gabe, Schweres leicht zu machen.* Entgegen dieser Weisheit fühlte er sich eher schwer, während er Mina ansah. Es war nicht zwangsläufig ein schlechtes Gefühl, wenngleich er eine bleierne Müdigkeit verspürte – wie ein Schiff, das nach einer langen, von Stürmen begleiteten Reise in einem Hafen vor Anker gegangen war.

Es schien ihm nicht sonderlich klug, sich der Entspannung hinzugeben, wenn es noch so viel gab, das getan werden musste. Sogleich rief er sich ihren Ratschlag in Erinnerung und gestattete sich, die Anspannung auszuatmen, die drohte, ihn starr werden zu lassen. Er streichelte ihre Wange, ehe er zurück in den Schlaf glitt.

Am nächsten Morgen herrschte ein neues Schweigen zwischen ihnen. Mina hatte sich den Brillantring ihrer Mutter angesteckt. Als sie in den Zug nach London gestiegen waren, warf sie Phin einen fragenden Blick zu. *Doch noch nicht im Hafen*, dachte Phin betrübt. Sie saßen zwar wieder nebeneinander in einem leeren Abteil, doch dieses Mal hatte sich Phin keine Zeitung gekauft, und Mina gab nicht vor, sich für die vorbeiziehende Landschaft zu interessieren. Wie eine dunkle, unheilvolle Wolke, die den Horizont verschleierte, kam London auf sie zu.

Er wollte nicht, dass sie für ihre Reisekosten selbst aufkam. Als sie die Randgebiete Londons passierten und die ersten dicht gedrängt in Reihen stehenden Häuser in Sicht kamen, berührte er flüchtig ihre Hand. »Bitte erlaube mir, dir die Überfahrt zu zahlen.«

Mina schaute erst auf seine Hand und dann auf ihn. »Ich bin diejenige, die besitzt, was Bonham haben will. Lass mich dir helfen. Ich kann ihn anlocken.«

In Gedanken sah Phin ihr Gesicht vor sich, wie er es vor vier Jahren wahrgenommen hatte, als sie aus dem Fenster zu ihm herabgesehen hatte. Er dachte daran, wie erstickend Erinnerungen und wie belastend Schuldgefühle sein konnten. Er hatte damals gegen seinen Instinkt gehandelt und würde nicht zulassen, dass er abermals vor einer Verantwortung davonlief. »Mir würde vor allem helfen, wenn ich dich in Sicherheit wüsste.«

Minas Mund verhärtete sich. »Ich bin keiner von deinen Federhaltern«, sagte sie. »Versuch ja nicht, mich herumzukommandieren.«

Eine ganze Minute saß Phin da und dachte über die geballte Kraft nach, mit der der Zug über die Bahnschwellen fuhr. Dabei beobachte er, wie sich der rhythmische Takt der Räder bis in Minas Schultern fortsetzte. Rückblickend betrachtet leuchtete es ein, dass Bonham ein Spion gewesen war und ein Verräter. Als Sohn verarmter Kolonisten hatte er sich zu einem gewissen Status emporgearbeitet, und er hatte davon geträumt, sich in England einen Namen zu machen. Er musste für Ridland eine leichte Beute gewesen sein. Was Ridland ihm wohl versprochen hatte? Eine steile Karriere in England? Doch es war einerlei, womit er Bonham geködert hatte. Was zählte, war, dass er den Auftrag angenommen und Collins' Vertrauen erworben hatte.

Doch Ridland hielt nur selten, was er versprach, und vermutlich hat Bonham schon bald feststellen müssen, dass das, was Collins ihm anbot, aussichtsreicher war. Irgendwann musste er die Seiten gewechselt haben.

Phin konnte Bonham sogar verstehen. Wie wundervoll es sich angefühlt haben musste, lächelnd Ridlands Befehle entgegenzunehmen, nur um ihm wenig später mit einem Messer in den Rücken zu fallen.

Bonham war bester Laune gewesen, damals, in jener verhängnisvollen Nacht in Hongkong, als er Phin in ein zwangloses Gespräch verwickelt und vorgeschlagen hatte, sich einen Drink zu genehmigen. Als er die Bestellung für den Brandy mit der Überheblichkeit aufgegeben hatte, die eigentlich dem Hausherrn zustand, hatte Phin sich nichts weiter dabei gedacht. Vielmehr hatte er angenommen, dass Bonham mit seiner Großspurigkeit lediglich klarstellen wollte, dass seine Verbindungen zu Collins' Haushalt weitaus enger waren als die seinen. Jetzt wusste Phin natürlich, dass er unvorsichtig gewesen war.

Nur ein einziger Drink war nötig gewesen. Belladonna wirkte schnell. Und ehe Bonham von dannen gezogen war, hatte er noch schnell eine Bemerkung über Mina fallen lassen: *Der Mann, der sie einfängt, wird sie in einen Käfig sperren müssen*. Es war nicht weiter wichtig gewesen, ob seine Bemerkung auf Spekulation oder Erfahrung fußte. Es zählte einzig, dass seine Einschätzung der Wahrheit entsprach und dass Bonham sich dessen bewusst geworden war, ehe Phin überhaupt eine Ahnung gehabt hatte, wie raffiniert diese besondere Frau war.

Auf keinen Fall durfte er den Fehler machen, Bonham zu unterschätzen.

»Nichts liegt mir ferner, als dich einzusperren«, sagte Phin versöhnlich. »Und wenn, dann nur um deinetwillen.«

Seufzend betrachtete Mina ihre Hände. »Und mir liegt nichts

ferner, als deine Fenster einschlagen zu müssen, aber ich würde es um unsertwillen tun.«

Phin registrierte ihre verbale Retourkutsche durchaus, entschied aber, nicht weiter darauf einzugehen. Gesetzt den Fall, Mina kooperierte nicht, wäre er gezwungen, Dinge zu tun, die sie effektiver als jede Form des Hasses in die Flucht schlagen würden. »Tu das nicht.«

»Ich habe keine andere Wahl«, sagte sie leise. »Meine Mutter …«

»Ich habe auch Zimmer ohne Fenster.«

Als sie ihn ansah, spiegelte sich nackte Furcht in ihrem Gesicht wider. Der Anblick verschlug ihm den Atem. »Wenn du mich aufrichtig liebst«, sagte sie, »sperrst du mich niemals in einem fensterlosen Raum ein.«

Phin biss sich auf die Zunge, um die Situation nicht eskalieren zu lassen. Wenn sie schon von Liebe sprachen, dann nicht im Rahmen dieser Diskussion. »Traue niemals einem verzweifelten Menschen.« Erst als er den Satz beendet hatte, ging ihm auf, dass er genauso gut von sich hätte sprechen können. Er gab sich einen Ruck und zwang sich, seine Gedanken zu sammeln. »Es ist durchaus denkbar, dass er versuchen wird, dich zu töten.«

»Aber ich werde wohl kaum im stillen Kämmerlein sitzen und darauf warten, dass er es versucht.«

Phin legte die Hand um ihr Kinn und drehte ihren Kopf, sodass sie gezwungen war, ihn anzusehen. »Was glaubst du, wie Bonham dich überhaupt ausfindig gemacht hat? Ridland streut die Information, um sich Arbeit zu sparen. Er benutzt dich bereits als Köder.«

»Dann lass mich doch einfach den Spieß umdrehen«, erwiderte sie scharf. »Ich bin durchaus bereit, den Käse in der Mausefalle zu spielen.«

»Wie nobel von dir«, antwortete Phin gereizt. »Aber dazu

besteht kein Grund. Angenommen, er ist tatsächlich hinter den Dokumenten her, dann könnte ich zu ihm gehen und sie ihm aushändigen.«

»Darum geht es nicht, Phin.« Sie atmete tief durch. »Ich muss etwas tun, weil ich es nicht ertrage, dazusitzen und Däumchen zu drehen, während das Leben meiner Mutter auf dem Spiel steht. Nicht schon wieder.« Etwas leiser schob sie nach: »Ich bin nur die Hilflose und die Gejagte, solange ich nicht selbst in die Rolle des Jägers schlüpfe.«

Aus Minas Tonfall schloss Phin, dass es sich bei ihren Worten um eine Art Eingeständnis handelte. Beim Allmächtigen, es konnte doch nicht sein, dass er deshalb von seiner Meinung abwich. Immerhin stand ihr *Leben* auf dem Spiel.

Er ließ die Hand sinken, aus Sorge, in seiner Wut etwas Ungehaltenes zu tun. »Die Illusion von Kontrolle ist dennoch nichts weiter als eine Illusion.« Als sich ihre Miene weiter verdüsterte, fügte er schärfer hinzu: »Einer von uns beiden muss jetzt nachgeben.«

Mina wandte den Blick ab. »Dann steht uns beiden eine herbe Enttäuschung ins Haus, denn keiner von uns gibt gern klein bei.«

»Wenn du mir nicht zutraust, dass ich deine Mutter finde …«

»Frag mich mal, woher meine Narben stammen.«

Diese Aufforderung schnürte Phin den Hals zusammen. Sowohl der Zeitpunkt als auch der Grund, warum sie ihm von ihrer Vergangenheit erzählen wollte, waren denkbar schlecht. »Mina. Es geht hier auch um dein Leben.«

»Los, frag mich.«

Phin presste die Lippen aufeinander. »Das spielt im Moment nun wahrlich keine Rolle«, sagte er schließlich.

»Tut es wohl«, konterte Mina und blickte ihn mit einem herausfordernden Funkeln in ihren blauen Augen an. »Ich habe dir in Hongkong das Leben gerettet. Es gibt also keinen Grund zur

Annahme, ich hätte keine Ahnung von möglichen Konsequenzen oder drohenden Gefahren.«

Er atmete aus. »Bist du in der Lage, einem Mann aus fünfzig Fuß Entfernung zwischen die Augen zu schießen?«

»Nein, aber ich behalte selbst in den heikelsten Situationen einen kühlen Kopf.« Mina hielt kurz inne und erblasste. »Ich kann in einem fensterlosen Raum sitzen und mit anhören, wie meine Mutter stundenlang gefoltert wird.«

Der nächste Einwand, den Phin sich bereits zurechtgelegt hatte, blieb ihm im Halse stecken. Er wusste, dass es noch schlimmer kommen würde, schließlich hatte er die Narben auf ihrem Rücken gesehen und sie berührt. Sie waren gezackt, was darauf schließen ließ, dass jemand wie von Sinnen auf sie eingeschlagen hatte.

Mina wartete. Sie wollte seine Reaktion sehen. Er holte tief Luft und gab, um ihretwillen, seinen Widerstand auf. »Erzähl mir davon«, sagte er rau und griff nach ihrer Hand.

Minas Stimme war so leise, dass sie kaum das Rattern des Zuges übertönte. »Ich habe gelernt, abzuwarten und nicht den Verstand zu verlieren, wenn die Dunkelheit allgegenwärtig zu sein scheint und mich zu verschlingen droht. Ich verabscheue die Finsternis. Licht ist mir wichtig geworden. Es war für mich von großer Bedeutung, dass du die letzte Nacht an meiner Seite verbracht hast.«

Genau das habe ich getan, dachte er bei sich. Das war vielleicht nur ein schwacher Trost, doch er war froh, ihr immerhin ein wenig geholfen zu haben.

»Ich kann ihre Schreie hören«, sagte sie langsam. »Und ich weiß, dass sie sich meinetwegen nicht bei ihm entschuldigt. Sie wird sich dieses Mal nicht entschuldigen, denn sie weiß, wenn sie es tut, würde nicht mehr sie, sondern *ich* das Ziel seiner Wut sein.«

Phin spürte, dass er blass wurde. »Es ist meinetwegen«, sagte er. »Weil du mir geholfen hast.«

Der Druck ihrer Finger erhöhte sich. »Nein«, erwiderte sie. »Das Ganze hat nichts mit dir zu tun. Glaube mir, Phin. Mir war lediglich daran gelegen, endlich frei zu sein, und durch dich habe ich die Möglichkeit dazu gewittert.«

Und er hatte sie zurückgelassen, hatte sich geweigert, an ihr Wohl zu denken. Am Tag nach seiner Rettung, als er in einem Verschlag in Aberdeen Zuflucht gesucht hatte, war er in einen traumlosen Schlaf geglitten. Ohne auch nur einen Gedanken an seine Retterin zu verschwenden, war er an Bord dieses verdammten Schiffes gegangen. »Nie wieder«, sagte er. Obwohl seine Wut nicht ihr galt, zuckte sie zusammen, und Phin schalt sich dafür, ihr Angst gemacht zu haben. »Bonham und Collins werden dir kein Haar krümmen, das werde ich nicht …«

»Deine Worte zeigen mir, dass du mir gar nicht richtig zuhörst«, unterbrach sie ihn barsch. »Lass mich doch erst zu Ende erzählen. Aus irgendeinem Grund, vielleicht, weil er wichtigen Besuch erwartete, hat Collins mich in ein anderes Zimmer bringen lassen. Doch sein Plan war nicht gut durchdacht, denn dieser neue Raum hatte ein Fenster.« Ein eigentümliches Lächeln umspielte ihre Lippen. »Dachte er wirklich, ich würde herumsitzen und mich an der Aussicht erfreuen? Anscheinend ja. Immerhin, das Zimmer lag im ersten Stock. Aber er hat sich geirrt. Ich bin einfach durch die Scheibe gesprungen, daher auch die Narben. Anschließend habe ich mir Hilfe gesucht, die für meine Mutter allerdings einen Tag zu spät kam. Und einige Minuten zu spät für mich.« Mina hielt inne und berührte Phin flüchtig am Kinn. »Um das Wohl meiner Mutter zu schützen, würde ich es jederzeit wieder tun. Das bin ich ihr schuldig. Und für dich würde ich dasselbe tun, selbst wenn es eines deiner Fenster wäre. Ich kann nur hoffen, dass du es nicht so weit kommen lassen wirst.«

Phin spürte, wie kalte Panik die Fühler nach ihm ausstreckte, ein Gefühl, das er in ihrer Gegenwart so gut wie vergessen hatte. Doch angesichts seines rasenden Pulses fragte er sich, wie er den ganzen Morgen über so seelenruhig neben ihr hatte sitzen können. Sie mussten dringend eine Lösung finden. Am besten wäre, wenn sie sich seinem Wunsch fügen und nach New York abreisen würde. »Also gut, ich werde dich nicht einsperren, versprochen. Du kannst dich frei im Haus bewegen.«

Mina verzog das Gesicht. »Wie ein eingesperrter Hund, meinst du wohl?«

»Wie eine Frau, die Opfer eines Verbrechens werden könnte«, erwiderte er.

»Wie eine *Frau*, ja.«

So langsam gingen Phin die Luft und die Geduld aus. »Verdammt noch mal, Mina, so weit wird es nicht kommen.«

»Gib mir keinen Anlass, weglaufen zu wollen.«

Das Ganze war absurd. Phin rang nach Luft. »Versuch es lieber gar nicht. Damit würdest du dich lächerlich machen.«

»Wir würden es beide bereuen, da kannst du dir sicher sein.«

Phin zwang sich, den Blick abzuwenden. *Nicht in ihrer Gegenwart. Nicht jetzt.* Doch das Trommeln in seinem Herzen hallte in seinem Kopf wider, stärker und schneller als das Rotieren der Eisenbahnräder. Ohne, dass er es merkte, gruben sich seine Finger tief in das weiche Polster der Armlehnen, bis seine Knöchel weiß anliefen.

»Phin.« Wie durch eine dicke Wolke drang Minas Stimme zu ihm vor. Während er in der einen Sekunde noch in seinem pochenden Schädel gefangen war, ihm siedend heiß war und er sich von seiner Kleidung eingeengt fühlte, befand er sich in der nächsten außerhalb seines Körpers, und ihm war übel. »Alles in Ordnung mit dir?«

Erst jetzt merkte Phin, dass sie seine Hand so fest drückte, dass sich der Ring ihrer Mutter in seine Haut bohrte. Der Schmerz holte ihn augenblicklich zurück in seinen Körper. Er blickte auf ihre ineinander verschlungenen Hände, ehe er sich zwang, ihr in die Augen zu sehen.

Mina betrachtete ihn mit einem stetig kritischer werdenden Stirnrunzeln. Womöglich war ihr endlich bewusst geworden, wie töricht sie sich verhielt. Niemand stellte sich freiwillig als Köder zur Verfügung, es sei denn, er oder sie waren bestens mit der Art von Falle vertraut, die sie stellten. Hätte er von der Armlehne abgelassen, hätte sie sehen können, dass seine Hände zitterten. Dann hätte sie ihr Vertrauen in ihn noch einmal überdacht.

»Fahr heim«, sagte er heiser.

Mina schüttelte den Kopf.

Was sich an diesem Tag zwischen ihnen einpendelte, war kein Waffenstillstand, sondern glich vielmehr einer merkwürdigen und größtenteils stummen Schlacht, in der Mina mit allen Mitteln kämpfte. Phin stand zu seinem Wort – etwas anderes hätte sie auch nicht erwartet: Ihre Tür blieb unverschlossen, und sie konnte sich frei in seinem Haus bewegen. Übrigens einem recht großen Haus, das durch seine Anwesenheit interessanter wurde, als es ihr lieb war. Ständig musste sie daran denken, wie nah die Ausgänge doch waren. Immer, wenn sie sich zu nah an einer Tür nach draußen aufhielt, regte sich ihr ständiger Begleiter, der muskelbepackte Gompers, indem er sich erst kräftig räusperte und dann die dringende Bitte (»Sie brächten mich in eine ziemlich missliche Lage, Miss«) folgen ließ, keine Fluchtversuche zu unternehmen. Der Diener verbrachte seine Nächte auf dem Flur zu ihren Räumlichkeiten – wie ein Hund, der auf seinen Knochen aufpasste.

Eine Zeit lang brachte Mina die Geduld auf, die von ihr verlangt wurde. Jane gab indes ein halbes Vermögen dafür aus, die Transkriptionen der Dokumente per Telegramm zu senden, die Mina ihrem Stiefvater entwendet hatte. Unter all den Dokumenten fand sich auch eine Liste von Namen, von denen einige, wie Phin in einer Besprechung mit Ridland herausfand, mit den kürzlich Inhaftierten der Bombenattentate in Birkenhead in Verbindung standen. Ridland stellte ein Team zusammen, das den Code der zum Teil in Chiffre verfassten Papiere knacken sollte.

Phin verbrachte die meisten Abende damit, sich in der Öffentlichkeit zu zeigen, immer in der Hoffnung, Bonham damit aus der Reserve zu locken. Zu Hause gab er sich die allergrößte Mühe, Mina bei Laune zu halten, was ihm dank seines Einfallreichtums auch meistens gelang. Die Mahlzeiten nahmen sie entweder in seinen oder in ihren Räumlichkeiten ein, doch sie sprachen so gut wie nie über die Angelegenheit, die zwischen ihnen stand. Stattdessen tauschten sie sich über ihre Kindheit aus, und Mina erfuhr, dass das, was sie irrtümlich für Arroganz gehalten hatte, nichts weiter als ein Schutzschild war, den Phin sich als Junge zugelegt hatte, um sich vor dem Spott anderer Kinder zu schützen. Es wollte ihr einfach nicht in den Sinn, dass ein Schuljunge so dumm hatte sein können, Phin für bemitleidenswert zu halten. Die Anekdoten darüber, wie sie Mr Tilney verprügelt hatten, amüsierten sie hingegen so sehr, dass sie sogar Beifall klatschte, weil er ihn so stilvoll zu Boden geschickt hatte.

Phin erzählte ihr viel über Landkarten, über die Wissensphilosophen, die die Art und Weise geprägt hatten, wie die Kartografen die Erdkrümmung zeichnerisch darstellten. Mina hatte eigentlich nie darüber nachgedacht, aber es ergab schon Sinn, dass Gefahrenwarnungen oder die Überzeugung, überlegen zu sein, eine andere Sicht der Welt erzeugten als das Hoffen auf Nutzen oder auf Wunder. Wenn Mina im Haus herumging, tat sie ihr Bestes, die verschlossenen Türen zu ignorieren, und als ihr das endlich gelang, fand sie großen Gefallen an dem, was das

Haus ihr über Ashmore zu berichten wusste. Er war ein passionierter Sammler mit einem guten Auge für Schönheit. Jede Nische und Ecke versetzte Mina in Entzücken.

Als ihre Ungeduld jedoch zurückkehrte, schließlich war das Warten und Sich-Fragen-Stellen schlimmer, als aktiv eine Lösung umzusetzen, erkannte sie, dass jedes Zimmer auch irgendwie ihr Dilemma widerspiegelte. Die unzähligen Stapel altertümlicher Landkarten legten nahe, dass ihr Besitzer darauf bedacht war, die Welt in der Hand zu halten und jede Form der Ordnung zu kennen, die sie mit sich brachte. Im Morgenzimmer, in dem Mina oft saß und las, stand eine Glasvitrine mit gestreift gemusterten und eigenartig gefärbten Steinen, so als hätte die Erde ihre Geheimnisse ausgespuckt und eine Chronik vorgelegt, über die Geburt und das Sterben von Gebirgen und die Versandung von Meeren, die mit einem Mal starker Sonneneinstrahlung ausgesetzt gewesen waren. Selbst die im Stil einer bestimmten Epoche dekorierten Schlafgemächer fungierten als Anschauungsobjekte. Beherbergte einer der Räume Möbel aus der Zeit von König George, darunter mit Seide bezogene Stühle, die durch ihre Schneckenverzierungen bestachen, fanden sich im nächsten türkische Teppiche und Truhen aus Ebenholz mit Perlmuttintarsien, und exotische Bilder in Miniaturform zierten die Wände.

Mina spürte deutlich, dass er sogar in ihren Gesprächen versuchte, sie zu katalogisieren, sie in ihrer Gänze zu ergründen. Doch mit jedem Tag, der verging, wurde sie vorsichtiger und fragte sich, ob er sein Wissen in ihrem Sinne nutzen würde oder nicht. Je besser er verstand, wie unerträglich die Situation für sie war, desto entschlossener schien er, ihr den unfreiwilligen Aufenthalt in seinem Haus so angenehm wie möglich zu gestalten. Er erkundigte sich sogar, welche Art der Gefangenschaft es ihr am leichtesten machen würde, die Tage besser zu überstehen, doch wenn er in sich hineinhorchte, kannte er die Antwort längst: Ihre geliebte Freiheit war das Einzige, das sie akzeptierte.

Mina schlief allein, wenngleich sie lieber das Bett mit ihm geteilt hätte, was ihr Stolz ihr aber nicht erlaubte. Das war die einzige Sache, bei der sie nicht willens war nachzugeben. Wenn ein Mann Interesse daran hatte, Fallen zu stellen, bestand nicht im Geringsten der Anlass, ihm die offensichtlichste Methode anzubieten. Dabei handelte es sich jedoch um eine zweischneidige Meuterei, die für sie genauso unerfreulich war wie für ihn und die sich zu einem Spiel auswuchs, mit dem sie sich beschäftigen konnte.

Eines Abends, als Phin Mina das Tischkegeln beibrachte, boten sich zahlreiche Gelegenheiten, sie zu berühren, was sie auch zuließ, um sich zu beweisen, wie standhaft sie sein konnte. Als Phin hinter ihr stand und sich gegen sie lehnte, um besser zielen zu können, verspürte sie plötzlich den unwiderstehlichen Wunsch, sich über den Tisch zu beugen und ihm wie ein unterwürfiges Tier ihren Nacken zu präsentieren. Sogleich ärgerte sie sich über sich selbst. »Du könntest mich berühren, wo du willst«, sagte sie. »Vorausgesetzt, ich bin frei, meine eigenen Entscheidungen zu treffen und Risiken einzugehen, wenn ich es für richtig halte.«

Dass sie wie aus dem Nichts über ihre Gefangenschaft zu reden anfing, überrumpelte Phin. Doch selbst wenn sie schwiegen, hing das Thema wie ein Damoklesschwert über ihnen. »Aber nicht, wenn du tot bist.« Erschöpfung lag in seinem Blick, verließ er doch jeden Tag zu später Stunde das Haus, um die dunkelsten Gassen zu durchkämmen, stets auf der Suche nach Bonham. »Wenn du in einem Sarg liegen würdest, könnte ich dich nicht berühren.«

In der zweiten Woche fand Mina heraus, dass Phin einen Brief abgefangen hatte, den Bonham an sie geschickt hatte. In dem

Schreiben schlug Bonham Ort und Zeit für eine Übergabe vor: Sie lieferte ihm die Dokumente, und er verriet ihr im Gegenzug den Aufenthaltsort ihrer Mutter. »Nimm sein Angebot an«, sagte Mina beim Abendessen. »Wir werden ihm alles aushändigen.«

Ein Muskel an Phins Kinn zuckte, als er das Glas abstellte und antwortete: »Das haben wir bereits versucht.«

Mina schwieg einige Sekunde, um die Nachricht zu verdauen. »Wann?«

»Vor zwei Tagen. Er ist nicht aufgetaucht.«

»Weil *ich* nicht da war!«, rief sie aufgeregt. »Er besteht auf *meiner* Anwesenheit. Du hast alles verdorben.«

»Hör mir zu«, sagte er. »Hinter der ganzen Sache steckt mehr, als wir ahnen. In den Dokumenten befindet sich weder ein Code noch irgendein Hinweis. Und keines der Papiere beweist in irgendeiner Form seine Unschuld nach der Aktion in Providence. Er will etwas anderes von dir, und solange du keine Vermutung hast, um was es ihm geht, können wir nichts anderes tun, als abzuwarten.« Als Phin ihr an der Nasenspitze ansah, dass sie gleich eine Diskussion vom Zaun brechen würde, fügte er eine Spur schroffer hinzu: »Man hat ihn in London gesehen. Und angesichts der vielen Agenten, die bereits nach ihm suchen, ist es nur noch eine Frage der Zeit, bis …«

»Und meine Mutter ist und bleibt die ganze Zeit über verschollen«, unterbrach sie ihn mit eisiger Stimme.

»Ich bin überzeugt, dass es ihr am liebsten ist, du bleibst am Leben«, entgegnete er.

»Dann lass wenigstens Tarbury zu mir.« In der Gegenwart ihres Dieners würde sie sich nicht mehr so hilflos fühlen.

»Du kannst ihm ja schreiben«, schlug er vor. »Er hat sich in einem gemütlichen Hotel am anderen Ende der Stadt einquartiert. Was aber deine Sicherheit angeht, ziehe ich es vor, auf die Fähigkeiten meiner eigenen Männer zu vertrauen.«

Nach diesem Gespräch begegnete sie Phin noch abweisender; sie ging wieder dazu über, ihn mit »Ashmore« anzureden und betont häufig von Collins zu sprechen. »Du erinnerst mich in manchem an ihn«, sagte sie.

Phin riss allmählich der Geduldsfaden, denn der Vergleich mit Collins behagte ihm ganz und gar nicht. Als Bonham keinerlei Anstalten machte, aus seinem Versteck gekrochen zu kommen, nahmen Minas Gedanken an ihre Mutter immer schwärzere Züge an.

Wenn sie und Phin so weitermachten, würden sie am Ende beide mit größter Verbitterung aus der Sache herausgehen. Und genauso wäre es vermutlich auch gekommen, wenn Mina nicht eines Nachts aufgewacht und einen Eindringling in ihrem Schlafzimmer entdeckt hätte.

Das Geräusch ihres auf den Boden fallenden Schmuckkästchens drang ihr als Erstes ins Bewusstsein.

Im ersten Moment kam es ihr noch nicht einmal in den Sinn, zu schreien. Sie hatte von Hongkong geträumt. Das Gefühl, das kalte Eisen eines Pistolenlaufs zu spüren zu bekommen, der sengende Schmerz im Nacken, wo sich Finger in ihr Fleisch bohrten, ehe sie ihre Schultern nach unten drückten, verband sich nahtlos mit ihrem Albtraum.

Als sie die Augen öffnete, strich der heiße und faulige Atem eines Mannes über ihr Gesicht, der sich über sie beugte. »Hoch mit dir«, raunte er. Während Mina schwankend aufstand, löste sich der Traum in der Realität auf wie ein Tropfen Tinte in einem Wasserglas. »Da lang«, sagte der Fremde und schob sie mithilfe des Pistolenlaufs vor sich her.

Der Teppich unter ihren Füßen fühlte sich warm und nass an. Gompers' massige Silhouette lag schlaff auf dem Boden, sein Kopf inmitten einer Blutlache. Aus der Ecke löste sich ein Schatten. Es waren also zwei Männer.

Minas Kopf fühlte sich mit einem Mal federleicht an, fast wie ein Ballon, der an der Schnur hing. Vor vier Jahren hatte sie gelernt, zwischen Panik und Furcht zu unterscheiden. Panik war die Vorahnung einer Katastrophe, Furcht verkündete deren Eintreffen. Die Furcht, die sie jetzt spürte, verlieh ihren Schritten Festigkeit und presste das Blut durch ihre Adern, während die Pistole sie in den Korridor dirigierte. Mit einem Mal spürte Mina, wie sich alle ihre Sinne schärften. Der Geruch nach ranzigen Kerzen und schimmeligem Stroh entstieg der Kleidung ihres Entführers.

Eine halbe Sekunde, ehe sie hörte, dass Phin durch die Dunkelheit auf sie zugelaufen kam, erahnte sie ihn.

Die Wucht des Zusammenpralls mit seinem Körper schleuderte sie gegen die Wand. Unsanft landete sie auf den Knien. Ein Schuss zerriss die Luft, dann waren kurze, dumpfe Schläge zu hören. Ein erstickter Fluch, gefolgt von einem Schrei. Bei dem satten, zermalmenden Geräusch, das folgte, drehte sich ihr der Magen um, ehe ihr Verstand in der Lage war, es einzuordnen. Haare streiften ihren Knöchel. Der zu Boden gehende Körper ließ sie zurückschrecken, ehe sie auf alle viere kam.

An der gegenüberliegenden Wand kämpften zwei Männer. Wenngleich die Dunkelheit es fast unmöglich machte, Einzelheiten zu erkennen, war klar, dass es sich um einen erbarmungslosen Kampf handelte. Als Minas Augen sich ein wenig an die Finsternis gewöhnt hatten, sah sie eine Hand, die darum rang, die Kontrolle über eine Waffe zu bekommen.

Im selben Augenblick ertönte eine ohrenbetäubende Explosion, und sie hörte, wie etwas zischend an ihrem Ohr vorbeiflog. Geistesgegenwärtig warf sie sich zur Seite, ehe die Kugel in der Wand hinter ihr einschlug und Putz auf sie herabregnete. Ihr Blick fiel auf Phins große Statur. Sie hielt den Atem an, das Denken fiel ihr schwer. Keine Rede davon, einzugreifen. Phin hatte seinen Gegner an die Wand gedrückt, sodass sie ohnehin nicht an ihn herankam.

Als Phin eine jähe Bewegung ausführte, hatte es den Anschein, als würde der andere Mann sich von der Wand abstoßen, doch nur, um plötzlich zurückzutaumeln. Phin wirbelte ihn herum, sodass er mit dem Rücken gegen die Wand prallte. Polternd fiel die Waffe auf den Boden.

Mina merkte, wie töricht sie war. Es bestand keine Notwendigkeit für sie zu helfen

Doch die Waffe zog sie wie magisch an. Stück für Stück robbte sie voran, während Phin den Ellbogen hob und ihn dem Eindringling ins Gesicht rammte. Da ihn das ekelhafte Knacken nicht zu befriedigen schien, riss er zusätzlich das Knie in die Höhe, sodass der Mann wie eine Stoffpuppe in der Mitte zusammenklappte.

Minas Finger wickelten sich um den Pistolenkolben. »Ich habe sie«, keuchte sie.

Phin schien sie nicht zu hören. Er drückte den Mann an sich, als wollte er eine Persiflage auf die Umarmung von Liebenden zum Besten geben. Ein pfeifendes Geräusch erfüllte die Luft. Er war dabei, dem Mann die Kehle zu zerdrücken.

»Ich habe sie!« Warum sprach sie überhaupt? Ihre Stimme klang grotesk, zu unbeholfen und rau angesichts der Brisanz der Situation. Wortlos einen Mord zu begehen …

Phin bekam die Haare des Mannes zu fassen und brach ihm mit einem kräftigen Ruck das Genick.

Minas Finger, die noch immer die Pistole hielten, erschlafften.

Stille.

Ihre Knie gaben nach. Sie sank auf den weichen Seidenteppich.

Trotz der Dunkelheit um sie herum erkannte sie, wie seine Augen aufblitzten, als würde er sie ansehen. Er hielt den Toten noch immer fest an sich gedrückt.

Es war so still, dass sie ihren Atem überlaut wahrnahm. »Ich habe sie«, flüsterte sie noch einmal.

Phin ließ mit einer fast elegant wirkenden Geste, die er genauso gut in eine angeregte Unterhaltung hätte einbinden können, von der Leiche ab. Der Tote schlug auf dem Fußboden auf.

»Hast du dich verletzt?«

Seine Stimme klang eigenartig. Farblos.

»Mina.« Sein Ton gewann an Schärfe. »Sprich mit mir. Bist du verletzt?«

»Nein.« Mina war, als hätten sich ihre Gelenke verflüssigt, als bildete sich eine dicke Eisschicht in ihrer Magengrube, die sich allmählich auf ihren ganzen Körper ausdehnte. Nicht mehr lange, und sie würde von einem Schaudern ergriffen, das ihr das Herz gefrieren ließ.

Sie sah zwar, wie Phin über die Leiche hinwegstieg, brachte aber nicht die Kraft auf, vor ihm zurückzuschrecken. Die Hände, die jetzt nach ihren Schultern griffen, hatten soeben mit lautloser Effizienz zwei Männer getötet, während seine Opfer geflucht und geschrien hatten. Dieser stumme, gesichtslose Scharfrichter war derselbe Mann, der sie mit ungeahnter Zärtlichkeit berührt hatte.

Phin zog Mina in die Höhe und bettete ihr Gesicht auf seiner Brust. Als er merkte, dass sie wie Espenlaub zitterte, drückte er sie fester an sich, so, als wollte er sie davor bewahren, auseinanderzubrechen. »Alles in Ordnung«, raunte er.

Nein, sie würde nicht hysterisch werden. Einen Augenblick lang spielte sie mit dem Gedanken, ihm genau das zu sagen, doch ihr Verstand war mit anderen Dingen beschäftigt. Mit der Tatsache, dass sie sich trotz allem, was sich gerade abgespielt hatte, in seinen Armen sicher und geborgen fühlen konnte. Sicherer denn je, um genau zu sein. Es erschien ihr jedoch ein wenig eigenartig, dass er nicht auch zitterte. Jeder Muskel, der sich an sie drückte, war hart wie Stahl. *Wie Sie wissen, bin ich auf diesem Gebiet sehr erfahren.*

Ein tiefes Gefühl des Unbehagens rüttelte an ihr. Sie schlang die Arme um ihn, sodass der Pistolenkolben auf seiner Wirbelsäule ruhte. Erst jetzt ging ihr auf, welchen Preis ein Mensch bezahlen musste, um so viel Routine zu erwerben. Dass er nicht zitterte, erschien ihr um Längen schlimmer, als wenn er es täte. »Du hast recht«, sagte sie gegen seine Hemdbrust. Wie stark, gesund und kräftig er war. Sein Herz, auf dem ihre Wange ruhte, schlug kraftvoll und ruhig und schien erst jetzt in einen schnelleren Takt zu verfallen. So, als wäre die Sicherheit, in der sie sich befanden, alarmierender als lauernde Gefahr.

Der beißende Gestank nach Schießpulver erfüllte die Luft. Am Ende des Korridors wurden Türen zugeschlagen, laute Stimmen regten sich. In wenigen Augenblicken würde der gesamte Haushalt bei ihnen sein.

Phin ließ Mina los. »Komm mit«, sagte er ruhig, nahm sie beim Handgelenk und bückte sich, um die andere Pistole aufzulesen.

»Dein Diener ist verletzt«, sagte sie.

Phin ging zurück in den Vorraum und schaltete das elektrische Licht ein. Die plötzliche Helligkeit ließ Gompers Lider zucken. Im Kontrast zu der dunklen Korona aus Blut auf dem Teppich wirkte sein Gesicht bleich. Mina nahm an, Phin würde zu ihm gehen, doch stattdessen führte er sie weiter durch die Zimmer, wobei er sie genau hinter sich hielt. Er prüfte jede Ecke und jede Nische.

»Hier ist niemand mehr«, murmelte sie.

Seine Hand schloss sich noch fester um ihr Handgelenk, sodass es fast schon wehtat. Das geöffnete Fenster hatte Phins Aufmerksamkeit erregt. Als er sich zu ihr umdrehte, sah er ungewöhnlich blass aus, und der Ausdruck auf seinem Gesicht war leer und nichtssagend – wie Ton, dem erst noch der Odem des Lebens eingehaucht werden musste. »Wie du siehst, können Fenster auch Nachteile haben«, sagte er.

Mina öffnete den Mund, fand aber keine passende Antwort.

Sein Blick eilte zur Tür. Der Diener war wieder bei Bewusstsein, er stöhnte und versuchte mühsam, sich aufzusetzen. »Ich muss dringend etwas unternehmen.« Als Phin sie wieder ansah, entdeckte sie nichts in seinem Gesichtsausdruck, das sie motivierte, mit ihm zu reden. »Keine Widerrede«, sagte er. »Du kommst mit mir.«

Phin brachte Mina in ein Zimmer seiner privaten Suite. Es war dunkel getäfelt und nur spärlich eingerichtet. Und es war fensterlos. Hätte die Einrichtung nicht so intim angemutet, hätte Mina es als unzumutbar empfunden. Die Landkarten, die aufgeschlagenen Bücher auf dem Tisch, die sorgsam gezeichneten Skizzen von Bergen und tiefen Tälern, all das gehörte Phin und bescherte ihr das Gefühl, von ihm umgeben zu sein.

Eine echte Umarmung wäre ihr dennoch lieber. Sie hatte sich auf dem Sofa zusammengerollt und lauschte den schwachen, entfernten Geräuschen, die durch die Wände drangen. Sie hörte, wie Türen geöffnet und wieder geschlossen wurden, Männer, die kamen und gingen, miteinander diskutierten, Pläne schmiedeten. Die Sonne musste längst aufgegangen sein, ohne die Uhr auf dem Kaminsims hätte Mina es nicht gewusst.

Nachdem sie sich wieder ein wenig gefangen hatte, wunderte sie sich über ihre Fügsamkeit. Warten hatte noch nie sonderlich gut funktioniert. Der heutige Abend hatte es wieder einmal effektiv bewiesen. Wenn Bonham sie so dringend wollte, würde er sowieso kommen, um sie zu holen.

Und wenn Phin sie brauchte, dachte sie bei sich, würde er niemals zu ihr kommen. Die Schatten auf seinem Gesicht vorhin hatten nicht allein von Wut hergerührt.

Mina durchquerte den vorgelagerten Raum und trat hinaus in die Diele, wo zwei neue Wächter postiert waren, die ihr bekannt vorkamen, vermutlich aus der kurzen Zeit bei Ridland. »Bringen Sie mich zu Ashmore«, sagte sie.

»Bedaure, aber er möchte nicht gestört werden«, antwortete ein blonder Jüngling mit eingefallenen Wangen, in dessen Augen kalter Humor mitschwang. Darin glich er Ridland.

Mina erinnerte sich daran, dass sie noch immer im Besitz der entwendeten Pistole war. Kaum hielt sie die Waffe in die Höhe, wich der Wächter zurück. »Bringen Sie mich zu ihm«, wiederholte sie.

Auf der Schwelle zu Phins Arbeitszimmer blieb Mina stehen. Phin saß in einem breiten Sessel und starrte in die Glut des fast niedergebrannten Feuers im Kamin. Die kreuz und quer herumstehenden Stühle, die offen stehenden Karaffen und leeren Gläser legten Zeugnis davon ab, dass hier vor Kurzem ein Treffen stattgefunden hatte. Doch es lag weniger an der für ihn so untypischen Unordnung oder an dem finsteren Ausdruck auf seinem Gesicht, was sie erstarren ließ.

Es war die Pfeife mit dem langen Mundstück, die vor ihm lag.

Eigentlich durfte der Anblick sie nicht überraschen. In der Nacht, in der er sie in diesem Zimmer ertappt hatte, war die Luft von dem unverwechselbaren Duft geschwängert gewesen, und Mina hatte lange genug in Hongkong gelebt, um zu wissen, von welcher Substanz er herrührte. Doch dass dieser Geruch so offensichtlich nicht hierher gepasst hatte – oder zu diesem Mann – hatte sie blind für die Wahrheit gemacht.

»Opium«, sagte sie. »Wie interessant.«

Ohne den Blick von den Flammen zu nehmen, antwortete er: »Nur für eine Frau, die unter Wölfen groß geworden ist.«

Die Luft roch nicht nach der Droge. Er hatte noch keinen Zug getan. »Da will ich nicht widersprechen.« Mina trat über die Schwelle und zog die Tür ins Schloss. »Ich bin nicht im Wald aufgewachsen, um jetzt Angst vor einer Eule zu haben.«

Phin wandte ihr das Gesicht zu. Seine Wimpern waren nicht lang genug, um die starre Ausdruckslosigkeit seines Blickes zu kaschieren. »Dein Wald war wohl nicht dunkel genug«, sagte er. »Du hast keine Ahnung, wer ich in Wirklichkeit bin.«

Mina zögerte und strich nervös mit den Fingern über die Pistole in ihrer Hand. Ihre nächsten Worte wählte sie mit Bedacht. »Ich habe dich vorhin beobachtet. Es war zwar dunkel, aber nicht dunkel genug, als dass ich dich nicht sehen konnte, Phin.«

Kurz und hart lachte er auf. »Stimmt. Und, warst du beeindruckt?«

Mina betrachtete Phin, ließ den Blick über seine lässige Körperhaltung und die lang ausgestreckten Beine wandern. »Ja«, sagte sie. Es überraschte sie nur mäßig, dass sie es genauso meinte. »Ich habe dir schon einmal gesagt, dass ich mir ebendiese Fähigkeit aneignen würde, wenn ich die Chance dazu hätte. Es ist nicht besonders tugendhaft, ein Opfer zu werden.«

Einen Moment lang hatte es den Anschein, als wollte er nicht auf diese Bemerkung eingehen. Doch dann legte sich ein verbittertes Lächeln auf seine Lippen. »Wie großzügig von dir, so etwas zu sagen, Mina. Fast spaßig. Die Fähigkeit zu töten hat mich noch nie mit Freude erfüllt. Ich habe mir stets eingeredet, dass ich keine andere Wahl habe. Heute Nacht hingegen. … vielleicht brächte es deine Bewunderung zum Einsturz, wenn du wüsstest, dass ich es fast genossen habe.«

»Ich würde es nicht glauben«, antwortete sie mit sanfter Stimme.

Phin zuckte die Achseln. »Glaub, was du willst. Als ich den Hals des Bastards zu fassen bekommen habe, konnte ich nicht mehr klar denken. Es war …« Er schüttelte den Kopf. Seine Hände lagen geöffnet in seinem Schoß. Er spreizte die Finger, um sich seine Handteller zu betrachten, ehe er sie wieder schloss. »Ich würde es wieder tun«, sagte er leise.

Mina schnaubte. »Das hoffe ich doch. Du hast mir das Leben gerettet. Ich *hoffe*, dass dieses Wissen dir ein *wenig* Befriedigung verschafft.«

Mit undurchdringlicher Mine sah er sie an. »Stimmt. Ich schätze, ich würde jeden umbringen, der vorhat, dir ein Haar zu krümmen. Aber das sollte dir nicht unbedingt ein Trost sein.« Sein Blick streifte die Pfeife vor sich. »Mein Urteilsvermögen ist nicht intakt. Ich kann es mir nicht erlauben, die Kontrolle zu verlieren.«

»Da mache ich mir keine Sorgen«, sagte sie. »Es sei denn, die Umstände erfordern es.«

»Oh?« Ein Anflug von schwarzem Humor flackerte in seinem Gesicht auf, ehe er in der für ihn typischen eleganten Manier die Hand hob und über die Pfeife strich. »Ich habe sie gestern benutzt.« Sein Selbsthass klang unbeteiligt und analytisch. »Seit meiner Rückkehr aus Hongkong führe ich mich wie ein gottverdammter Verrückter auf, dem man lieber nicht über den Weg trauen sollte. Meine Gedanken geraten aus den Fugen.« Er hielt inne. »Du hast es selbst miterlebt. Im Zug.«

Mina runzelte die Stirn. Auf dem Weg nach London hatte es tatsächlich so gewirkt, als könnte er jeden Augenblick die Beherrschung verlieren. Aber es wäre nicht das erste Mal gewesen, dass sie einen Mann dazu gebracht hätte, die Fassung zu verlieren. Wie es schien, glaubte er, dass mehr dahintersteckte.

Nun denn, vielleicht hatte er nicht ganz unrecht. Sie war die Letzte, die sich über die Komplexität des Verstandes lustig machte – sie, die die Kunst verlernt hatte, in Frieden und allein zu schlafen; sie, deren Mutter ein Jahr oder länger nach ihrer Rückkehr nach New York aus nicht ersichtlichen Gründen zusammengezuckt war. »All die Prüfungen, die du über dich hast ergehen lassen müssen …« Sie konnte nur erahnen, was er alles durchlebt hatte. »Sie fördern Unrast, Phin.« Eines Tages, so schwor sie sich, würde er seine Last mit ihr teilen, die so schwer auf ihm lag. »Sollten sie dich nicht belasten, *dann* würde ich mir Gedanken über dein Urteilsvermögen machen. Aber so, wie sich die Lage darstellt … Du brauchst vor allem Zeit. Es wird dir besser gehen, wenn auch langsam. Das kann ich dir versprechen.«

Phin lehnte sich nach hinten. »Wie beruhigend«, sagte er verächtlich. Mina spürte, wie ihr Herz zu einem Sturzflug ansetzte. »Und in der Zwischenzeit, während ich darauf warte, rauche ich Gift, um mich ein wenig zu beruhigen. Mit dem Ergebnis, dass ich beinahe den Mord an dir verschlafen hätte.« Er hielt inne und warf ihr einen herausfordernden Blick zu. »Du siehst also, in wessen Hände du dein Vertrauen legst.«

Aufbrandende Ungeduld vertrieb jeglichen Funken Mitgefühl. »Vertrauen geht stets mit einem gewissen Risiko einher«, sagte sie tonlos. »Ein Risiko, das du meinet- und deinetwegen zu scheuen scheinst. Wie ich sehe, hast du keine Probleme damit, dich für Selbstmitleid zu entscheiden.«

»Jetzt kommt das schon wieder.« Phin sprang auf. »Ich bin diese Diskussion leid. Ich werde dich keinem Risiko aussetzen, damit du anschließend herumposaunen kannst, dass du deinen Teil dazu beigetragen hast.«

Mina lachte. »Meinen Teil dazu beigetragen zu haben? Glaubst du wirklich, ich bin auf Prahlerei aus?«

»Was denn sonst? Es sei denn, du hältst mich für komplett unfähig.«

»Davon kann gar nicht die Rede sein, im Gegenteil«, sagte sie verbittert. »Leider Gottes empfindest du nicht dasselbe für mich. Dir ist es lieber, ich drehe Däumchen, während du losziehst, um die Sache geradezubiegen, da ich ja nicht das geringste Mitspracherecht habe. Natürlich bist du in der Lage, meine

Angelegenheiten in Ordnung zu bringen, aber darf ich das nicht auch selbst? Darf ich dich daran erinnern, dass es mir vor vier Jahren auch ganz gut ohne deine Anleitung gelungen ist, dir das Leben zu retten?«

»Kannst du mir bitte erklären, was genau dich daran stört, wenn ich mich um deine Sicherheit sorge?«

Minas Lachen klang schrill. »Dass du mich wie einen Paradiesvogel *einsperrst*, das stört mich daran. Denkst du wirklich, dass ich so leben möchte? In einem goldenen Käfig? Glaubst du wirklich, dass das Leben für mich dann noch lebenswert wäre? Meine Mutter hat sich auf diesen Handel eingelassen, und du weißt, was ihr das eingebracht hat. Mit Verlaub, aber dazu bin ich nicht bereit, nicht einmal für dich!«

Es dauerte einige Augenblicke, ehe er ausatmete. »Ich verstehe. Du wärst also bereit, dich als Köder zur Verfügung zu stellen, nachdem wir uns gemeinsam eine Falle ausgedacht haben. Aber wo ist da der Unterschied, denn deine Sicherheit hinge nach wie vor von *mir* ab.«

Entnervt knallte Mina die Pistole auf den Tisch und streckte die leeren Hände in die Luft. »Ja«, sagte sie. »Jetzt kommen wir dem Kern der Sache endlich näher. Natürlich bin ich bereit, dir zu vertrauen. Du bist der Mensch, dem ich am allermeisten auf dieser Welt vertraue. Aber du weigerst dich ja, das zu begreifen. Dir reicht das nicht. Auf der einen Seite sagst du, dass du mich magst, aber …«

»Mina.« Seine dunklen, starr dreinblickenden Augen fingen ihren Blick auf. »*Mögen* trifft es nicht ganz.«

Sie hielt den Atem an. »Erzähl mir jetzt bitte nicht, dass du mich liebst«, flüsterte sie. »Nicht hier und jetzt.«

Phin fuhr sich mit der Hand über den Mund. Als er sie wieder wegnahm, lag ein spöttisches Lächeln um seine Lippen. »Durch kosmische Irrungen und Wirrungen …«

»… haben wir zueinander gefunden«, fuhr sie ihm ins Wort. »Ja, und Liebe ist nicht immer auch zugleich ein Segen. Dir wäre es am liebsten, diese Liebe zweckmäßig zu gestalten. Und aus dem Grunde triffst du die Entscheidungen für mich, ungeachtet des Wissens, dass du damit meinen Albträumen in die Hände spielst. Wie bequem für dich.«

»Verdammt noch mal, Mina! Kannst du nicht wenigstens einmal vernünftig sein?«

»Du redest von Vernunft? Was weiß schon ein *Verrückter* wie du davon? Beim Allmächtigen, ich kann auch nicht mehr ganz bei Trost sein, wenn ich mir einbilde, einen Dickkopf wie dich zu lieben. Du meinst, deine *Gedanken* wären durcheinandergeraten? Um Gottes willen, Phin, du bist ein Mann, der seine Federkiele ordentlich aufreiht. Und genau da liegt dein Problem. Wenn du nur einmal dein Büßergewand ablegen würdest, dann könntest du sehen, dass es keinen Grund gibt, immer beherrscht und kontrolliert zu sein. Aber wenn du weitermachst wie bisher, wirst du irgendwann zwangsläufig verrückt. Und ich auch!«

Mina machte auf dem Absatz kehrt und marschierte aus dem Arbeitszimmer und an der Wache vorbei. Sie hatte entschieden, nicht in seine Suite zurückzukehren. Der Korridor zog in einer verschwommenen Wolke an ihr vorbei. Egal, wie schnell sie auch ging, der blonde Gefängniswärter blieb ihr auf den Fersen. Als sie ihr Zimmer erreichte, schlug sie ihm einfach die Nase vor der Tür zu.

»Miss!« Sally, die gerade dabei war, das Blut aus dem Teppich zu scheuern, rückte sich die Spitzenhaube zurecht. »Oh, Miss, wie froh ich bin, Sie zu sehen. Geht es Ihnen auch wirklich gut?«

»Sehr gut.« Mina ließ sich in den Sessel am Fenster fallen und starrte in den Garten, in dem die umfriedeten Blumen die Morgensonne genossen. Jemand sollte den vermaledeiten Garten in Brand stecken, die Erde umgraben und nichts als Unkraut wachsen lassen.

»Miss.« Sally sprach zögerlich. »Ich halte es für wichtig, dass Sie wissen, dass eines Ihrer Schmuckstücke aus der Schatulle verschwunden ist.«

Mina, die nicht fähig war, den Blick von den Beeten zu nehmen, antwortete geistesabwesend. »Schatulle?«

»Ja, Miss. Die Einbrecher haben sie auf den Boden geworfen, und bis auf Ihr Medaillon ist auch alles noch da.«

»Das Medaillon habe ich«, sagte Mina. Sie war mit dem Medaillon um den Hals eingeschlafen und hatte es irgendwann in der Nacht unter ihr Kissen gelegt, weil es sie gestört hatte.

Ihre Gedanken bündelten sich. War es das, wonach die Männer gesucht hatten?

Ein warmes Gewicht landete auf ihrem Schoß. Instinktiv riss Mina die Hände vors Gesicht, um sich zu schützen. Aber es war lediglich die Katze. Mina brauchte einen Moment, ehe ihr das bewusst wurde. Die Katze war aus freien Stücken auf *ihren* Schoß gesprungen.

»Dinge gibt's«, murmelte sie, als Washington das Köpfchen an ihren Oberkörper schmiegte. Eigentlich war sein Verhalten ganz logisch. Nachdem er in der vergangenen Nacht den Feigling gemimt hatte, wollte er jetzt auf einmal ihre Aufmerksamkeit – etwas, an das sie schon fast nicht mehr geglaubt hatte. Als er den Kopf noch fester gegen sie stieß und sich an ihr rieb, seufzte Mina und kraulte ihn hinter den Ohren. Vielleicht gehört eine derartige Dickköpfigkeit doch belohnt, dachte sie.

Als die Tür mit aller Wucht aufgestoßen wurde, sprang Washington vor lauter Schreck im hohen Bogen von ihrem Schoß. Mina erhob sich und sah, wie Phin mit wutverzerrtem Gesicht auf der Schwelle stehen blieb. »Du hast wohl das Anklopfen verlernt«, sagte sie voller Sarkasmus.

Er griff in seine Jackentasche, als er auf sie zukam. »Hier«, sagte er und zog die Pistole hervor, die sie bei ihm vergessen hatte.

Sally stieß einen erstickten Schrei aus, während Mina ihm fest in die Augen sah. »Geh jetzt«, befahl sie dem Mädchen.

Phins Nasenflügel bebten, so stark ging sein Atem. Doch selbst wenn er durch das ganze Haus gelaufen sein sollte, erklärte das nicht, warum er so keuchte. Die Tür fiel hinter Sally ins Schloss. Phin hielt Mina die Waffe hin, sodass die Mündung Richtung Boden zeigte. »Nimm sie«, befahl er ihr. »Da du ja wild entschlossen bist, zu sterben, nur um zu beweisen, wie schwierig Frauen es zuweilen haben, kannst du es ja hier und jetzt tun. Ich sehe dir dabei zu.«

Das Herz schlug Mina bis zum Hals. »Sei nicht albern.«

Phin packte sie beim Handgelenk und drückte ihr den Kolben in die Hand, sodass der Lauf auf seine Brust zeigte. »Oder willst du stattdessen lieber mich erschießen? Ich bin hier ja schließlich der Bösewicht, derjenige, der dich in den Wahnsinn treibt. Der Abzughahn gehört dir, Mina.«

Mina gab sich alle Mühe, nicht vor ihm zurückzuschrecken. So hatte sie ihn noch nie erlebt, mit blutunterlaufenen Augen und zittrigen Fingern, die sich wie Stahl um ihre schlossen. Wenn sie jetzt von ihm zurückzog, würde er sie nicht gehen lassen. Erst vergangene Nacht hatte sie gelernt, dass es keinen Sinn machte, bei einem Handgemenge auf eine Waffe zu vertrauen. »Hör auf damit«, flüsterte sie.

Er sprach gedehnt, artikulierte jedes Wort mehr als deutlich. »Was willst du eigentlich?«

»Dein Vertrauen«, antwortete sie.

»Beim Allmächtigen. Dann nimm es«, sagte er barsch und ließ die Waffe los, die Mina geistesgegenwärtig auffing. Er fuhr sich mit der Hand durch das Haar und drehte sich einmal im Kreis. Als sich ihre Blicke trafen, wirkten seine Augen ruhiger, doch seine Erschöpfung war noch größer geworden, die Falten um seine Augen wirkten noch tiefer als zuvor. »Hier geht es nicht um Vertrauen«, sagte er. »Ich hätte dich nie für so *kreuzdumm* gehalten.«

Minas Finger verstärkten den Druck auf die Waffe, deren Gewicht ihr zu schaffen machte. Genau wie das kalte Gefühl in ihrer Brust, das sie in die Tiefe zu ziehen drohte. »Ich würde gern glauben, dass du mich für kompetent hältst. Dass du mir zugestehst, jetzt und in der Zukunft Risiken einzugehen, und dass du nicht einfach nur versuchst, mich zu beschützen.«

Er schüttelte ganz leicht den Kopf, entweder vor Fassungslosigkeit oder Ablehnung, Mina war sich nicht sicher. »Ich möchte nichts weiter, als dich zu beschützen«, sagte er, doch in seiner Stimme schwang so viel Resignation mit, als verachtete er sich selbst dafür – oder weil er fürchtete, sie könnte ihn wegen seiner Sentimentalität auslachen. »Das hat nichts mit Schwäche auf deiner Seite zu tun, die mir Kummer bereitet, sondern vielmehr mit Liebe. Und das weißt du nur zu gut. Ich liebe dich.«

Mina atmete kraftvoll durch die Nase aus. »Ja«, antwortete sie. »Ich weiß. Und … ich liebe dich auch.« Als sich sein Stirnrunzeln in Luft auflöste und er sich ihr näherte, wich sie einen Schritt nach hinten.

»Aber …« *Liebe vergeht im Laufe der Zeit,* hatte ihre Mutter einst gesagt. Wenn dem so war, was würde ihr dann bleiben? Verpflichtungen, Sorge, Kummer – vorausgesetzt, das Glück war ihr hold. Andernfalls blieb nichts als die Macht, die er über sie ausübte, dass er sie im Haus einsperrte, wenn sie den Wunsch hatte, wegzugehen.

»Du stellst mich auf die Probe«, sagte er tonlos. »Ohne, dass es dir bewusst ist. Du bist darauf aus, etwas zu beweisen. Wie kann es sein, dass du nicht bemerkst, dass dieses Spiel auch auf deine Kosten geht?«

»Ich versuche nichts zu beweisen.« Oder vielleicht doch? Insgeheim fragte sie sich schon, wie heiß die Flamme eigentlich noch werden musste, der seine Gefühle standhielten. Allerdings wollte sie nicht so weit gehen, seine Hand direkt auf einen lodernden Herd zu legen. »Es ist nur so, dass wir uns nicht auf Augenhöhe befinden, wenn du mir nicht glaubst – vorausgesetzt, darauf willst du hinaus.« *Unter diesen Umständen kann ich es unmöglich akzeptieren.*

War sie wirklich dieser Meinung? Wenn ja, würde sie sich irgendwie dazu zwingen, die Worte auch auszusprechen. Doch sie blieben ihr im Halse stecken wie ein Stein, um den ihr Atem herumfließen musste. »Ich erwarte nicht viel von den meisten Menschen«, sagte sie stockend. »Bei dir ist das anders. Von dir erwarte ich … sehr viel.«

Sein Gesicht versteinerte. »Und ich enttäusche deine Erwartungen unentwegt, willst du damit sagen.«

»Nein, ich …«

»Bitte, lass uns ehrlich zueinander sein.« Phins Stimme wohnte etwas ungewohnt Schneidendes inne. »Ich habe dich im Stich gelassen. Du hast mir Hongkong nie verziehen. Es sind deine Narben, die zwischen uns stehen.«

»Nein.« Seine Einfältigkeit erstaunte sie. »Wieso kannst du mir nicht *zuhören*?«

»Oh, ich *habe* dir zugehört. Und mit einem Mal erscheint mir alles viel klarer. Ich habe dich dir selbst überlassen, wie ein feiger Hund. Du hast keinen Grund, von mir abhängig sein zu wollen.« Sein Lachen tat ihr in den Ohren weh. »Und dazu kann ich dir nur gratulieren. Ich bin hier der Narr. Wenn mein Vater …«

Als Mina die Waffe auf sein Herz richtete, schwieg er. Ihre Hand zitterte, so unendlich schwer fiel es ihr, die nächsten Worte an ihn zu richten. »Feigling«, sagte sie. »Ich stehe wenigstens zu meinen Ängsten. Ich habe mir geschworen, nicht dieselben

Fehler zu machen wie meine Mutter. Aber du? Du begründest dein Handeln mit der Vermutung, dass du unweigerlich Fehler begehen *wirst*. Du glaubst, dass ich dich teste? Was ist das Opium anderes für dich als ein Test?«

Seine Lippen wurden schmal. »Mina, wenn dir etwas zustieße, wüsste ich nicht …«

»Was? Glaubst du wirklich, dass du dann genauso wie er werden würdest? Dass die Dämonen in deinem Inneren dich auffressen würden? Dass du dich jede Nacht der Droge hingeben würdest?« Sie stieß ein abgehacktes Lachen aus. »Ich nehme alles zurück. Du solltest nicht lernen, mir zu vertrauen, sondern dir selbst, Phin. Du hast recht. Ich würde mich als Köder zur Verfügung stellen, weil ich dir vertraue«, sagte sie. »Und darin sehe ich verdammt noch mal nichts Falsches«, fügte sie ungestüm hinzu.

Langsam, ganz langsam hob er die Hand. Seine Finger schlossen sich um ihr Handgelenk und lenkten den Pistolenlauf in eine andere Richtung, sodass er auf die Wand deutete.

Mina nahm den Druck von den Fingern und ließ zu, dass er ihr die Waffe abnahm. Sie sah, wie er in die Hocke ging und sie auf dem Boden ablegte. Als sich sein schlanker Körper wieder aufrichtete, flüsterte sie: »Ich kenne dich. Du weißt, dass ich recht habe.«

Ausdruckslos sah er sie an. Und dann kam er zu ihr. Seine Finger glitten drängend in ihr Haar, woraufhin sich einige der Haarnadeln schmerzhaft lösten, ehe er sie an ihrem Schopf zu sich zog. Es war, als wollte er ihr beweisen, wie dunkel seine Seele war. Der Kuss war voller Leidenschaft und mutete fast wie eine Bestrafung an. Mina erwiderte ihn mit derselben Heftigkeit. Sie hatte keine Angst.

Als Phin ihr noch näher kam und sie packte, stolperte sie fast über den Saum ihres Kleides. Sie legte die Hände auf seine und krallte die Nägel in sein Fleisch, um nicht das Gleichgewicht zu verlieren, als er sie aus dem Salon in ihr Schlafzimmer drängte. Als sie gegen das Bett stieß, fiel sie rücklings darauf, und Phin beugte sich über sie.

Falls er vorhatte, sie zu schänden, stünde ihm eine Überraschung bevor. Mina schloss die Augen, um alles um sich herum auszublenden und alle Einwände zu vergessen, die sie seit zwei Wochen mit aller Macht aufrechterhielt, um nicht Gefahr zu laufen, seiner Anziehungskraft zu erliegen. Sie würde sich ihm hingeben, sie würde ihn sich nehmen.

Das Sonnenlicht auf ihrem Gesicht fühlte sich warm an, doch seine Lippen waren um ein Vielfaches heißer. Die Muskeln, die sie unter ihren Händen spürte, waren so hart wie Stein. Ihre Röcke raschelten, als er sie in die Höhe riss, und das gestärkte Bettlaken knisterte, als er sich auf Mina legte. Das Aneinanderreiben ihrer Kleider klang wie das entrüstete Flüstern einer Menschenmenge, die aus der Ferne alles mit ansah.

Weder für Raffiniertheit noch für Schüchternheit war dies der richtige Augenblick. Um ihm zu helfen, riss Mina sich die Röcke bis zur Hüfte hinauf und spreizte bereitwillig die Beine. Daran, dass sich sein Körper kurz anspannte, erkannte sie, wie überrascht er war, doch schon im nächsten Moment schoben sich seine Finger zwischen ihre Beinen und streichelten sie, zogen ungezügelte Kreise zwischen ihren Schamlippen. Als Mina sich gegen seine Hand drückte, ließ er erst einen, dann noch einen Finger in sie gleiten, um sie zu dehnen.

»Sieh mich an«, flüsterte er ihr ins Ohr.

Seine Lippen, auf denen noch der Glanz des vorangegangenen Kusses lag, wirkten unerwartet weich, doch in seinen müden Augen lagen auch gewisse Erwartungen, die er an sie stellte. Mina reckte den Hals, um mit der Zunge über sein Grübchen am Kinn zu fahren, während seine Hand sie in einem stetigen, unnachgiebigen Rhythmus stimulierte. Minas Hand schlüpfte unter sein Hemd, fuhr über seinen durchtrainierten Bauch hinauf zu seinen Brustwarzen. Als sie die Finger in sein Fleisch krallte und sie bis zu seinem Bauchnabel herunterzog, zuckte er zusammen und fluchte, ehe er sie durch die dünne Seide ihres Kleides in die Schulter biss.

Wie hemmungslos sie sich benahmen. Mina kratzte ihn erneut, härter dieses Mal, und biss ihm in den Hals. Wenn er Dämonen hatte, dann war es um sie auch nicht besser bestellt. Er löste seine Hand, um sich den Daumen zu lecken, ehe er ihn auf ihre Klitoris presste. Mina bäumte sich auf und drängte sich ihm entgegen.

Ein wollüstiges Stöhnen jagte das nächste, was Phin ein Lachen entlockte, das so heiser klang, dass es Mina eine Gänsehaut machte. Käme es aus der Kehle eines Fremden, hätte sie sich umgehend in Sicherheit gebracht. Wie eine heiße, züngelnde Flamme wanderte sein sengender Atem über ihr Dekolleté. Doch die Gefahr lauerte einzig in ihrem Innern. Als sich seine Zähne durch den Stoff um ihre Brustwarze schlossen, entfuhr ihr ein lautes Keuchen. Ohne den Kopf von seiner Schulter zu nehmen, ließ Mina von ihm ab und schickte ihre Finger auf die Suche nach seinem prallen Schwanz, den sie durch den Stoff der Hose umfasste.

Ohne, dass sie sich abgesprochen hatten, hielten sie plötzlich inne und verharrten wie in einem bizarren Stillleben: seine Finger in ihr, sein Mund um ihre Brust, ihr Mund an seiner Schulter, der erregte Atem, der die Haut des anderen wärmte, ihre Hand um seinen Schaft. Das Lied des Vogels, der vor dem Fenster sang. Staubkörnchen, die im Sonnenlicht tanzten. Sein dunkles glänzendes Haar.

Eine Woge des Friedens rollte träge durch Mina. Unter keinen Umständen wollte sie ihn verlassen. Sie wünschte, sie könnte jeden Morgen neben ihm aufwachen und gemeinsam mit ihm den neuen Tag begrüßen.

Als Phin den Kopf hob, stockte Mina der Atem, so unverhüllt und offen sah er sie an. Es war ein Blick, der sie traurig machte, dieses Gefühl, das schon seit Tagen unter der Oberfläche gelauert hatte. Als Phin sah, dass ihr Tränen in den Augen brannten, richtete er sich auf und gab ihr einen Kuss, der sanfter nicht hätte sein können. Dann ließ er von ihr ab, aber nur, um ihr einen zweiten Kuss zu schenken, bei dem er mit seiner Zunge über die ihre fuhr, um von ihr zu trinken, während seine Hand einem behutsameren, aber fokussierten Rhythmus folgte. Minas Innerstes zog sich zusammen, während der Rest ihres Körpers dahinzuschmelzen schien. Begehrlich öffnete sie seinen Hosenschlitz, legte die Hand um seinen Schwanz und begann, ihn mit langsamen Bewegungen zu streicheln.

Ein leises Geräusch entrang sich ihm, es klang seltsam kehlig, fast verloren. Mina wollte nicht, dass er sich verloren fühlte. Sie war doch bei ihm. Ergriffen löste sie die Hand von ihm, schlang beide Arme fest um seinen Oberkörper und zog ihn zu sich nach oben, während sie die Beine fest um seine Taille schloss. Als seine harte Erektion sich gegen sie drängte, hob sie die Hüften, um ihn noch intensiver zu fühlen. »Komm«, flüsterte sie.

Mit einem raschen Stoß drang Phin in sie ein, eroberte sie mit seiner ganzen Kraft. Beide stöhnten lustvoll, als er sie ganz ausfüllte. Mina musste lächeln. Wenn doch nur alles so einfach wäre wie dies. Der langsame, stoßende Rhythmus, dem sie sich nun hingaben, ließ Mina sich wie in einem Traum fühlen. Sie fühlte sich ungebunden und frei. Wie ein Staubkorn im Sonnenschein schwebte sie losgelöst von allem Irdischen durch die Zeit.

Die Dunkelheit hinter ihren Lidern war so samtig wie sein Haar, das sie auf ihrer Wange spürte. Erfüllt von tiefster Liebe streichelte sie die Stoppeln auf seinem Kinn. Der Rhythmus, zu dem sie sich bewegten, wurde mit jeder Wiederholung intensiver, und als Mina spürte, dass sie unweigerlich auf den Höhepunkt zusteuerte, war ihr, als schärften sich ihre Sinne aufs Neue. Die Bettwäsche verströmte den zarten Geruch nach Zitrone, in den sich ein Hauch von Essig mischte. Das Salz auf ihren Lippen schmeckte nach ihm, von der Straße drangen schwache Geräusche an ihr Ohr: das Rumpeln einer Kutsche, der freudige Schrei eines Kindes, das Schaben eines Besens, der dem Staub auf den Backsteinen zu Leibe rückte. Phin bewegte sich in ihr, und sie war die Welt.

»Mina«, raunte er.

»Ja«, antwortete sie heiser, ehe sie von einer Woge der Leidenschaft mitgerissen wurde und am ganzen Körper zitterte.

Phin verharrte einen Moment in ihr, und dann, mit einem rauen Keuchen, beugte er sich zu ihr herunter, um ihr einen weiteren Kuss zu entlocken. Im selben Moment spürte sie den leichten Schmerz, als er sich aus ihr herauszog und seinen Samen zwischen ihren Schenkeln ergoss.

Risiko. Objektiv betrachtet unnötig. Aber ihre Instinkte hatten darauf bestanden.

Als Phin von ihr herunterrollte, legte sie sich auf die Seite, stützte sich auf dem Ellbogen ab und sah ihn an. Seine langen Wimpern waren geschwungen wie bei einem Kind, seine Lippen voll wie die eines Jungen. Andächtig fuhr sie mit dem Finger über seine Unterlippe und sein Kinn, während er, noch immer ein wenig außer Atem, zur Decke hinaufstarrte. Sonnenlicht fiel durch die Spitzenvorhänge vor den Fenstern und zeichnete ein filigranes Muster auf sein Gesicht. Minas Gedanken schweiften ab. Jetzt ergab alles einen Sinn: wonach die Einbrecher gesucht hatten und warum Collins ihre Mutter entführt hatte.

Mina beugte sich zu Phin und küsste ihn flüchtig. Als sie spürte, wie weich sein Ohrläppchen war, fuhr sie mit der Zunge über seine Ohrmuschel. Der lang gezogene Seufzer, der ihm über die Lippen kam, verriet, dass er wieder zu Atem gekommen war. »Ich werde dir vertrauen und tun, worum du mich bittest. Aber nur unter der Voraussetzung, dass du auf dich selbst vertraust«, sagte Mina.

15

Dass du auf dich selbst vertraust. Noch lange, nachdem er Minas Zimmer verlassen hatte, gingen Phin ihre Worte durch den Kopf. Er hatte eine Nachricht an Ridland verfasst, dessen Leute dafür sorgen würden, das Handelsangebot weiterzuleiten, das er vorschlug: das Medaillon im Austausch gegen Harriet Collins. Mithilfe einer Haarnadel hatten Mina und er das Geheimnis des Schmuckstückes offengelegt, das Collins seiner Frau vor Jahren geschenkt hatte. Unter dem Miniaturbild im Medaillon befand sich eine kleine Chiffrierscheibe, die ihnen den Code liefern würde, um Collins' Dokumente zu entschlüsseln. Für einen Mann mit so vielen Feinden *wie ihm* war ein Schmuckstück am Hals seiner Frau zweifelsohne der sicherste Platz auf Erden, etwas zu verstecken.

Vertrau auf dich selbst. Als Phin sich für das Abendessen umkleidete, gingen ihm diese Worte noch immer nach. Er wollte Mina vor einem gottverdammten Kriminellen beschützen; nach seiner Meinung war das ein verständlicher Wunsch für einen verliebten Mann. Er konnte nicht verstehen, warum sie mit solch einer Vehemenz darauf bestand, diesen Wunsch mit der Frage zu verknüpfen, ob er auf sich selbst vertraute.

Während er darüber grübelte, ließ sein Zorn nach. Je ruhiger er wurde, desto klarer erkannte er, dass er durch seine Verwirrung ein tieferes Wissen zu verbergen versuchte, dem er sich nicht stellen wollte.

Phin hielt sich nicht für jemanden, der sich absichtlich ignorant verhielt. Während er sich von Fretgoose die Krawatte binden ließ, starrte Phin seinem Konterfei im Spiegel in die Augen. Nicht einmal er selbst vermochte in ihnen zu lesen. Es war ihm ein Rätsel, wie Mina dieses Kunststück gelungen war. Leider schien es ihm allerdings ebenso gut zu gelingen, Einblick in ihr Wesen zu nehmen. Sie hatte recht. Wenn Bonham den Köder nicht schluckte, den er an diesem Abend auslegte, blieb ihm nichts anderes übrig, als Mina um ihre Hilfe zu bitten. Tat er das nicht, verlor er sie endgültig.

Nachdem Phin den Kammerdiener fortgeschickt hatte, holte er seine Opiumpfeife und ging in das vor der Küche gelegene kleine eingezäunte Areal. Dort zerschlug er sie in tausend Stücke. Anschließend klopfte er sich die Asche von den Händen und sah zu, wie sie vom Wind davongetragen wurde.

Phins Plan sah vor, dass er den Abend im Kreise von Sanburne und dessen Freunden verbrachte. Auf seine Anweisung hin hatte Ridland überall verlauten lassen, dass Phin den Abend im *Empire* verbringen würde, einem Varietétheater, das gut besucht sein würde. Demzufolge würde es dort laut hergehen – womit es der perfekte Ort war, an dem Ridlands Männer unbeobachtet Posten beziehen konnten. Auf den Vorschlag, am Abend gemeinsam etwas zu unternehmen, hatte Sanburne mit Begeisterung reagiert. Allem Anschein nach war einer seiner Freunde kürzlich zu Geld gekommen, was dringend gefeiert werden musste.

Um neun Uhr abends erschien Sanburne mit Dalton und Tilney im Schlepptau, um Phin abzuholen. In der Kutsche roch es bereits wie in einem Pub am Zahltag, und Tilneys Gesicht hatte sich nach dem schon reichlich genossenen Alkohol rot gefärbt. Sanburne schien eher verhaltener Stimmung zu sein, doch als Tilney ihm eine Flasche hinhielt, riss er sie ihm fast aus der Hand und gab sie erst wieder zurück, nachdem er sie mit einem Zug halb geleert hatte. Tilney wandte sich an Phin und bot auch ihm einen Schluck an. Leider tat er das genau in dem Moment, in dem sich die Kutsche in Bewegung setzte, sodass sich der Alkohol über Phins Knie ergoss.

»Großartig!«, sagte Sanburne, schnappte sich die Flasche und leerte den Rest über Tilneys Beinkleidern aus. Als der empört aufschrie, fuhr er ihn an: »Es gibt keinen Grund, wie ein Mädchen zu kreischen. Irgendwo hier muss noch eine Flasche sein.«

Tilney suchte den Boden zu Sanburnes Füßen ab, stieß tatsächlich auf eine weitere Flasche und wollte sie an Phin weiterreichen.

»Der trinkt nicht«, sagte Sanburne.

»Was?« Tilney starrte Phin ungläubig an. Dalton beugte sich nach vorn und kniff die Augen zusammen, als würde er ein seltenes Meerestier betrachten, das in den unentdeckten Tiefen des Ozeans lebte.

»Nur hin und wieder«, sagte Phin. »Und auch nur, um meine Langeweile in öder Gesellschaft zu betäuben.«

Im Varietétheater, dessen creme- und goldfarbene Fassade hell erleuchtet war und vor der unzählige Kutschen standen, herrschte reges Treiben. Hohe Tiere mit noch höheren Hüten, Damen in grellen Satinroben und mit ausgefallenem Kopfschmuck, Dienstmänner mit dem roten Band an ihrer Mütze, Kupplerinnen und bettelnde Straßenjungen, behelmte Polizisten, die vergeblich versuchten, die Menge auseinanderzutreiben – der Lärm der Menge verfolgte Phin und seine Begleiter bis in das Innere des Gebäudes und sogar die mit rotem Teppich ausstaffierte Treppe hinauf. Schließlich war vom Straßenlärm nur noch ein dumpfes fernes Grollen zu hören, das an das nächtliche Brauen des Winterwindes erinnerte.

Ihre Loge befand sich hoch über der Bühne und direkt neben dem blauen Samtvorhang am Ende der u-förmigen Galerie. Von hier aus bot sich Phin ein exzellenter Blick.

Als es um die Wahl der Getränke ging, warf Phin Tilney einen spitzen Blick zu und bestellte sich einen Whiskey, was Sanburne nicht gutzuheißen schien. Phin nahm einen Schluck und wartete darauf, dass die Vorführung begann, ehe er den Rest des Drinks auf den Teppich schüttete. Bei der nächsten Runde bestellte er noch einmal das Gleiche. Jetzt machte Sanburne ein völlig verdutztes Gesicht. Der Viscount war schon ein eigenartiger Alkoholiker, nicht wahr? Bei der dritten Whiskey-Bestellung beobachtete Sanburne ihn ganz genau. *Du hast recht*, dachte Phin, *ich kann das nicht so gut wie du.* Zwischendurch verschwand Tilney und kehrte mit einer Balletttänzerin zurück, die Phin schöne Augen machte und voller Bewunderung für seine Manschettenknöpfe war. Mit lauter Stimme, die ein wenig zu eifrig klang, warf Dalton eine Bemerkung in die Runde, woraufhin die Männer lautstark in Lachen ausbrachen. Das hässliche, durchdringende Geräusch ließ die Tänzerin heftig zusammenzucken. Sie wirkte sehr jung. Fiel den anderen nicht auf, dass sie die Frau mit ihrer Ausgelassenheit ängstigten? Allem Anschein nach war sie noch nicht lange im Geschäft. Phin hatte Mitleid mit ihr und wünschte, dass es Frauen erspart bliebe, sich so demütigen lassen zu müssen. Doch er wusste, dass manch einer keine andere Wahl blieb.

Er schloss die Augen und atmete tief durch. Bonham würde nicht auftauchen, das sagte ihm sein Instinkt. Er würde also nicht umhinkommen, Mina um ihre Hilfe zu bitten. Er konnte nur beten, dass alles gut ging und ihr nichts passierte.

Dalton beugte sich zu ihm und belästigte ihn, indem er sich beschwerte, Phin würde nicht richtig mitfeiern. Sanburne, der einen neuen Verdacht hegte, lehnte sich ebenfalls zu Phin und schnupperte an ihm. »Opium?« Er lehnte sich zurück. »Selbst Gin wäre eine bessere Alternative. Oder Arsen, das greift das Gehirn nicht so an.«

Dass ausgerechnet Sanburne ihm einen Vortrag über eine gesunde Lebensweise hielt, entbehrte nicht einer gewissen Ironie. »Wie recht du hast«, sagte Phin gelassen. »Vielen Dank für den Hinweis.«

»Ich mache mir eben Sorgen«, sagte der Viscount.

Allem Anschein nach war Phin nicht der Einzige, der dringend einen Blick in den Spiegel werfen musste. »Das musst du nicht.«

»Und ob ich das muss.«

»Hast du einen Spiegel, James?«

Sanburne schrak zurück. Er sah aus, als wollte er noch etwas sagen, doch sein Mund verzog sich, und er erhob sich. »Wer will noch etwas trinken?«, fragte er in die Runde, ehe er für eine geraume Zeit verschwand.

Allmählich wurde Phin unruhig. Da Bonham nicht aufgetaucht war, gab es keinen Grund, noch länger zu bleiben. Es behagte ihm nicht, dass Mina die ganze Zeit allein war. Tilney und Dalton suchten zwar das Gespräch mit ihm, doch Phin hatte kein Interesse daran, ihnen zu antworten. Mina hat recht, dachte er. Es machte keinen Sinn, vorzugeben, einer von ihnen zu sein oder so zu leben, wie sie es taten. Diese Art der Maske hatte er nicht nötig.

Als Sanburne zurückkehrte, ihm auf die Schulter tippte und ihn bat, mit ihm die Loge zu verlassen, war Phin dankbar für die Abwechslung. Sie betraten den schmalen Gang, der an den Logen vorbeiführte. Er war mit dunkelrotem Samt verkleidet, in dem der Geruch nach Zigarrenrauch hing. »Ich brauche deine Hilfe«, sagte der Viscount, der überraschend grimmig in dem gedämpften Licht wirkte. »Bist du nüchtern?«

Phin lehnte sich mit der Schulter gegen die Wand. »So gut wie. Was gibt es denn?«

»Es gehen Gerüchte um, und ich möchte, dass du dich in der Unterwelt ein wenig umhörst.« Sanburne hielt für einen

Moment inne. »Um es kurz zu machen. Es gibt da einen jungen Burschen, der mir wirres Zeug schreibt; es geht um Flüche und Tränen und was weiß Gott noch alles. Eben bin ich ihm auf der Treppe begegnet, und er wollte mir die Kehle aufschlitzen.«

»Wie bitte?«, sagte Phin, der vor Erstaunen seine sonst übliche lässige Art vergaß.

Der Viscount trat nervös von einem Fuß auf den anderen. »Du hast mich richtig verstanden. Ich will, dass dieser Kerl gefunden wird. Ich weiß nicht, auf welche Weise er die Briefe bringt; vielleicht wäre eine Wache vor meinem Haus nicht verkehrt.« Seine Stirn legte sich in Falten. Die kurze Pause, die er einlegte, verlieh den nächsten Worten eine tiefere Bedeutung. »Kannst du dich darum kümmern?«

»Ich könnte es arrangieren, ja«, antwortete Phin zurückhaltend. In was für einen Schlamassel war James nun schon wieder geraten? »Tränen, sagtest du. Und ein Fluch.«

»Ja.« Sanburne kniff die grauen Augen zusammen und sah Phin an. »Und vielleicht noch die eine oder andere Information. Ich denke, dass du Freunde hast, die sich in diesem besonderen Teil der Welt auskennen.«

Wie es Phins Gewohnheit war, hatte er sofort eine ausweichende Antwort parat. Doch er zögerte. Weder war er stolz auf seine Verbindungen zur Unterwelt noch auf die Tatsache, dass er durch seine Kontakte an seltsames und gefährliches Wissen geriet. Er war auch nicht stolz auf seine Vergangenheit, war er doch durch Dummheit in den Agentenjob gestolpert. Überlebt hatte er nur wegen seines eisernen Willens und weil ihm eine gehörige Portion Talent in die Wiege gelegt war – die Art, die Esel dazu brachte, schwere Lasten einen Berg hinaufzuziehen. Seit sechs Monaten versuchte er jetzt schon, all das zu vergessen und jemand anderer zu sein.

Dass er immer Stillschweigen über seine Tätigkeit hatte wahren müssen, hatte zu dieser Situation geführt. Als er Sanburne ansah, glaubte er, einem Fremden gegenüberzustehen. Einem Fremden, der ihn misstrauisch ansah und ihn um einen Gefallen bat, obwohl er eigentlich kein Vertrauen zu ihm hatte. »Es würde mir sehr helfen«, fügte Sanburne hinzu. Vermutlich war das seine Art, »bitte« zu sagen.

Aber warum sollte er »bitte« sagen müssen? Schließlich kannten sie sich seit ihrer Kindheit. Phin strich sich über die Augen. Stets würde er den Schmerz bereuen, den er anderen zugefügt hatte, genau wie den Umstand, dass er so manches Leben auf dem Gewissen hatte. Das Gefühl der Reue würde ihn noch bis ins Grab verfolgen. Doch hier und da hatte Phin auch Gutes getan und anderen unter die Arme gegriffen. Erst in der vergangenen Nacht hatte er ein Leben gerettet, das ihm mehr bedeutete als das eigene. Als Mina dann auch noch davon gesprochen hatte, er hätte ein bewundernswertes Talent, hatte sich keine Stimme in seinem Inneren geregt, die das in Abrede stellte.

Sicherlich war es möglich, dass Reue und Hoffnung nebeneinander existierten. Gegen ein scharfes Messer war nichts einzuwenden, solange es für eine gerechte Sache eingesetzt wurde und das Ziel seinen Einsatz verdiente. Dafür, anderen zu helfen, musste sich niemand schämen, und immerhin war er einer der Besten auf seinem Gebiet. Er war ein Naturtalent. War ihr das eigentlich klar? Wieso vertraute sie ihm nicht?

Ich vertraue dir, wenn du dir selbst vertraust.

Nachdenklich sah er Sanburne an. Er hatte den Freund wegen seiner Besorgnisse für kindisch gehalten. Aber war es nicht noch sehr viel kindischer, eine Fähigkeit in Abrede zu stellen, die einen dazu brachte, sich in eine Ecke zu setzen und um die Vergangenheit zu weinen, auch wenn diese sich nicht mehr ändern ließ?

»Ja«, sagte Phin. »Natürlich kann ich dir helfen.«

Sanburne atmete aus, nickte einmal und grinste ihn dankbar an. »Wie in den guten alten Zeiten«, sagte er.

Nein, dachte Phin. Besser noch. Ab jetzt wird alles viel besser. Lass sie so dicht an der Klippe tanzen, wie sie möchte. Phin wusste, dass er sie rechtzeitig auffangen konnte.

Mina saß auf einer Parkbank und sah den Gänsen zu, die am Ufer des Serpentine-Sees grasten. Es war bereits Mittag, doch die Sonne verschanzte sich noch immer hinter den Wolken. Während Mina am Wasser saß und auf einen Verbrecher wartete, lag die feine Gesellschaft Londons noch in den Federn. Bonham hatte diesen Treffpunkt geschickt gewählt. Das gegenüberliegende Ufer wurde zwar von Ulmen gesäumten, aber von dort einen treffsicheren Schuss abzugeben, war unmöglich. Auf der Uferseite, auf der sich Mina befand, stand weit und breit kein Baum. Die Blumenbeete und der gepflegte Rasen sowie die Sträucher der Rotten Row lagen zehn Minuten entfernt. Hier wuchs das Gras eher spärlich, wurde es doch immer wieder von den Menschen zertreten, die hier entlangliefen.

Mina war nervös. Obwohl sie eine Waffe bei sich trug. In den Falten ihres Rockes verbarg sie eine Pistole. Die Möglichkeit, ins Geschehen einzugreifen, machte sie zu einer Akteurin, nicht zu einer Statistin. Genau das hatte sie gewollt, und endlich hatte Phin ihr die Gelegenheit dazu gegeben.

Er beobachtete sie, doch sie würde sich nicht zu ihm umdrehen. Zu wissen, dass sein Blick aus der Ferne auf sie gerichtet war, gab ihr das Gefühl der Sicherheit. Dasselbe Gefühl, das sie empfand, wenn er sie in den Armen hielt. Beim Betreten des Parks hatten sie sich getrennt. Phin hatte ihr die Hand gedrückt und sie ermahnt, sich nicht umzuschauen. Sein Blick hatte ihr in Erinnerung gerufen, welch ein großes Opfer er ihr zuliebe brachte. Sie hatte sich auf die Zehenspitzen gestellt und ihn geküsst. Er hatte sie angesehen, als versuchte er, sich jedes noch so winzige Detail ihres Gesichts einzuprägen. Als er dann auch noch schwer geseufzt hatte, war ihr ganz warm ums Herz geworden.

Sie würde alles unbeschadet überstehen, das spürte sie tief in ihrem Innern. Fußgänger liefen vorbei – Paare und Gentlemen ohne Begleitung, von denen einige jedoch nicht zu ihrem Vergnügen einen Spaziergang machten, sondern die die Order hatten, Mina zu beschützen. Die Anzahl der Helfer und die Diskretion, die diese Operation erforderte, hatten Phin gezwungen, abermals eng mit Ridland zusammenzuarbeiten. Letzterer hatte sich bei der morgendlichen Konferenz recht freundlich gegeben. »Ich gebe zu«, hatte er bei einer Tasse Kaffee gesagt, »dass ich anfänglich nicht ganz sicher war, was die Identität des Verräters betrifft. Als Bonham sich dann selbst belastet hat, war ich doch sehr erleichtert. Einem Angehörigen des britischen Adels Verrat nachzuweisen, ist nicht unbedingt ein leichtes Unterfangen.«

Ein Gentleman ging an Mina vorbei und sah sie auffallend interessiert an. Mina tat ihr Bestes, jeden Blickkontakt zu vermeiden und konzentrierte sich stattdessen wieder auf die Gänse. Doch dann blieb der Mann stehen und kam zögernden Schrittes zurück. Ihr Herz schlug schneller. Es machte durchaus Sinn, dass Bonham womöglich einen Komplizen entsandte, auch wenn sie im Vorfeld nicht auf die Idee gekommen war. Wie nachlässig von ihr.

»Verzeihung«, sagte der Fremde mit den grau melierten Schläfen und den erschlafften Wangen. Er war gut gekleidet. Sein schwarzer Chesterfield-Anzug war aus feinem Tuch und maßgeschneidert, und seine blauen Augen schauten eher verwirrt als bedrohlich. »Es liegt mir fern, Sie zu belästigen, aber Sie sehen so aus, als ob … Ich muss Sie das einfach fragen: Kann es sein, dass Sie mit Mrs Harriet Collins verwandt sind?«

Minas Hand glitt zwischen die Rockfalten, wo sich ihre verschwitzten Finger um den Pistolenkolben schlossen. Sie hatte es Phin gegenüber nicht zugeben wollen, aber sie hatte Angst, sich ins Bein zu schießen, wenn es ernst wurde. Es war ihr um einiges lieber, die Waffe in der Hand zu halten, als auf ihr zu sitzen. »Ja«, antwortete sie. »Ich bin ihre Tochter. Und wer sind *Sie*?«

Ihre unhöflich direkte Frage brachte den Mann dazu, zu blinzeln und sich zu räuspern. »Es lag mir fern, Sie zu beleidigen.« Seine Stimme zitterte ein wenig, woraufhin Mina die Augenbrauen hochzog. »Mir ist bewusst, dass ich mich ein wenig forsch gebe. Mein Name ist Robert Thompson. Ich hatte die Ehre, Ihre Frau Mutter einst kennenzulernen.«

Ein sanfter Schock erschütterte Mina. »Robbie«, sagte sie.

Einen Augenblick lang presste er die Lippen aufeinander, als versuchte er, ein aufwallendes Gefühl zu beherrschen. Dann räusperte er sich abermals. »Sie hat also von mir gesprochen?«

»Ja.« Auf Mina wirkte er nicht gerade wie ein Frauenheld. Seine Hand, die den goldenen Knauf seines Gehstocks umklammerte, war von Altersflecken übersät, und die Adern traten sichtbar hervor.

Auf eine zurückhaltende Art war er jedoch noch immer attraktiv, was durch die Würde ergänzt wurde, die er ausstrahlte, als er die Schultern zurücknahm und nickte. Ihre Mutter hatte sich ihm gegenüber nicht anständig verhalten. Sie hatte sich während einer Gesellschaft auf einem Landsitz in ihn verliebt und ihm gestattet, ihr den Hof zu machen. Nur eine Woche später hatte sie ihn ohne jede Vorwarnung fallen lassen. Und warum? Weil ein finanziell besser gestellter Verehrer am Horizont erschienen war. Dass sie diesem anderen Mann nachgejagt war, bereute sie bis heute zutiefst. »Sie hat oft von Ihnen gesprochen«, sagte Mina leise.

»*Hat*?« Vor Schreck erblasste der Mann. »Ist sie …«

»Nein«, sagte Mina schnell. Gebe Gott, dass es ihr gut ging. Der Gedanke holte sie in die Gegenwart zurück. Robbie musste verschwinden, und zwar schnell. Wenn Bonham sie in Begleitung sah, entschied er sich womöglich für den Rückzug. »Es war mir eine Freude, Ihre Bekanntschaft gemacht zu haben«, sagte sie und zwang sich, wieder zu den Gänsen zu sehen.

Aus den Augenwinkeln sah sie, wie er noch immer dastand und sie verdutzt anstarrte. »Sie hat tatsächlich von mir gesprochen«, sagte er. »Ich habe … ich habe sie nie vergessen. Wären Sie so gütig, ihr das auszurichten? Vorausgesetzt, Sie haben Mitleid mit einem Fremden, der seine Dreistigkeit auf ewig bereuen wird.«

In den gedämpften Worten des Mannes schwang noch mehr mit. *Manch eine Liebe vergeht nicht mit der Zeit, Mutter,* dachte sie und blinzelte schnell gegen einen vollkommen deplatzierten Gefühlsausbruch an. »Ja«, stieß sie hervor. »Ja, ich werde es ihr sagen.«

»Vielen Dank«, sagte der Mann und drehte sich weg.

Aus den Augenwinkeln sah Mina, wie er sich entfernte, und wunderte sich. An seinen Fingern hatten keinerlei Ringe gesteckt. Was mochte das bedeuten? War er womöglich nie verheiratet gewesen? Es gab englische Männer, die keinen Ehering trugen, aber sie war sich sicher, dass ein Mann, der so viel Wert auf korrektes Benehmen legte, der Gesellschaft auf diese Weise mitgeteilt hätte, dass er verheiratet war.

Es dauerte einen Moment, bis sie merkte, dass sie nicht mehr allein auf der Bank saß. Sogleich schloss sich ihre Hand fester um den Pistolenkolben. Sanfter Atem streifte ihren Hals. Sie bekam eine Gänsehaut. Als sie sich umdrehte, spürte sie einen Stoß in die Rippen.

»Lassen Sie die Waffe ganz langsam los«, zischte Bonham, der nach altem Schweiß stank und dessen Bart auf dem besten Wege war zu verfilzen.

Mina hob die Hand und zielte mit der Waffe auf seinen Bauch. »Eine Pattsituation«, sagte sie heiser.

Bonhams Augen waren noch immer so leuchtend grün, wie sie sie in Erinnerung hatte. Die Augen eines Poeten, eines Visionärs, die sie jetzt durchdringend ansahen. »Schon gut«, sagte er gedehnt. »Ich werfe meine weg, wenn Sie Ihre wegwerfen.«

Mina hoffte, dass Phin sie gut im Auge hatte. »Sehr weit weg.«

Er nickte. »Auf drei. Eins … zwei … *drei*.«

Seine Pistole flog im hohen Bogen weg und landete mit einem lauten Klatschen im See. Mina hingegen hatte nicht so gut gezielt, ihre Waffe landete am Ufer.

Sie erhob sich, genau wie er, und mit einer blitzschnellen Bewegung, sodass sie keine Chance hatte, etwas mitzubekommen, zückte er ein Messer und presste es gegen ihren Hals. Mina erstarrte.

»Ich würde mir die Kette selbst nehmen«, sagte er ruhig. »Aber ich fürchte, mit nur einer Hand könnte mir das misslingen. Ihrem Hals würde das nicht gut bekommen, aber für meine Flucht ist es wichtig, dass Sie am Leben bleiben. Ich will, dass Sie ganz langsam die Kette abnehmen.«

Mina hob die Hände zum Nacken und machte sich mit zitternden Fingern daran, den Verschluss zu öffnen. »Wo ist meine Mutter?«

»Bei Ridland nehme ich an.« Als sie scharf den Atem einsog, lachte er missmutig. »Überrascht? Er hat sie in Providence ausfindig gemacht, ehe mir dieses Kunststück gelungen ist.«

»Sie lügen«, keuchte Mina.

Die Klinge machte einen Satz. »Beeilung. Und Vorsicht. Machen Sie ja nichts kaputt.

In dem Moment, in dem sie den Verschluss geöffnet hatte, riss er ihr die Kette aus der Hand, versetzte ihr einen Stoß nach vorne und schlang ihr einen Arm um die Taille, während er ihr mit der anderen Hand noch immer das Messer an den Hals presste. »Sie sollten mich lieber loslassen«, sagte Mina, die sich zwang, den Blick zu Boden zu richten, damit sie nicht in Versuchung kam, nach Phin zu suchen und Bonham seine Anwesenheit verriet. »Das würde es für Sie leichter machen.«

»Das wäre mir auch lieber«, sagte er. »Aber ich bin gerade nicht so flüssig. Sobald ich die Kontodaten entschlüsselt habe, werden wir uns der Frage abermals widmen.« Plötzlich versteifte sich sein Arm. »Sagen Sie ihnen, sie sollen den Rückzug antreten.«

Ruhig und mit langen Schritten näherte Phin sich ihnen, den einen Arm ausgestreckt und mit der Waffe auf Bonhams Kopf zielend. »Noch ehe Sie abfeuern können, ist sie tot!«, rief Bonham.

Als sich Minas und Phins Blicke trafen, schüttelte sie kaum merklich den Kopf. Zu ihrem Erstaunen lächelte Phin sie an. Ein Lächeln, das weder verbissen noch unheilvoll anmutete. Eher eines, wie es seine Lippen zieren könnte, wenn sie vor den Altar traten oder sich über ihr erstes Kind beugten.

Die Zärtlichkeit, die darin lag, die absolute Sicherheit, wirkten derart wunderbar, dass sich ihr Herz mit reinster Freude füllte und sie sein Lächeln sogleich erwiderte.

Dann betätigte er den Abzugshahn.

Die Explosion war ohrenbetäubend. Mina brauchte einen Augenblick, um zu merken, dass Bonhams Arm schlaff herunterhing und das Messer sich in ihren Röcken verheddert hatte, ohne ihr jedoch Schaden zuzufügen. Als sie es auf den Boden beförderte, entdeckte sie das Medaillon, das im Dreck lag und glänzte, weil die Sonne sich doch entschieden hatte, ihre Strahlen auf die Erde zu schicken. Geistesgegenwärtig las sie es auf und lief einige Schritte. Der Schuss hallte ihr noch immer in den Ohren. Phin senkte die Waffe. Von allen Seiten kamen Männer auf sie zu gerannt, doch er hatte nur Augen für sie, als er auf sie zukam. Er sah sie an, als wäre sie die Welt und als ob die Welt nur ihm gehörte.

Da Geduld noch nie zu Minas Stärken gezählt hatte, begann sie zu laufen.

Mit voller Wucht prallten die beiden aufeinander. Ihr blieb der Atem weg, als er sie mit aller Kraft gegen seine Brust drückte.

Einen nicht enden wollenden Moment war sie überglücklich, in seinen Armen zu liegen und zu wissen, dass er sie beschützte. Als sie ihre Stimme wiederfand, suchte sie erst gar nicht lange nach den richtigen Worten. »Ich liebe dich.«

»Nie wieder«, sagte Phin mit rauer Stimme in ihr Haar. »Bitte mich nie wieder darum, Mina.«

»Das werde ich nicht«, antwortete sie, lachte und merkte, dass das Sonnenlicht sie schwindelig machte. »Ich werde dafür sorgen, dass es nie wieder so weit kommt. Von jetzt an werde ich mir nie wieder Schmuck borgen.«

Als das allgemeine Aufsehen lauter wurde, drehten sie sich um. Wie durch ein Wunder hatte Bonham überlebt, obwohl eine Kugel in seinem Schädel steckte. Ridlands Männer waren verzweifelt damit beschäftigt, einen Transport für den Angeschossenen zu organisieren. Einer der Männer löste sich aus der Gruppe und rannte auf eine Kutsche zu, die am Rande der Wiese zum Stehen gekommen war. Nach einer kurzen Besprechung durch das Fenster fiel die Fensterscheibe krachend nach unten, die Tür öffnete sich und Ridland stieg aus.

Mina löste sich von Phin. »Bonham meinte, *er* habe sie. Seit Providence.«

Phin stieß einen leisen Fluch aus. »Hätte ich es mir doch denken können.« Er nahm ihren Arm, um sie wegzuführen.

»Wie meinst du das?«, fragte sie verblüfft.

»Wie sonst hätte er sicherstellen sollen, dass du in England bleibst?« Er stieß ein unheilvolles und raues Lachen aus. »Wie eine Schachfigur auf dem Spielbrett.«

Minas zorniger Blick schien Ridland nicht im Geringsten zu beeindrucken. Einige Meter von ihnen entfernt blieb er stehen, um sich zu verbeugen und die beiden zu beglückwünschen. »Ausgezeichnete Arbeit«, sagte er. »Ich habe mich gerade nach dem Medaillon erkundigt. Haben Sie es zufällig?«

Mina ging zu ihm und gab ihm eine schallende Ohrfeige.

Ihr Handteller brannte, doch der alte Mann war nicht einmal zusammengezuckt. »Nun, es scheint, als hätten Sie es herausbekommen«, war alles, was er sagte.

»Ja«, fauchte Mina. »Ich habe das Medaillon. Wie wäre es, wenn wir einen Handel schlössen?«

Ridland rieb sich die Wange. »Ein wenig Dankbarkeit wäre dennoch angebracht. Ihre Mutter war doch recht erfreut, als ich sie aus Providence wegholte. Ich kann mir nicht vorstellen, dass sie sich in Beschwerden ergehen wird.«

Phin seufzte, gab Minas Arm frei, packte Ridland stattdessen beim Hals und drückte ihn gegen die auf Hochglanz polierte Kutsche. »Es reicht«, sagte er tonlos. »Wo ist sie?«

»Seien Sie doch vernünftig«, keuchte Ridland. »Wir brauchten Bonham. Und er war an Ihrer Lady interessiert. Hätte sie gewusst, dass ihre Mutter in Sicherheit ist, wer hätte sie dann überredet, zu bleiben und ihn aus der Reserve zu locken? *Sie?*«

»Ich werde Sie vernichten«, sagte Phin. »Ganz langsam und voller Wonne. Das wird ein großer Spaß, glauben Sie mir.«

»Phin«, raunte Mina. Ridland war nicht allein in der Kutsche gewesen. Sie sah, wie Hände sich eifrig daran machten, das Fenster zu entriegeln. Und dann ging ihr trotz des schummerigen Lichts in der Kutsche auf, dass es womöglich …

»Wenn Sie ihr auch nur ein Haar gekrümmt haben«, setzte

Phin grimmig an, wurde aber von Ridland unterbrochen, der mit einem Mal besorgt klang: »Ich habe sie aus Collins' Fängen befreit, schon vergessen? Der Bastard sieht den Radieschen jetzt von unten beim Wachsen zu. Mrs Collins hat mir mehrfach dafür gedankt. Ich habe Ihnen nie unrecht getan.«

Das Fenster öffnete sich, und ein bekanntes Gesicht sah hinaus. Als der Blick der Frau auf Phin fiel und sie ihn von Kopf bis Fuß musterte, setzte sie einen kritischen Blick auf und zog die hellen Augenbrauen in die Höhe. »Mir geht es gut«, verkündete Harriet Collins. »Es ist mir jedoch schleierhaft, warum Sie das interessieren sollte.«

»Mutter!« Mina schlug die Hände vor den Mund. »Mutter! Komm zu uns.« Mina griff nach der Türklinke, um sie aufzureißen, doch ihre verschwitzte Hand rutschte ab.

»Ruhig Blut, Mina.« Ihre Mutter sah noch immer aus dem Fenster. »Niemand legt gesteigerten Wert auf eine Szene in der Öffentlichkeit. Mr Ridland, wenn Sie so freundlich wären?«

Phin trat vor und öffnete mit einem Ruck die Tür. Mina versuchte, in die Kutsche zu steigen, schaffte es aber nicht wegen des großen Abstands zwischen Boden und Einstieg. Ehe sie sich versah, hatte Phin sie hochgehoben und in die Kutsche gesetzt. Sofort schloss sie ihre Muter in die Arme. Mit einem Protest auf den Lippen ließ sich Harriet Collins auf der Sitzbank zurückfallen, was Mina geflissentlich ignorierte und sie noch stärker herzte.

Eine Minute lang ertrug ihre Mutter diese Aufmerksamkeit, dann strich sie Mina unbeholfen über den Rücken und murmelte Worte des Trosts. Doch gleich wurde sie von Ungeduld befallen. »Es ist ja gut«, sagte sie. »Es reicht. So beruhige dich doch, Mina. Was ist das denn? Sind das etwa Tränen?«

Verletzt löste Mina sich. »Ja, Tränen. Schließlich dachte ich, du seiest tot.«

»Aber Mr Ridland hat uns doch schon nach kurzer Zeit ausfindig gemacht. Hat er dir das denn nicht gesagt?« Als Mina den Kopf schüttelte, schnaubte ihre Mutter verdrießlich, woraufhin Ridland, der jedes Wort verfolgt hatte, sich mit gedämpfter Stimme bei ihr entschuldigte. »Wie unanständig von ihm«, sagte Harriet Collins etwas lauter. »Aber«, schob sie mit gedämpfter Stimme nach, »immerhin hat er uns Collins ein für alle Mal vom Hals geschafft. Du tätest also besser daran, Mr Ridland zu verzeihen.«

»Verzeihen?« Mina schnappte laut nach Luft. Welch unsägliches Talent ihre Mutter doch besaß, Männern zu verzeihen, die es nicht verdient hatten. »Du warst wochenlang verschwunden, und ich bin mit vorgehaltenem Messer wegen deines vermaledeiten Medaillons gejagt worden.«

»Ich weiß. Für mich war das auch eine echte Überraschung, weil ich immer dachte, dass es nichts weiter als ein hübsches Schmuckstück sei.«

Mina stieß einen Laut aus, in dem sich Wut, Fassungslosigkeit und Verwunderung sammelten. Ihre Mutter wusste es allem Anschein nicht. »Es ist eine *Chiffrierscheibe*. Um Collins' Dokument zu entschlüsseln.«

»Ist ja gut.« Sie legte Mina die kalte Hand auf die Wange. »So beruhige dich doch, Liebling. Es besteht kein Grund zur Sorge. Ich wusste doch die ganze Zeit, dass du ein kluges Mädchen bist und zwischen den Zeilen meines Briefes lesen würdest. Und das hast du ja auch. Mir war ferner klar« – ihr Blick glitt zur Tür, und als Mina sich umdrehte, sah sie, dass Phin sie ausdruckslos beobachtete –, »dass du alles mit Bravour lösen würdest. Du landest doch immer auf den Füßen, Schätzchen. Aber jetzt hilf mir bitte auf die Sprünge. Wer ist dieser Gentleman? Ich werde das Gefühl nicht los, dass ich ihm irgendwo schon einmal begegnet bin – auch wenn ich mir nicht sicher bin, wann und wo.«

Phin räusperte sich, um etwas zu sagen, aber Mina spürte, wie eine Woge schlechter Laune in ihr aufwallte. Sie hatte nicht den Wunsch, ihrer Mutter irgendetwas zu erklären. »Das ist mein Liebhaber«, sagte sie. »Es war ein Skandal sondergleichen, das kann ich dir sagen. Ich habe ihn verführt.«

»Ich bin ihr Verlobter«, erklärte Phin und erntete dafür einen finsteren Blick von Mina. Als Mina ansetzte, um zu protestieren, fiel er ihr ins Wort und stellte sich vor. »Phineas Granville, Earl of Ashmore. Wie geht es Ihnen, Mrs Collins?«

Harriet Collins blickte verdutzt drein. »Ashmore«, murmelte sie, ehe sie mit den Achseln zuckte und ihn mit einem Lächeln bedachte, das, als sie zu Mina sah, selbstgefällige und leicht verdrießliche Züge annahm. »Ja«, sagte sie, »wie ich bereits erwähnte, landest du stets auf den Füßen.«

»Er lügt«, sagte Mina. »Er hat mich nicht gefragt, ob ich seine Frau werden will.«

»Noch nicht«, antwortete Phin.

»Es ist immer entzückend, einen Mann kennenzulernen, der bereit ist, dir einen Schubs zu geben, wenn du mal wieder die Zögerliche mimst«, sagte Harriet Collins gelassen. Ihr Blick glitt an Phin vorbei, und zu Minas Entsetzen lächelte sie Ridland an. Und noch schlimmer: Er erwiderte das Lächeln.

»Das erinnert mich an etwas«, sagte Mina scharf. »Ich bin vorhin Robbie Thompson über den Weg gelaufen. Wenn mich nicht alles täuscht, ist er Witwer. Er lässt dir liebe Grüße ausrichten.«

Röte überzog die Wangen ihrer Mutter. »Wie … interessant.«

Mit einem entschuldigenden Blick zu Phin schloss Mina die Tür, sodass Ridland, dem gerade etwas zu dämmern schien, draußen blieb.

»Da kann einem speiübel werden«, sagte Mina zu Phin.

Die beiden lagen in seinem Bett. Jetzt, da die Gefahr gebannt war, hatte ihre Mutter sich wieder der Etikette besonnen und darauf bestanden, dass sie und Mina in einem Hotel logierten. Mina hatte gewartet, bis ihre Mutter eingeschlafen war, ehe sie sich davongeschlichen hatte.

Insgeheim hoffte sie jedoch, dass ihre Mutter vor ihrer Rückkehr wach wurde. Der Hauch eines Skandals konnte nicht schaden, um ihren gesunden Menschenverstand wieder auf den Plan zu rufen. Verzückt wie ein Schulmädchen schwelgte sie zurzeit in allergrößter Glückseligkeit, weil gleich zwei Männer um ihre Hand konkurrierten.

»Speiübel«, gab Phin ihr recht, wenn auch eine Spur zu sanft, wie Mina fand.

»Ich meine es ernst! Allein die Vorstellung, dass sie in dem Haus, in dem ich meiner Freiheit beraubt war, hemmungslos geflirtet hat. Ausgerechnet an dem Ort, an dem ich fast krank vor Sorge um sie war. Hast du gesehen, wie sie sich bei Ridland für die Kleider bedankt hat, die er ihr zur Verfügung gestellt hat? Als könnten hundert Worth-Kleider wettmachen, dass ihr eigen Fleisch und Blut als Köder für einen Verräter hergehalten hat. Wie immer, wenn es um Männer geht, setzt ihr Verstand aus.«

Mit einem Lachen setzte Phin sich auf. Einen Moment lang ließ der Anblick seines muskulösen Oberkörpers Mina ihren Verdruss vergessen. Gedankenverloren strich sie mit der Fingerspitze über seine Brust, gegen die sie sich vor nicht einmal zwanzig Minuten noch so leidenschaftlich gedrängt hatte. »Vielleicht liegt es daran, dass sie sich nie Sorgen um dich gemacht hat«, gab Phin zu bedenken.

Mina ließ die Hand sinken. »Davon rede ich doch die ganze Zeit.«

»Weil sie wusste, dass es keinen Grund dafür gab«, sagte

er. »Du hast sie doch gehört. Wenn jemand weiß, zu was ihre Tochter fähig ist, dann sie.« Als Mina protestieren wollte, fügte er grinsend hinzu: »Ich möchte keinen Streit vom Zaun brechen, Mina. Nichts liegt mir ferner, als Ridland in meine Familie aufzunehmen. Mr Thompson hingegen ist herzlich eingeladen, in der Lobby zu kampieren, um seiner Liebe Ausdruck zu verleihen.«

Sie atmete aus. »Wir werden ihm jede notwendige Unterstützung angedeihen lassen.« Die Vorstellung machte ihr Mut. Wenn Phin und sie sich zusammentaten, gab es nichts, das sie nicht erreichen konnten. Jeder von ihnen hatte schließlich sein Bestes gegeben. Verglichen mit dem, was sie zusammen erlebt hatten, stellte ihre Mutter keine besonders große Herausforderung dar. Der Gedanke erfüllte sie mit wohliger Wärme. Beseelt beugte sie sich nach vorn, um ihn zu küssen, doch Phin drückte sie zurück ins Bett. Einen nicht enden wollenden Augenblick liebkosten sich ihre Zungen, und als er von ihr abließ, seufzte sie. »Ich möchte dich nicht verlassen«, flüsterte sie.

»Das kommt mir gelegen, denn ich plane, dich zu heiraten. Sei gewarnt, in wenigen Augenblicken werde ich dir einen Antrag machen.«

Mina spürte, wie ihr Herz einen gewaltigen Satz machte und ihr die Röte in die Wangen schoss. »Aber ich liebe New York. Nicht so sehr wie dich, aber eben fast so, das gebe ich gern zu.«

Ein verschmitzter Ausdruck legte sich auf seine Lippen. »Ich nehme an, New York ist größer.«

Sie lachte. »Oh, habe ich deinen Stolz verletzt?«

Phins Miene wurde wieder ernst, als er sich auf den Ellbogen stützte. »Wir haben doch die Wahl. Ich muss ja nicht das ganze Jahr in England verbringen.«

Mina dachte kurz nach. »Ich könnte mich durchaus für London im Frühjahr begeistern.«

»Vielleicht hätte ich da noch einen Anreiz«, sagte er. »Mir gehören einige Ländereien im Süden des Landes, und mir ist zu Ohren gekommen, dass der Lavendel dort ausgesprochen gut gedeiht.«

Was für Neuigkeiten! Mina zog die Stirn kraus. »Hochwertiger Lavendel?«

»Aber ja.«

»Wäre das deine Mitgift?«

»Mitgift?« Er ließ sich zurück in die Kissen fallen. *»Mitgift?* Miss Masters, Ihnen ist schon bewusst, dass ich ein Mann bin, oder?«

Mina griff ihm zwischen die Beine, wo sie sogleich sein wachsendes Interesse zu spüren bekam. »Das ist mir nicht entgangen«, murmelte sie, woraufhin er ihr den Kopf zuwandte und sie mit funkelnden Augen ansah. »Aber Erinnerungshilfen sind stets willkommen. Die Gefahr, dich mit einem Mädchen zu verwechseln, ist nicht ganz abwegig.« Sie berührte zärtlich seine Wimpern, die unter ihren Fingerspitzen zu flattern begannen. Sie lachte. »Vor allem, wenn du so mit ihnen klimperst.«

Phin rollte sich auf sie und hielt ihre Arme fest. »Dann solltest du wissen, wo dein Platz ist«, sagte er. »Es gehört nämlich zu *deinen* Pflichten, die Mitgift mit in die Ehe zu bringen.«

»Ach ja?« Amüsiert stellte Mina fest, dass er nicht versucht hatte, sie von ihrem eigentlichen Ziel abzubringen. Das Ergebnis ihrer Bemühungen verbarg sich pulsierend hinter seinem Hosenschlitz, und je härter sein Schaft wurde, desto weicher wurden ihre Gliedmaßen, desto stärker wurde sie in ihrem Innern … Zusammen waren sie brillanter als alle anderen, die sie kannte. Mina war unendlich stolz auf ihn und auf sich selbst und fühlte sich froh wie noch nie. Ausgelassen. »Und was genau würde Eure furchterregende Lordschaft noch alles von mir verlangen?«

»Euch und Euren Körper, Mylady«, antwortete er sanft und

küsste sie auf den Mund. »Bis in alle Ewigkeit. Wollen Sie mich heiraten, Miss Masters?«

Mina ließ sich absichtlich etwas Zeit mit der Antwort und wartete, bis er fragend die Augenbrauen hochzog und seine Lippen abermals ihren Mund suchten. »Unter einer Bedingung«, sagte sie.

»Und die wäre?«

Sie lächelte. »Ich verwalte alle Schlüssel.«

Danksagung

Wenn zwei Tage vor einem Umzug quer durch das Land ein Abgabetermin ansteht, merkt ein Autor, dass Freunde die beste Geheimwaffe im schriftstellerischen Arsenal sind. Vielen Dank an all jene, die mir in mehrerlei Hinsicht geholfen haben, die Ziellinie zu erreichen: Maddie und Elizabeth für ihre erstaunliche Großzügigkeit (und Kunstfertigkeit beim Packen) trotz der zahlreichen Deadlines, die ihnen selbst drohten; Janine für ihre E-Mail, die ich mindestens hundert Mal gelesen habe; Rob und Betsey, die mir Weihnachten über den Ozean gebracht haben; Steph, Mom, Dad und Shelley fürs Anspornen. Und ich danke meinen New Yorker Heldinnen: der unglaublichen Nancy Yost, dem Team von Pocket Books und allen voran Lauren McKenna, Megan McKeever und der scharfsichtigen Lektorin, die Mina dabei erwischt hat, wie sie eine Treppe hinaufgerannt ist, die gar nicht existierte. Magischer Realismus oder ein Abstecher ins Paranormale? Glücklicherweise müssen die Leser das nicht entscheiden.